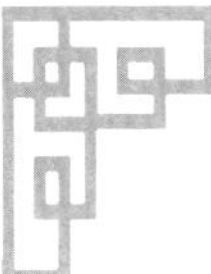

宾步程 著

宾睦新 宾恩信 宾睦胜 整理

宾步程集 伍

欧美留学相谱
德华新字典

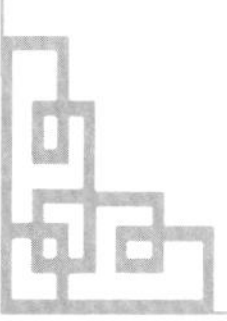

南方出版传媒
广东人民出版社
·广州·

图书在版编目（CIP）数据

宾步程集 / 宾步程著；宾睦新，宾恩信，宾睦胜整理. —广州：
广东人民出版社，2019.12
ISBN 978-7-218-13858-9

Ⅰ．①宾…　Ⅱ．①宾…　②宾…　③宾…　④宾…　Ⅲ．①中国文学 –
现代文学 – 作品综合集 – 民国　Ⅳ．I216.1

中国版本图书馆 CIP 数据核字（2019）第 198808 号

BIN BUCHENG JI

宾步程集

宾步程　著　宾睦新、宾恩信、宾睦胜　整理　　　版权所有　翻印必究

出 版 人：肖风华

责任编辑：张贤明　周惊涛　柏　峰
装帧设计：瀚文文化
责任技编：周　杰　易志华　吴彦斌

出版发行：广东人民出版社
地　　址：广州市海珠区新港西路 204 号 2 号楼（邮政编码：510300）
电　　话：（020）85716809（总编室）
传　　真：（020）85716872
网　　址：http：//www. gdpph. com
印　　刷：广东鹏腾宇文化创新有限公司
开　　本：787mm×1092mm　1/16
印　　张：187.5　　插　页：8　　字　数：2600 千
版　　次：2019 年 12 月第 1 版
印　　次：2019 年 12 月第 1 次印刷
定　　价：980.00 元（全 6 册）

如发现印装质量问题，影响阅读，请与出版社（020 – 85716808）联系调换。
售书热线：（020）85716826

目　录

伍　德华新字典

欧美留学相谱

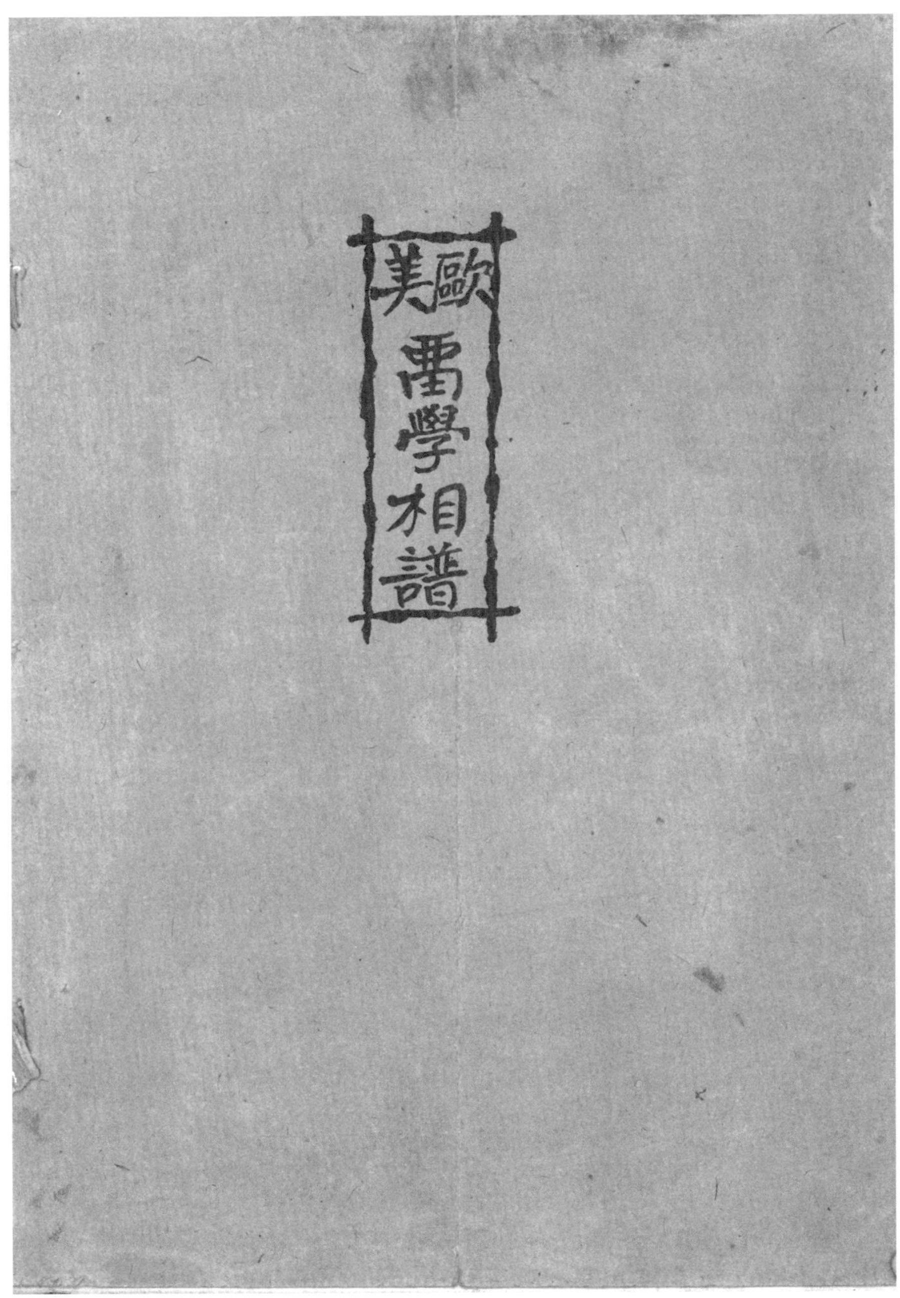
欧
美
留学相谱

福建陳　籙畱法
Tscheng Loh.
Étudiant en France.

湖北朱啟烈畱美
Tsu Tche Lay
Studying in America.

浙江魏立功畱俄
Wei-Li-Gon.
Élève en Russie.

湖北吳連慶畱德
Wu Jen Zin.
Offizier in Deutschland.

湖北石鸿翥畱比

Sih Hung Sü.
Étudiant en Belgique.

湖北鳳　俊畱法

Fon Djun.
Étudiant en France.

廣吳愚建上畱
東克福尤海英

Cu Siang Hye.　Go Khek Ghee.
Studying in England.

四鄭明鍾朱畱
川孔劉璡炎比

Liou Tsoung Tsing.　Tchou Yen.
Tseing Li Ming.
Étudiants en Belgique.

409342

湖北源　發畾德
Yuan Fa.
Student in Deutschland.

江蘇劉光謙畾俄
Léou Guan Tjan.
Étudiant en Russie.

湖北耿　澤畾法
Keun Tse.
Étudiant en France.

四川冷煦陽畾比
Lun-Su-Yau.
Étudiant en Belgique.

廣東利　寅留英
Li-Yin.
Studying in England.

浙江俞同奎留英
Djy Don Gui.
Studying in England.

湖北劉家佺留德
Leo Chiachün.
Student in Deutschland.

福建高　魯留比
Guao Lou.
Étudiant en France.

湖北張壽年留法

Tschau Shou Nien.
Étudiant en France.

湖北陳寬瑋留比

Tcheng-Koan-mei.
Étudiant en Belgique.

湖北劉文彬留俄

Liou Wen Bin.
Étudiant en Russie.

廣東陸顯璜留德

Lock Ling Wang.
Student in Deutschland.

四川孔慶叡畱比

Kong King Loui.
Étudiant en Belgique.

湖北文　清畱德

Wen Chin.
Student in Deutschland.

四川朱華綬畱比

Tschu-hoa-Sou.
Étudiant en Belgique.

湖北錦　銓畱德

Chin Süan.
Offizier in Deutschland.

江蘇薛序鏞留英
Seay Dju Yoong.
Studying in England.

浙江沈士瀛留俄
Tching Se Yin.
Étudiant en Russie.

四川馮元勳留比
Foung Yun Sium.
Étudiant en Belgique.

四川劉文貞留比
Liou-Wen-Djin.
Étudiant en Belgique.

四川周　煒畱比
Tcheou Ouéi.
Étudiant en Belgique.

湖北恩　崇畱德
En Zung.
Student in Deutschland.

湖北湯薌銘畱法
Ton Hien Ming.
Étudiant en France.

四川李仲魁畱比
Li You Koui.
Étudiant en Belgique.

廣東劉國珍畱英

Lew Kwoh Chen.
Studying in England.

廣東王建祖畱美

Wan Djane Dsu.
Studying in England.

安徽余陰昌畱德

Yü Yintschang.
Student in Deutschland.

廣東虞錫麟畱英

Yu Hsi Lin.
Studying in England.

湖北向國華　留法
Hien Coroi.
Étudiant en France.

湖北李鍾蔚　留法
Li Tchong Oui.
Étudiant en France.

湖北姚業經　留比
Yao Je Tsing.
Étudiant en Belgique.

四川侯必封　留比
Haou-pi-fong.
Étudiant en Belgique.

湖北楊蔭渠畱比
Jang-Yng-Tsiu.
Étudiant en Belgique.

浙江黃緒漢畱比
Hoan Clun Han.
Étudiant en Belgique.

廣東王承祖畱美
Wan Djin Dsu.
Studying in England.

廣東黃碧灣畱德
Wang Bih Wuan.
Schüler in Deutschland.

湖北左德新　留比
Tsouo Tè Sing.
Étudiant en Belgique.

湖北石　瑛　留比
Che Yng.
Étudiant en Belgique.

江蘇李祖鴻　留英
Le Tsou Hong.
Studying in England.

廣東陳兆基　留英
Cheng Tjiou Dje.
Studying in England.

四川廖崧高畱比
Liao Sou Kao.
Étudiant en Belgique.

湖北王鴻猷畱比
Wang Houng You.
Étudiant en Belgique.

湖北汪鍾嶽畱比
Wang Tsoung Jo.
Étudiant en Belgique.

湖北陳寬沅畱比
Tcheng Koang Hang.
Étudiant en Belgique.

16

湖北張九維雷德

Chang Dju Bich.
Student in Deutschland.

湖北羅葆寅雷比

Lo Pao Yng.
Étudiant en Belgique.

湖北李　彪雷比

Li Piao.
Étudiant en Belgique.

湖北錢祖元雷德

Tsin Dsu Yüan.
Student in Deutschland.

湖北曹實恕畱德

Zau Bauschu.
Student in Deutschland.

湖北姚臣慈畱美

Yao Chen Ku.
Studying in America.

安徽孫元方畱美

Sin Yuan Fan.
Studying in America.

湖北盧静恆畱美

Lu Chin Hum.
Studying in America.

廣東虞錫晉畱英
Yu Stsi Chin.
Studying in England.

江蘇郭泰祺畱美
Guo Tai Che.
Studying in America.

浙江濮登青畱美
Pu Jeng-Ching.
Studying in America.

湖南蕭煥烈畱俄
Siao Hoan Lie.
Étudiant en Russie.

江蘇吳　健畱英
Ou Djaan.
Studying in England.

湖北張繼業畱美
Chang Yih Yea.
Studying in America.

湖北蕭安國畱德
Hsiau-Anguo.
Offizier in Deutschland.

湖北秦國鏞畱比
Tsing Kous Yon.
Étudiant en Belgique.

湖北劉慶雲寓美
C. Y. Liu.
Studying in America.

湖北劉庠雲寓比
Liou Csieng Yun.
Étudiant en Belgique.

湖北吳國良寓比
Wou Kaus Liang
Étudiant en Belgique.

湖北石龍川寓比
Che Long Tch'oang.
Étudiant en Belgique.

湖北陶德琨畱美
Dow Day Kun.
Studying in America.

江蘇楊恩湛畱美
N. C. Yang.
Studying in America.

湖北劉　方畱比
Liou Fang.
Étudiant en Belgique.

江蘇葊苓孫畱美
Ke Kinsum.
Studying in America.

湖北祝乾達畱比

Tcheou Tsien K'oei.
Étudiant en Belgique.

湖北田吳焜畱比

Tien Ou Koen.
Étudiant en Belgique.

江蘇胜　文亞廣　東黃圖　志昊克　魯昊畱

Chovang Wen Ya.　Wee Kok Chee.
Go Khek Land.
Studying in England.

湖北許態章畱比

Su Hsioung Tsang.
Étudiant en Belgique.

湖北朱和中留德

Dsü-Hodchung.
Student in Deutschland.

湖北廣　森留比

Koang Seng.
Étudiant en Belgique.

湖北喻毓西留比

You Jou-Si.
Étudiant en Belgique.

湖北馮承鈞留比

Foung Tcheng Hiun.
Étudiant en Belgique.

湖北夏維松畱俄
Sia Wei Loung.
Étudiant en Russie.

福建沈　寬畱英
Djin Cuon.
Studying in England.

湖北楊緒祖畱比
Yang Sium-Tcheou.
Étudiant en Belgique.

湖北劉文彬畱比
Liou-Wen-Ping.
Étudiant en Belgique.

江南丁文璽 雷德
Ting Win Hsi
Offizier in Deutschland.

湖北周樹廣 雷德
Tju Djū Lian.
Student in Deutschland.

湖北潘宗瑞 雷比
Péng Cchun Soei.
Étudiant en Belgique.

湖北李藩昌 雷比
Li Fung Tcheang.
Étudiant en Belgique.

廣東凌　浩畱德
Ling Hou.
Student in Deutschland.

湖北畢元達畱德
Bih Yuan Dah.
Student in Deutschland.

湖北祿　崇畱比
Loo Soum.
Étudiant en Belgique.

福建王繼曾畱法
Ouang Ki Tseng.
Étudiant en France.

江南張一爵畱德

Chang Ji Chio.
Offizier in Deutschland.

江南吳保鍔畱德

Wu-Bau Wo.
Offizier in Deutschland.

江南解朝東畱德

Hsie Tshou Tong.
Offizier in Deutschland.

江南繆慶禧畱德

Miau Tsing Hsi.
Offizier in Deutschland.

江南劉祖堯雷德
Liu Tsu Jau.
Offizier in Deutschland.

江南倪　譔雷德
Ni Tjeng.
Offizier in Deutschland.

江南髙孔時雷德
Gau Konnsih.
Offizier in Deutschland.

江南李鈞南雷德
Li Tjün Nan.
Offizier in Deutschland.

湖北唐　豸畱法

Tang Tcheu.
Étudiant en France.

福建方　和畱法

Fong Hoh.
Étudiant en France.

湖南賓步程畱德

Bin Bu Djin.
Student in Deutschland.

湖北胡瑞年畱比

Hou Soun Yan.
Étudiant en Belgique.

廣東曾廣堯留德
Tsing Keoong Jau.
Student in Deutschland.

浙江魏　渤留俄
Wei Po.
Étudiant en Russie.

湖北周澤椿留德
Tju Seh Tchün.
Student in Deutschland.

湖北王相芝留德
Wang Hsiangtschu.
Student in Deutschland.

湖北馬德潤雷德

Ma De Jŭng.
Student in Deutschland.

湖北楊祖謙雷德

Jang Dsu Tjan.
Offizier in Deutschland.

湖北善　明雷德

Schan Ming.
Student in Deutschland.

湖北姚家振雷德

Yiau-Dia Djin.
Student in Deutschland.

湖北松　俊畱德

Sung Tjün.
Offizier in Deutschland.

浙江周銓卿畱英

N. C. Tsur.
Studying in England.

湖北陳康時畱德

Tschen Kanschi.
Student in Deutschland.

湖北王治煇畱比

Wang Dji Houi.
Étudiant en Belgique.

江蘇丁文江畱英

W. K. Jing.
Studying in England.

福畱鈴建瑞畱
建文福葉國英

C. Lui.　Yahs Leu Kok.
Studying in England.

湖張祥南定江莊畱
南定湖李煌蘇君比

Jsang Ting Tsiang.　Li Ting Nuang.
Tchoang. Ki.
Étudiants en Belgique.

湖北哲筠恩康畱德

Tscho Jüng.　En Kau.
Studenten in Deutschland.

湖北羅前信畱比
Loo Tsien Sing.
Étudiant en Belgique.

湖北龔承煌畱比
Kon-Yun Houang.
Étudiant en Belgique.

湖北胡　錚畱比
Hou Tching.
Étudiant en Belgique.

湖北曹寶江畱法
Tchao Pao Kien.
Étudiant en France.

湖北羅　虔畱法
Loo Tsien.
Étudiant en France.

湖北張祥麟畱法
Tchang Kian Lin.
Étudiant en France.

湖北松　長畱比
Loung Tchang.
Étudiant en Belgique.

廣東黄時澄畱德
Huag Lee Ching.
Student in Deutschland.

湖北占　魁留德
Dian Kui.
Student in Deutschland.

湖北金　海留德
Ching Hai.
Student in Deutschland.

浙江章宗元留美
Chang Tsung Yuen.
Studying in America.

湖北王發科留德
Wang Fa Ko.
Student in Deutschland.

江　程文勳　王壽祺　張景堯　李昌祚　張保熙　楊德森　雷
蘇　王明煦　侯士綰　周幬　金頌庚　林宗濤　王澤利　比
Chenwenhsuen.　Wongshuchi.　Changchingyos.　Lichangtsu.　Changpaohsi.　Youngtehrun.　Wongutingchoo.　Heoshihwan.
Choutou.　Chingtsoongkun.　Lingtsoongtae.　Wongchili.
Etudiants en Belgique.

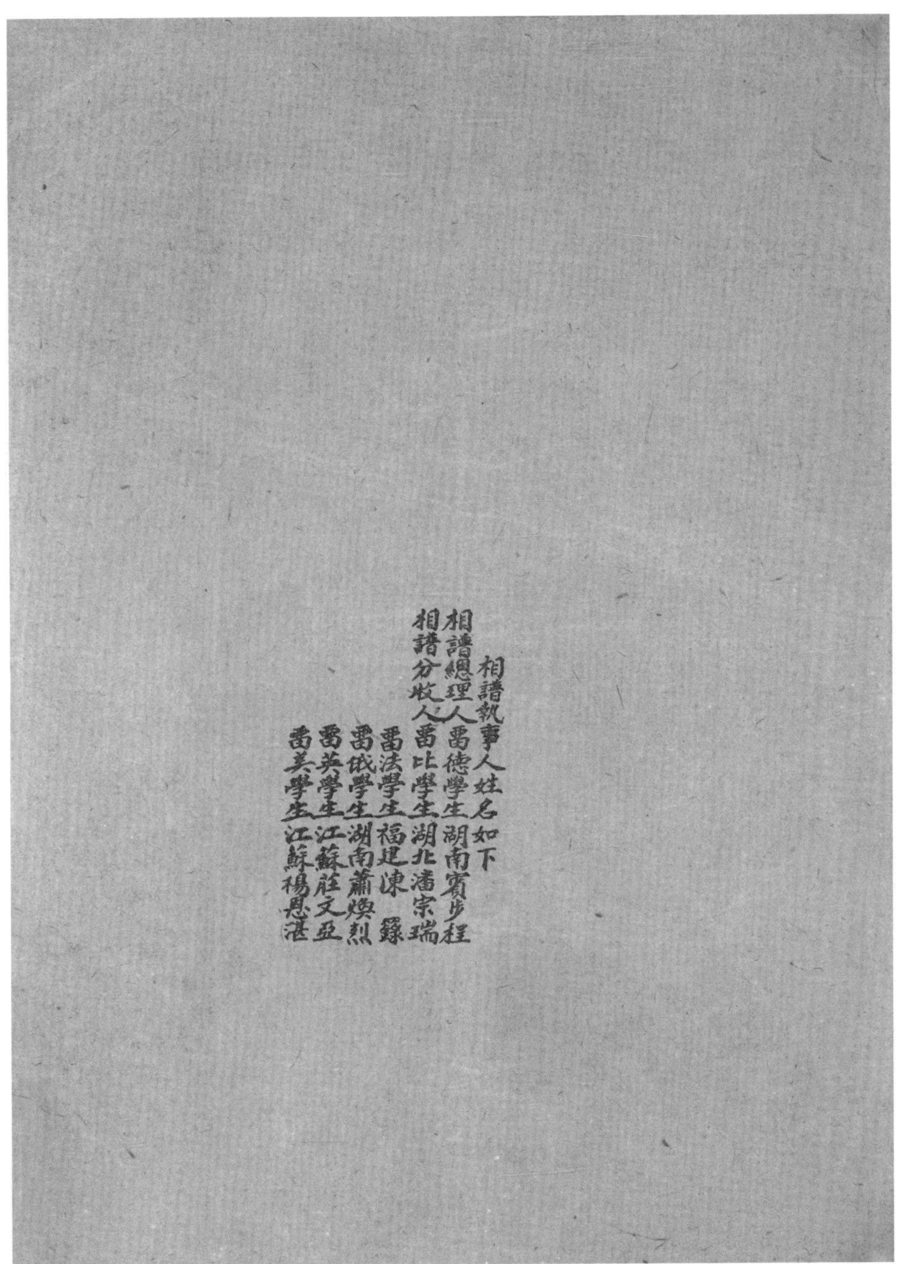

相譜執事人姓名如下
相譜總理人　留德學生湖南賓步程
相譜分收人　留比學生湖北潘宗瑞
　　　　　　留法學生福建凍錄
　　　　　　留俄學生湖南蕭煥烈
　　　　　　留英學生江蘇莊文亞
　　　　　　留美學生江蘇楊恩湛

GEDRUCKT BEI GEBRÜDER FEYL
BERLIN SW., FRIEDRICHSTRASSE 16

德华新字典

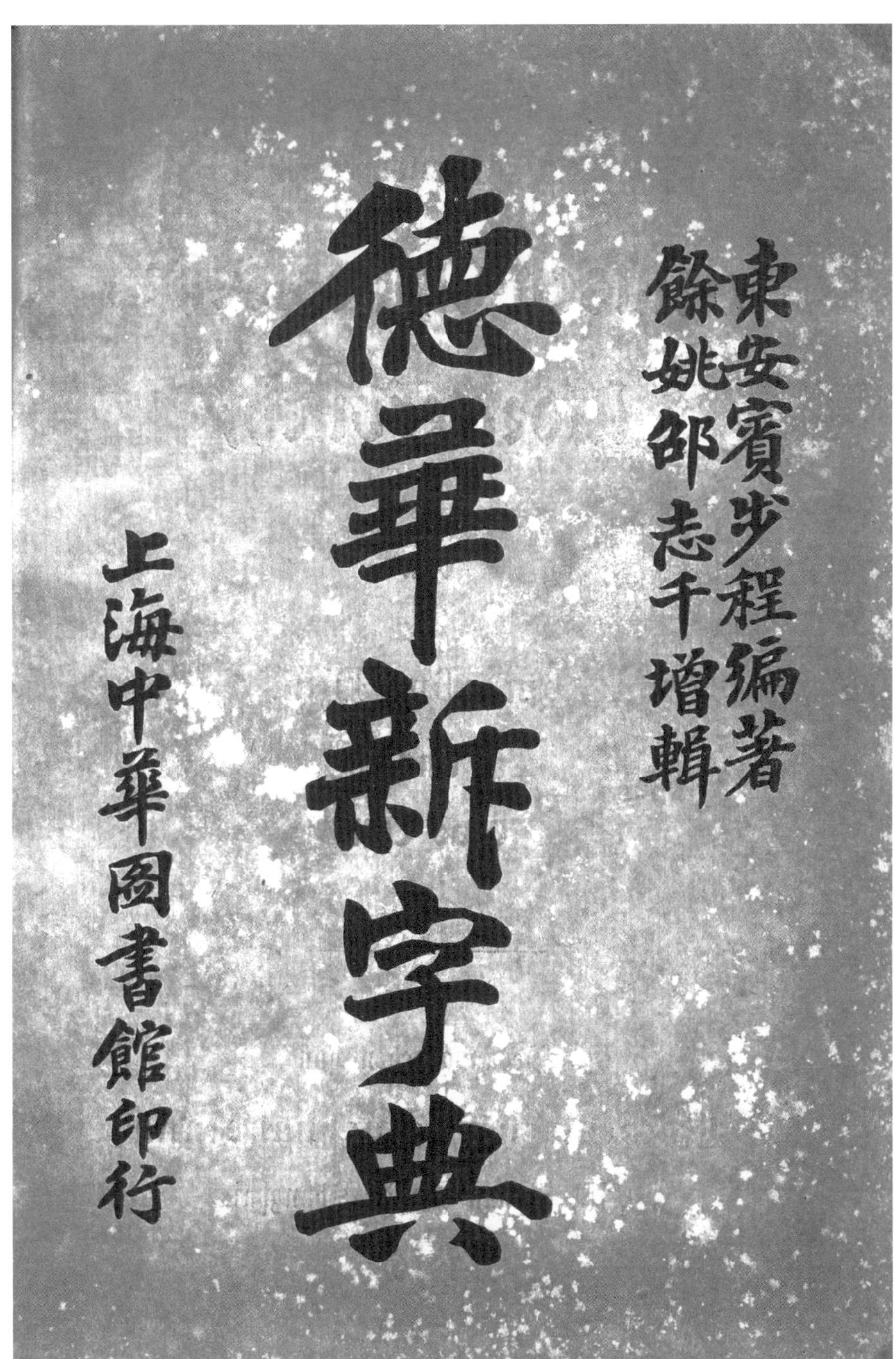
東安賓步程編著
餘姚邵志千增輯
德華新字典
上海中華圖書館印行

Neues
Deutsch=Chinesisches
Woerterbuch,

Von

Bin Bu Djin.

und

Chao Chih

Herausgegeben von

Chinesischer Buchhandlung

516, Honan Road, Shanghai.

1916

Vorwort zur 4. Auflage

Der Beifall, den mein deutsch—chinesisches wörterbuch bei meinen Landsleuten, namentlich bei den in Deutschland weilenden gefunden hat, hat mich zu einer vierten, verbesserten und wesentlich vermehrten Auflage veranlasst· Als Anhang habe ich ein Verzeichnis der technischen Bezeichnungen und der medizinischen Ausdrürke beigegügt, die namentlich für die in Europa studierenden Chinesen von Interesse und Wert sein dünfte·

Changsha, im Oktober 3. 1914.

Butscheng—Bin

序

吾國自近年以來各省學堂有以德文教授者原因德國工業發達實在各國之上中國若欲研究其進步或改良之處非先通其語言文字不可然我國德文書籍素較英文為少鄙人前在德國留學時代曾譯有中德字典一書當時實係日記之作並無出版之意前湖北歐洲留學監督閣君期滿歸國苦無留學生成績以報鄂當道之命遂私攜鄙人之中德字典稿歸以獻之前清鄂督端方不知何故轉落於天津李君蘭甫之手而發行於上海商務印書館矣既而鄙人在德得見此書查其內容甚多誤譯曾函懇該館禁售未見效至民國元年該書再版當時鄙人在金陵再三函商該館允行停止發行至二年李君又將該書權租與上海中華圖書館而出三版矣今春在湘垣書肆購閱此書知其內容錯誤之處依然仍舊遺害青年實非淺尠鄙人既禁印無力惟有勉力改正重加增訂俾學子於習德文之時聊參助友中外文岐萬難審定如有譯家再從而正之幸甚

民國三年十月國慶紀念日東安賓步程識於湖南公立工業專門學校之校長室

Vorwort

Herr Bin's Deutsch-Chinesisches Wörterbuch für Chinesen hat eine Lücke in der Unterrichts-Literatur der deutschen Sprache mit glücklichem Erfolge ausgefüllt. Seit einigen Jahren hat sich dasselbe überall als ein praktisches Wörterbuch beim Unterricht in der deutschen Sprache und bein fortdauernden Studium derselbeu bewäbrt.

Die vorliegende vierte Auflage habe ich mich auf Wünsch des Herrn Ye's bemüht nach Kräften zu verbessern und auszugestalten; ja ich kann wohl sagen, dass es sich ziemlich um eine vollkommene Neuarbeitung handelt. Wenn trotzdem der Umfang fast derselbe geblieben ist, wurden doch vieles hinzugesetzt. Im übrigen habe ich nur noch die angenehme Pflicht, allen denen zu danken, welche die Freundlichkeit hatten, mich bei der Bearbeitung der neuen Auflage zu unterstützen.

Schanghai, oktober 1915.

C. Shao

序

二十世紀以來。德之科學。甲于全球。近數年間。我國之研究醫學者。已爭習德文。而自歐戰發生而後。德國學問之高。科學之精益顯。凡畧知世界大勢者。莫不公認爲第一强國。于是全國學子注意德文。習德文者。日多一日。駸駸乎有英德二文並趨之勢。中華圖書館主人。鑒及于此。謂工欲善其事。必先利其器。坊間乏德華字典一書。於初習德文者。實不便利。又恐其固有之中德字典。數甚少。解釋簡單。且訛誤之處。亦曾屢見。未能完善。於是託賓君重爲修正。幷此修正之稿付鄙人。囑爲增加文法。添入緊要新字。及未完足之意義。鄙人才淺學陋。雖努力增修。而一人之學問有限。何敢擅言完善。大雅之士。幸而見敎。不勝榮幸。然其內容與昔日之中德字典相較。當不啻有霄壤之別。我國學子異日取德之學。爲我之學。急起直追。與之並駕齊驅。則此書亦不可謂亡小補也。爰改名爲德華新字典。蓋表其非昔日之中德字典可比。以免人之誤會云耳。畧書數語。以弁卷首。

民國四年六月九號紹興邵驥叙於滬濱

凡例

一　是書係擇德法字典及參攷各種原文字典編輯而成

一　遇有草木鳥獸之名最難解釋凡為中國所無者各從其類註

以草名木名鳥名獸名等字不敢牽強附會失其本真

一　凡名字之後附註其在的座及多數中之變化以便參攷

一　書後集醫學及工學中之專名詞另列一部稱為醫語及工語

字典

一　書後附有前置字及名字代名字助動字動字形容字等之曲

法及變化範例

一　書後附有不規則動字表

一　書後地球各國之名原本所無特為增入以公同志

一　書後於各國京城作（ ）形以示區別庶不至與國名相混

一　凡遇作（ ）者弧內所括即指明其字句之義

編譯者識

Erkläeung der gebrauchten Abkürzungen.

引用略字解義

a.	adjectivun	Eigenschaftswort.	形容字
ad.	adverbium	umstandswort.	狀字
art.	articulus	Gesechlechtswort.	區指字
comp.	comparativus	hohere Stufe	比較級
conj.	conjunction	Bindewort	接續字
f.	femininum	weibliches Hauftwort	陰類名字
(h)		haben	助動字(有)
int.	interjection	Empfindungs'aut	嘆字
ir.	irregularis	unregelmässig	不規則
m.	masculinum	männliches Hauptwort	陽類名字
n.	neutrum	sächliches Hauptwort	總類名字
od.		oder	或
part. v.	participium von	Eigenschaftform von	分辭
pl.	pluralis	Mehrzahl	多數
prep.	praepositio	Vorwort	前置字
pron.	pronomen	Fürwort	代字
sing.	singularis	Einzahl	單數
sup.	superativus	höchste Stufe	最上級
(s)		sein	助動字(是)
v.	verbum	Zeitwort	動字

（2）

v. a.	verbum activum	他動字
v. n.	verbum neutrum	自動字
v. r.	verbum reflexivum	再歸動字
v. reg.	verbum regulare	規則動字
v. imp.	verbum impersonale	非人動字

德華新字典

Deutsch=Chinesisches Woerterbuch.

A.

Aal, der (e) s, pl -e 鱔魚,鰻

Aar, der (e) s, pl.-e 鷹,老鷹,鷲

Aas, das ses, pl. äser 死禽獸尸,臭尸

Ab 取去,脫

Abarbeiten 難爲,疲動

Abart, die pl en 異種,敗類變性

Abarten 變壞,異種

Abästen 修樹枝,伐枝

Abbeissen 用口吃,切咬

Abberufen 召回

Abbestellen 取消

Abbinden 放釋,解脫

Abbitte, die pl.-n 寬宥,乞恕,辯解

Abbitten 寬宥,乞恕,辯解

Abborgen 借

Abbürsten 刷

Abdampfen 氣散,出汽

Abdanken 開缺 卸職

Abdankung, die pl.-en 開缺,卸職

Abdecken 撤去,剝皮

Abdecker m. s, pl —去皮者

Abend, der es, pl.-e 晚,夕,西西洋

Abendbrot, das es, pl.-e 夜餐

Abendland, das es, pl.-länder 西國,西洋

Abendstern, der es, pl-.e 金星

Abenteuer, das, es, 冒險

Abenteurer, der es, 飄流,流氓

Aber 但	Abgedroschen 使損, 摩耗
Aberglaube, der ns, 異端, 迷信	Abgefeimt 詭詐, 奸巧
Abergläubisch 迷信	Abgehen 走, 去
Abfahren 起行, 動身	Abgelegen 單, 獨, 悽況, 退隱
Abfahrt, die pl.-en 走, 行, 去	Abgemessen 量, 稱
Abfallen 叛走, 逃走	Abgeneigt 嫌, 厭惡
Abfangen 拿住, 拿獲, 捕住	Abgenutzt 破, 壞, 舊, 用損, 使壞
Abfärben 退色, 失色	
Abfassen 孥, 抓, 拿着, 著述	Abgeordnete, der n, pl.-n, 代議士
Abfegen 掃去	
Abfeilen 銼剉	Abgeschieden 僻窮, 淒涼, 分離
Abfertigen 理會, 辦理, 完	Abgeschiedenheit, die pl.-en 開居, 獨處, 隱居
Abfertigung, die pl.-en 仝上	
Abfeuern 放砲, 放鎗	Abgeschliffen 磨平, 光滑
Abfinden 賠償, 媾和	Abgeschmackt 談話,
Abfliessen 流, 泛濫	Abgewöhnen 戒, 戒斷, 丟
Abfordern 請求, 乞, 招回	Abgiessen 倒永, 酌
Abfragen 質問	Abglanz, der (es) 照光, 回光, 倒光, 返射
Abführen 領帶, 拉, 運送	
Abführmittel, das-s, 瀉藥	Abgrund, der (e) s, pl.-gründe 高山坡, 陡坡
Abfüttern 餵, 養	
Abgabe, die pl.-en 錢粮, 稅, 交付	Abhanden 不見, 失
	Abhang, der (e) s, pl.-hänge 玻, 山坡, 峻崖
Abgang, der (e) s, pl.-gänge 出發, 排除, 缺乏	
	Abhängig 黨羽, 關係, 附屬
Abgeben 還, 奉回, 干涉交付	Abhauen 砍樹, 伐木
Abgebrochen 缺, 破	Abholen 接回, 取回, 迎接

Abhören 聽書,背書

Abkaufen 買,

Abkehren 掃去,轉向

Abklopfen 打灰,揮塵

Abkochen 熬,蒸,羹

Abkomme, der pl.-n 子孫,後人,苗裔

Abkühlen 凉,凉冷,鎮靜

Abkühlung, die pl.-en. 凉,凉冷,鎮靜

Abkunft, die pl.-kühfte 降,傳下,苗裔

Abkürzen 改短縮,減

Abladen 卸下,搦下,卸,貨

Ablagern 收攔,存儲

Ablassen 讓,低價,流出,放棄,

Ablauf, der (e) s, pl.-läufe 溝,終,期限,經過,

Ablecken 舌餂,餂盡

Ablegen 放下,擱下

Ableger, der-s. 栽樹,小枝

Ablehnen 辭,推却,擯斥,

Ableiten 誘引,引用,導

Ablenken 轉向,

Ablesen 讀畢,宣讀

Abliefrn 呈交,送,付

Ablösen 輪流換,交代

Abmagren 瘦弱

Abmahnen 忠告,諫言

Abmahmung f. pl.-en 仝上

Abmühen 勞心,勞力,費心

Abnehmen 減,遞少,取去,受領

Abneigung f. pl.-en 憎惡,嫌,斜面,傾斜

Abnützen 毀壞

Abpflücken 摘,折,探

Abplatten 壓平,壓扁

Abprall, der es, pl.-e 退轉,退回,反射

Abraten 勸戒,勸止,忠告,禁說

Abräumen 收拾,檢點

Abrechnen 開賬,算賬,決算

Abrede, der pl.-n 約定,反對,一致,

Abreiben 摸,磨擦,

Abreise, die 臨走,出外,啓程

Abreisen 出外,動身,走,

Abreissen 扯脫,折裂

Abrichten 訓練,調馴,

Abrunden 做圓,去角,

Absage, die pl.-n 辭,取消,謝絕,

Absagen 辭,取消,謝絕

Absägen 鋸斷,鋸,錯

Absatteln 解鞍,

Abschaffen 不要,辭去,作廢,

Abschälen 去皮,撥皮

Abscheren 剪,去,裁下

Abscheu der-es, 憎,嫌,恐怖

Abscheuern 磨淨,刷洗

Abscheulich 驚嚇的可嫌惡的,

Abschicken 送去

Abschied, der es, pl.-e. 辭別,離別,

Abschlägig 不如意.

Abschliessen 鎖住,成就,結,

Abschnallen 解去,脫去

Abschneiden 割,切,

Abschöpfen 撇沫子

Abschrecken 驚,恐,受駭

Abschreiben 抄,寫謄錄

Abschrift, die pl.-en 存稿,照抄,寫本

Abschütteln 搖,撼

Absegeln 揚帆

Abseits 獨立,孤單,側,

Absenden 送去,派遣

Absender, der-s 寄者,差出人,

Absendung, die pl.-en 派遣,差送,

Absetzen 放下,擱下,革職,斥,

Absicht, die pl.-en 意思,意,用關係,

Absichtlich 故意的

Absitzen 下馬,下來,下車

Absonderlich 特別,分,別

Absondern 分離,別散

Abspannen 卸軛,卸車

Absperren 攔住,嚴禁

Abspringen 跳下,

Abspülen 洗,刷

Abstammen 血屬,傳下

Abstand, der es, pl.-stände 遠近,距離

Abstatten 作,造,行爲,

Abstauben 掃塵,刷塵

Abstecken 畫地,圍地

Absteigen 下,車,下馬投宿,

Abstimmen 不同意,否決

Abstossen 推開,衝除

Absturz, der es, pl.-stürze 跌倒,激暴,絕壁,

Abt, m.-es pl. äbte 長老,方丈

Abteilung, die pl.-en 分,區,分等,班級,

Abtrennen 拆分解,

Abtreten 踏丢,贈,分

Abtrocknen 搽乾,揸乾

Abtrünning 反叛,叛走

Abwägen 過秤,稱

Abwaschen 洗去

Abwechseln 變,換,交換

Abwechselnd 變化無窮

Abwechselung, die pl.-en 變,換

Abweichen 迴繞

Abweichung, die pl.-en 迴繞

Abweisen 推却,推辭,拒絕,

Abwenden 轉身,內顧,斜看

Abwesend 不在,心放,

Abwischen 擦

Abwürgen 縊殺

Abzahlen 償賬,完債

Abzählen 數,計算,算出

Abzäumen 脫轡,除手綱,

Abziehen 減法,減去,失色,退,

Abzug, der es, pl.-züge 引去,減省,退去,

Achse, die pl.-n. 軸,徑

Achsel, die pl.-n. 肩,

Acht 八

Achtbar 可貴,尊敬,

Achteck, das (e) s, pl.-e 八角,

Achtel 八分之一

Achten 敬重,恭敬,尊重

Achtlos 不關心,不留神

Achtlosigkeit, die pl.-en 不關心,不留神

Achtsam 關心,留神

Achthug, die pl.-en 敬重,恭敬,尊重,注意,

Achtzehn 十八

Achtzig 八十

Ächzen 歎息,太息

Acker der s, pl. äcker 田地

Ackern 耕田,務農

Act, der es, pl.-e 所業,法令,決議書,勤務,戲曲

Actie, die pl.-n 股分

Actionär, der s, pl.-e 有股分人,股東,

Addieren 加,增加

Adel, der-s 貴族

Adlig 尊貴

Ader, die pl.-n 血脉,天性,條文,

Adieu, n. 告別,辭

Adjutant, der en, pl.-en 副官,,

Adler, der-s 鷹,鷲章

Admiral, der es, pl.-räle 水師提督

Adoptieren 招繼,養子,

Adressbuch, das es, pl.-bücher 住址通訊錄

Adresse, die pl. e-n 住址,

Advokat, der en, pl.-en 辯護士,

Affe, der n, pl.-n 猴

After, m.-s, 肛門

Ahl　嗚呼

Ahle, die pl.-n 錐子,大針,

Ahn, der en, pl.-en 祖先,先,代,

Ähneln 相彷,相同,像

Ahnne 預知,前知

Ähnlich 相彷,相同,像

Ahnung, die pl.-en 預知,前知,

Ahorn, der-s 楓樹

Ähre, die pl,-n 穗子莖

Akademie, die pl.-n 大學校

Akademist, m. en. pl.-en 大學生

Akazie, die 桂花樹

Alabaster, der-s. 大理石

Alaun, der (e) s 白礬

Albern 愚蠢

Ablino, m. pl.-es 洋白人

Alchemie, die 煉丹,煉金術

Algebra, die 代數學,

All 共,總

Allein 獨,一人單,不合,

Allenthalben 處處,各處,到處,普,

Allezeit 恆,時時,每時

Allgemein 平常,大概,普通

Alljährlich 年年,每年

Allmählich 陸續,漸次,徐,

Alltäglich 日日,每日,

Almosen, das-s 化齋,施物

Aloe, die 蘆薈

Alp, der s, pl.-e 惡夢,不祥之夢

Alpen, die 意大利北境之大山脈名

Alphabet, das (e) s, pl.-e 字母,

Alraun, der (e) s, pl.-e 黑草,毒草

Als 比,正在,當

Alsbald 就來,即來,即時,

Alsdann; also 那個時候,這樣,那樣,這麼,那麼,其後,

Alt 老,舊

Altar, der (e) s, pl.-täre 祭臺,神前座

Alter, das 年老,古

älter 更老,更古

Aletrtum, das s, pl.-tümer 古時,上古

Altertümlich 古物,古董

Alertumskunde, die 考古

Am 更,最,在,第,

Amboss, der sses, pl.-sse 鐵砧,

Ameise, die pl.-n 蟻

Ameisenbär, der 吃蟻獸,狗熊,
　穿山甲

Amme, die pl.-n 乳母,

Ammoniak, der-s 磠砂(化學品)

Ampel, die pl.-n 燈籠,神前機

Amphibie, die pl.-n 兩棲動物

Amsel, die pl.-n 鳥,黃鳥

Amt, das (e) s, pl.-ämte 官衙,
　官職,役所,

Amtlich 公文,官報,公事

Amtmann, der (e) s, pl.-leute
　法官

An 把,交,呈,送寄,上,

Analog 類似,符合

Anatomie, die 解剖學

Anbau, der (e) s, pl.-e 加造房
　屋,附房

Anbauen 加造房屋,附房

Anbehalten 穿着不脫去, 不解
　衣服

Anbei 並,帶,合

Anbeissen 吞餌,上鈎

Anbeten 拜,祈禱

Anbetung, die pl.-en 拜,崇拜

Anbieten 請,送,獻,呈貢

Anbietung, die pl.-en 請,送獻,

Anbinden 綑,束

Anblasen 吹

Anblick, der (e) s, pl.-e 看,瞧,

Anbrechen 起頭,開蒙,開闢

Anbrennen 點燒,點着,

Anbruch, der (e) s, pl.-brüche
　起初,發蒙,發端

Andacht, die 盡心,祈念,

Andenken, das-s 紀念,

Ander 不同,那,別的,

Anders 別的,異,

Anderthalb 一半,

Ändern 改,變化,改換

Andeuten 指示,指點

Andrang, der (e) s. 熱鬧,擁擠,
　壓逼,押寄,

Andrehen 回轉

Andreschen 打穀

Andringen 迫,推進

Andringlich 頑固,執拗

Aneignen, sich 擅取,私取

Aneinander 一齊,一起,一處

Anempfehlen 囑附,保薦,保舉

Anerkennen 認得, 承認, 批準,
　認可

Anfachen 吹火,推火,	Angeblich 假,虛託,
Anfall, der (e) s, pl.-fälle 落下, 發作, 發病, 進擊,	Angeboren 天賦,生成,傳遺,稟賦
Anfallen 降落,攻擊,襲,	Angebot, das (e) s, pl.-e 廉價, 讓,初價,
Anfang der (e) s, pl.-fänge 起頭,開蒙,開端,起初,下手	Angehören 屬,親,係,
Anfangen 起頭, 開蒙, 開關, 起初,下手	Angehörig 關係,親族
Anfänger, der-s 初學者	Angel, die pl.-n 釣魚
Anfangs 初學時節,發蒙時	Angelegenheit, die pl.-en 事件,
Anfassen 拿,抓,拉,扯	Angelegentlich 要緊, 急事, 要事,逼迫,
Anfaulen 爛了,腐朽,始腐	Angelhaken, der-s. 釣魚鈎
Anfeinden 仇讎,仇怨,敵視	Angeln 釣魚
Anfertigen 做,製造,	Angemessen 合式, 合格, 合例, 合禮,相應
Anfeuchten 沾濕,濕	Angenehm 有趣味,有興會
Anflehen 哀求,乞憐,懇請	Angesehen 欽崇,尊敬
Anfordern 請求,願望	Angesessen 住籍
Anforderung, f. pl.-en. 仝上	Angesicht, das (e) s, pl.-er 面,臉,現在,
Anfragen 問,質問	Augewöhnen 習慣,練習
Anfressen 侵蝕,腐蝕	Angewohnheit, die pl.-en 習慣風俗,
Anfühlen 摩探,摸,	Angreifen 攻打,擊,盡力,
Anführen 領帶,受,誆,敎導,指揮,	Angrenzen 交界,邊界
Anführer der-s, 領帶人,指揮者,司令官,案內者,	Angreifen 攻擊,犯
Anfüllen 滿,盈,充塡	Angriff, der (e) s. pl-e 攻打,攻
Angeben 告訴,控告,告訟,報告,	

城	Anklang, der (e) s, pl.-klänge. 聲音,響,
Angst, die pl. ängste 驚,怕,恐懼,	Ankleben 粘上,粘住
Ängstigen 驚,怕,恐懼,	Ankleiden 穿衣服
Ängstlich 怯,憚,心虛,膽戰,畏,不安	Anklopfen 打
Anhaken 掛住,弔起,	Anknüpfen 接,打結子,
Anhalt, der (e) s 倚靠,恃,倚賴,停止,	Ankommen 來,到,
Anhalten 停止,停着	Ankündigen 報信,報知
Anhaltend 慇懃,恆心,繼續,	Ankunft, die 到,來,
Anhängen 掛起,吊上,懸粘着,	Anlachen 嘻笑,
Anhänglich 疼愛,歸服,傾心,	Anlangen 來,到
Anhauchen 吹氣,呼氣	Anlass, der-sses, pl.-lässe 根由,原因,緣故,機會,
Anhäufen 堆,累積,	Anlegen 側置,設立,謀,課稅,添置,
Anheben 始創	Anlegung, f. pl.-en 草案,設立
Anheber, m.-s 創業者	Anlehmen 靠着,凭,
Anheften 粗縫,釘起	Anleihe, die pl.-n 取借,借
Anhöhe, die pl.-n 邱陵,小山	Anleimen 粘上,貼起,
Anhören 聽	Anleiten 教訓,教誨,引導
Ankauf, der (e) s, pl.-käufe 買	Anliegen, 乞求,懇願,
Ankaufen 仝上	Anlocken 引誘
Anker, der-s 錨,船錨	Anlügen 哄騙,虛詐,
Ankern 下錨,	Anmachen 綑緊,結合,
Anklage, die pl.-n 告狀,告發	Anmalen 畫,繪畫
Anklagen 告,控,告彈劾,	Anmarsch. m. (e) pl.-märsche 進軍,進發
Ankläger, der-s 原告人,告狀人	

Anmarschieren 仝上

Anmassend 自大,自尊,驕傲,

Anmelden 報告,投知,禀告

Anmeldung, die pl.-en 信,報單,

Anmerken 注意

Anmerkung, die pl.-en 註釋,小
註,批評,備攷,

Anmessen 量,度,

Anmut, die 美貌,秀麗,愉快,

Anmutig 美麗秀貌愉快

Annageln 釘着,釘上

Annähen 縫

Annähern 近前,接近,

Annahme, f. pl.-n 受納,領收

Annehmbar 合例,合式,採用,

Annehmen 仝上

Annehmlichkeit, die pl.-en 有
趣,受納,適意,

Anordnen 擺好,排列,整理,

Anorganisch 無機的,

Anpassen 合適,

Anpflanzen 栽,種,插

Anpflanzung, die pl.-en 園,栽
種地,耕地

Anprallen 衝突,

Anpreisen 詡,誇獎

Anprobieren 試穿,試用,

Anputzen 粧飾,打扮,擺緻

Anraten 相助,勸,忠告

Anrauchen 吃烟,

Anrede, die pl.-n 直說,論說,告
訴,傳達,發言,面陳,

Anreden 直說,論說,告訴,傳達,
面陳,發言

Anregen 暢快,活潑,提醒,勸

Anlegung, f. pl.-en 獎勵,鼓舞

Anrichten 用意,準備,

Anriechen 開味,吸氣

Anrüchig 臭名,劣名,

Anrücken 向前,前進,勇進,

Anrufen 叫,喚,

Anrühren 摸,扯,拉,觸

Ansammeln 堆起,集合

Anschaffen 買,購辦,預備,

Anschauen 看,瞧,視,觀察,

Anschaulich 清楚,眞切,明白

Anschein der (e) s 像,好似

Anschicken, sich 預備,用意

Anschirren 裝馬具,

Anschlag, der (e) s, pl.-schläge
告示,弑,殺,計

Anschliessen 交接,連合,加入,

Anschluss, der sses, pl.-schlüsse
交接,連合,附屬物,

62

Anschmiegen 擠,擁,

Anschnallen 細束,負戴,扣,

Anschneiden 割,始,切,

Anschreiben 記着,記錄,寫

Anschuldigen 告,控告歸罪,

Anschuss, m. sses, pl.-schüsse 發射,彈丸

Anschwär en 黑, 製黑, 發黑, 讒言,

Anschwellen 膨脹,腫

Anschwemmen 浮

Ansehen 看,觀,細看

Ansetzen 傍置,接合,定價,

Ansicht, die pl.-en 意見,意思

Ansiedeln 成家, 落戶, 設家, 成籍,租界,移住,殖民,

Ansiedelung f. pl.-en 屬土,屬地,殖民,

Anspannen 備馬,配馬,

Anspeien 吹唾,咳唾,吐唾液

Ansprache, die pl.-n 說話,演說,響,

Ansprechen 說話,懇願,

Anspruchslos 要求,需要

Anspruch m. (e) s, pl. sprüche 要求,需要

Anspruchslos 知足, 無貪心, 端正,無要求,

Anspruchsvoll 不知足,貪心,奸巧,多要求

Anstalt, die pl.-en 會規,照料,局,院,

Anstand, der (e) s, pl.-stände 猶豫,行狀,姿勢,

Anständig 照禮,知禮,相當

Ans'arren 注目,呆看,白眼

A statt 代,替

Anstaunen 驚訝

Anstecken 染病,傳染,點燈

Ansteckend 傳染性,

Ansteckung, f. pl.-en 傳染

Anstellen 帮忙,使用,設立,

Anstellung, die pl.-en 事業,位置

Anstiften 刁唆,着,使

Anstossen 磕着,碰着

Anstössig 醜,逆,

Anstreichen 繪畫,塗抹,着色,

Ans'rengen 勉力,用功

Anstrengung, die pl.-en 發奮,用力,勞動,

Anstricken 縫,組,

Anstücken 加長,接,

Antas'en 探摸,攻擊,

Anteil, d er　e) s, pl.-e 股分,分子,

Antlitz, das es, pl.-e 面,容貌,

Antrag, de (e)s, pl.-trägs 獻,讓,建言,申立

Antragen 建議,稟請

Antragsteller, m. 建議者,稟請者

Antreffen 遇見,遇着

Antisemit, der es, pl.-e 仇猶太黨,

Antisepsis, f. 防腐法

Antritt, der (e) s 進來,任官,初發,就職,

Antrocknen 乾燥

Ant öpfeln 滴水

Antwort, die, pl.-en 回答,答應,

Antworten 回答,答應

Anvertrauen 托,任,委托,信任

Anwachsen 長起漲高,加多,增加,

Anwartschaft, die p'-en 期望,後望,

Anweisen 指示,

Anweisung, die pl.-en 錢票,任用,指揮

Anwenden 用,使,

Anwerben 僱,延請,募勸,招

Anwerbung, die pl.-en 招,延請,募勸,僱

Anwesend 在,出席,現在,

Anwesenheit, die pl.-en 在,出席,現在,

Anwurf, m. (e) s, pl.-würfe 投,拋擲

Anwurzeln 生根,固立,

Anzahl, f. 數目,數,量

Anzeichen, das-s 預兆,先兆,記號,症候,

Anzeige, die pl.-n 報告,稟報,信,廣告,

Anzeigen 報官,投報,告知,

Anziehen 穿衣服,拉,扯,引

Anziehend 引力,受感的,

Anziehung, die pl.-en 牽引,引力

Anzug, der (e) s, 1.-züge 衣服,

Anzünden 點燈

Apfel, der s, pl.-äpfel 苹菓

Apotheke, die pl.-n 藥房

Apotheker, m.-s 開藥鋪者

Apparat, der (e) s, pl.-e 儀器,器具

Appetit, der (e) s 食慾,胃口

Appetitlich 味頭,口味

Aprikose die pl.-n 杏子

Aprikosebaum, m. (e) s, pl.- bäume 杏樹

April, der-s 四月

Äquator, der-s 赤道

Arbeit, die pl.-en 作功夫,作事, 工作

Arbeiten 作功夫,作事

Arbeiter, der-s 匠人,工人,

Arbeitsam 勞苦,辛勞,勤苦

Ärger, der-s 懊氣, 發氣, 怒, 憂悶,

Ärgerlich 心焦,心煩慮亂

Ärgern 懊氣,發氣,怒

Ärglist, die 詭計,

Arglistig 詭詐,奸曲

Arglos 老實,忠厚,誠實,

Argwohn, der-(e) s 疑感,嫌疑, 疑團,

Argwöhnen 疑惑,嫌疑,疑團

Arm 貧窮,缺乏

Arm, die (e) s, pl.-e 手

Armee, der pl.-n 陸軍,軍,

Ärmel, der-s 衣袖

Armsessel, der-s 圈手椅子,太 師椅

Armut, die 貧寒,受窮

Arsch, der-es, pl.-ärsche 屁股, 臀部

Art, die pl.-en 各式,各樣,類,種,

Artig 恭敬,守規,

Artikel, der-s der, die, das, 陰 陽種三類,宗貨,雜貨,條,款,

Arznei, die pl.-en 藥,藥劑,

Arzt, der es, pl. ärzte 醫生

Asche, die 灰

Ast, der es, pl. äste 樹枝

Asyl, das s, pl.-e 善堂,避難所,

Atem, der-s 氣,口氣,吸氣

Äther, der-s 以太,空氣,

Atmen 氣,呼吸,

Atlas, der sses, pl.-atlanten 圖, 地圖

Atmosphäre, die pl.-n 空氣,太 空

Atom, das (e) s, pl.-e 質點,分 子,原子

Atresie, f. 鎖閉

Attest, das (e) s, pl.-e 字據,憑 據,口供,證書

Auch 也,亦,又,

Audienz, die pl.-en 朝見,謁見

Auerhahn, der (e) s, pl.-hähne 雞類

Auf 上頭,上,向,

Aufarbeiten 成功,做完,

Aufatmen 嘆氣,噓氣

Aufbauen 築高,砌高

Aufbehalten 戴着,保存,

Aufbeissen 齒咬

Aufbewahren 存留,儲藏,保存

Aufbinden 解開

Aufblähen 漲氣

Aufblasen 貫氣,收氣,吹氣,吹
　起,

Aufblättern 披書,開卷

Aufbleiben 坐夜,

Aufblicken 仰視,

Aufblühen 開花,放蕚

Aufbohren 鑽開

Aufbraten 再煑,再炙,

Aufbrausen 發威,怒,

Aufbrechen 放開,出發,劈開,

Aufbringen 提起,挐來,

Aufbruch, der (e) s, pl.-brüche
　出發,劈開,

Aufbürden 擔子,責任,負,

Aufdecken 掀蓋,取覆,

Aufdonnern 鳴雷

Aufdrehen 放鬆,反轉,

Aufdringen 强,迫侵入,

Aufdringlich 强迫,侵入,

Aufdrücken 印,壓,

Aufeinander 相互,彼此,

Aufenthalt, der (e) s, pl.-e 在,
　住,居

Auferlegen 逼,課,

Auferstehen 蘇生,

Auferwecken 蘇生,

Aufessen 吃完,食畢,

Auffahrend 發威,怒,

Auffallend 怪,奇異

Auffangen 拿着,接着,捕獲

Auffassen 理會,

Auffinden 找着,尋覓,發見,

Auffordern 請,招呼,要求,

Aufführen 造,蓋,作,起,建築,
　行爲

Aufgabe, die pl.-n 題目,問題

Aufgang, der (e) s, pl.-gänge
　上昇,現出,

Aufgeben 丟,捨,不問,不管

Aufgeblasen 自大,自恃,膨脹

Aufgebotn, n. (e) s, pl.-e 招喚,
　徵集

Aufgehen　發芽,萌芽,始生,昇,
　出,登,

Aufgeklärt 明白,開化,文明

Auf　　　　(15)　　　　Auf

Afugeld, n. (e) s, pl.-er 紙幣,約定金,寄託金	Aufkeimen 芽,發芽,出芽
Aufgeweckt 快活,暢快	Afuklären 明白,指教
Aufgraben 挖溝,掘,	Aufklärung, die pl.-en 明白指教,文明,
Aufgreifen 拿來,拾起,拏,	Aufkleben 貼上,粘起,
Aufguss, der sses, pl.-güsse 泡,烹	Aufknacken 撅折,割破
Aufhaben 打開,有,居,戴	Aufknöpfen 解扣,披衣,
Aufhacken 啄破,砍破,脱鈎,	Aufknüpfen 解結,
Aufhalt, m. (e) s, pl.-e 宿所,遲滯	Aufkochen 羮,煎
Aufhalten 攔着,擋住,剳駐,	Aufkommen 起,扶起,登,
Aufhaltung, f. pl.-en 妨碍,障礙	Afukratzen 抓破
Aufhängen 吊起,懸,	Aufkundigen 取消,廢止
Aufhauen 切開	Aufladen 裝載,放上,
Aufhäufen 堆,堆起,累積	Auflage, die pl.-n 印,印書,命令,枕材,稅,版
Aufheben 檢起,拾,	Auflauern 探望,私窺,
Aufheitern, 解明,明白,晴,快活	Auflauf, der (e) s, pl.-läufe 亂跑,亂鬧,集合,騷動
Aufhelfen 助,幫助,	Aufleben 復原,復生,再生,活潑,
Aufhellen 解惑,明白,發光	Auflecken 舐盡,
Aufhetzen 挑唆,刁唆,煽動	Auflegen 放上,擱着,再版,課
Aufhorchen 注意聽,	Auflehnen 不服,作亂,倚靠,抵抗,
Aufhören 止住,停,	Auflehnung, die pl.-en 反叛,抵抗
Aufhusten 咳嗽	Auflesen 尋拾,覓獲
Aufkauf, der (e) s, pl.-käuf 壟斷,買占,	Auflockern, 軟化弛開
Aufkaufen 壟斷,買占,	

Auflodern 猛火,發氣

Auflösbar 解釋,解散,

Auflosen 解釋,解散

Auflösung, die pl.-en 解開,分析,溶解

Aufmachen 打開,放開,

Aufmarschieren 開展,擺列,散開,正面行進,

Aufmerken 留心,用心,着意

Aufmerksam 經心,留意

Aufmerksamkeit, die pl.-en 小心,留意,謹愼,

Aufmuntern 解勸,勉勵,勸散

Aufmunterung, die pl.-en 解勸,勉勵,勸散

Aufnageln 釘住,釘着,釘上

Aufnähen 縫上,縫起

Aufnahme, die pl.-n 收留,招養,寄宿,受納,借濟,

Aufnehmen 仝上

Aufnötigen 勉强,逼迫,逼令

Aufoppern 犧牲,捧供物,

Aufopferung, die pl.-en 仝上

Aufpassen 用心,小心,謹愼,

Aufpasser, der-s 小心人,謹愼人,

Aufpicken 啄食

Aufpinseln 筆塗

Aufplatzen 瘡破,裂,漲開,破開

Aufquellen 膨脹,浸脹

Aufräumen 收拾,檢點,打掃,整頓,

Aufrecht 立定,站着,立着,竪,平穩,

Aufrechthaltung, die 維持,保持,

Aufregen 擾亂,心煩,慮亂,不安然,煽動,挑潑,

Aufregung, die pl.-en 戰競,恐懼,不安然,騷動,

Aufreiben 磨破,摸壞,

Aufreissen 拆開,割,裂,

Aufreizen 惹,討厭,賈嫌,鼓舞,煽動,唆

Aufrichten 竪起,溫慰,設立

Aufrichtig 實在,實心,實意

Aufrichtigkeit, die pl.-en 眞心,眞意,正直,言行一致,

Aufrichtung, f. pl.-en 建築,設立

Aufriegeln 開閂

Aufritzen 割開,剖皮

Aufrollen 開捲,

Aufruf, der (e)s, pl.-e 呼起,公

告,獎勵

Aufrufen 仝上

Aufruhr, der-s 大亂,造反,反逆,
喧鬧,謀反

Aufrühren 作亂,叛逆,喧鬧

Aufrütteln 撼,搖

Aufsagen 背書,誦述

Aufsammeln 收集

Aufsässig 不服,頑固,

Aufsatz, der es, pl-sätze 論說,
默書,盤子,照尺,

Aufsaugen 吸收,吸取

Aufscharren 搔裂

Aufschauen 上觀仰視,

Aufscheuchen 驚飛,駭走

Aufschichten 摞起,疊起,累層,

Aufschieben 遲延,延綏,推移,

Aufschlag, m. (e) s, pl.-schläge
打開,設立,增加,騰貴,

Aufschliessen 開鑰

Aufschluchzen 悲咽,歎息

Aufschluss, der sses, pl.-sch-
lüsse 講明,告知,敎示,

Aufschnallen 綑上,束起

Aufschnappen 吃

Aufschneiden 切破,割去,裁去,
自負

Aufschnitt, der 剮,塊,切

Aufschnüren 絞起纏上,

Aufschrauben 退螺旋,

Aufschreiben 記上,登錄,記載,

Aufschreien 喊,叫喚,

Aufschrift, die pl.-en 題號,表
書,誌,

Aufschub, der (e) s 耽擱,遷延,
遲滯,猶豫,

Aufschütteln 搖鬆

Aufschütten 加材,添炭

Aufschwingen 鳥翼,張翼,翶翔,

Aufsehen 向上看,仰視,監督,

Aufsehen, das-s 監督,仰視

Aufseher, der-s 監察者,監督,管
看者,

Aufsetzen 騎坐,乘

Aufsicht, die 檢查,監督,監視

Aufsitzen 騎,乘

Aufsparen 積存,蓄儲,保存,儉

Aufspeichern 裝貨,堆貨,收貯,

Aufspeisen 吃完

Aufspiessen 鑽,刺殺,手刃

Aufsprengen 開

Aufspringen 站起,急開,跳,

Aufspüren 搜出,探索,

Aufstand der (e) s, pl.-stände

國亂,蜂起,騷動,

Aufstecken 縮高,再挿,

Aufstehen 站着,立住,立,

Aufsteigen 往上,昇,登,

Aufstellen 放,擺列,排式,配置,

Aufstellung, die pl.-en 放,擺列,排式,陳列,配置,陣地

Aufstemmen 支持,伏着,凭,倚掛,

Aufstörbern 塵飛

Aufstören 攪亂

Aufstossen 衝上,發嘔氣,

Aufstreben 勵,昇進,

Aufstreifen 扎高,擠袖,攝起,

Aufstecken 伸擴,張

Aufstülpen 扎高,擠袖,攝起,

Aufstützen 扶持,倚靠,蓋,落,

Aufsuchen 找,尋,覓,搜索

Auftakeln 裝飾,網具,

Auftauchen 露出,現出,浮

Auftauen 冰釋,化凍,

Auftun 開開,放開

Auftischen 席食,陳食物棹載,

Auftrag, der (e) s, pl.-träge 差使,遣派,命令,委任,依賴,着色,議論,

Auftragen 仝上

Auftreiben 找着,引上,起,開推進

Auftrennen 拆縫

Auftreten 腳踏

Auftritt, der (e) s, pl.-e 一齣戲,事件,現出,踏段,楷級,

Aufwachen 驚醒,醒,起,

Aufwachsen 長起,

Aufwallen 盛怒,沸騰,

Aufwallung, die pl.-en 發作,腫脹,憤激,

Aufwand, der (e) s, 費用,耗化

Aufwärmen 溫

Aufwarten 服事,接待,等候

Aufwärter, der-s 門房,跟班

Aufwärts 上去,往上,上面

Aufwaschen 洗物,

Aufwecken 醒,覺

Aufweichen 散開,發散,輭壞,散破

Aufwenden 消費

Aufwerefn 加上,堆上,

Aufwickeln 捲成,開捲,捲上,

Aufwiegeln, 作亂,造亂,煽動,

Aufwiegler, der-s 造叛者,倡亂者,挑潑者,

Aufwinden 倒上,倒嚀,捲上

Aufwirbeln 颺,旋轉

Aufwischen 搽,拭淨,

Aufwühlen 忙亂,抓亂掘,

Aufzählen 數錢,記數,計數

Aufzäumen 裝馬勒,制馭

Aufzehren 吃盡

Aufzeichnen 畫圖,畫,登錄,

Aufzeichnung, die pl.-en 畫圖,書留,登錄,

Aufziehen 提上,擎上,扯上,譏誚,譴薄,着衣,敎育,

Aufzieher, m.-s 擧上者

Aufzug, der (e) s, pl.-züge 機器梯,遊神,出會,起重機,經線,衣裝,行進

Aufzwingen 逼迫,壓制,强取,

Augapfel, der s, pl.-äpfel 眼瞳,眸子,眼球,愛子,

Auge, das s, pl.-n 眼睛

Auglnachse, f. 眼軸

August, der-s 八月

Auktion, die pl.-en 拍賣,競賣

Aus 去,丟去,終,經,外,越,

Ausackern 耕取

Ausarbeiten 文書,完成,

Ausarbeitung, die pl.-en 仝上

Ausarten 變壞,衰微,變性,

Ausatmen 噴氣,呼吸,出氣,呼出,

Ausbauen 造,修整屋宇,營造,

Ausbessern 修整,修理,檢點,修補,改正,

Ausbesserung, die pl.-en 仝上

Ausbeuten 奪取,抄掠

Ausbilden 學成,完成,訓育,

Ausbildung, f. pl.-en 仝上

Ausbitten 請

Ausblasen 吹出,

Ausbleiben 在外,遷延,

Ausbluten 出血,

Ausbohren 鑽孔,穿孔,

Ausbraten 羹化,燒化,蒸成

Ausbrechen 擎去,碰吊,扯出,吐出,脫,裂,

Ausbreiten 打開,鋪張,舒展,攤開,傳播,擴張,

Ausbreitung, die pl.-en 仝上

Ausbrennen 燒了

Ausbruch, der (e) s, pl.-brüche 闖出,破裂,發,

Ausbrühen 用熱水燙,

Ausbrüten 伏,孵化,起惡念,

Ausbügeln 熔衣裳,熨,

Ausbund, m. (e) s, pl.-bünde

模範,卓越,列外,超然

Ausbündig 精選,卓越

Ausbürger, m.-s 外國人,外賓

Ausbürsten 刷,拂

Ausdampfen 蒸發

Ausdauer, die 恆心,耐忍,

Ausdauern 固守,續,

Ausdehnung, die pl.-en 寬大,伸長

Ausdeuken 想出,考出,

Ausdenten 說明,註解

Ausdienen 滿期,彀了,可以,成,

Ausdorren 烘曬,乾,枯,

Ausdreschen 打場,旋出,打稻取穀

Ausdruck, der (e) s, pl.-drücke 印刷,出版,

Ausdrücken 告訴,叙述,表明,

Ausdrücklich 明說,故意,

Ausdrucksvoll 臉色,容顏,相貌

Ausdünsten 散了,蒸散,散氣,蒸發,氣化

Ausdünstung, die pl.-en 仝上

Auseinander 離開,分別,離別,

Auseitern 化膿

Auserkoren 美好,最好

Auserlesen 挑選,揀,拔群,

Auserwählen 挑選,揀,選舉,選,拔,

Ausessen 吃完,吃盡,

Ausfahren 出外,輸出,乘出,

Ausfall, der (e) s, pl.-fälle 效驗,攻擊,關係,出缺,落,

Ausfallen 仝上,

Ausfalten 擴張

Ausfangen 捕盡

Ausfechten 解,爭鬥

Ausfegen 掃地,打掃,

Ausflicken 彌縫,補衣

Ausfliegen 飛去,

Ausfliessen 流出,

Ausflucht, die pl.-flüchte 推辭,推諉,脫走,

Ausflug, der (e) s, pl.-flüge 飛,遊玩,逃亡,

Ausfluss, der sses, pl.-flüsse 河口,流出

Ausfluten 滿溢

Ausfarderer, m.-s 挑戰者

Ausfordern 挑戰

Ausforderung, f. pl.-en 仝上

Ausforderungsbrief, m. (e) s, pl.-e 決鬥書

Ausforschen 探訪,屢問,審問,探

究,

Ausfragen 屢問,問,質問,

Ausfrassen 吃盡,飽食,

Ausfuhr, die pl.-en 出口貨,輸出,

Ausführen 出口貨,帶出,做,實行,執行,

Ausführlich 細說,充分,詳細,

Ausführung, die pl.-en 做,作,實行,

Ausfüllen 塡滿,裝滿,作滿,

Ausfüllung, die pl.-en 塡滿,裝滿,作滿

Ausgabe, die pl.-n 用費,支給,出版,雜貨,

Ausgang, der (e) s, pl.-gänge 出路,走,成績,

Ausgeben 送,給,費,支給,

Ausgehen 出外,步出,死,終,成,

Ausgelassen 暢快,歡喜,放逸,

Ausgelassenheit, die pl.-en 暢快,歡喜,放逸,遊蕩,

Ausgenommen 除,另外

Ausgesucht 挑選,

Ausgezeichnet 狠好,極好,優等,超,卓越,

Ausgiessen 溢出,注出,倒水,

Ausgleichen 平均,

Ausgleichung, die pl.-en 平均,補充,和解,一致,

Ausgleiten 滑蹉,滑

Ausgraben 挖土,掘出

Ausgrabung, die pl.-en 挖土,掘出,

Ausguss, der sses, pl.-güsse 水缸,流出,溝,

Aushalten 忍耐,保,堅忍,

Aushändigen 付他,交付,

Aushängen 掛,懸牌

Ausharren 固執,耐,頑固

Aushauchen 吸氣,呼出,

Aushauen 雕刻,鞭打,伐除

Ausheben 拏起,提擧,

Aushebung, die pl.-en 拏起,募兵,

Aushecken 孵,考出,

Ausheilen 病愈

Aushelfen 幇助,助援,

Aushilfe, die 扶助,領賑,周濟,救助,

Aushilfsmittel, n. 救急策

Aushöhlen 鑿凹,穿洞,

Aushöhnen 耻笑,譏笑,愚弄,

Ausholen 擧手,揚臂,

Aushorlzen 伐木,砍樹,疏通	Auslage, die pl.-n 開銷,報銷, 陳列品,支出,
Aushorchen 暗訪,探問,	Ausland, das (e) s 外國
Aushungern 飢疲,絕糧,	Ausländer, der-s 外國人
Aushusten 咳嗽,咳唾	Ausländisch 外國的,外來
Ausjagen 出狩,追出	Auslassen 放,開,遺,脫,
Ausjaten 拔除雜草	Auslaufen 流出,出帆,凸出,
Auskämmen 梳頭,理髮,	Ausläufer, der-s 山脈之尾,山 麓,使人,芽,
Auskauen 嚼,嚼爛,	
Auskaufen 買出,買取,	Auslecken 舐淨,
Auskehren 掃地,打掃,	Ausleeren 空,完,盡,
Auskeimen 抽芽	Ausleerung, die pl.-en 空,完, 盡,
Auskernen 去核(菓子)	
Auskitten 補缸,塞漏戶	Auslegen 墊,解,
Ausklagen 告,遞呈,息訟,	Ausleihen 借
Ausklatschen 拍掌,	Auslernen 學畢,學盡,熟鍊,
Auskleiden 解衣服,脫衣	Auslesen 讀畢,擇選
Ausklopfen 打,拷衣	Ausliefern 交出,索,付,引渡
Auskochen 熬湯,烹肉,充分煮,	Auslieferung, die pl.-en 交出, 索,付,交回,引渡,
Auskommen 和氣,充足	
Auskramen 開箱,	Auslosen 檢閱,抽籤
Auskriechen 匋出,爬出	Auslöschen 滅火,息火,塗抹,
Auskriegen 休戰	Auslösen 贖出,請戾
Auskundschaften 偵探	Ausmachen 吹息火,言定,決,取 出,持出除,
Auskunft, die pl.-künfte 打聽, 私訪,告知,報告,	
Auslachen 譏笑,恥笑,笑	Ausmalen 加色,鍍色
Ausladen 起貨,起載,	Ausmarsch, der es, pl.-märsche

出隊,行進	Auspreisen 讚美,頌揚
Ausmarschieren 仝上	Auspumpen 擠水,抽水,壓水
Ausmessen 量,	Ausputzen 粧飾,修飾,
Ausmisten 出糞,挑穢	Ausquetschen 搾汁,搾出,
Ausmünzen 鑄錢	Ausräuchern 薰香
Ausmustern 廢,棄,	Ausraufen 扯出,拏出,引,
Ausmusterung, die pl.-en 查,廢,棄,	Ausräumen 搬出,移出,清理,
Ausnahme, die pl.-n 分外,格外,定限,取除	Ausrechnen 算,計算,總計,
	Ausrechnung, die pl.-en 算法,總計
Ausnahmsweise 分外,格外,例外,	Ausrede, die pl.-n 託故,推辭,口實
Ausnhemen 拿出,破開,除,拿出,引拔,	Ausreden 推辭,推托,言出,
	Ausreiben 擦,磨,
Ausnhemend 美好,美味,非常,	Ausreichen 彀用,足,充
Auspacken 開包,	Ausreisen 出,旅行
Auspeitschen 用鞭打	Ausreissen 逃走,拔出,引出,裂
Auspfänden 取抵當,贖	Ausreiten 騎馬,遊騎
Auspfändung, die pl.-en 仝上	Ausrenken 脫臼
Auspfeifen 吹哨子	Ausrichten 傳到,說到,達到,行,
Ausplatzen 破裂	Ausrichtung, die pl.-en 仝上
Ausplaudern 多言,饒舌,	Ausrinnen 流出,走出,
Ausplü dern 偷竊,强奪,	Ausritt, der (e) s, pl.-e 騎馬,遊騎
Ausposaunen 傳告,揚傳	Ausrotten 拔根,絕,殺盡
Auspostern 粧塡子	Ausrücken 出隊伍,拔出,進行
Ausprägen 鑄錢	Ausruf, der (e) s, pl.-e 叫聲,宣
Auspressen 擠出	

言,公布

Ausrufen 仝上

Ausrüfer m.-s 競賣者,喚者,宣
言者,

Ausruhen 歇息,休息,安堵,

Ausrupfen 扯,拔毛

Ausrüsten 準備,武備,軍備

Ausrüstung, die pl.-en 仝上,

Ausrutschen 滑,滑澾

Aussaat, die 撒種,播種

Aussäen 撒種,播種

Aussage, die pl.-n 言出, 口供,
陳述,

Aussägen 鋸,拉鋸,鋸解

Aussatz, der es, pl.-sätze 瘋病,
賭金,

Aussaugen 啜盡,吸出,

Ausschälen 剝皮,去殼,脫衣

Ausschank, der (e) s 酒館

Ausscharrsn 刨出,掘出,

Ausscheiden 離開,分別,排泄

Ausschelten 辱罵,惡說

Ausschicken 派,差使,送出,

Ausschiffen 上岸

Ausschimpfen 罵,侮辱

Ausschlafen 睡足,熟睡,

Ausschlag, der (e) s, pl.-

schläge 生疤,決定,成功,芽

Ausschlagen 發芽,馬蹴,發疹,
成功,

Ausschliessen 鎖着,解免,,去

Ausschliesslich 除,別,特,

Ausschmelzen 溶解

Ausschmieren 用油搽,服油,

Ausschmücken 粧飾,修整

Ausschmückung, die pl.-en 粧
飾,修整

Ausschneiden 去,鉸除,截去,小
賣

Ausschnitt, der (e) s, pl.-e 剪
去,鉸除,截斷,小賣,圓缺,

Ausschnitzen 雕,刻,

Ausschöpfen 打水,吸水,

Ausschreien 喊,叫,宣言,

Aussschreiten 步伐,闊步,

Ausschuss, der sses, pl.-schüsse
廢物,委員,屑,

Ausschütten 注,溢出,

Ausschwatzen 饒舌,

Ausschwärmen 郡集

Ausschweifend 貪色,嫖,橫行,
放肆,

Ausschweifung, f. pl.-en 淫亂,
放逸

Ausschwenken 讓路,斜走,繞道	言,發音,
Aussehen 彷彿,選出,現出,	Aussprechen 口音,聲音,言盡,言出,
Aussehen, das-s 氣象, 景象, 外形	Aussprengen 傳告,播傳,驅馬,
Aussen 外邊,外部,	Ausspritzen 注射,注出,注入,
Aussenden 發出,派,	Ausspruch, der (e) s, pl.-sprüche 判斷, 決定, 判決, 發言,解明
Ausser 以外,另外,除,其外	Ausspucken 噴唾,咳唾
Äusserlich 外面,外貌,模樣	Ausspülen 嗽口,洗濯,
Äussern 主意,發表,判決,	Ausstatten 妝奩,嫁粧
Äusserung, die pl.-en 仝上	Ausstattung, die pl.-en 妝奩,嫁粧
Aussetzen 賣出, 移, 棄, 放任, 誹謗,	Ausstäuben 打灰,拂塵,
Aussicht, die pl.-en 光景,景色,希望,	Aussteigen 下來,下車,
Aussinnen 料想, 猜想, 發明, 考出,	Ausstellen 擺看,陳列,陳貨,出品,
Aussöhnen 說和,講和,調停,	Ausstellung, die pl.-en 賽會,博覽會,
Aussöhnung, die pl.-en 說和,講和	Aussterben 絕戶,覆家,死,絕種
Aussommern 日光晒	Aussteuer, die pl.-n 妝奩,嫁粧
Ausspähen 打探,探看	Aussteuern 置妝奩,辦嫁粧
Ausspannen 卸車,弛彎	Ausstillen 吸乳
Ausspeien 噴唾,咳唾	Ausstöbern 拂塵
Aussperren 閉出,攔阻,	Ausstopfen 塡塞,塞
Ausspielen 盡興,玩畢,	Ausstossen 逐出,擠出,
Ausspotten 譴笑,譏笑,	Ausstrecken 舒張,展開,鋪張
Aussprache, die pl.-n 口音,發	

Ausstreichen 塗字,删去,	Ausüben 練習,實行,
Ausstreuen 撒下,播下,散布,	Ausübung, die pl.-en 仝上
Ausströmen 流出,漲出,	Ausverkauf, der (e) s, pl.-
Ausstudieren 畢業,滿期,考究, 勤學,	käufe 拍賣,盡賣,
	Ausverkaufen 拍賣,盡賣,
Aussuchen 揀,揀選,擇取,	Auswachsen 生長,長成,成熟,
Austausch, der es, pl.-e 兌換, 交換,貿易	Auswahl, die pl.-en 挑選,揀,
	Auswählen 挑選,揀
Austauschen 兌換,交換,貿易	Auswanderer, der-s 移住人,旅
Auster, die pl.-n 牡蠣	行者
Austeilen 捨,分,捨施,分配,	Auswandern 去國,遠適,移住,
Austilgen 擦去, 刮去, 塗抹, 撲滅,驅除	Auswanderung, die pl.-en 移住
	Auswärmen 溫煖
Austrag, der (e) s, pl.-träge 究 竟,裁判,終局,	Auswarten 留,止
	Auswärtig 外方,外鄉,外國,外
Austragen 拿去, 多言, 惡評, 合計,	Auswärts 外方, 外鄉, 外行,出 外,外部,
Austräumen 夢止	Auswässern 退鹹味,洗退,
Austreiben 逐出,趕出,	Auswechseln 交換,變換
Austreten 踏滅, 退回, 出去, 出 解,解手,遁,	Auswechselung, f. pl.-en 仝上
	Ausweg, der (e) s, pl.-e 出路, 退後, 過道,死地,方法,手段, 術計,
Austrinken 喝完,喝乾	
Austritt, der (e) s, pl.-e 解手 處,退除,隱居,出立,出口,	
	Ausweichen 躲,躲避,遁,轉,
Austrocknen 擦乾,擦乾,乾燥,	Ausweiden 劃開肚子
Austrommeln 打鼓	Ausweinen 哭殼,止哭,哭畢,
Austrompeten 吹喇叭	Ausweis, der ses, pl.-se 証據,決

定，
Ausweisen 逐出，証明，成績，
Ausweiten 放大，開放，
Auswendig 熟讀，默想，默講，
　　默識
Auswerfen 丟去，咯痰，除，
Auswickeln 解開，轉開
Auswinden 搋，擰，絞出，
Auswischen 擦乾，洗淨，
Auswölken 晴，除雲
Auswuchs, der ses, pl.-wüchse
　　成長，氣癭
Auswühlen 掘出
Auswurf, der (e) s, pl.-würfe
　　咳痰，咳嗽，拋擲，
Auswürfeln 擲骰子
Auswurzeln 絕根，拔根
Auszahlen 開錢，支出，
Auszanken 責罵，
Auszehrung, die pl.-en 癆病，
　　衰弱，
Auszeichnen 扷萃，抄錄，卓越，
Auszeichnung, die pl.-en 仝上
Ausziehen 脫衣，搬家，扯牙，
　　引出，拔出，
Auszischen 囂囂，不靜，
Auszug, der (e) s, pl.-züge 搬
家，移住，大概，大略，摘要，行
列，發進，
Authentisch 一定，確實，憑信，
Autochir, m. 自殺者
Autor, der s, pl.-en 著作者，
　　撰者，
Auweh 哎呀，痛聲
Axt, die pl. äxte 斧
Azur, m. 青色，藍色石，蒼色，
Azurblau 天青

B.

Bach, der es, pl. Bäche 小河，
　　支河，澗溪
Backbord, das 船左邊
Bacillus, m. pl.-Bacillen 黴
　　菌，虫生黴
Backe, die pl.-n 頰部，
Backen 燒，熇
Bäcker, der-s 作點心人
Backfisch, der es, pl.-e 煎魚，處
　　女，（十四至十六歲）
Bad, das (e) s, pl.-Bäder 洗
　　澡，浴室
Badeanstalt, die pl.-en 盆湯，
　　浴堂，澡池，浴室，
Baden 洗澡

Bagage, die 行李,輜重,

Bagger, der 挑河,撈河,浚泥機,

Brhn, die pl.-en 道路,軌道,平坦,鐵道,

Bahnen 開道路

Bahre, die pl.-n 棺椁,棺本,

Bai, die pl.-en 海灣

Baisalz, n. es, pl.-e

Bajonett, das (e) s, pl.-e 鎗頭刀,刺刀

Balancieren 平均

Balanitis, f. 龜頭炎

Bald 快,速

Baldachin, der s, pl.-e 龍蓋,天花板

Baldrian, der-s 藥名

Balgen 戲鬭,角力,爭鬭

Balken, der-s 梁木,桁,

Ball, der (e) s, pl.-Bälle 毬,挑舞會,

Ballen, der-s 包,捆,獸掌,

Bulsam, der (e) s, pl.-e 樹汁

Balsamieren 香殮

Bambus, der 竹

Band, das (e) s, pl.-Bänder 帶,

Band, der (e) s, pl.-Bände 部,書本,卷,冊,

Bande, die pl.-n 黨,羣,類,班,結社,

Bändigen 訓練,壓服,馴制,

Bangen 怕,畏,恐怖,

Bangigkeit, die pl.-en 怕,畏,恐怖,

Bank, die pl.-Bänke 銀行,錢鋪,板櫈,長櫈

Bankrott, der (e) s, pl.-e 銀行傾倒,破產,

Banner, das-s 旗,幟

Bar 現錢,裸,現出,

Bär, der en, pl.-en 熊

Barbar, der en. pl.-en 強暴人,野蠻人,

Barbier, der (e) s, pl.-e 剃頭人

Barbieren 剃頭

Barett, das (e) s, pl.-e 便帽子,女帽子

Barfuss 赤足

Barke, die pl.-n 小船

Bärme, die pl.-n 小蒜子,泡沫,麴,

Barmherzig 仁愛,慈悲心,

Barmherzigkeit, die pl.-en 愛德,慈悲,哀憐,

Bärmutter, die pl.-mütter 胎

胞,子宮,

Barometer, das-s 風雨表

Barsch 苛刻,粗暴

Barschaft, die pl.-en 現錢,

Bart, der (e) s, pl.-Bärte 鬍鬚

Bartlos 無鬍鬚,

Basalt, der (e) s, pl.-e 石磚

Base, die pl.-n 表姊妹,堂姊妹,姨姊妹,伯母,從母,基礎,

Bass, der Basses, pl.-Bässe 小音·沉音,

Bast, der es, pl.-e 樹皮,冬青樹

Bastard, der (e) s, pl.-e 私子,庶出,

Baststrick, der (e) s, pl.-e 樹皮繩

Batist, der (e) s, pl.-e 薄布,細蔴布,

Batterie, f. ple.-en 砲兵中隊,電池

Bau, der (e) s, pl.-e 大屋,構造,耕作,建築,

Bauch, der (e) s, pl.-Bäuche 肚,腹,

Bauchfell, das (e) s, pl.-e 腹膜

Bauen 起屋,蓋屋,起造,耕作,

Bauer, das 鳥籠,

Bauer, der s, pl.-n 鄉人,農人,

Bäuerin, die pl.-nen 鄉婦,農婦,

Bäuerisch 田舍,失儀,農氣

Bauernhaus. das es, pl.-häuser 鄉村,鄉屋,莊戶,

Baum, der (e) s, pl.-Bäume 樹木

Baumeister, der-s 起造屋宇人,建築師,

Baumeln 擺動,

Bauplatz, der es, pl.-plätze 建築場

Bausbäckig 大臉,圓臉

Bausch, der es, pl.-Bäusche 鼓漲衣,漲起,柔軟物,瘤,

Bauschen 鼓漲,脹起

Beabsichtigen 有心,有意,志在,

Beachten 關心,理會,注意

Beachtung, die pl.-en 關心,理會,注意

Beamte, der n, pl.-n 吏官,官員,

Beängstigen 操心,怕,煩惱,

Beanspruchen 討,追,催,討債,受逼,吃緊,

Beantworten 回答,

Bearbeiten 作工夫,作事

Beaufsichtigen 監,照管,監督,

Beauftragen 託, 託付, 拜託, 委任

Bebauen 種地,農圃,耕作

Beben 身戰,搖動,震,

Becher, der-s 爵杯,杯子,斗,

Becken, das-s 盆子,池盆,圓水池,池盤,盂,

Bedächtig 智慧,老成,謹愼,熟考,

Bedachung, die pl.-en 屋頂,屋脊,車蓬,

Bedanken 謝謝,道謝,拒辭,

Bedarf, der (e) s, 必要,需用,

Bedauerlich 可惜,憐憫

Bedauern 可惜,憐憫

Bedauernswert 可惜,憐憫

Bedecken 蓋着,蓋上,庇保,防,

Bedeckung, die pl.-en 護衞,保護

Bedenken 想,思慮,

Bedenklich 不定,相疑,

Bedenkzeit, die pl.-en 想想,細想,躊躇,熟思,

Bedeuten 意思, 道理, 解明, 指示,

Bedeutend 要緊,大,關係,著,

Bedeutung, die pl.-en 要緊,大,關係,著,

Bedienen 服事,役使,

Bedientenrock, der (e) s, pl.-röcke 役服,

Bedienung, die pl.-en 勤務,奉職,僕役,使用,

Bedingen 定歸,言明,定

Bedingung, die pl.-en 條款,合同

Bedingungsweise 條款,合同

Bedrängnis, die pl.-nisse 艱難,災難

Bedrohen 嚇唬,厲聲,脅迫

Bedrohung, die pl.-en 嚇唬,厲聲

Bedrucken 印刷,印書,出版,

Bedürcken 傷心,壓制,殘苦,

Bedürfen 應有,當有,要,需

Bedürfnis, das nisses, pl.-nisse 必要,需用,要件,須要

Bedürftig 貧苦,貧窮

Beehren 尊敬,敬服

Beeidigen 盟誓

Beeilen 趕緊走去,急行,

Beeinträchtigen 傷害,污壞,障礙,

Beendigen 成就,竣工,完

Beendigung, die pl.-en 盡頭,完成,結局,終,

Beengen 窄小,束縛,

Beerben 承受家產,相續,嗣,

Beerdigen 埋,埋葬,

Beerdigung die pl.-en 喪事,祭事

Beere, die pl.-n 小水菓名

Beet, das es, pl.-e 床,菜地,花壇

Beete, f. pl.-n 甜菜

Befähigen 材能,材榦,本事,適當,

Befahren 行船,渡,航,

Befallen 落,陷,罹,襲,

Befangen 作難,理會,連累

Befehl, der (e) s, pl.-e 號令,命令,條規

Befehlen, 使令,指揮,管理,

Befehlshaber, der-s 元帥,司令官,指揮者,

Befestigen 築城,堅固,

Befeuchten 濕,潤,

Befeuern 放砲,點火,

Befinden 是,見出,思,健否,

Beflecken 弄髒,弄壞,污穢,

Befleissigen 發奮,專心,勉強,

Beflissen 好學,勤讀,勉礪,

Befolgen 聽命,順從,服從,

Befördern 加官,鼓舞,昇進,

Beförderung, die pl.-en 進步,進級,昇進,

Befrachten 裝貨,裝載,

Befragen 問,

Befreien 放出,救出,脫離,除,

Befreiung, die pl.-en 仝上

Befremden 驚訝,驚異,

Befremdend 奇妙,希罕,奇怪,鮮見

Befreunden 交朋朋友,親,

Befriedigen 滿足,平和,靜

Befriedigung, die pl.-en 仝上

Befruchten 生子,妊娠,結實,

Befugnis, die pl.-nisse 理,道理,權能,

Befugt 理,道理,權能,

Befühlen 摸,試,觸,感,

Befund, m. es 報告,事態,所見

Befürchten 怕,畏,恐

Befürchtung, die pl.-en 怕,畏,恐

Begaben 賦與,天質,施,

Begatten 交媾,配合,交接,

Begeben 上去,到,往,赴,

Begegnen 遇見,會見,邂逅,

Begehen 喜事,監察,犯,行,

Begehren 顧意,希圖,欲,求,

Begeistern 愛癖,溺愛,感激,

Begierig 貪愛,熱望,

Begiessen 灌注,

Beginn, m. (e) s 發端,原因

Beginnen 起頭,動手,起初,始,

Beglaubigen 憑據,保單,証明,

Begleiten 陪,同伴,

Begleiter, der-s 同伴者,護送者,

Beglückwünschen 道喜,恭賀,祝,

Begnadigen 赦-恩惠,

Begnügen 彀用,滿足,

Begraben 埋,葬,

Begräbnis, das nisses, pl.-nisse 喪事,祭事

Begreifen 懂得,理會,領悟

Begrenzen 立界,界碑,範圍,界限

Begrenzung, die pl.-en 立界,界碑,範圍,界限

Begründen 創設,立,開創

Begrüssen 問好,請安

Begrüssung, die pl.-en 拜望

Begünstigen 賞識,寵愛,恩惠,便利,便益,

Begütert 富

Behaart 多毛,毛深

Behagen 歡喜,欣慰,自適,

Behaglich 仝上

Behalten 不還,收存,受

Behandeln 待,接待,約定,處置,

Beharren 固執,堅忍,頑固,

Behaupten 主張,固守,,保

Bshausung, die pl.-en 屋宇,廠所

Behelfen 扶助,帮助,欺,

Behelligen 囉唆,討厭,

Behend 伶俐,爽快,速,

Beherbergen 留着,留下,

Beherrschen 管國家,治,支配,

Beherzigen 記着,留心,

Beherzt 大膽,勇敢,

Behilflich 友助,扶持

Behörde, die pl.-n 官員

Behüten 守着,保護,防

Behutsam 懂慎,注意,

Bei 在,住,廂,交,到,近

Beibringen 持來,致,告,解明,

Beichte, die pl.-n 訴罪,告罪,悔過,懺悔,

Bei　　(33)　　Bej

Beide 二,兩,雙,一對

Beieinander 一堆, 一處, 在一塊,相合,互,聚合,

Beifall, der (e) s 拍掌,同意,

Beifallen 仝上

Beifällig 贊成,同意,

Beifügen 添,加,添起,

Beifuss, der es 艾草,

Beigeschmack, der (e) s 別味, 副味,變味,餘味,

Beigesellen 合夥,店徒,入社,

Beikommen 近來,至,及,

Beil, das (e) s, pl.-e 菜刀,肉刀,

Beileid, das (e) s 吊唁,吊慰, 弔

Beimischen 攪和,混和,

Bein, das (e) s, pl.-e 足,骨

Beinahe 差不多,大概,

Beinbruch, das (e) s, pl.-brüche 脚骨跌斷,

Beiordnen 加,添,增,

Beipflichten 答應,承認,同意, 贊成,

Beisammen 一塊,一齊,一堆

Beischläfer, der-s 同房人,交合,者,私通人,

Beisein, das-s 眼前,當面,現在,存在,

Beiseite 邊旁,旁側,

Beisitzer, der-s 左堂, 郜審, 陪席,

Beispiel, (e) s, pl.-e 例,模範,比喻,

Beissen 咬

Beistand, der (e) s 補助者,

Beistehen 扶助, 扶持, 傍立添力,

Beistimmung, die pl.-en 應允,同意,贊成,

Beitrag, der (e) s, pl.-träge 助力,附錄,

Beitreiben 募集,

Beitreten 入會,加入,同意,

Beitritt, der 仝上

Beizeiten 快,速急,好時期,

Bejahen 是,準,答應,然諾,

Bejahrt 老,舊,古

Bejammern 憂愁, 煩悶, 哀哭,嘆,

Bekämpfen 打伏,爭,制

Bekannt 名人, 著名, 名高,知,相識,

Bekanntmachung, die pl.-en

告示

Bekehren 感化,勸化

Bekennen 認,信仰,懺悔,

Beklagen 怨,哀哭,悲訴

Beklatschen 拍掌,誹謗,

Bekleben 糊上,粘上

Beklecksen 汚點,穢,

Bekleiden 穿衣,授職,

Beklemmen 壓着,夾壓,苦,

Beklommen 煩惱,不安,

Bekommen 得,獲,取,領,受

Beköstigen 養給, 供給, 賄, 給
食,

Bekränzen 花圈,

Bekriegen 開戰

Bekümmern 管理,傷,惱,

Bekümmert 煩悶,苦,惱,

Belachen 笑,見笑,

Beladen 裝起,攔載,

Belagern 圍,攻圍,

Belangen 揭告,責罰,拘,到,逹,

Belasten 載,運任,任重,

Belästigen 討厭,厭煩,壓抑,

Belaubt 多葉

Belaufen 總額,合計,

Belauschen 聽,偷聽,窺,

Beleben 暢快,活潑,

Belehnen 發給貸附,

Belehren 敎訓,敎導

Beleibt 身體肥胖,壯健,

Beleidigen 得罪,冒犯,

Beleidigung, die pl.-en 過失,
過錯,損傷,

Belesen 學問,博學,博雅,

Beleuchten 發光,點燈,照

Beleuchtung, die pl.-en 燈,照,
明,射光,

Belieben 願意,遂意,隨意,

Beliebig 適意,任意

Beliebt 愛,好,

Bellen 犬吠

Belohnen 賞,賞賜,獎賞,報酬

Belohnung, die pl.-en 仝上

Belügen 撒謊,說謊,欺,

Belustigen 有趣,興會,樂,

Bemächtigen 佔, 霸佔, 奪, 强
佔,

Bemalen 畫,繪畫,着色,

Bemänteln 掩藏,隱瞞,隱諱

Bemerken 看見,談,注意,

Bemerkung, die pl.-en 仝上

Bemitleiden 憐憫,可憐,

Betmittelt 富足,富,有福

Bemühen 操心,費心,勞動,

Bemühung, die pl -en 仝上	Beraten 主意,商議,勸言,諫,
Benachbart 鄰舍,鄰家	Berauben 偷,盜竊,奪,掠,
Benachrichtigen 告訴, 通信, 報知	Berauschen 醉,喝醉
Benachteiligen 吃虧,損耗,	Berechtigen 委任,付權,
Benagen 齦·咬	Beredt 口才,善言,能辯,
Benediktion f. pl.-en 祈幸福, 讚美	Bereichern 發財,致富,增,
Benefiz, n. es, pl.-e 利益,恩惠	Bereisen 遠行,出外,遠適,遊歷,
Benehmen 行爲, 行狀, 舉動, 舉止,	Bereit 預備,准備,
Beneiden 嫉媢·	Bereits 已經,曾,旣,
Benennen 名字,稱乎,	Bereitung, die pl.-en 弄,辦,儌·
Benetzen 沾濕,淋濕,濕,	Bereuen 悔,後悔
Bengel, der-s 生事人,小孩子, 粗暴人,田舍漢	Berg, der (e) s, pl.-e 山
Benisen 噴嚏	Bergen 救出,安全,
Benutzen 用,需利,用	Bericht, der (e) s, pl.-e 傳說, 傳告,報告,
Beobachten 察看, 注看, 留神, 觀察,	Berichten 傳說,傳告,報告,
Beobachter, m. s 觀察者	Berichtigen 改正,斧正,正誤,
Beordern 命,敎,吩咐,指揮,	Bernstein, der (e) s, pl.e 琥珀
Bepacken 搭上,放上,裝載,	Bersten 裂破,拆破,
Bepflanzen 栽,種,殖,	Berüchtigt 議言,
Bepinseln 筆塗	Berücksichtigen 注意, 留心回顧,
Bequem 方便,順手,便當	Beruf, der (e) s, pl.-e 本分,事業,任務,
Berappen 給,開,	Berufung, die pl.-en 招回,徵辟,任官,控訴
	Beruhen 因爲,關係,安置,

Beruhigen 平安, 平息, 安然, 静,慰,

Berühmt 有名,著名,

Berühren 摸,動 觸

Besänftigen 息怒,平和,鎮静, 安穩,

Besatz, der es, pl.-sätze 衣邊, 緣,端,

Besatzung, die pl.-en 護城兵,

Beschädigen 壞,破壞,損傷,

Beschäftigen 作事,從事,

Beschämen 害羞,羞愧

Beschatten 憮着,遮,蓋蔽,

Beschauen 看,視,

Bescheiden 知足, 端正, 回答, 判決,

Bescheinen 光照,光被,輝,

Bescheinigen 保單,憑據,証據,

Beschenken 送,贈

Beschiessen 放鎗砲, 擊放, 射 擊,

Beschimpfen 咒罵

Beschirmen 守着,防護,蓋,

Beschlafen 睡臥,宿,

Beschlag, der (e)s, pl. schläge 釘,飾金,具,

Beschlagen 裝飾,截除,

Beschleichen 輕移,緩步,

Beschleunigen 增速

Beschliessen 商議,結局,

Beschmieren 抹去,敷,

Beschmitzen 侮辱

Beschmutzen 塵埃,汚穢,

Beschneiden 切去,剪,割,

Beschneien 雪蓋

Beschneit 大雪

Beschränken 界限,儉約,

Beschränkt 短見,有限,

Beschreiben 講解, 細說, 說明, 記載,

Beschreiten 走,登,

Beschuldigen 歸罪,問罪,告訴,

Beschütten 積,注,覆,

Beschützen 護着,庇佑,

Beschwerde, die pl.-n 訴告, 煩 勞,重任,困苦,爲難

Beschweren 煩悶,强壓,

Beschwerlich 仝上

Beschwichtigen 息,静,滿足,

Beschwören 盟,誓

Besehen 看,觀視,

Beseitigen 除,廢棄,屏除,

Besen, der-s 掃竿,箒

Besetzen 佔守,

Besichtigen 檢查,查看	Bestattung, die pl.-en 喪事,
Besiegeln 打印,封緘,	Bestauben 灰塵,塵積,
Besiegen 勝,得勝,克,	Bestechen 賄賂,行賄,刺,
Besinnen 想,醒悟,回想,	Besteck, das (e) s, pl.-e 鞘,
Besinung, die 仝上	Bestecken 插,刺,
Besitz, m es 占有,占領	Bestehen 用,貸,保,冒險,主張,
Besitzen 有,所有	Bestehlen 偷竊
Besoffen 昏醉,醉迷	Besteigen 往上,上,乘,登,
Besohlen 換鞋底,	Bestellen 送來, 定貨, 指示, 委任,
Besolden 工錢,發餉,給金,	
Besonders 特別,一單,殊,	Bestellung, die pl.-en 託付,申付,注文,
Besonnen 諳練,謹愼,思慮,	
Besorgen 購, 製辨, 買, 送去, 管應,照,管看,注意,	Bestempeln 打印,蓋圖章
	Bestens 最好
Besorgt 煩躁,注意,	Besteuern 完稅,錢糧
Bespiegeln 對鏡	Bestialisch 兇暴, 刻忍, 苛虐, 獸心,
Bespötteln 耻笑,譏誚,嘲笑,	
Besprechen 商議,豫言	Besticken 刺繡
Besprengen 洒水,注,	Bestie, die pl-n 野獸,獸心人,
Besser 好,更好,狠好	Bestimmen 定,決定,
Bessern 變好,改正,改良,	Bestimmt 一定,不易,決定,
Bestand, der (e) s, pl.-Bestände 永久,現品,成分,餘,兵員,借地,	Bestrafen 責罰,懲戒,
	Bestrahlen 照光
	Bestreben 勉力,匪勉,
Beständig 恆心,不輟,不易,	Bestreichen 抹去,塗,删除,
Bestätigen 符合,準,相對,確實,	Bestreuen 撒
Bestatten 埋,埋葬,	Bestürmen 攻打,暴攻,

Bestürzt 驚恐,畏懼,	Betreten 踏,進,
Bestürzung, die pl.-en 驚恐,畏懼,惑亂,顚倒	Betrieb, der (e) s, pl.-e 機器開動,營業,
Besuch, der (e) s, pl.-e 拜會,訪謁	Betrinken 喝太多
Besuchen 拜會,訪謁	Betroffen 驚訝,
Besudeln 䙝,不潔净,汚,	Betrüben 煩悶,不爽快,悲,憂,
Betagt 老,古老,年高,年長,	Betrug, der (e) s 哄人,欺騙,
Betasten 摸,探摩,觸,	Betrügen 哄人,誑詐,哄騙
Betäuben 昏迷,無感覺,上迷藥	Betrüger, m. s 詐欺者,奸人
Beten 拜,祈,	Betrunken 喝太多,酒醉
Beteiligen 關心, 入股, 配分, 參與,	Bett, das (e) s, pl.-en 床,河底,
Beteuern 實在,實事	Bettdecke, hie pl.-n 蓋被,看被,
Betören 濛混,驅拐,欺	Betteln 討,乞食,求,
Betiteln 加官,晉爵,贈級,命題,付號,	Betten 舖床,舖被
Betonen 口音,正音調,	Bettler, der-s 男丐,
Betrachten 看,觀看	Bettlerin, die pl.-nen 女乞丐,
Betrag, der (e) s, pl.-träge 共計,合數,總數	Beugen 屈折,折腰,鞠躬,頓首,
Betragen 行爲,舉動,行狀,	Beule, die pl.-n 瘤,瘇起,
Betrauen 託付, 交付, 信任, 委任,	Beunruhigen 掛念,不安,
Betrauern 悲哭,哀痛	Beurlauben 告假,放學,停工,遣假,休歸,
Betreffen 相遇,碰見,	Beurteilen 判決,批評,鑑定,
Betreiben 學,行,事,做,勉礪	Beute, die 掠物,擄掠
	Beutel, der-s 袋子,皮囊,籃子,篩,
	Beuten 捕獲,奪
	Bevölkern 人烟稠密

Bevölkerung, die pl.-en 百姓, 人口

Bevollmächtigen 委任,全權,

Bevor 以前,豫

Bevormunden 撫孤,

Bevorstehen 快到,脅迫,近寄,

Bevorwarten 緒言,辯護

Bevorzugen 寵愛,撰擇,

Bewachen 警衞,守住,看守

Bewachsen 裁培

Bewaffnen 軍器,武備軍裝

Bewahren 貯,保存,保護,

Bewältigen 壓服,制,從,

Bewässern 溝洫,水道,

Bewegen 動,搖,撼,

Beweglich 活動,活潑,震動,

Beweinen 哭,

Beweis, der ses, pl.-se 憑據,憑證,見證,

Beweisen 憑據,憑證,見證

Bewerb, m. (e) s, pl.-e 職業,事務

Bewerben 央求,懇求,努力,勞動,

Bewerber, der-s 候補者,

Bewerfen 丟去,塗,汚,擲,

Bewilligen 應允,準許,許可,

Bewillkommen 迎來,厚遇,優待,

Bewirken 做,行,爲,

Bewirten 款待,接待,響應,

Bewitzeln 愚弄嘲弄

Bewohnen 住,居住

Bewohner, der-s 住戶,居民,

Bewölken 雲霧,

Bewunderer, m.-s 驚嘆者,稱讚者

Bewundern 希奇,驚訝,感心,

Bewusst 知覺

Bewusstlos 昏迷,無知覺,

Bewusstsein, das-s 甦醒,明白,知識,

Bezahlen 開錢,償

Bezähmen 馴,制,制馭,

Bezaubern 迷惑,溺愛,戀惑

Bezeichnen 記號·示,表,標,

Bezeugen 証示,

Bezichtigen 罪,有罪,

Bezichen 主顧,關係,受取,引,買,訴,領,

Beziehung, f. pl.-en 涉交,關係

Bezirk, der (e) s, pl.-e 區域,郡,地方,

Bezuckern 着糖

Bezwecken 目的,狙,釘付

Bezweifeln 疑,訝,

Bezwingen 得勝,勝,制服,壓

Bibel, die pl.-n 耶蘇書,經典,

Biber, der-s 獸名,海狸,

Bibliothek, die pl.-en 書庫,圖書館,

Bibliothekar, der-s, pl.-e 書庫長

Bieder 良善,正直,質樸

Biegen 灣折,

Biegsam 輭柔,可屈

Biene, die pl.-n 蜂,

Bier, das (e) s, pl.-e 皮酒

Bieten 呈奉,獻

Bild, das (e) s, pl.-er 相片,畫片,圖

Bilden 雕刻,塑相,教育,發育,成

Bildlich 比方,像,借意,譬如,

Bildnis, das sses, pl.-nisse 畫相,寫眞,

Bildsäule, die pl.-n 立像,像,

Bildung, die pl.-en 敎訓,敎化,形像,智識,

Billard, das s, pl.-e 毬棹,球盤,

Billet, das (e) s, pl.-e 票,入場

劵,

Billig 價廉,便宜,公平,

Billigen 應許,允許,贊成,

Bimsstein, der (e) s, pl.-e 浮石,去墨水石

Binde, die pl.-n 綑帶,縛,束,

Binden 綑,綁,繫上,

Bindewort, das es, pl.-wörter 聯絡字,接續詞,

Bindfaden, der s, pl.-fäden 細繩,

Binnen 在,到,內,中,

Binse, die pl.-n 菖蒲,葦,燈心草

Bipolar 兩極

Birke, die pl.-n 樹名,樺樹,

Birne, die pl.-n 梨,

Birnbaum, der (e) s, pl.-bäume 梨樹

Bis 到,至,迄,

Bischof, der (e) s, pl.-shöfe 主敎者

Bisher 到這時,至今日,迄今,

Biss, der sses, pl.-sse 咬

Bischen 一點,不多,些少,

Bissen, der-s 一塊,一點(肉)

Bissig 咬人,愛咬

Bisweilen 不常,間或,

Bitte, die pl.-n 求,懇求,

Bitten 求,懇求

Bitter 苦

Blähen 吹,

Blank 亮,明,明亮

Blase, die pl.-n 泡,水泡,尿脬, 膀胱

Blass 黃白,青白,

Blatt, das (e) s pl.-Blätter 葉, 報紙,書張,

Blatter, die pl.-n 痘,

Blättern 掀書,翻書

Blau 藍色

Bläuen 染藍色,

Bläuer, m.-s 染匠

Bläulich 淺藍色,淡藍

Blech, das (e) s, pl.-e 鐵皮

Blechern 洋鐵的

Blei, das (e) s 鉛

Bleiben 在,居,留下,留着,停

Bleich 黃白色,病容,青白,

Bleichen 漂洗,漂布,

Bleichsucht, die pl.-en 黃腫病,

Bleifeder, die pl.-n 鉛筆,鉛墨 筆

Blenden 塗眼,盲,瞽,

Blick, der (e) s, pl.-e 看,見,瞥,

Blicken 看,見,瞥,

blind 瞎,盲瞽,

Blindlings 愚昧,盲目,

Blindschleiche, die pl.-n 小蛇

Blinken 亮,明,發光,閃耀,

Blinzeln 眨眼, 細視, 半開眼 而視

Blitz, der es, pl.-e 閃

Blöde 愚蠢,近視,

Blöken 叫,

Blond 白色.黃白

Bloss 但,只,唯,獨,單,

Blühen 花開,

Blume, die pl.-n 花

Blüse, f. pl.-n 燈台

Blut, das (e) s 血

Blüte, die pl.-n 花盛,

Bluten 流血,

Bock, der (e) s, Böcke 羊,公 羊,臺,槓桿,

Boden, der-s pl. Böden 地板, 樓板,倉房,儲器房,地,底,

Bogen, der s, pl.-Bögen 弓 (箭),紙葉,弧線,

Bogenfenster, das 弓形窗,

Bohle, die pl.-n 厚板

Bohne, die pl.-n 豆

Bohren 鑽,穿孔,

Bohrer, m.-s 鑽開者

Bolle, die pl.-n 蒜頭,圓體,球　根

Bollwerk, das (e) s, pl.-e 稜堡,

Bombardieren 炮擊,爆燬,

Bombe, die pl.-n 開花炮,地雷,西瓜炮,爆彈,

Boot, das (e) s, pl.-e 小船

Bord, der (e) s, pl.-e 岸,船,緣,

Bordell das s, pl.-e 妓館,

Borgen 借

Borke, die pl.-n 樹皮,

Born, m. (e) s, pl.-e 泉,井,鹽田

Börse, die pl.-n 錢袋,商業會議所,

Borste, die pl.-n 豬鬃毛,粗毛

Borte, die pl-n 邊,緣

Bösartig 兇惡

Böschung, die pl.-en 坡,斜面,斜

Böse 惡性,不善

Boshaft 兇惡,惡意

Böswillig 兇惡,惡意

Botanik, die 植物學,花木學

Botanisieren 覓花木, 探集植物,

Bote, der n, pl.-n 送信人,使者,

Botschaft, die pl.-en 口信,書信,欽差衙門,使命,傳言,公報

Botschafter, der-s 欽差,大使,

Böttcher, der s 桶匠,

Brand, der (e) s, pl. Brände 火災,失火,燒,

Branden 浪激,破碎,

Brandung, die pl.-en 碎破,

Branntwein, der (e) s, pl.-e 燒酒,火酒

Braten 燒肉

Brau f. pl.-en 眉毛

Brauch, der (e) s, pl.-Bräuche 風俗,習慣,

Brauchbar 有用,應用,

Brauchen 應有,應要,需用,

Braue, die pl.-n 眉毛

Brauen 作酒,釀,

Brauer, der s 作酒人,

Brauerei, die pl.-en 糟坊,酒棧

Braun 紫紅色,褐色

Bräunlich 淺紫紅色, 淡紫紅色,近褐色

Brause, die pl.-n 醱酵,泡起,

Brausen 風聲,驚吼,沸騰,

Braut, die pl. Bräute 定親婦，（處女已下聘禮者），新婦，未婚妻

Bräutigam der s, pl.-e 定親人，（男子已下聘禮者）新郎，

Brav 正經，體面，美，卓越，剛勇，

Brechen 吐，斷，裂破，折，毀，

Brechmittel, das-s 吐藥

Brei, der (e) s, pl.-e 醬，濃湯，粥，多辦

Breit 寬

Bremse die pl.-n 瞎虻，停輪門，制器，

Brennen 燒

Brenzlich 焦味，餿氣，

Bresche, die pl.-n 口子，孔

Brett, das (e) s, pl.-er 板子，小板

Bretzel, die pl.-n 洋點心名，餅類

Brief, der (e) s, pl.-e 信，函，書信

Briefmarke, die pl.-n 郵花，郵票

Brille, die pl.-n 眼鏡

Bringen 拿來，攜，

Brise, die pl.-n 微風，涼風

Bröckeln 搓碎

Brocken, der-s 麭頭渣子，碎片，

Brod, n. (e) s, pl.-e 麵麭

Brodeln 沸水，熬水，蒸發，

Brombeere, die pl.-n 黑小水菓名

Brönze, f. 青銅

Brosame f. pl.-n 麭頭渣子

Brot, das (e) s, pl.-e 麭包

Bruch, der (e) s, pl.-Brüche 破，裂口，斷折

Bruchband, das (e) s, pl.-bänder 綑損傷處帶子，繃帶

Brücke, die pl.-n 橋梁

Bruder, der s, pl. Brüder 兄弟

Brüderlich 如兄弟，換帖，

Brudersfrau, die pl.-en 兄妻，弟妻，

Brühe, die pl.-n 湯，羹汁，醬

Brühen 燙着了，注熱湯，

Brüllen 叫，鳴，吼

Brummen 叫，鳴，吼，呻吟，

Brunst, f. 交尾

Brunnen, der-s 井，泉，

Brust, die pl. Brüste 胸膛，奶子

Brustfell, das (e) s pl.-e 胸膛

肉皮,胸膜,	Buhlerin, die pl.-nen 娼婦,妓女
Brüstung, die pl.-en 胸壁,	Bühne, die pl.-n 戲臺,刑台,
Brustwarze, die pl.-n 奶頭,乳房,	Bulle, der n, pl.-n 公牛,壯牛,
Brut, die 孵卵	Bummeln 遊逛,閒遊
Brüten 伏窩,孵卵,	Bummler, der-s 遊民,流氓
Bube, der n, pl.-n 孩童,少年,牌名,	Bund, der (e) s, pl. Bünde 結約,結親書,約章,契約,聯盟,
Buch, das (e) s, pl. Bücher 書本,冊,	Bund, das (e) s, pl. Bünder 綑,束,把,
Buche, die pl.-n 樹名	Bündig 短,確証,適法,
Buchkalter, der-s 書記	Bündnis, das sses pl.-nisse 約章,結約,結親書,同盟,
Buchsbaum, der (e) s, pl.-bäume 黃連樹,黃楊,	Bunt 雜色,
Büchse, die pl.-n 箱,匣,筒,	Bürde, die pl.-n 担子,苦難,任物,
Buchstabe, der ns, pl.-n 字母,文字,	Burg, die pl.-en 小屋,小宮,砦,
Bucht, die pl.-en 海灣	Bürge, der n, pl.-n 押當人,保人,証人,
Buckel, der s 疙背,瘢子,駝背	Bürger, der s 民,人民,國民
Bückling, der (e) s, pl.-e 低頭,魚名,頓首	Bürgerlich 民的,人民的,普通的,
Bude, die pl.-n 小舖小店	Bürgschaft, die pl.-en 保人,作保,
Büffel, m. s 水牛,野人	Bursch, der en, pl.-en 同輩,友,徒弟,跟隨者,
Bügel, der s 檠鞍	Bürste, die pl.-n 刷子
Bügeln 烙衣裳,熨,	
Buhle, der n, pl.-n 說妻,意中人,情人,戀夫,戀婦	

Bürsten 刷一刷

Bürstenbinder, der s 做刷子人

Busch, der es, pl. Büsche 翎子,
　柏樹,束,叢,

Busen, der s 胸,港灣

Busse, die pl.-n 悔,懺悔,罰金,

Büste, die pl.-n 半身像,

Butter, die 牛奶油

Buttern 製牛奶

C.

Cabinet, das (e) s, pl.-e 小房,
　內閣

Cakao, der 卡考,水菓名

Canal, m. es, pl. näle 河,溝

Ceder, die pl.-n 樹名,杉,

Cement, m. (e) s, pl.-e 石灰
　泥,

Censur, die pl.-en 憑單,檢查,
　分數

Centner, der s 百斤

Centrum, das s, pl. Centren 中
　心,中央,中點,

Champagner, der s 香檳酒,

Champignon, m. s, pl.-s 香菌,
　蕈

Charakter, der s, pl.-e 脾氣,性
情,品性,

Charfreitag, der (e) s, pl.-e 耶
　蘇死日

Chemie, die 化學

China, das 中國,支那,磁器

Chinese, der n, pl.-n 中國人,
　華人

Chinesisch 中國的,

Cholera, die 霍亂吐瀉症

Chor, der (e) s, pl. Chöre 合
　唱,

Choral, der (e) s, pl. äle 耶蘇
　歌調,神歌

Christ, der en, pl.-en 耶蘇敎
　中人

Christus 耶蘇敎,

Cigarre, die pl.-n 捲煙,呂送烟

Cigarette, die pl.-n 紙捲煙

Cilien pl. 眼睫毛

Citat, das (e) s, pl.-e 典故,引
　句,

Citrone, die pl.-n 橙子

Client, der en, pl.-en 律師,主
　顧人

Clitoris 陰蕊

Compression, f. pl.-en 壓榨

Condensation, f. pl.-en 凝固

Consul, m. s, pl.-n 領事

Constant 不變

Cylinder, der s 長圓體,高洋帽,
汽缸,燈罩

Cypresse, die pl.-n 柏樹

Cyste, f. 泡,水泡

Czar, der en pl.-en 俄國皇上
官銜

D.

Da 這裏,此處,彼處,

Dach, das (e) s, pl.-Dacher 屋
頂面,

Dachs, m. es, pl.-e 狸,獵犬,學
生,淫女

Dadurch 通此,經此,本此,經
過,

Dafür 報贈,因此,報此,

Dagegen 反對,却

Daher 其故,故,所以,

Dahin 彼方,其處,

Damals 以前,當時,彼時,

Damast, der es, pl.-e 綢緞

Dame, die pl.-n 婦人

Damenbrett, das (e) s, pl.-er
棋盤,

Damit 因爲,爲,由於,是以,

以其,

Damm, der (e) s, pl. Dämme
河堤,街道,堤,

Dämmerung, die pl.-en 朦朧,
黃昏,

Dampf, der es, pl. Dämpfe 氣,
水氣,汽水,

Dampfer, der s 輪船

Daneben 靠,並,其傍,且又,
其外,

Dank, der (e) s 謝謝

Dankbar 感恩,感激之至

Danken 道謝,

Dann 那時,然後,其時,

Dar 其處

Daran 其爲,其處,

Darauf 其上,其後,此上,

Daraus 以此,

Darben 貧,缺乏,

Darbieten 請

Darin 此中,

Darlegen 說明,明示,演述,

Darlehen, das (e) s, 借給,負
債,

Darm, der (e) s, pl.-Därme 腸,

Darstellen 演古,表明,畫,

Darüber 在上,上邊,其上,

Darunter 在下,其下,其中,	板
Das 中性冠學	Dein 你的,汝的,
Dasselbe 一樣,相同,	Deklamieren 吟詩,辨論,
Dass 因爲,承上,	Demnächst 其次,然後,
Dattel, die pl.-n 棗,	Demokrat, der en, pl.-en 民權,
Datum, das s, pl. Data 年月日	共和政治,
Dauer, die 需時,保存,耐忍,	Demut, die 謙遜,服從,溫和,
Dauern 保存,持久,忍耐	Demütig 謙遜,服從,溫和,
Dauerhaft 結實,堅固,永久	Demütigen 不服從,不順,
Daumen, der s 大拇指	Denken 想,思,
Daune, die pl.-n 鵝絨,細羽,柔	Denn 因爲,然,則,
毛,	Dennoch 偏要,然而,
Davon 從此,本此,自此,	Dentition, f. pl.en 小兒生齒期
Davor 前頭,前邊,其前	Depesche, f. pl. n 快信,急報
Decke, die pl.-n 氈子,毯子,蓋,	Deputierte, der n, pl.-n 代議
覆,	士,
Deckel, der s 蓋子,表紙,	Der, die, das 三種綱目字
Declination f. pl. en 衰微,變化	Derart 這樣的,那樣的
Declinieren 仝上	Derb 粗魯,醜,野語,堅牢,
Decken 蓋着,遮蔽,防護,	Dereinst 往後,以後,後來
Dedikation, die pl.-en 贈呈,公	Dergestalt 這樣,左樣,如斯,
贈	Dermassen 同樣,
Defekt 毛病,缺點,過失,	Desinfection, f. pl. en 消毒
Degen, der s 指揮刀刀,	Deshalb 原來,
Dehnen 伸長,延展,	Deswegen 所以,因爲,
Deich, der (e) s, pl.-e 堤,	Desto 越,愈,益,
Deichsel, die pl.-n 馬轅,馬夾	Deuten 指示,表明

Deutlich 明白,清楚,明嘹

Deutsch 德意志的,德文

Deutsche, der n, pl.-n 德意志人

Deutschland, n. 德意志國

Dieser, diese, dieses, 這個

Dialekt, der (e) s, pl.-e 鄉音,土音,方言,話法,

Diamant, der en, pl.-en 金剛石,

Diät, die pl.-en 飲食忌飲,國會開會期,

Dich 你

Dicht 陰翳,稠密,厚,濃,

Dichten 哦詩,賦詩,

Dichter, der s 詩人

Dick 厚,肥胖,

Dickicht, das s, pl.-e 深林,

Dieb, der (e) s, pl.-e 盜賊,

Diebin, die pl.-nen 女賊

Diele, die pl.-n 地板

Dienen 奉事,奉養,恭敬,服,

Diener, der s 門房,跟班,公僕

Dienerin, die pl.-nen 丫頭,女僕,婢

Dienst, der es, pl.-e 本分,勤務,服役,

Dienstag, der (e) s, pl.-e 禮拜二

Dietrich, der s, pl.-e 鈎子

Ding, das (e) s, pl.-e, er 事情,物件,男,女,

Diphterie, f. pl.-n 喉症

Direktor, der s, pl.-en 總理,監督,

Dirne, die pl.-n 女,下婢,賤嬬,妓女

Distanz, f. pl.-en 距離,間隔

Distel, die pl.-n 蒺藜,草名,薊

Doch 到底是,然,

Doktor, der s, pl.-en 博士,醫士,

Dokument, das (e) s, pl.-e 文書,咨文,証券,

Dogge, die pl.-n 絲線,大狗,猛犬

Dolch, der (e) s, pl.-e 腰刀,

Dolde, die pl.-n 朵花

Dolmetscher, der s 繙譯官

Dom, der (e) s, pl.-e 大敎堂,圓頂格,

Donner, der s 打雷,雷,響,

Doppelt 加倍,重,

Dorf, das (e) s, pl.-Dörfer 鄉村,鄉里,

Dorn, der es, pl.-en 荆刺,樹刺	Drohen 嚇呼,恐嚇,
Dorren 乾,焙,	Drohne, die pl.-n 土蜂,
Dort 那裏,彼處,	Dröhnen 驚動聲
Dose, die pl.-n 小盒,盒,匣,箱,	Drollig 古怪,奇異,巧,
Dotter, das s 卵黄	Dromedar, das (e) s, pl.-e 駝,獨峯駝
Drache, der n, pl.-n 龍	Droschke, die 馬車,
Draht, der (e) s, Drähte 鐵絲	Drossel, die pl.-n 黑鳥,喉管,
Drama, das s, pl. Dramen. 戲曲,	Drüben 那方,彼側,
Drängen 擠進,切迫,急迫,	Druck, m. (e) s, pl. e 壓力,壓制,印刷
Draussen 外頭,	Drucken 印書,排印,壓制,
Drechseln 車工,旋轉,	Drücken 壓着,擠,執着,困難,
Drechsler, der s 車匠	Drucker, der s 印書人,印刷者
Dreck, der (e) s 塵埃,大便,污物,	Drunten 下頭
Drehen 回轉,轉轉向	Drüse, die pl.-n 眼角肉,腺,
Drehung, die pl.-en 回轉,轉,轉向,	Du 你,汝,
Drei 三	Ducken 縮住,頓首,謙遜,
Dreissig 三十	Dudeln 劣曲,劣琴聲
Dreist 不知羞愧,無耻,	Dudelsack, der 樂器名,風笛,
Dreschen 打稻,	Duell, das (e) s, pl.-e 比槍,決鬥,
Dreschflegel, der s 打禾之連枷,	Duft, das (e) s, pl.-e 合唱,
Dringen 強,押入,	Duft, der (e) s, pl. Düfte 氣味,馨,
Dringend 急緊,趕緊,切迫	Duftig 馨香,香氣,
Droben 上頭,其上,	Dulden 擔當,堪,耐忍,

Dumm 糊塗,愚蠢,	**Durchkreuzen** 成十字形,攔住,交义,
Dumpf 啞聲,濁音,陰暗,	**Durchlass**, der sses, pl.-lässe 通行,
Düne, die pl.-n 沙堆,沙島,	**Durchlaucht**, die pl.-en 殿下,
Düngen 糞田,撒肥料,	**Durchlesen** 讀過,讀畢,
Dünkel, der s 驕傲人,自負,	**Durchlöchern** 鑽孔,
Dunkel 黑暗,	**Durchmesser**, der s 徑線,剖線,全徑,
Dünken 料想,想必,現出,自負	**Durchnässen** 淹溼,淋溼,透濕
Dünn 薄,細,	**Durchprügeln** 强打,
Dunst, der es, pl. Dünste 氣,地氣,天氣汽,微塵,	**Durchreise**, die pl.-n 經過,旅行,
Durch 穿過,通過,	**Durchschlag**, der (e) s, pl.- 漏瓢,濾器,
Durchaus 總得,總要,一定,十分,	**Durchschneiden** 切開,剖穿,分切,切斷,
Durchbohren 鑽過,	**Durchschnittlich** 取中,酌中,折中,平均,
Durchbrennen 逃走,私走	**Durchschwimmen** 游過,
Durchdringen 進去,擠進	**Durchseihen** 濾滓,
Durcheilen 走遍,急過	**Durchsichtig** 透亮,看透校閱,檢查,
Durcheinander 顛倒,不清楚,錯雜,混亂,	**Durchstecken** 夾進,
Durchfahrt, die pl.-en 走過,過道,徑道,通行,	**Durchstöbern** 搜盡,穿鑿,
Durchfall, der s, pl.-fälle 瀉肚,落第,	**Durchsuchen** 覓畢,覓尋,
Durchgang, der (e) s, pl.-gänge 過路,徑道,通行,	**Durchtanzen** 全跳,踊過
Durchglühen 燒透,	
Durchgreifen 手强,强硬,	

Durchtrieben 狡猾,奸巧,	烏木,黑木
Durchweg 盡是,全,充分,	Eber, der-s 野公猪,平底船,
Durchweichen 濕透,	Echo, das s, pl.-s 應響,回音,
Durchwühlen 搜盡深掘,	音響
Durchziehen 牽過,扯過,	Echt 眞的
Dürfen 準,許,能,	Ecke, die pl.-n 角
Dürftig 貧寒,欠乏,	Edel 尊貴,上品,
Durr 枯,瘠土,乾燥,	Egal 一樣
Durst, der es 渴,	Egge, die pl.-n 耒耜,田器,
Durstig 口渴	Ehe, die pl.-n 婚配,偶,夫妻
Düster 深黑,黑暗,	Ehe 以前,先,早,
Dutzend, das es, pl.-e 一打,十	Ehelich 眞子,婚姻的,親血,
二件,	Ehelos 未婚配,獨身
Duzen 相親愛,呼汝	Ehemals 古來,古時,昔,以前
Dynamik die 力學	Ehern 堅,鐵製,
Dysenterie, f. 痢疾	Ehrbar 正經,體面,榮譽,
Dysenterisch 痢疾性	Ehre, die pl.-n 聲名,名譽,高
Dyspnoe, f. 呼吸短促	官,
Dysurie, f. 小便不利	Ehren 尊敬,敬服,
	Ehrlich 忠厚,正經,榮譽,
	Ei, das (e) s, pl.-er 蛋,卵
Ebbe, die pl.-n 潮退,潮落,減	Eichamt, das (e) s, pl. ämter
少,	考查權量局,驗權量局
Eben 平的,剛纔,一樣,	Eiche, die pl.-n 橡樹
Ebene, die pl.-n 平面,	Eichel, die pl.-n 橡樹子,龜頭
Ebenen 修平,造平	Eichhorn,-chen das s 松鼠
Ebenholz, das es, pl.-hölzer	Eid, der (e) s, pl.-e 誓,盟約,

Eidam, der s, pl.-e 女婿	書殼
Eidechse, die pl.-n 蠍虎蛇,	Einberufen 命,歸叫,諭令
Eidotter, das s 蛋黃,卵黃	Einbilden 估摸,猜想,想像,
Eifer, der s 用心,用功,熱心,	Einbinden 釘書殼,裝表紙,
Eifersucht, die pl.-en 嫉妬	Einblasen 吹藥,吹入,
Eifersüchtig 嫉妬的	Eiubrechen 裂,破壞,寇入,攻
Eigen 乾淨,清潔,固有,自分,	進,
Eigenschaft, die pl.-en 性情,性質,	Einbürgern 偷竊,攻入,
Eigensinn, der es, pl.-en 固執,偏見,輕佻,頑固,自恣,	Einbürgern 入籍,攻化,
Eigentum, das (e) s, 所有權,	Eindämmen 榮堤,圍堤,
Eigentümer, der s 本主,東主,所有者	Einfach 質樸,樸實,單簡,平易,
Eiland, das (e) s, pl.-e 島國	Einfädeln 穿針
Eilbote, der n, pl.-n 報信人,急使,	Einfahrt, die die 大門,入口,輸入,
Eile, die pl.-n 忙,急,	Einfallen 霸佔,寇入,想起,
Eilen 趕急,急行,	Einfältig 愚蠢,質樸,
Eimer, der s 筲,水筲	Einfassen 邊緣,嵌入,
Ein 一	Einfluss, der (e) s, pl.-brüche 權力,勢力,感動,挾制,波及,影響,
Einarbeiten 跟做,演習;熟達勉事,	Einfordern 收,收回,望,招,
Einarmig 一隻手	Einfrieren 凍
Einatmen 呼氣,吸氣,吸入,	Einfuhr, die 貨入口,進口送入,發行,示,表明,
Einäugig 一眼,獨眼,	Einführen 貨入口,進口,帶領,引進,輸入,採用,任,
Einband, der (e) s, pl.-bände	Einfuhrzoll, der 輸入稅

Ein　　　　(53)　　　　Ein

Eingabe, die pl.-n 稟帖, 願書,

Eingang, der (e) s, pl.-gänge 門口, 過道, 入口, 序, 探用,

Eingebildet 亂想, 自負, 傲慢,

Eingefallen 形容枯槁, 病容,

Eingehen 輸入, 進入, 縮,

Eingeschränkt 窄小, 限制, 陋,

Eingestehen 認錯, 認罪, 白狀, 懺悔, 許

Eingeweide, das s 臟腑,

Eingiessen 倒, 酌

Einhändig 隻手, 孤掌,

Einhändigen 親交, 手付,

Einheften 粗縫, 綴上,

Einheimisch 生長地方, 故鄉,

Einholen 單數, 單位, 純單,

Einholen 追着, 跟着, 趕上, 迎,

Einhüllen 包起, 圍住, 蓋,

Einig 和睦, 同意, 一致,

Einigen 合併, 聯合

Einimpfen 種痘, 接木

Einjährig 一歲, 一年

Einkauf, der (e) s, pl.-häufe 買

Einkehren 歇息, 停住, 宿

Einkerkern 囚, 入獄,

Einkleiden 着衣服,

Einklemmen 壓着, 夾住,

Einknickung, f. 彎曲,

Einkochen 養濃,

Einkommen, das s 進款, 進項, 想起, 入,

Einkommen 贏得收進, 歲入, 收額, 所得,

Einkünft die pl.-künfte 進款, 收項,

Einladen 請客, 裝載, 招待,

Einladung, die pl.-en 請客書帖, 裝載, 招待, 請求,

Einlage, die pl.-n 貯藏, 賭金,

Einlass, der (e) s, pl.-lässe 進, 小門,

Einlassen 準進, 許容, 進入,

Einlaufen 到, 流入, 入港,

Einläuten 打鐘

Einlegen 罩着, 收存, 醃肉, 置,

Einleiten, 序錢, 小引, 介紹,

Einnleitung, die pl.-en 序, 錢, 小引,

Einlenken 路轉灣, 轉灣, 說和, 轉向,

Einleuchten 明白, 懂,

Einliefern 送去, 交付,

Einlieferung die pl.-en 送去，交付，

Einlösen 贖當，

Einlösung, die pl.-en 贖當，

Einmachen 熬糖食

Einmal 一回，一次

Einmaleins, das 自乘法，九九表，

Einmarsch, der es, pl.-märsche 歸隊，進入，

Einmarschieren 出隊，收隊，進入，

Einmauern 砌壁國，

Einmengen 攪和，干涉，出口，

Einmessen 過斗，量一量

Einmieten 租屋，招租

Einmischen 攪和，干涉出口，

Einmischung, die pl.-en 干涉，出口，調和，

Einmünden 支水口流入，

Einmütig 同心，合意，一致，

Einmütigkeit, die pl.-en 和睦，一致，同意，

Einnähen 縫，

Einnahme, die pl.-n 入款，收入，

Einnehmen 吃藥，入錢，進款

Einnehmend 奇妙，

Einnehmer, der-s 收稅人，受領者，

Einnicken 睡，

Einnisten 鳥窩，作巢，

Einöde, die pl.-n 沙漠，不毛之地，

Einölen 搽油

Einpacken 包起，

Einpferchen 窄小，

Einpflanzen 栽，種，植，

Einpfropfen 填塞，

Einpökeln 醃圤

Einprägen 刻字，印字，雕刻

Einpressen 印壓，印入

Einpudern 撒粉

Einquartieren 搭宿，寓，記憶，

Einquartierung, die pl.-en 搭宿，寓，記憶，

Einrahmen 配框，

Einräuchern 燻

Einräumen 搬去，讓，

Einräumung, die pl.-en 搬去，讓與，

Einrede, die pl.-n 當面問，頂面問

Einreden 抗論，

Einreiben 擦,磨

Einreichen 呈進,交付,

Einrei en 插入,列入,編入,

Einreissen 撕開

Einrenken 醫治寫骨,接骨,

Einrichten 安排, 整理, 構成,
　準備,

Einrichtung die pl.-en 方向,
　家具,構成,修整,

Einrollen 捲,回轉

Einrosten 生銹,

Einrücken 收歸,進軍,廣告,

Einrühren 雜亂,伴合,

Eins 一

Ensacken 入袋,入囊,

Einsäen 播種,撒種,

Einsalzen 着圤,放鹽

Einsam 孤單,寂寞,

Einsamkeit, die pl.-en 獨居,寂
　寞,孤立

Einsammeln 募集,蒐集,

Einsammler, der s 募集人,

Einsammlung die pl.-en 募集,
　蒐集,會集

Einsatz, der es, pl.-sätze 賭錢,
　抵押,

Einsaugen 啜,师,吸收,

Einschalten 插入,嵌入,補入,

Einschärten 囑咐,指敎,切示

Einscharren 埋,

Einschenken 酌,斟,倒,注酒,

Einschicken 送,贈

Einschieben 撞進,推入,

Einschiessen 射擊

Einschiffen 上船,

Einschiffung, die pl.-en 上船,

Einschlafen 睡,就眠,怠,

Einschläfern 睡,

Einschlag, der (e) s, pl.-
　schläge 封套,打入,忠告,

Einschlagen 打入,封裹,

Einschleichen 輕輕的,細步,潛
　行

Einschleppen 傳染,違帶,輸入,

Einschliessen 關住,封港,

Einschliesslich 在內,包括,加,

Einschlucken 咽下

Einschlummern 睡臥,安眠,

Einschlürfen 吸入,喝進

Enischmeicheln 把結,逢迎,客
　氣,取入,

Einschmelzen 化,鎔化,

Einschmieren 抹油,搽油,

Einschmuggeln 騙稅,不報關,

偷稅,	Einsicht, die pl.-en 明悟,了解,
Einschneiden 割切,	Einsiedelei, die pl.-en 隱藏處,
Einschnitt, der (e) s, pl.-e 切開,切口	隱修院
Einschnüren 綑束	Einsiedler, der-s 隱修人,逸士,
Einschöpfen 打水,汲入,	Einsiegeln 打印,封信,
Einschränken 限界,	Einsinken 跌下,陷着,沉沒,
Einschränkung, die pl.-en 界限,制限,節減,	Einspannen 張,駕,
Einschreibe-geld, n. (e) s, pl.-er 束脩	Einspännig 駕一馬,
	Einspeicheln 流涎
	Einspeichern 貯藏
Einschreiben 掛號,存案,寫記,	Einsperren 關,囚着,監着
Einschreiten 干涉,進入,	Einspinnen 紡繭
Einschrumpfen 縮皺,起皺紋	Einsprache, die pl.-n 抗論,面質
Einschüchtern 發怯,害怕	Einsprechen 面問,抗論,
Einschuss, m. sses, pl.-schüsse 投資,資本金	Einsprengen 洒水,破壞,
	Einspritzen 擠水,注射,
Einschütten 倒進,注入,	Einspruch, der (e) s, pl.-sprüche 再辨,抗論,
Einsegeln 出帆	Einst 從前,
Einsegnen 祈福,	Einstampfen 壓下,壓緊
Einsegnung, die pl.-en 祈福	Einstecken 放入,
Einsehen 看,了解,洞察,	Einstehen 替,給,代,就職,
Einseifen 塗胰子,揩肥皂	Einsteigen 上去,乘,
Einseitig 一邊,偏向,一面,不公,	Einstellen 收藏,任用,中止,
	Einstimmen 答應,允許
Einsenden 送到,送去	Einstimmig 同心,一致.同意,
Einsetzen 賭本,典物,嵌入,	Einstimmigkeit, die pl.-en 同

心,同意,一致,

Einstmals 一回,始嘗

Einstopfen 塡塞,

Einstreichen 搽,磨擦,

Einstreuen 洒藥粉,撒布,

Einstudieren 覺悟,記憶

Einstürmen 攻擊,亂入,

Einsturz, der (e) s, pl.-stürze 拆倒,崩跌,敗亡,

Einstürzen 拆倒,崩跌,

Einsüssen 弄甘,加糖

Einstweilen 暫時,

Eintägig 一日

Eintauchen 浸入,

Eintauschen 兌換.

Einteilen 分開,分配,區,

Einteilung, die pl.-en 分開,分配,區,

Eintönig 單音,一律,

Eintönigkeit, die pl.-en 單音,一律,

Eintracht, die pl.-en 足意,滿意,心足,一致,協和,

Einträchtig 同心,合意,協和,

Eintragen 寫上,記入,

Einträglich 利益,

Eintreffen 應驗,到,達,

Eintreiben 收賬,催促,

Eintreten 進,入,出來,

Eintrichtern 注入,

Eintritt, der (e) s 進,開始,

Eintrocknen 乾涸,

Eintröpfeln 點,滴,

Eintunken 上油,着湯

Einüben 練習,演習,習慣

Einverleiben 收入,合體,編入,

Einverleibung, die pl.-en 仝上

Einverständnis, das 同心,一致

Einverstehen sses, pl.-sse 同心,一致

Einwand, der (e) s, pl.-wände 推辭,反對,

Einwanderer, der-s 旅客; 羈旅人,

Einwandern 旅寄,羈旅

Einwanderung, die pl.-en 租界,移住,

Einwärts 內部,進內

Einwässern 退,除鹹,

Einweben 機成,機布,編織

Einwechseln 換錢,兌銀,

Einweichen 水淹,水浸,

Einweihen 浸軟,

Einwelken 枯稿

Einwenden 反對,抵抗,	Eisbrecher, der-s 裂冰船,破冰船
Einweifen 投入,干涉,拋毀,	Eisen, das-s 鐵
Einwickeln 包裹,	Eisenbahn die pl.-en 鐵路
Einwiegen 搖動,	Eisenbahndamm, der (e) s, pl.-dämme 鐵道
Einwilligen 應承,允准,	Eisenbahnschiene f. pl.-n 鐵軌
Einwilligung, die pl.-en 應承,允准	Eisenbahnzug, der (e) s, pl.-züge 火車
Einwirken 勸化,感動,影響,	Eisern 鐵做的
Einwirkung, die pl.-en 仝上,	Eiskeller, der-s 冰室,藏冰窖
Einwohnen 居住	Eisig 寒冷,凍極,
Einwohner, der s 本地人,居民,	Eiskalt 寒冷,凍極,
Einwühlen 堀穿	Eismeer, das (e) s, pl.-e 冰海 (近南極北極者)
Einwurzeln 生根,	Eisscholle, die pl.-n 冰塊,
Einzahl, die 單數	Eisschrank, der (e) s, pl.-schränke 藏冰箱,
Einzahlen 匯錢,償,	Eiszapfen, der-s 凌錐,冰條,
Einzapfen 鑽開	Eisvogel, der s, pl. Vögel 白鳥,白鷺
Einzäunen 打欄杆,圍牆,	Eitel 粉飾,粧飾,
Einzeichnen 寫上,記入,	Eitelkeit, die pl.-en 粉飾,粧飾,
Einzeilig 一行,一列	Eiter, der s 膿
Einzeln 單獨,孤單,一個,	Eiterig 爛瘡膿
Einziehen 遷居,引入,	Eitern 流膿水
Einzig 單,獨,一個,	Eiweiss, das s 蛋白,卵白
Einzug, der (e) s, pl.-züge 搬傢朝見,入口,	
Einzwäugen 擠住,壓着,	
Eis, das-es 冰	
Eisbahn, die pl.-en 冰場,冰路	

Ejaculieren 精虫注射

Ekel, der-s 嫌,厭惡,難堪

Ekelhaft 可厭惡的,可嫌的

Ekeln 可厭惡的,可嫌的

Elastizität, die pl.-en 彈性,

Elastisch 彈性,彈力,

Elbagen, m. s 肘,臂節

Elektrizität, d e pl.-en 電氣

Elektrisch 電氣的,

Elektrisieren 上電氣,電氣

Element, das (e) s, pl.-e 元
　行,原質,初學,零件,元素,

Elend, das (e) s 窮累,不幸,

Elephant, m. en, pl.-en 象

Elenntier, das es, pl.-e 麋

Elf 十一

Elfenbein, das es, pl.-e 象齒

Ellbogen, der s 手膝,手肘,

Elster, die pl.-n 喜鵲,鵲

Elteren, die 父母,雙親

Email, das-s 琺琅,(磁,器釉
　水)

Embryo, m. s, pl.-s 胎兒

Eminent 超儿,拔萃

Empfang, der (e)s 待人,交接
　人

Empfangen 迎接

Empfänger, der s 接受人,收
　領人,

Empfänglich 易感,

Empfängnis, die 生產,受胎,

Empfangsschein, der (e) s,
　pl.-e 收單,領條,

Empfehlen 保薦,保舉,

Empfehlung, die pl.-en 保薦,
　保舉,

Empfinden 知道,覺,感,

Empfindlich 易感,易怒

Empfindlichkeit, die pl.-en 仝上

Empfindung, die pl.-en 覺悟,
　知覺,

Empor 高,上,

Empören 反叛,騷動,

Empörer, der-s 反叛人,

Empörung, die pl.-en 亂,騷動,

Emsig 慇懃,恆性,熱心,忙

Emsigkeit, die pl.-en 仝上,

Ende, dass, pl.-n 完,畢,盡,成果,

Enden 完了,成功,

Endigen 完了,成功,結局,

Endivie, die pl.-n 苦蕒菜,地
　凳菜

Endlich 究竟,到底,結局,

Endlos 無窮竟,無限,

Eng 窄小

Engel, der s, 天神

Engherzig 氣度狹隘, 小量, 小胆,

Engherzigkeit, die pl.-en 丞上,

Englisch 英吉利, 英文

Engpass, der sses, pl.-pässe 山路, 徑路

Enkel, der, Enkelin, die pl.-nen 孫子孫女

Entarten 不肖, 變壞, 衰微,

Entarttng, die pl.-en 不肖, 變壞, 衰微, 惡,

Entäussern 拒絕, 屏棄

Entbehren 未有, 空乏,

Entbehrlich 可缺的, 沒用, 餘剩,

Entbehrung, die pl.-en 缺, 欠乏, 不足,

Entbinden 免了, 寬免, 生產

Entbindung, die pl.-en 生產, 解放, 免除,

Entblättern 落葉

Entblöden 知耻, 赤面,

Entblössen 赤身

Entbrennen 熱焦, 激,

Entdecken 發明, 發見,

Entdecker, der-s 發明者

Entdeckung, die pl.-en 發見, 發明,

Ente, die pl.-n 鴨,

Entehren 玷辱, 污名,

Entehrend 玷辱

Entehrung, die pl.-en 玷辱

Enteilen 逃跑, 急行,

Enterben 絕產,

Entfahren 失言, 脫, 去,

Entfallen 忽落, 失,

Entfalten 伸開, 展開,

Entfärben 蓉色退, 色

Entfernen 離開, 距離,

Entfernt 遠, 疎遠, 隔離,

Entfernung, die pl.-en 遠近, 距離,

Entfesseln 解開, 釋去, 自由,

Entfetten 去油, 脫脂

Entfliehen 逃走, 私逃,

Entfremden 久別, 移住,

Entführen 搶奪,

Entführer, der-s 拐子, 強奪人

Entführung, die pl.-e 拐走, 搶奪

Entgegen 對面, 反對

Entgegnen 對答, 答應, 返答,

Entgehen 躲避, 逃, 遁,

Entgelt, m. u.n. (e) s, 賠償報酬	Entlasten 保出,卸任,釋負,
Entgelten 酬,償	Entlaufen 逃去,解,免,
Entgleisen 出軌,	Entledigen 棄去,免,解,
Enthalten 盛裝,容,包括,	Entledigung, die pl.-en 棄去,免,解,
Enthaltsam 貞節,省節,	Entleeren 空虛,排泄,
Enthaupten 斬頭,梟首	Entlegen 遠隔,
Enthauptung, die pl.-en 斬罪,斬首,	Entlehnen 借,引用,
Entheben 開缺,免差,除,	Entleiben 斃,殺害,
Entheiligen 褻瀆,神明	Entlocken 抽出,吹出,引出,
Entheiligung, die pl.-en 仝上	Entmannen 弱,受勞,
Enthirnen 去腦子	Entmutigen 失望,灰心,
Enthüllen 洩漏,露現,撥開,剝皮,去殼,	Entnationalisieren, 除籍,剝奪民權
Entjungfern 汚節,折花,破瓜,	Entnehmen 拿,借,免,奪取,
Enktleiden 脫衣服	Enträtseln 解謎,
Entkommen 躲,避	Entreissen 搶去,强奪,
Entkräften 衰敗,衰弱,無力,	Entrichten 計賬,納,支,
Entkräftung, die pl.-en 衰敗,衰弱	Entrinnen 躲,避,脫環,
Entladen 起載,放鎗	Entrollen 轉開,開捲,
Entlang 沿河	Entrücken 躲,避,取去,
Entlarven 破計,看破,	Entrüsten 發氣,怒,
Entlassen 辭,免,	Entrüstung, die pl.-en 忿怒
Entlassung, die pl.-en 辭,退職,放免,退校,	Entsagen 謝絕,拒,
	Entsagung, die pl.-en 仝上,
	Entsatz, der es 救援,援兵,
	Entschädigen 賠補,

Entschädigung, die pl.-en 賠補,賠償,	Entstehen 出,始,生,成立,
Entscheiden 判定,決心,	Entstellen 壞形,異形,醜,
Entscheidend 決斷的	Entstellung, die pl.-en 仝上
Entscheidung, die pl.-en 決定,判定,區別	Enttäuschen 解惑,
Entschieden 決斷,	Entthronen 奪王權,廢君主,
Entschlafen 死,病故,	Entevölkern 百姓減却,
Entschleiern 洩漏,露現,撥開	Entwaffnen 奪兵器,刦掠軍械
Entschliessen 議定,	Entwaffnung, die pl.-en 奪兵器,刦掠軍械
Entschlossen 矢志,議定,裁決,	Entwässern 疏通,鑿溝,乾燥,
Entschlossenheit, die pl.-en 決心,決定,	Entwässerung, f. pl.-en 去水,放水
Entschlummern 睡臥,死,	Entweder 或
Entschlüpfen 躱避,遁,消失	Entweichen 躱避,遁,
Entschuldigen 謝罪,	Entweihen 褻瀆神明,
Entschuldigung, die pl.-en 謝罪,放免,辨解,	Entwenden 偷竊
Entschwinden 躱避,消滅,	Entwendung, die pl.-en 偷竊
Entseelt 死,身故,	Entwerfen 謀算,計畫,躊躇,思議,起草,造模形,
Entsetzen 嚇唬,退,移,解,	Entwerten 貶遭,蹋
Entsetzlich 可駭怕的,非常,	Entwickeln 長養,進化,
Entsetzung, die pl.-en 救活	Entwickelung, die pl.-en 長養,發育,展開,進化,分解,
Entsinnen 記得,想起	Entwirren 披開
Entspinnen 起首,下手,開初,	Entwischen 躱避,遁,
Entsprechen 相對,適,相應,	Entwöhnen 戒脫,戒除,
Entspringen 躱避,跳去,發,	Entwöhnung, f. pl.-en 矯正,絕癖

Entwölken 明,晴

Entwürkigen 貶黜,遭踢,

Entwurf, der (e) s, pl.-würfe 主意,謀畫,

Entwürzeln 拔出扯根,

Entwurzeln 裁除,裁去,摘取,

Entziehungskur, f. 減食療法,

Entzücken das s 驚訝,大悅,

Entzünden 付炬,炎症,發炎

Entzündung, die pl.-en 仝上,

Entzwei 打成兩塊,打破,

Entzweien 吵鬧,不合睦

Ephen, der s 連錢草

Epidemie, die pl-n 瘟疫,時症,傳染症

Epidemisch 琉行性的

Epidermis, f. 表皮

Epik, f. 史詩,慷慨詩

Epilepsie, f. pl.-en 羊癲病

Epistel die pl.-n 書信,譴責

Epithel, n. 上皮

Epoche, pl.-n 紀元,時代

Epos, n. pl. Epen 壯士詩

Er 他,彼,

Erbarmen 憐憫

Erbärmlich 可惜,可憐,不幸,

Erbauen 蓋,作,造,建築,

Erbauung, die pl.-en 蓋,作,造

Erbbegräbnis, das sses, pl.-sse 墳墓,埋葬處

Erbe, der n, pl.-n 嗣子,

Erbeben 戰慄,震,

Erben 承受家產,相傳,

Erbetteln 乞求,

Erbeuten 搶着,掠奪

Erbfolge, die pl.-n 相續,承繼,

Erbin, die pl.-nen 嗣女,

Erbitten 求,乞憐,

Erbittern 生氣,忿怒

Eubitterung, die pl.-en 憤激,盛怒,

Erblassen 面黃,病形,

Erblasser der s 遺書人,遺產者

Erblich 世傳,世襲,

Erblicken 看見,知,認,

Erblinden 瞎,失明,

Erborgen 借

Erbötig 好意,用意,預備,

Erbprinz, der en, pl.-en 皇太子,

Erbrechen 吐嘔

Erbschaft, die pl.-en 家業遺產

Erbse, die pl.-n 菀豆

Erdachse, die pl.-n 地軸

Erde, die pl.-n 地,地球

Erdenge, die pl.-n 地腰,地頸,

Erdenken 想,料想

Erdbeben, das s 地驚,地動

Erdichten 默想,默會,摩想

Erdig 糞土,帶泥,含土,

Erdkugel, die pl.-n 地球,圓球

Erdkunde, die pl.-n 地理學,

Erdolchen 刺殺,

Erdreich, das (e) s, pl.-e 地面,地皮,

Erdreisten 敢行,大胆,

Erdrosseln 勒死,縊殺,絞,

Erdrücken 壓殺,

Erdteil, der (e) s, pl.-e 洲,大洲

Endulden 受苦,難過,耐忍,

Erduldung, die 苦處,忍耐,

Erdzunge, die pl.-n 地舌

Ereifern 發怒,熱心,

Ereignen 不意出來

Ereignis, das sses, pl.-sse 事情,事件,

Ereilen 追及

Eremit, der en, pl.-en 隱居人,隱士,

Ererben 承受家產,遺傳,

Erfahren 熟鍊,經驗,

Erfahrung, die pl.-en 歷練,諳練,識見,經驗,

Erfassen 抓,挐,懂得,理會,02

Erfinden 編造,發明;

Erfinder, der-s 發明者

Erfinderisch 巧妙,聰明,發明

Erfindung, die pl.-en 新式,新法編造,發明,

Erflehen 求,乞憐

Erfolg, der (e) s, pl.-e 順利,手續,功績,成效

Erforderlich 必要,必需,

Erfordern 要,求,催促,

Erforschen 推究,

Erforscher, der-s 游歷人,研究家

Erforschung, die pl.-en 游歷,推究,

Erfragen 問,訪,詢

Erfrechen 敢,厚顏,

Erfreuen 喜歡

Erfreulich 有情趣

Erfrieren 凍死,冷死

Erfrischen 涼快,爽快,

Erfrischung, die pl.-en 涼物,清涼,

Erfroren 凍傷

Erfrüllen 盡分, 盡義務, 充滿踐約,

Erfüllung, die pl.-en 盡分,盡義務,充滿,踐約,

Ergänzen 補入,充足,修理,

Ergänzung, die pl.-en 仝上,

Ergeben 投降,忠心,

Ergebnis, das sses, pl.-sse 效驗,功效

Ergiebig 寶藏,貨殖,富有,

Ergiebigkeit f. pl.-en 寶藏,貨殖,富有,

Ergiessen 流出,流入,溢；

Erglänzen 發光,輝拿,

Ergötzen 喜樂

Ergötzlich 快愉的

E grauen 灰色,白髮,黎明

Ergreifen 拿獲,握,補,

Erg immen 怒,

Ergrü den 深想,究原,進思,

Erhaben 高,卓絕

Erhabenheit, die pl.-en 高聳,高尚,高位,

Erhalten 養,受領,保存,得,

Erhalter, der s 受主,保存者

Erhaltung, die pl.-en 維持,防守,

Erhandeln 買

Erhängen 縊死,

Erhaschen 拿住,得,奪,

Erheben 提舉,

Erheblich 要緊,大事,

Erhebung, die pl.-en 仰角,高位,

Erheischen 要,求,望,

Erheitern 明白,晴,

Erheiterung, die pl.-en 明白,晴,喜悅,

Erhellen 光明,了解,

Errheucheln 假,僞

Erhitzen 發氣, 發火, 挑撥, 燒熱

Erhöhen 添高,加增,

Erholen 復元,靜養,回復,

Erholung, die pl.-en 復元,靜養,

Erhören 應允,聽悟,許願,

Erinnern 記得,想起,

Erinnerung, die pl.-en 仝上

Erkälten 冷

Erkältung, die pl.-en 寒病,冷

117

却,	Erlaubnis, die pl.-nisse 准,許可
Erkennbar 認得,相識,了解,	Erlaucht 高貴,
Erkennen 認識,承認,判決,	Erläutern 講解,說明
Erkenntlich 感恩,感激,知得,	Erläuterung die pl.-en 講解法
Erkenntlichkeit, die pl.-en 感激,	Erle, die pl.-n 樹名,赤楊,
Erkenntnis, die pl.-nisse 判決文	Erleben 經過,閱歷,經驗,
Erkennung, die pl.-en 認得·辨識,	Erledigen 成就, 完全, 決定, 空虛,
Erker, der s 凸形,凸台,觀樓	Erledigung, die pl.-en 仝上
Erklären 講解,說明;	Erlegen 宰殺,納稅,
Erklärung, die pl.-en 講法,喻明,	Erleichtern 安慰,輕減,
Erklettern 爬上,攀上,	Erleichterung, die pl.-en 安慰,輕減,易畢
Erklingen 響音,鳴,	Erleiden 受苦,難過,受害,
Erkranken 成病,害病	Erlernen 學習
Erkühnen 敢,冒,勇胆,	Erlesen 美好,精緻·拔擢,
Erkundigen 打聽,私訪,斥候,	Erleuchten 光,照,說明,
Erkundigung, die pl.-en 打聽,私訪,斥候,偵探,究問,	Erleuchtung die pl.-en 大悟,光照,說明,
Erlahmen 跛足,脚病,跛,	Erliegen 屈服,
Erlangen 得,獲,取	Erlös, der ses 消數,
Erlass, der sses, pl.-lasse 命令,諭令,咨文	Erlöschen 滅息,絕戶,
Erlassen 出示,下諭,	Erlösen 救,拯出,贖,
Erlauben 准,許可,	Erlöser, der s 救世主,解放者,
	Ermächtigen 全權,篡奪,
	Ermächtigung, die pl.-en 全

…權,權力,篡奪,

Ermahnen 勸解,敎訓,忠告,

Ermahnung, die pl.-en 全上,

Ermangeln 缺少,

Ermangelung, die pl.-en 缺少

Ermannen 勢勵,勇往

Ermässigen 減省,節省,

Ermatten 困倦

Ermattung, die pl.-en 困倦

Ermessen 測量,判斷,推測

Ermitteln 找出,測定,驗徵,

Ermorden 殺害,暗殺

Ermordung, die pl.-en 殺害,
　暗殺,

Ermüden 乏了,困倦

Ermüdung, die pl.-en 辛苦,勞
　苦

Ermuntern 起,覺,獎勵,

Ermunterung, die pl.-en 全上,

Ernähren 養育,飼,

Ernährer, der s 養育者,

Ernährung, die pl.-en 食物,
　補品,

Ernennen 任官,命名

Ernennung, die pl.-en 全上,

Erneuern 更始,恢復,改新,

Erniedrigen 賤待,降,貶黜,低,

Erniedrigung, die pl.-en 全上,

Ernst, der es 威嚴,色厲,認眞,

Ernstlich 全上

Ernte, die pl.-n 年成,收穫,

Ernten 收穫,收稼

Eroberer, der s 戰勝人,侵奪
　者,

Erobern 戰勝,侵奪,征服,

Eroberung, die pl.-en 全上,

Eröffnen 開張,着手,發見,

Eröffnung, die pl.-en 全上

Erörtern 辯論,辯理,講究

Erpicht 熱心

Erpressen 刼掠,搾出,

Erpressung, die pl.-en 刼掠,搾
　出,

Erproben 試驗,

Erquicken 涼,快活,慰,

Erquicknug, die pl.-en 涼,快
　活,

Erraten 猜算,測知,推量,

Erregbar 急躁,奮起

Erregen 感動,驚動,勵,

Erregung, die pl.-en 感動,驚
　動,勵

Erreichen 到,達,屆,

Erretten 救,救濟,拯,

Erretter, der s 救者,拨者,	Erschütterung, die pl.-en 仝上
Errettung, die pl.-en 救,救濟,	Erschweren 重,困難,
Errichten 立,樹立,建造,	Erschwingen 得,中,振達,
Erringen 赢,得,	Ersehen 挑選,揀選,悟,看,
Erröten 害羞,紅臉,羞赧,	Ersetzen 賠還,修整,補充,
Errungenschaft, die pl.-en 利得,	Ersinnen 想出,發明,
Ersatz, der es 賠補,補充,	Erspähen 探偵,
Ersäufen 淹死,	Ersparen 省積,儉約,
Erschaffen 造,造出,	Ersparnis, die sses, pl. nisse
Erschaffung, die pl.-en 關創,造出,	Erspriesslich 有用,有益,
Erschallen 響聲,鳴	Erst 第一,最初,
Erscheinen 現出,出來	Erstarren 發硬,凝固,
Erscheinung, die pl.-en 現出,現象,	Errstatten 償,補,修理,
Erschiessen 鎗斃	Erstaunen 驚訝,驚駭
Erschlaffen 困乏,怠,弱,	Erstaunlich 希奇,古怪,驚愕
Erschlagen 打死	Erstechen 刺殺
Erschleichen 哄騙,欺取,	Erstehen 復生,起,成立,
Erschmeicheln 把結,奉承,	Ersteigen 登,昇進,
Erschöpfen 倦怠,疲困,	Ersterben 死絕,消失
Erschöpfung, die pl.-en 仝上	Erstgeboren 長子,嫡子,
Erschrecken 嚇嚇,恐怖	Erstgeburt, die pl.-en 長子,初生,
Erschrockenkeit, die 嚇怕,恐怖	Erstlich 第一,最初,
Erschüttern 盪動,動驚,	Ersticken 悶死,窒死,
	Erstrecken 辟開,展長,張伸
	Erstürmen 襲擊,

Ersuchen 懇求,	Erweichen 頓,柔,
Ertappen 拿獲	Erweisen 指示,証據,
Erteilen 分配,傳報,分與,	Erweitern 放寬,改大,增加,
Ertönen 響音,鳴,	Erweiterung, die pl.-en 仝上
Ertrag, der (e) s, pl.-träge 所得,利益,收入,	Erwerb, der (e) s, pl.-e 利益,產業,實業,所得,
Ertragen 忍耐,固執,	Erwerben 仝上
Erträglich 忍受,堪,	Erwerblos 失利,
Ertränken 溺,	Erwerbung, die pl.-en 置,置買
Ertrinken 淹死,溺死,	Erwidern 回答,報,償,
Erübrigen 省積,節約,	Erwiderung, die pl.-en 報酬,返答,償
Eruption, f. pl.-en 衝出,火山破裂	Erwirken 成功,成就
Erwachsen 生長,增加	Erwischen 拿獲,捕住
Erwachen 醒,起	Erworben 後天性
Erwägen, 熟想,	Erwünschen 願望,懇望
Erwägung, die pl.-en 熟思	Erwürgen 縊死,
Erwählen 揀選,	Erythema, n. 紅班
Erwähnen 提起,說明,	Erz, das es, pl.-e 礦砂
Erwähnung, die pl.-en 提起,說明,記載,開陳,	Erzählen 演說,講談
Erwärmen 煖,溫,	Erzähler, der s 演說者,
Erwarten 等,欲,希望,	Erzählung, die pl.-en 論說,文章
Erwartung, die pl.-en 企望,盼候	Erzeigen 表示,顯
Erwecken 醒起,	Erzengel, der s 天神,
Erweckung, die pl.-en 醒,起,	Erzeugen 生殖,製出,
	Erzeugnis, das sses, pl.-nisse

製出物,天造物

Erzeugung, die pl.-en 生產,產物,

Erzgebirge, das s 德奧二國交界山脈

Erzherzogtum, das (e) s, pl.-tümer 大公國

Erziehen 敎誨,敎育,

Erzieher, der s 師保,敎誨者

Erziehung, die pl.-en 敎訓,敎育,

Erzielen 達,得目的,定準,

Erzittern 戰慄,

Erzkunde, die pl.-n 冶金學,

Erzürnen 怒,激

Erzwingen 強迫,強奪

Es 他,彼

Esel, der s 驢

Eselin, die pl.-nen 母驢

Eseltreiber, der s 牧驢人

Eselsohr, das s, 驢耳,捲書角

Espe, die (e) s, pl.-en 楊樹

Essbar 喫得可吃

Esse die pl.-n 烟筒

Essen 吃

Essig, der (e) s, pl.-e 醋

Essware, die pl.-n 食貨,食品,

Etlich 若干,一二

Etwa 差不多,大約,大概,

Etwas 一點,些少,僅,

Euch 你們的

Euer 你們的

Eule, die pl.-n 貓頭鷹

Eurig 你們的

Euter der s 獸乳房,

Evangelisch 福音敎

Evangelium, das s, pl.-lien 福音書,

Ewig 永遠,長久,無窮

Ewiglich 永遠,長久,無窮的

Ewigkeit, die pl.-en 永遠,長久,

Exanthem, n, 發疹

Exerzieren 操演,操練

Experiment, das (e) s, pl.-e 試驗,實驗

Export, der es 出口貨,輸出,

Exsudat, n. 滲出物

Extra 另外,其外,殊,

Extract, m. (e) s, pl.-e 搾出物

Extremität, f. pl.-en 四肢,端

F.

Fabel, die pl.-n 小說,物語,

Fabeln 小說,渺語

Fabrik, die pl.-en 製造處,廠

Fabrikant, der en, pl.-en 製造者,局東,

Fabrikarbeiter, der s 職工,工人

Fach, das pl.-Fächer 屜箱,分科,等級,職分,

Fächeln 拂扇,

Fächer, der s 扇

Fachmann, der (e) s, pl.-männer 局中人,專門人,

Facial 顏面

Fackel, die pl.-n 火把

Fackeln 猶豫,發火炎,

Faktorei, die pl.-en 代理職,支配

Fakultät, die pl.-en 四大學,分科,

Fade 愚鈍,質樸,無味,

Faden, der s, pl. Fäden 線

Fähig 適宜,合格

Fähigkeit, die pl.-n 材能,櫽

Fahl 色走青白,

Fahne, die pl.-en 旗

Fahnenflucht, die pl.-en 逃旗

Fahnenstange, die pl.-n 旗竿

Fahnenstock, die (e) s, pl.-stöcke 旗竿

Fähnrich, der (e) s, pl.-e 打旗人

Fahren 乘,駛

Fährgeld, das es, pl.-er 渡錢,運貨,

Fahrlässig 不留心

Fahrlüssigkeit, die pl.-en 粗心,躁氣,不注意,

Fährplan, der (e) s, pl.-plüne 火車路程及車費時刻單,行駛表,

Fahrt, die pl.-en 乘,

Fähite, die pl.-n 踪跡,路

Fahrwasser, das s, pl.-wässer 航海路,

Falke, der n, pl.-n 鶚

Fall, der (e) s, pl.-Fälle 跌倒,瀑落,位置,形勢,

Falle, die pl.-n 圈套,籠絡,

Fallen 跌倒,落,降,下,

Fällen 砍,伐

Fallieren 倒閉,破產,

Fällig 票期,限期

Falls 這樣,或者,

Fallsucht, die pl.-en 瘋,	Farnkraut, das (e) s, pl.-kräuter 草名
Falltür, die pl.-en 平面門,墜戶,	Fasan, der (e) s, pl.-en 野鷄,雉,
Falsch 錯誤,	Fasching, der 節期名,
Fälschen 假造,假冒,偽	Faselei, die pl.-en 痴說,痴呆,
Falschheit, die pl.-en 仝上	Faseln 痴說,痴呆,
Falschmünzer, der s. 私錢,私鑄者,	Faser, die pl.-en 絲,纖緯,
Fälschung, die pl.-en 假冒,	Faserig 仝上
Falte, die 褶,縮,皺,	Fasern 仝上
Falten 疊起,折合,褶起,	Fass das sses, pl.-Fäser 木桶,
Faltig 皺,	Fassen 懂得,挐,包括,理會,捕,嵌,
Falzbein, das (e) s, pl.-e 皺紙刀,	Fasslich 仝上
Falzen 磨平皺紙	Fassung, die pl.-en 仝上
Familie, die pl.-n 人家,戶,住家,	Fast 差不多,大約,略,
Fanatiker, der s 溺愛者	Fasten 吃素,辟穀,
Fang, der (e) s, pl.-Fänge 拿獲,捕住,	Fastnacht, die pl.-nächte 開齋夜,
Fangen 拿獲,捕住,	Fatal 無情趣,不幸,
Farbe, die pl.-n 顏色	Faul 懶惰,腐敗,
Färben 染布,塗色,	Faulen 腐朽,朽爛,
Färber, der s 染布人,塗色者,	Faulenzen 游閒,怠,
Färberei, die pl.-en 染坊,	Faulenzer, der s 游閒人,
Farbig 雜色,着色	Faulheit, die pl.-en 懶惰疏慵,
Farblos 素質,原色,色落,	

Faust, die pl.-Fäuste 拳頭	筆畫
Februar, der s 二月	Fee, die pl.-n 魔神,仙女
Fechtboden, der s, pl.-böden 鬥房,習拳地,	Fegefeuer, das s 火地獄
	Fegen 打掃
Fechten 打仗,鬥狠,擊劍	Fehde, die pl.-n 格鬥,失和
Fechter, der s 打仗人,鬥狠人	Fehe 失策,無益
Feder, die pl.-n 羽毛,鳥毛,鋼筆	Fehler, der es 錯,誤
	Fehlbar 有過,有錯,有誤的
Federbett, das (e) s, pl.-en 羽毛被	Fehlen 缺少
Federbusch, der (e) s, pl.-büsche 翎子	Fehlgeburt, die pl.-en 胎犯,錯產,墮胎,
Federhalter, der s 鋼筆竿,	Fehlgriff, der es, pl.-e 誤解,失錯,誤謬,
Federig 毛飛,羽起,	
Federkiel, der (e) s, pl.-e 羽莖,	Fehltritt, der es, pl.-e 失腳,走錯
Federleicht 輕如鴻毛,	Fehltreten 失腳,走錯
Federmesser, das s 小刀,裁紙刀	Feier, die 瞻禮,喜事,祭典,
	Feierabend, der s, pl.-e 安歇,休息,
Federn 毛弔了,脫毛,	Feierstunde, die pl.-n 歇時,
Federnelke, die pl.-n 花草,花名	Feiertag, der (e) s, pl.-e 假日,休業日,
Federstutz, der es, pl.-e 毛羽豐滿,	Feierlich 禮節,慶祝,恭敬,
	Feiern 節氣休業,
Federvieh, das (e) s 毛羽之禽	Feig 胆量小,
	Feige, die pl.-n 無花菓
Federzeichnung, die pl.-en 鋼	Feigenbaum, der (e) s, pl.-

bäume 無花菓樹	五穀,
Feigheit, die pl.-en 沒胆量, 懦弱,	Feldgerät, das (e) s, pl.-e 耕種之器具
Feigling, der (e) s, pl.-e 無胆量人,胆小人	Feldgeschrei, das (e) s 戰歌, 行軍歌,吶喊,鬪聲,
Feilbieten 拍賣,唱賣	Feldherr, der n, pl.-en 大將軍,元帥
Feile die pl.-n 銼	
Feilen 剉,鋸錯	Feldhospital, das (e) s, pl.-täler 戰場病院
Feilschen 講價,減價,	Feldmaus, die pl.-mäuse 田鼠
Fein 好看,精緻,	Feldmesser, der s 測量者
Feind, der (e) s, pl.-e 敵人,仇人	Feldposten, der s 防守兵,護兵,戰地郵局,
Feindlich 讐仇,敵,	Feldprediger, der s 戰場牧師,
Feindschaft, die pl.-en 寃讎,仇恨	Feldscherer, der s 軍醫
Feindseligkeit, die pl.-en 寃讎,仇恨	Feldschlacht, die pl.-en 打仗,攻打,戰鬪,
Feinfühlend 覺悟,	Feldweg, der es, pl.-e 田間道路
Feinheit, die pl.-en 禮情,精緻,	Feldwirtschaft, die pl.-en 農人,耕種,
F ist 厚,大,胖,壯	Feldzug, der (e) s, pl.-züge 打戰,戰役,
Feld, das (e) s, pl.-er 田地,區域,範圍	
Feldbau, der (e) s, pl.-e 耕田,	Fell, das (e) s, pl.-e 獸皮
Feldbinde, die pl.-n 長巾,號巾,	Fels, m. sen, pl.-sen Felsen, der s 山,石山,巖石
Feldfrüchte, die pl.-n 穀類,	Felsig 山多石者

126

Fenchel der s 小茴香

Fenster, das s 窗,

Fe sterbrett, das (e) s, pl.-er 窗臺

Fensterflügel, der s 窗門撮

Fensterkreuz, das (e) s, pl.-e 窗框

Fensterladen, der s, pl.-läden 窗戶,

Fensterscheibe, die pl.-n 窗鏡,窗玻璃,

Ferien, die 放假,假期

Ferkel, das s 小猪,

Ferm 確乎,確實

Fern 遠,

Ferne, die pl.-n 遠處,遠方,

Ferner 後來,以後,其次,其他,

Fernglas, das (e) s, pl.-gläser 千里鏡,遠鏡,

Fernrohr, das (e) s, pl.-röhre 窺天鏡筒

Ferse, die pl.-n 足後跟踵,

Fertig 完了,成功,結果,

Fertigkeit, die pl.-en 手段,手法,

Fessel, die pl.-n 鐵鍵,鎖,

Fesseln 細鎖,

Fest 緊,堅固結實,硬,

Festnahme, die pl.-n 拏去拏獲,捕住

Festnehmen 仝上

Festsetzen 落戶，住家，固着定,

Festsetzung, die pl.-en 家宅確定,

Fest, das es, pl.-e 節氣,節期,祭典,

Feste, die pl.-n 砲臺,堅固,

Festigkeit, die pl.-en 志堅,性固,性

Festland, das es, pl.-länder 大陸國,

Festlich 禮節,慶賀

Festlichkeit, die pl.-en 款客祝賀,祭典,賀儀,

Festung, die pl.-en 砲臺,

Festungsbau, der es, pl.-e 城墻,築城,

Fett, das (e) s 油 油肉,

Fett 肥

Fettbauch, der (e) s, pl.-bäuche 肥肚,壯膚,

Fettgans, die pl.-gänse 肥鵝,

Fettig 油點,油汁,膩,

Feucht 濕,水氣,潮濕

Feuchtigkeit, die pl.-en 濕氣,潮氣

Feuer, das s 火

Feuergewehr, das (e) s, pl.-e 砲,鎗

Feuerglocke, die pl.-n 火鐘,警鐘,報火鐘

Feuerhaken, der s 火鈎

Feuerleiter, die pl.-n 救火梯,

Feuermal, das (e) s pl. e, od. uäler 紅肉

Feuermann, der (e) s, pl. männer 救火人

Feuern 放鎗,放砲,燒火,

Feuerprobe, die pl.-n 火報,試火,

Feuerrot 赤似火,

Feuersbrunst, die pl.-brünste 失火

Feuerspritze, die pl.-n 水龍

Feuerstätte, die pl.-n 竈,火燒地,

Feuerstelle, die pl.-n 竈,火燒地,

Feuerstein, der (e) s, pl.-e 火石,燧石,

Feuertod, der (e) 燒死人

Feuerung, die pl.-en 柴火,煤炭,薪材,

Feuerversicherung, die pl.-en 保火險公司

Feuerwache, die pl.-n 防火人,消防隊,

Feuerwaffe, die pl.-n 軍械,火器,

Feuerwehr die pl.-en 救火局,水龍公所,消防所,

Feuerzeug, das (e) s, pl.-e 火物,燒火件,

Feurig 火景,火色,

Fibel, die pl.-n 啓蒙課本

Fiber, die pl.-n 纖維,

Fichte, die pl.-n 松樹,

Fidel 暢快,

Fieber, das s 發熱病,

Fieberfrost, m. (e) s, pl.-fröste Fieberschauer, der s 發寒病

Fieberhitze die pl.-n 發燒症

Fiebermittel, das s 熱病藥

Fieberrinde, die pl.-n 藥樹皮

Fiebern 有熱病

Fiedel, die pl.-n 琴瑟

Fiedeln 彈琴瑟

Fiedler, der s 彈琴瑟人

Figur, die pl.-en 身,棋子,塑像,圖,

Figürlich 比喻,寓意,

Filtrieren 濾水

Filz, der es, pl.-e 氈,毡氈,毛織物,

Filzhut, der (e) s, pl.-hüte 氈帽,

Filzigkeit, die pl.-en 小器,嗇陋

Filzschuh, der (e) s, pl.-schühe 氈鞋

Finanzbeamte, der n, pl.-n 財政部

Finanzen, die 財政,理財,

Finanzmann, der (e) s, pl.-männer 財政家,理財者,

Finanzwelt, die pl.-en 銀錢世界,財政世界,

Findelhaus, das es, pl.-häuser 恤孤院,育嬰堂,養育院

Findelkind, dase s, pl.-kinder 棄兒,

Finden 找着,尋獲,

Finder, der s 發見者,

Findling, der (e) s, pl.-e 棄兒,

Finger, der s 手指

Fingernagel, der s, pl.-nägel 手指甲

Fingerspitze, die pl.-n 手指尖頭

Finke, der en, pl.-en 小鳥名,鸎,

Finne, die pl.-n 疙瘩,小疤,尖頭鰭,虫名,

Finster 黑暗,曖昧,

Finsternis, die pl.-nisse 黑暗,

Finte, die pl.-n 詭計,巧謀,狡猾,

Firma, die pl.-Firmen 字號,洋行,行,店

Firmament, das (e) s 蒼天

Firmeln 教師訓奬,

Firmelung, die pl.-en 謁教堂

Firnis, der (ss) es, pl.-(ss) e 漆,漆,油漆,假

Fisch, der es pl.-e 魚

Fischbein, das (e) s, pl.-e 腰衣條,魚骨,

Fischen 捕魚,釣魚,

Fischer, der s 捕魚人,釣魚人,

Fis　　　(78)　　　Flä

漁夫

Fischernetz, das (e)s, pl.-e 網

Fischergerät, das (e)s, pl.-e 魚器,

Fischfang, der es, 打魚, 釣魚, 拏魚

Fischgräte, die pl.-n 魚莿, 魚骨

Fischhändler, der s 賣魚人, 販魚人

Fischkasten, der s, pl.-kästen 捉魚箱,

Fischlaich, m. es Fischrogen, der e 魚子, 魚蛋

Fischmilch, die 魚肚肉, (亦曰魚奶)

Fischotter, die pl.-n 水獺

Fischteich der (e)s, pl.-e 魚塘, 養魚池

Fischtran, der es, 魚油

Fistel, die pl.-n 瘺瘡, 痔瘡

Fistelstimme, die pl.-n 躁音, 聲緊

Fittich, der es, pl.-e 鳥翼

Fix 速, 快, 急,

Fixstern, der es, pl.-en 經星

Flach 平面

Fläche, die pl.-n 平地, 平面

Flächeninhalt, der es, 面積

Flächenmass, das es, pl.-e 平面尺度,

Flachheit, die pl.-en 平面,

Flachs, der es, 葫蒜,

Flachshaar, das es, pl.-e 黃髮

Flackern 火焰, 晃盪

Fladen, der s 牛糞, 洋點心,

Flagge, die pl.-n 旗,

Flaggen 揷旗, 掛旗

Flaggenschiff, das es, pl.-e 旗艦,

Flamme, die pl.-n 火焰

Flammen 燒

Flanell, der es, pl.-e 洋絨布

Flanke, die pl.-n 腰旁, 側面,

Flankieren 側擊,

Flasche, die pl.-n 玻璃瓶,

Flaschenzug, der es, pl.-züge 起重機,

Flatterhaft 無恆心, 輕薄

Flattern 飄搖,

Fetzen, der s 裂塊,碎片,

Flau 輭弱,無力,

Flaum, der es, pl.-e 輭毛,細毛,

Flechte, die pl.-n 辮子

Flechten 打辮子,編,組,

Fleck, der es, pl.-e 玷壞,汚點,

Flecken, der s 小部落,汚點,

Fleckfieber, das s 發班熱症

Fleckig 有汚點,

Fledermaus, die pl.-mäuse 蝙蝠,飛鼠

Flegel, der s 梏子, 輕薄人, 野人,

Flegelei, die pl.-en 生事人, 粗暴人,

Flegelhaft 好多事,粗暴,

Flehen 懇求,哀求,叩求,

Flehentlich 懇求,哀求,叩求

Fleisch, das es 肉

Fleischbrühe, die pl.-n 肉湯

Fleischer, der s 賣肉人,屠夫

Fleischfarbe, die pl.-n 深紅色,色紅如肉

Fleischfarbig 深紅色, 色紅如肉

Fleischig 肥胖,多肉

Fleischspeise, die pl.-n 食肉,肉品,

Fleischsuppe, die pl.-n 肉湯

Fleischtopf, der es, pl.-töpfe 糞肉鑊

Fleiss, der es 殷勤, 用功,

Fleissig 殷勤,用功

Fletschen 露齒,

Flicken 修補,

Flicker, der s 修補者

Flieder, der s 野黃楊

Fliege, die pl.-n 蚊,蠅子,蒼蠅

Fliegen 飛

Fliegenklappe, die pl.-n 捕蠅板,

Fliehen 逃走, 躲開

Fliese, die pl.-n 方甎,匾石,

Fliessen 流水,流

Flieszpapier, das (e) s, pl.-e 吃水紙

Flimmer, der s 光綫,燦爛,

Flimmern 仝上

Flink 趕快,着急,速,

Flinte, die pl.-n 鎗,

Flintenlauf, der (e) s, pl.-läufe 鎗管,鎗筒,

Flintenschuss, der (ss) es, pl.-

schüsse 打鎗, 放鎗,

Flitter, der s 箔, 粧飾

Flitterwochen, die 洞房花燭日,

Flitterwerk, das 箔飾物,

Flocke, die pl.-n 雪花, 白迹

Flockig 多白迹, 雪片,

Floh, der es, pl. Flöhe 蚤虱

Flöhen 捕蚤虱,

Flor, der es 花

Floss, das (ss) s, pl. Flösse 木筏, 木牌

Flössen 撑木牌

Flösser, der s 撑木牌人

Flöte, die pl.-n 笛子

Flötenspieler, der s 吹笛子人

Flöten 吹笛子

Flott 浪子, 奢侈, 面白,

Flotte, die pl.-n 艦隊

Fluch, der es, pl.-Flüche 咒罵

Fluchen 咒罵

Flucht, die pl.-en 躲避, 逃走

Flüchten 躲避, 逃走

Flüchtig 逃去, 躲避

Flüchtling, der (e) s, pl.-e 私逃人

Flug, der (e) s, pl.-Flüge 羣

鳥, 夥鳥,

Flügel, der s 鳥翼, 翅

Flügge 毛羽豐滿, 生毛

Flugs 急, 速快

Flunkern 欺誑

Flur, die pl.-en 田地, 平原, 牧場, 地板

Flur, der 過道, 走廊

Fluss, der (ss) es, pl.-Flüsse 江, 河

Fluszpferd, das es, pl.-e 海馬

Flüssig 水類, 液體,

Flüssigkeit, die pl.-en 水類, 流質, 液體,

Flut, die pl.-en 潮漲

Fohlen, das s 小馬, 駒,

Föhre, die pl.-n 松樹

Folge, die pl.-n 推論, 發揮, 級數, 次序, 成績

Folgen 跟着, 順從, 繼續,

Folgern 推論, 發揮, 次序, 結果, 判定,

Folgerung, die pl.-en 仝上

Folglich 所以, 後來, 以後,

Folgsam 聽命, 順從,

Folter, die pl.-n 刑具, 栲打, 用刑

Foppen 譏薄, 譏誚,	Fortschaffen 拏去, 搬運,
Förderlich 必用, 有用,	Fortschleichen 輕走,
Fordern 總要, 促進, 請求,	Fortschleppen 拏去, 搬去,
Forderung, die pl.-en 仝上	Fortschritt, der (e) s, pl. e 進步, 進境, 進功, 上達,
Förderung, die pl.-en 保進,	Fortsetzung, die pl.-en 接起, 續前,
Forelle, die pl.-n 小魚名	Fortwährend 時常, 永久
Form, die pl.-en 樣子, 模樣, 式樣	Fortziehen 遷居, 移家, 他徒
Format, das es, pl.-e 式樣, 模樣	Fracht, die pl; en 貨物, 運貨,
Formel, die pl.-n 成式, 程式	Frachtbrief, der es, pl. e 寄貨單, 裝貨票, 發票,
Formen 樣子, 程式	Frachtwagen, der s, pl.-wägen 裝貨車
Förmlich 正式	Frack, der (e) s, pl. Fräcke 洋禮衣,
Forschen 覓尋, 希圖, 審查	Frage, die pl. n 問
Forscher, der s 覓尋人, 希圖人, 審查者, 研究者	Fragewort, das es, pl.-wörter 問話
Forschung, die pl.-en 訪察, 訪查,	Fragezeichen, das s 問號 ＝?
Forst, der es, pl. e 大山林,	Fragen 問
Förster, der s 守山人, 看山人	Fraglich 不一定,
Fort 丢去, 棄了, 前方, 彼方,	Frank, der 法國錢名, 佛郎克
Fortdauern 不住, 陸續,	Frankieren 給信錢, 貼郵花
Fortfahren 運去, 乘行,	Franse, die pl. n 纓子
Fortgehen 走出, 步行, 行去	Frankreich, n. s 法國
Forthelfen 幇助, 持助, 救助,	Franzose, der n, pl. n 法國人
Fortlaufen 往前, 連續,	
Fortpflanzen 萌芽, 長芽, 生殖,	

Franzosin, f. pl.-nen 法國女人

Fratze, die en, pl. en 切牙,餌,

Frau, die pl. en 妻, 婦人, 太太,

Fräulein, das s 姑娘, 處女

Frech 輕佻, 無恥

Frei 自由. 空的, 獨立, 明白

Freien 覓妻, 選妻

Freier, der s 覓妻人, 選妻人, 求婚者,

Freigebig 大方, 寬大,

Freiheit, die pl. en 自主之權, 自由,

Freiheitskrieg, dor (e) s, pl. e 自由革命

Freiherr, der n, pl. en 男爵

Freilich 實在, 自然

Freimarke, die pl.-n 信花, 郵花

Freimütig 直道,正直,自由心, 公明

Freischule, die pl.-n 義塾, 義學

Freisinnig 大方,大量,寬容,自由心,

Freistaat, der es, pl. en 共和國,獨立國

Freitag; der (e) s, pl. e 禮拜五

Freiwillig 甘心, 情願,

Fremd 外,客,洋

Fremde, der n, pl. n 外人, 客人, 洋人

Fremdling, der (e) s, pl. e 外人, 客人, 洋人

Fressen 獸食

Fresser, dre s 饞食, 饕餮

Freude, die pl.-n 快樂, 歡喜

Freudig 快樂, 歡喜

Freuen 歡喜, 快樂

Freund, der es, pl. e 朋友

Freundin, die pl.-en 女朋友

Freundlich 和氣, 可愛的, 溫和, 友情,

Freundschaft, die pl.-en 交情, 結交, 友誼

Frevel, der s 罪惡

Freveln 犯罪

Friede, der ns, pl.-n 講和, 結和, 和睦, 平和,

Friedensbruch, der es, pl.-brüche 失和, 違和

Friedensstörer, der s 犯和睦

人, 毀和人, 失和人
Friedfertig 結和, 講和
Friedlich 和平,
Friedliebend 和睦, 願和,
Friedselig 愛和, 願和,
Friedhof, der (e) s,-pl. höfe
　　墳塋, 墳山
Frieren 冷, 寒
Frisch 新鮮
Frische, die pl.-n 新鮮
Friseur, der s 整容人, 治髮人
Frisieren 整容, 治髮
Frist, die pl. en 有限, 限期,
　　界限,
Fristen 延, 展限,
Froh 暢快, 快活
Fröhlich 暢快, 快活
Frohlocken 歡喜
Fröhnen 溺愛, 情鍾,
Frohsinn, der (e) s, pl. e 爽
　　快, 喜悅,
Fromm 誠心, 熱心, 愛敬,
Frommen 有用, 有益, 利用,
Frömmigkeit, die pl. en 誠敬,
Fronte, f, pl.-n 前面, 正面
Frosch, der es, pl. Frösche 蝦
　　蟆, 蛙

Frost, der es, pl. Fröste 冷,
　　涼, 涼冷
Frösteln 發抖, 冷戰,
Frucht, die pl. Früchte 水菓
　　總名
Fruchtbar 菓多, 多實
Fruchten 結菓,
Fruchtknospe, die pl. n 結實,
　　成菓, 菓苞
Fruchtlos 不結菓,
Früh 早, 前
Frühe, die pl.-n 清晨, 早起,
　　從前
Frühgeburt, die pl.-en 小產,
　　犯胎,
Frühjahr, das es, pl.-e 春季
Frühjahrstagundnachtgleiche,
　　die pl. n 春分
Frühling, der (e) s, pl. e 春
　　天
Frühstück, das (e) s, pl.
　　stücke 過早, 早點, 早飯,
Frühzeitig 早時,
Fuchs, der (s) es, pl. Füchse
　　狐
Fuchsfalle, die pl.-n 捉狐籠,
Füchsin, die pl.-en 牝狐

Fuchsrot 色紅如狐,

Fuchsschwanz, der es, pl-. schwänze 狐尾

Fuder, das s 裝載,

Fuge, die pl. n 墙縫, 拘墻, 樂譜,

Fügen 低頭, 俯首, 指示, 出來, 附加, 定,

Fügsam 聽命, 順從,

Fügung, die pl. en 天命, 時運,

Fühlbar 摸着, 觸,

Fühlen 摸, 觸,

Fühllos 摸不着, 無觸,

Fuhre, die pl. n 車, 運賃,

Führen 扯, 帶, 領

Führer; der s 扶持人, 帶領人, 引者,

Fuhrmann, der (e) s, pl. män-ner 馬夫

Führuug, die pl. en 行爲, 舉動, 品行, 運送, 支配, 指揮,

Fuhrwerk, der (e) s, pl. e 車之總名

Fülle, die pl.-n 豐盛, 茂盛, 充滿

Füllen 盛滿, 裝滿, 充滿

Füllung, die pl.-en 充塞, 裝載, 盛着,

Fund, der (e) s, pl. Fünde 拾着, 拾遺,

Fundgrube, die pl.-n 礦務, 礦坑

Fundament, das (e) s, pl.-ǝ 地脚, 墙基

Fünf, 五

Fünftel, das s 五分之一,

Fünfzehn 十五

Fünfzig 五十

Funken, der s 火星, 火焰

Für 替, 給, 把, 與, 代,

Furche, die pl.-n 犁路, 作畦, 溝,

Furcht, die 害怕, 恐怕

Furchtbar 可怕的

Fürchten 怕

Fürchterlich 可怕的, 狠畏的,

Furchtlos 不怕, 勇敢,

Furchtsam 胆小, 弱懦,

Fürsorge, die pl. n 照應, 管照料

Fürspracher, die pl. n 代說代理,

Fürsprecher, der s 代說者, 辯

護士，
Fürst, der en, pl. en 親王，
Fürstin, die pl.-en 親王妻
Fürwahr 實在，眞的
Fürwort, das es, pl. wörter 代言，代名詞，
Furz, per es, pl. Fürze 屁
Furzeu 放屁
Fusel, der s 洋酒，劣燒酒
Fuss, der es, pl. Füsse 足，脚，
Fussball, der (e) s, pl.-bälle 象皮氣毬，足球，
Fussbank, die pl.-bänke 脚櫈
Fussboden, der s, pl.-böden 地板
Fussfall, der es, pl.-fälle 請安，下跪，
Fussgänger, der s 步行，脚步
Fusssack, der (e) s, pl,-säche 煖脚囊
Fussspur, die pl.-en 脚跡，踪迹
Fusstritt, der es, pl. e 用脚踢，足踏，
Fussweg, der es, pl. e 小道，小路
Fusszehe, die pl.-n 脚指頭

Futter, das s 糧草，牧地，衣裏子
Futteral, das s, pl. e 囊，袋子，套子
Füttern 喂獸，喂養
Fütterung, die pl. en 喂獸，喂養
Futurum, n. s, pl.-ra 將來

G.

Gabe, die pl.-n 給，賞給，賞賜
Gabel, die pl.-n 义子
Gabelzinke, die pl.-n 骿指
Gabeln 义起，义着
Gackern 鷄叫，鷄鳴
Gaffen 驚視，
Gähnen 噓氣，呵欠
Gähren 含蓄，沸騰，醱酵
Galant 懂禮，禮儀，
Galant 美麗，雅致
Galanterieware, die pl.-n 玩戲物，禮品，
Galgen, der s 縊架，絞首架，
Galgengesicht, das (:) s, pl.-er (e) 死面，容枯，惡臉，
Gallapfel, der s, pl. äpfel 橡樹質

Galle, die pl.-n 汁膽, 苦膽, 污點, 氣泡, 怒,

Gallenblase, die pl.-n 胆囊

Gallensucht, die 黃胆病,

Galerie, die pl.-en 廊廝, 畫室

gallig 苦求, 胆的

Galopp, der (e) s 大跑, 急跑, 疾驅,

Gamasche, die pl.-n 套襪,

Galvanisieren 上電氣

Gang, der (e) s, pl. Gänge 行, 道, 手續, 紋路, 方法,

Gangbar 通行, 銷售, 往來, 流通, 流行

Gängelband, das 依行, 引紐,

Gans, die pl. Gänse 鵝

Gänseblume, die pl.-n 鵝司草

Gänsemarsch, der es, pl.-märsche 鵝路鵝行

Ganz 全

Gänzlich 全的, 均, 盡,

Gar 熟

Garbe, die pl. n 麥綑子, 禾把

Gardine, die pl.-n 帘子, 窻簾子

Garn, das (e) s, pl.-e 線, 絲, 綱,

Garstig 污穢, 醜,

Garten, der s, pl. Gärten 園子, 園圃

Gartenhaus, das es, pl.-häuser 園宇, 園亭,

Grätner, der s 煤花人, 守園人

Gas, das 煤氣, 瓦司

Gasse, die pl. n 巷子, 衚衕, 小街

Gassenjunge, der n, pl.-n 街上小男孩子

Gast, der (e) s, pl. Gäste 賓客

Gastfreiheit, die pl.-en 留客, 優待,

Gastgeber, der s 主人, 東道主

Gasthaus, das es, pl.-häuser 客房, 客棧, 客店, 旅館

Gasthof, der es, pl.-höfe 客房, 客棧, 客店, 旅館

Gastieren 過客, 厚遇, 饗應

Gastlich 客人, 東道主, 厚待

Gastmahl, das (e) s, pl.-mäehler 款客, 設筵

Gastzimmer, das s 客店房,

Gastwirt, der (e) s, pl. e 客店主人, 棧東

Gatte, der n, pl.-n 丈夫	Gebieten 命, 敎, 吩咐, 支配,
Gattin, die n, pl.-nen 妻	Gebieter, der s 下諭人, 吩咐
Gattung, die pl.-en 各樣, 各	者, 管轄者, 主宰,
類, 種屬,	Gebilde, n. 像, 肖像
Gaukeln 玩戲, 詭計,	Gebildet 有學問, 博學, 文明,
Gaukler, der s 玩戲人, 詭計者	Gebirge, das s 山
Gaul, der (e) s, pl. Gäule 馬	Gebirgig 山國, 多山之地方
Gaumen der s 膞嘴, 內上膛撮	Gebiss, das (ss) es, pl.-(ss) e
Gauner, der s 哄騙者, 欺詭者	全幅牙齒
Gaze f. pl.-n 紗	Geblök, das (e) s 牛叫, 牛鳴
Gebäck, das (e) s, pl. e 點心	Geblüt, das (e) s 血
Gebälk, das (e) s, pl. e 木架	Geboren 生產,
子	Gebot, das (e) s, pl.-e 嚴令,
Gebären 生產	號令, 法律,
Gebärmutter, die 胎胞, 子宮	Gebrauch, der (e) s, pl.-bräuc-
Gebäude, das s 大屋, 大院, 宮	he 用, 習慣,
庭,	Gebrauchen 應用, 應該, 應有
Gebein, das es, pl. e 骨骸	Gebräuchlich 常用的, 常有的,
Geben 格, 送, 把, 出來, 容, 起	習慣的,
Geber, der s 授者, 把者,	Gebrechen, das s 毛病, 缺處,
Geberde, die pl. n 指畫, 形容,	不足
外見,	Gebrüll, das (e) s 獅吼
Gebet, das (e) s, pl.-e 禱告,	Gebrumme das s 熊叫, 不平
祈禱	之鳴
Gebett, das (e) s, pl. e 被褥	Gebühr, die pl. en 錢糧, 稅錢,
Gebiet, das (e) pl. e 地方, 範	義務,
圍, 版圖,	Gebühren 對, 適當,

Geburt, die pl. en 生產, 成立,	Gefahr, die pl.-en 兇險, 危險,
Geburtshelfer, der s 接生人	Gefährden 履險, 蹈危
Geburtstag, der (e) s, pl. e 生日	Gefährlich 危險的, 兇險的
Gebüsch, das (e) s, pl. e 小樹林	Gefährte, der n, pl.-n 同伴, 同類
Geck, der en, pl.-en 呆子, 怪人, 裝飾者	Gefallen 喜歡
Gedächtnis, das (ss) es, pl.-(ss) e 記憶, 回想,	Gefällig 和氣, 溫和,
Gedanke, der ns, pl.-n 念頭, 意思, 意見, 觀念, 理想,	Gefälligst 請
Gedankenlos 無念頭, 無意思, 無現念,	Gefallsüchtig 愛嬌, 嬌態, 冶容, 求愛
Gedankenstrich, der (e) s, pl. e 思想記號 = ——	Gefangene, der n, pl. n 囚犯, 罪人, 捕虜,
Gedärm, das (e) s, pl. e 腸	Gefangenschaft, die 監禁
Gedeck, das (e) s, pl. e 棹被,	Gefängnis, das (ss) es, pl. (ss) e 牢獄,
Gedeihen 强盛, 興旺, 發達,	Gefäss, das es, pl. e 壺瓶, 皿, 盤,
Gedenken 想	Gefasst 安然, 平靜, 從容,
Gedicht, das (e) s, pl. e 詩, 賦詩	Gefecht, das (e) s, pl.-e 開戰
Gediegen 結實 純粹, 耐久,	Gefieder, das s 鳥毛
Gedränge, das 熱鬧, 群集, 困難,	Gefilde, das s 田畝, 平原,
Geduld, die 耐忍,	Geflecht, das (e) s, pl. e 織, 網織, 組,
Geduldig 忍受.	Geflissentlich 故意的
	Geflügel, das s 禽鳥
	Gefolge, das s 陪者, 隨員,
	Gefrässig 餂啜, 貪食

Gefrieren 寒冷, 凍,

Gefrierpunkt, der (e) s, pl. e
冷點, 冰點

Gelügig 聽說, 受敎, 後順,

Gefühl, das (e) s, pl. e 感情,
覺官,

Gefühllos 無情,

Gefühlvoll 有情, 深感,

Gegen 往, 向,

Gegenbesuch, der (e) s, pl.-e
回拜, 答禮,

Gegend, pie pl,-en 地方,

Gegenfüssler, der s 對脚者（指
東西兩半球人行言）

Gegengwicht, das (e) s, pl. e
相等, 相平, 對重, 同量,

Gegengift, das (e) s, pl. e 解
毒藥

Gegenrede, die pl.-n 抗論

Gegenseitig 彼此, 雙示, 反對,

Gegenstand der (e) s, pl.-
stände 事柄, 物件

Gegenteil, das (e) s, pl.-e 反
對, 相反,

Gegenüber 對面

Gegenwart, der 眼前, 現在

Gegenwärtig 在眼前, 在當面,

現今,

Gegenwind, der es, pl. e 反面
風, 逆風

Gegliedert 節, 肢,

Gegner, der s 敵手, 反對黨,

Gehalt, das (e) s, pl. e 工價,
薪水, 合有, 容量,

Gehänge, das s 斜面, 掛物,

Gehässig 惱恨嫌, 惡,

Gehäuse, das s 壳, 殼, 函, 箱,

Geheim 私事, 秘密,

Geheimnis, das (ss) es, pl.
(ss) e 私事, 秘密,

Gehen 走, 行

Geheul, das (e) s 獸叫

Gehilfe, der n, pl. n 帮手, 相
帮, 屬

Gehirn, das (e) s, pl. e 腦子,
知覺,

Gehölz, das es, pl. e 樹林

Gehör, das (e) s 聽官, 耳,

Gehorchen 遵令, 順從

Gehören 服從, 固有, 屬,

Gehörn, das (e) s, pl. e 角

Gehorsam 聽說的, 順從的

Gehrock, der es, pl.-röcke 洋
衣名（較平常衣稍長者）

Geier, der s 老鷹

Geifern 垂涎, 憤激,

Geige, die pl.-n 琴

Geigen 彈琴, 扯琴

Geissel, die pl.-n 質, 質人, 質
　押責, 刑杖,

Geisseln, 拷打, 責罰,

Geiss, die pl.-en 母山羊

Geist, der es, pl.-er 腦筋, 才,
　智精, 靈魂, 精神,

Geistesgegenwart, die 恆心, 機
　智,

Geisteskrank 神經病

Geistig 腦神, 精神, 靈魂, 智
　慧,

Geistlich 精神的, 僧的

Geistlichkeit, die pl. en 教師,
　教士

Geistlos 無腦筋, 無精神

Geistreich, geistvoll 腦神充
　足, 聰明, 伶俐, 多智,

Geiz, der es 慳客, 吝嗇, 貪婪

Geizig 慳客, 吝嗇, 貪婪,

Geklapper, das 打, 拍, 拷

Geklingel, f. pl. n 搖鈴

Geknatter, das s 火聲

Gekreisch, das (e) s 痛哭, 大

哭

Gekritzel, das s 瞎畫, 亂寫

Gelächter, das s 笑

Gelage, das (e) s, pl. e 設席,
　請客, 擺酒

Geländer, das s 欄杆

Gelangen 到, 至, 達,

Gelass das (ss) es, pl. (ss) e
　空所, 遺物,

Gelassen 安然, 自然, 平靜

Geläufig 流暢, 熟達,

Gelaunt 性情, 脾氣, 心地,

Geläute, das (e) s, pl.-e 打鐘,
　打鈴

Gelb 黃色

Gelblich 黃色的

Gelbsucht, die 瘼病

Geld, das es, pl. er 錢

Geldgeschäfte, die pl.-n 錢業,
　錢店, 銀行,

Geldmarkt, der es, pl. märkte
　錢業會議, 市價,

Geldsorte, die pl. n 各樣錢,
　各國錢

Geldtasche, die pl. n 錢袋, 金
　囊,

Geldwechsler, der s 換兌銀錢

人

Gelegen 在, 靠, 依, 適意,

Gelegenheit, die pl.-en 機會,
光景, 時機, 便利

Gelehrig 熟, 敎熟, 學成,

Gelehrigkeit, die pl.-en 熟, 敎
熟, 學成,

Gelehrsamkeit, die pl.-en 博
學

Gelehrt 博學

Geleise, das s 鍼條, 轍路

Geleit, das (e) s 護衞, 誘導,

Geleiten 護送, 陪送, 先導,

Gelenk, das (e) s, pl.-e 骨節,
關節,

Gelenkig 關節, 柔軟, 順從,

Gelingen 得意, 成就, 達,

Gelispel, das s 輕言, 細語

Gellen, 響聲, 叫, 鳴,

Geloben 應承, 誓, 約束,

Gelöbnis, das (ss) es, pl. (ss)
e 踐言, 符言,

Gelten 値, 價, 通用, 行

Geltung, die pl. en 仝上,

Gelübde, das s 許願, 祈誓,

Gelüst, das (e) s, pl. e 貪欲,
私慾,

Gemach, das (e) s, pl.-mächer
房, 室,

Gemächlich 便利, 容易,

Gemahl, der (e) s, pl. e 丈夫

Gemahlin, die pl.-en 妻, 夫人

Gemälde, das s 畫

Gemäss 照, 依, 隨, 適當

Gemäuer, das s 墻

Gemein 平常, 普通,

Gemeinde, die pl. n 鄉, 黨, 里,
邑

Gemeinfaslich 能懂, 善講, 易
解, 通俗,

Gemeinheit, die pl.-en 俗氣,
卑鄙, 通例,

Gemeinnützlich 公益, 普沾, 公
用,

Gemeinsam 公衆, 共有, 公共,

Gemeinschaft, die pl. en 共有,
共同, 組合, 會社,

Gemeinschaftlich 仝上

Gemenge, das s 混合物

Gemessen 量定的,

Gemetzel, das s 亂殺,

Gemse, die pl.-n 羚羊

Gemurmel, das s 輕言, 細語

Gemüse, das s 小菜, 園蔬

Gemüt, das (e) s, pl.-er 魂魄, 心, 精神,

Gemütlich 舒服, 舒徐, 心樂

Gemütskrankheit, die pl.-en 心煩, 悶氣

Gemütsstimmung, die pl.-en 性情, 氣色, 心地, 氣分,

Gemütsverfassung, die pl. en 性操, 心操,

Gemütszustand, der (e) s, pl.-stände 心操, 性操,

Genau 仔細,

Genauigkeit, die pl.-en 仔細

Genehmigen 準, 許可,

Genehmigung, die pl.-en 準, 許可,

Geneigt 低, 偏歪, 斜向

General, der (e) s, pl.-e-(räle) 元帥, 大將軍

Generalstab, der (e) s, pl.-stäbe 參謀部,

Genesen 病愈, 醫愈, 回復,

Genesende. der n, pl.-n 病愈人,

Genesung, die pl.-en 病愈, 回復,

Genial 巧妙, 天品, 剛毅,

Genick, das (e) s, pl. e 頸項

Geniessen 用, 享, 用受, 享受

Genieren 醜, 煩苦, 壓制, 客氣

Genosse, der n, pl. n 同伴, 同類

Genossenschaft, die pl.-en 會, 團,

Genug 彀了, 足了,

Genügen 彀了, 足了, 彀用

Genügsam 足意, 快樂

Genugtuung, die pl.-en 趣處

Genuss, der (ss) es, pl.-nüsse 快極, 利益,

Genusssüchtig 逸樂,

Geographie, die pl.-n 地理, 輿地學

Geometrie, die pl.-n 幾何學,

Gepäck, das (e) s, pl.-e 行李,

Geplauder, das s 敍談, 話敍, 空談

Gepolter, das s 響音,

Gepränge, das s 裝飾, 美,

Gerade 直, 正直. 公, 偶

Gerassel, das s 車聲, 轅聲,

Gerät, das (e) s, pl. e 傢具, 器具, 動產,

Geraten 到, 來, 成,

Geraum 廣濶,

Geräumig 寬大, 廣闊,

Geräusch, das es, pl. e 響, 噪, 臟腑,

Geräusper, das s 咳嗽, 咳小嗽

Gerben 括皮, 柔皮,

Gerber, der s 括皮人, 柔皮者,

Gerberei, die pl. en 括皮處, 製革場,

Gerecht 公道, 正道, 公平

Gerechtigkeit, die pl. en 道, 正直, 公平, 裁判權,

Gerede, das s 謠言, 風聲, 流言

Gereuen 後悔, 悔悟, 悔憾

Gericht, das (e) s, pl. e 菜肉, 衙門, 法庭, 裁判所,

Gerichtlich 法廷的, 裁判的

Gerichtshof, der (e) s, pl.-höfe 裁判所,

Gerichtssaal, der (e) s, pl.-säle 法堂,

Gerichtstermin, der (e) s, pl. e 裁判日, 審期

Gerichtsverhandlung, die pl.-en 聽訟, 審判,

Gerieben 奸巧, 詭謀

Gering 小, 少, 細微,

Geringschätzig 輕蔑,

Gerinnen 冰起, 凝結,

Gerippe, das s 骨格,

Germanisch 日耳曼的,

Gern 愛, 喜,

Gerölle, das (e) s, pl. e 崩山

Gerste, die pl. n 大麥

Gerte, die pl.-n 鞭,

Geruch, der (e) s, pl.-rüche 氣味,

Geruchlos 無氣味

Gerücht, das (e) s, pl.-e 謠言, 風聞,

Geruhen 好, 愛, 思

Gerumpel, das s 破物, 廢物,

Gerüst, das (e) s, pl.-e 架子, 站板, 棚,

Gesamt 全, 總, 皆,

Gesandte, der n, pl. n 欽差, 公使

Gesandtschaft, die pl. en 欽差衙門, 公使署,

Gesang, der, (e) s, pl.-sänge 調子, 歌曲,

Gesangbuch, das (e) s, pl.-bücher 調本子, 樂譜,

Gesäss, das (e) s, pl.-e 兩股,

臀,

Geschäft, das (e) s, pl.-e 舖
子, 店, 事業,

Geschäftig 勤快, 營業

Geschäftigkeit, die pl -en 勤
快, 營業,

Geschäftsführer, der s 管理
者,

Geschäftsmann, der es, pl.-
männer 商人,

Geschehen 出來, 起, 生,

Gescheid 謹愼, 明知,

Geschenk, das, (e) s, pl.-e 禮
物, 贈品,

Geschichte, die pl.-n 史記, 古
事, 歷史學

Geschichtsschreiber, der s 著
史記人, 史學家

Geschick das (e) s, pl. e 命運,
氣運, 才

Geschickt　狠會, 善於, 本能,
精巧, 伶俐,

Geschirr, das (e) s, pl. e 器皿,
傢伙

Geschlecht, das e , pl. er 閤
家, 血統性,

Geschlechtsname, der ns, pl. nr

家姓

Geschlechtsteil, der es, pl.-e
下身, 陰物, 生殖器,

Geschmack, der (e) s, pl.-
schmäcke 口味, 滋味, 風雅,
嗜好,

Geschmacklos 沒滋味, 不高興,
無味

Geschmackvoll　濃味, 很高興,
極味

Geschmeide, d s, s 珍寶

Geschmeidig　柔軟, 順從,

Geschmetter, das s 大響, 躁音,

Geschnatter, das s 鷄鴨歌唱

Geschöpf, das es, pl. e 天造物

Geschoss, d s (ss) es, pl. (ss)
e 鉋彈

Geschrei, das es 聲, 吵, 鳴, 喊

Geschütz, das es, pl. e 礮

Geschwader, das s 艦隊,

Geschwätzig 多言, 饒舌,

Geschwind 速, 趕快, 至急,

Geschwindigkeit, die pl.-en 速
度, 速率,

Geschwister, die s 兄弟, 姊妹,
妯娌,

Geschwulst, die pl.-schwülste,

瘤, 贅瘤

Geschwür, das (e) s, pl. e 膿病瘡, 瘡

Geselle, der n, pl.-n 同伴, 夥計,

Gesellig 會合, 懇親, 交誼,

Gesellschaft, die pl.-en 會社,

Gesetz, das 律法, 規則,

Gesetzbuch, das es, pl.-bücher 律法書

Gesetzlos 無律法的

Gesetzt 安然, 莊重, 端正,

Gesicht, das (e) s, pl. er 面, 臉, 視力, 眼,

Gesichtsfarbe, die pl.-n 面色, 臉容

Gesichtskreis, der es, pl. e 視限, 地平綫, 眼界,

Gesichtszug, der es, pl.-züge 面貌, 容顏

Gesims, das es, pl. e 窗外面平臺

Gesinde, das s 奴婢, 家僕

Gesindel, das s 歹人, 匪人

Gesinnung, die pl. en 性情, 性質, 說,

Gesittung, die pl. en 敎化, 文

明,

Gespann, das (e) s, pl. e 服馬, 牽占犬,

Gespenst, das es, pl. er 妖魔鬼怪

Gespiele, der n, pl. n 同戲, 同耍,

Gespielin, die pl. nen 玩戲女, 同耍女,

Gespräch, das (e) s, pl. e 談談, 叙談

Gesprächig 話多, 多言,

Gestade, das s 海邊, 海岸,

Gestalt, die pl. en 身量, 身體, 模, 圖,

Gestalten 磨練, 造形,

Geständnis, das (ss) es, pl.-(ss) s 信仰, 懺悔,

Gestank, der (e) s 臭氣, 臭味,

Gestatten 準, 許, 承認,

Gestehen 凝結, 不認,

Gestein, das (e) s pl. e 石頭, 石山

Gestern 昨天

Gestirn, das (e) s pl. e 星

Gestöber, das 旋風, 羊角風

Gesträuch, das (e) s, pl. e 茅

樹, 茅柴

Gestrüpp, das (e) s 茅樹, 小樹, 茅柴

Gestüt, das (e) .s, pl.-e 養馬家, 馬號, 馬行, 牧地,

Gesuch, das (e) s, pl. e 請求, 願望,

Gesund 舒服, 健康,

Gesundheit, die pl.-en 健康,

Getäfel, das s 地板, 花地板, 壁板

Getöse, das s 洪聲, 響,

Getränk, das (s) s, pl.-e 喝, 吃, 飲料

Getrauen 敢, 大胆

Getreide, das s 糧食, 谷粒, 五穀

Getreu 忠實, 厚重,

Getriebe, das s 機動, 開機,

Getrost 大膽, 猛勇,

Getümmel, das s 亂鬧,

Gevatter, der s, pl. n 代父, 教父,

Gewächs, das (s) es, pl.-(s) e 草木, 植物

Gewähren 準. 許, 保証, 所有,

Gewahren 看視, 知覺

Gewahrsam, der es, pl.-e 牢獄, 監守,

Gewalt, die pl. en 能力, 勢力, 權

Gewaltig 有能力, 有權勢,

Gewaltsam 强, 霸, 勢力, 苛刻,

Gewand, das (e) s, pl.-wänder 衣場, 織物,

Gewandt 伶俐, 熟達,

Gewärtigen 等, 希望,

Gewäsch, das es 癡語, 空談,

Gewässer, das s 江, 河, 湖

Gewebe, das s 纖物, 組織部

Gewehr, das (e) s, pl. e 鎗砲

Geweih, das es 鹿角, 枝角,

Geweine, s 號泣

Gewerbe, das s 技倆, 工業

Gewerk, n. (e) s, pl. e 製造所, 工事場

Gewicht, das (e) s, pl.-e 法碼, 重量, 緊要, 威力,

Gewichtig 要緊, 重大,

Gewieher, das s 馬叫, 馬鳴

Gewimmel, das s 群集, 大衆

Gewinde, das s 螺絲, 蟠回,

Gewinn, der (e) s, pl. e 利, 利益得, 物

Gewinnen 贏, 勝, 得,	Geziemen 相, 對, 適當,
Gewinner, der s 得勝人, 贏者	Geziert 假裝, 僞, 虛飾,
Gewinnsüchtig 愛利, 求利, 喻利, 貪欲,	Gezisch, das es 蛇噴聲
Gewinsel, das s 哭啼, 泣聲,	Geziücht, das (e) s 蓄養,
Gewirr, das (e) s, pl.-e 擾亂, 擁擠, 錯雜, 葛藤,	Gezwitcher, das s 鳥言, 鳥歌
Gewiss 一定, 必, 不變, 確,	Gicht, die 骨節瘒, 關節病,
Gewissen, das s 良心,	Giebel, der s 旁牆
Gewwissenhaft 良心, 憑天良,	Gierig 貪求, 熱望, 貪慾,
Gewissenlos 無良心,	Giesskanne, die pl.-n 挹水瓶, 水壺
Gewissenbiss, der es, pl.-e 良心不安, 不忍	Giessen 灌水, 注水, 鑄鐵,
Gewitter, das s 雷電交行	Giesser, der s 鑄鐵人
Gewitterregen, der s 暴雨並雷電	Gift, das (e) s, pl. e 毒物, 毒藥
Gewöhnen 習慣,	Giftig 有毒, 有害,
Gewohnheit, die pl.-en 習慣	Gilde, die pl.-n 藝會, 匠會, 商
Gewöhnlich 尋常的, 庸常的, 習慣的,	Gimpel, der, s 社糊, 塗愚
Gewölbe, das s 洞, 環洞, 山谷, 穹窿, 店, 商, 拱,	Gipfel, der s 頑頂, 頭頂,
Gewühl, das (e) s 群集, 混雜,	Gips, der es 巖石,
Gewürm, das (e) s, 蟲, 群蟲,	Girren 鴿唱聲,
Gewürz, das (e) s, pl. e 香料	Gitter, das s 欄杆
Gezänk, das (e) s, pl. e 鬧瓶, 爭論,	Glanz, der es 光, 光亮
	Glänzen 光, 光亮
	Glas, das ses, pl. Gläser 玻璃,
	Glasbläser, der s 造玻璃人
	Glaser, der s 割玻璃人,
	Glashütte, die pl.-n 玻璃廠,

Glasieren 擦光

Glasperle, die pl.-n 玻璃珠,

Glasscheibe, die pl.-n 平面,玻璃鏡平,

Glastür, die pl.-en 玻璃門

Glatt 平,光滑

Glatteis, das ses 冰滑,滑冰,薄冰,

Glätten 磨平,擦滑,

Glatze, die pl.-n 禿頭,

Glaube, der ns 誠信,信服,信仰,

Glauben 相信,信服,

Glaubensbekenntnis, das (ss) es, pl.-(ss) e 信仰,歸依,

Gläubiger, der s 債主

Glaublich 可信的

Gleich 就,即,一樣,相同,

Gleichen 相像,相似

Gleicher, der s 赤道

Gleichfalls 也,亦,同,

Gleichheit, die pl. en 相彷,相類,相同

Gleichmässig 一樣,相同,亦,

Gleichmut, die es 安然,定心,

Gleichnis, das (ss) es, pl. (ss) e 比方,譬喻,

Gleichwohl 到底,

Gleis, das ses, pl. Gleise 車軌,轍,跡,

Gleisnerisch 瞞昧,虛僞,

Gleissen 光,光亮

Gleiten 滑達,滑

Gletscher, der s 冰山,

Glied, das (e) s, pl.-er 手足,四肢,關節,阳物

Gliederbau, der es, pl.-e 關節,組成,

Gliedmass das es, pl. e 大關節,手足

Glimmen 光,赤,燒熱,紅烙,

Glimmer, der s 光亮,金星石,

Glocke, die pl.-n 鐘,鈴,

Glockenklöppel, der, s 鐘內錘子,鐘內舌,

Glockenstuhl, der (e) s, pl.-stühle 鐘架,

Glockenturm, der (e) s, pl. türme 鐘樓

Glöckner, der s 打鐘人,碰鐘者,

Glorreich 光榮,榮耀,

Glosse, die pl. n 註解,解明,

Glück, das (e) s 幸福,僥倖,

Glü·kwünschen 道喜, 恭賀

Glucke, die pl. n 母鷄,

Glücken 得意的, 成就, 得福,

Glücklich 有福的,

Glückselig 有福的, 幸福,

Glücksspiel, das (e) s, pl. e 勝負戲事,

Glückwunsch, der es, pl.-wünsche 道喜, 恭賀, 祝福,

Glühen 發紅, 燒紅,

Glühwein, der (e) s, pl. e 糞紅酒, 惡酒,

Glut, die pl.-en 熱氣, 暑氣,

Gnade, die pl. n 恩, 恩典, 慈悲,

Gnadenbrot, das (e) s, pl. e 喂養, 愛畜, 仁飼,

Gnadengeschenk, das (e) s, pl.-e 賞給, 頒給, 賞賜,

Gnädig 仁慈, 仁愛, 溫和,

Gold, das (e) s 金

Goldarbeiter, der s 金匠,

Goldfinger, der s 第四指

Goldfuchs, der ses, pl; Füchse 金黃色狐,

Goldgelb 金黃色

Goldgräber, der s 淘金沙者,

開金礦者,

Goldkäfer, der s 金色蟲

Goldschmied, der es, pl. e 金匠

Goldstück, das es, pl.-stücke 金磅, 金塊,

Golf, der (e) s, pl. e 小海灣

Gondel, die pl. n 意大利小船名

Gönnen 希望, 惠, 喜好,

Gönner, der s 恩人, 施主, 希望者,

Gosse, die pl.-n 街溝, 樋,

Gott, der es, pl. Götter 上帝

Götterlehre, die pl. n 佛敎, 鬼神論,

Gottesacker, der (e) s, pl. äcker 墳地, 墳塋

Gottesdienst, der es, pl. e 聽課, 禮拜, 尊敬,

Gottesfürchtig 畏神, 敬神,

Gotsesgelehrsamkeit, die pl. en 神學

Gottesgelehrte, der n, pl.-n 神學者

Gotteshaus, das es, pl.-häuser 禮拜堂

Göttin, die pl. nen 神母,皇娘	Granatstein, der 紅玉石
Göttlich 神道的,	Granatkugel, die pl. n 礮彈, 榴熖球,
Gottlos 不敬, 不信仰, 無神,	
Gottselig 信心, 敬神,	Granit, der (e) s, pl. e 花崗石
Götze, der n, pl. n 神像,	Gras, das ses, pl. Gräser 草
Götzendiener, der s 拜偶像者	Grasen 食草, 刈草,
Götzendienst, der 敬神,	Grasfleck, der (e) s, pl.-e 草
Grab, das s, pl. Gräber 墳, 墓	地
Graben 挖, 掘	
Graben, der s, pl. Gräben 溝, 澗, 溪, 洫	Grasgrün 綠草色
	Grasweide, die pl.-n 牧地, 草坪
Grabhügel, der 墳堆, 墳頂	Grässlich 可怕的, 恐駭的,
Grabmal, das (e) s, pl.-mäler 墓碑, 墳坊	Gräte, die 魚剌, 魚骨
Grabrede, die pl.-n 祭墓, 祭文	Gratulation, die pl.-n 恭喜, 恭賀,
Grabstätte, die pl.-n 墳, 墓	
Grabstein, der (e) s, pl.-e 墓碑, 牌坊	Gratulieren 恭喜, 恭賀
	Grau 灰色
Grad, der (e) s, pl. e 度數, 階級, 官級,	Gräuel, der s 厭惡, 嫌憎
	Grauen 怕, 懼, 恐, 憚,
Graf, der en, pl. en 伯爵	Gräulich 淡灰色
Gräfin, die pl. nen 伯爵妻	Graupeln 雪雹, 霰球,
Gram, der (e) s 苦楚, 惡, 怨,	Graus, der (e) es 厭惡, 嫌憎
Grämen 傷心, 憂, 怨,	Grausam 暴虐, 殘忍,
Grammatik, die pl. en 文法, 文典,	Grausamkeit, die pl. en 兇性, 殘虐, 慘酷,
Granate, die pl.-n 石榴	Grausen 怕, 懼, 恐, 憚
	Gravieren 雕, 刻, 刻鏤

Grazie, die pl -n 俊俏, 窕窈, 仁惠,

Greif, der (e) s, pl. e 大鷹

Greifen 拏, 抓, 握, 捕, 襲

Greis, der (s) es, pl. e 老者, 耆老, 灰色

Grell 色光, 清亮, 輝,

Grenze, die pl.-n 邊界, 界限, 界,

Grenzenlos 無邊界, 無界綫,

Grenzfestung, die pl.-en 邊境砲臺

Grenzlinie, die pl.-n 界綫

Grenzstein, der (e) s, pl.-e 界碑, 界石

Grenzwächter, der s 守界人, 防界人

Griebe, die pl.-n 煎猪油之抹子, 油渣,

Griesgram, der (e) s, pl. e 帶憂愁人,

Griff, der (e) s, pl. e 抓, 拏, 捕, 握, 襲,

Grille, die pl.-n 蟋蟀, 私意, 妄想, 偶然事,

Grimasse, die pl.-n 歪顔, 奇態,

Grimm, der (e) s 發威, 發兇,

激烈,

Grind, der (e) s, pl. e 病瘡, 癩痴,

Grinsen 冷笑, 暗笑,

Grob 粗話, 粗鄙, 失儀,

Grobheit, die pl.-en 粗話, 粗鄙, 失儀,

Grobian, der s, pl.-e 粗呆人,

Groll, der es 怨憾, 遺恨, 舊怨,

Grollen 仝上

Groschen, der s 十分錢（德國錢名）

Gross 大

Grossziehen 養活, 敎養, 養大

Grossartig 華美, 榮耀, 極好

Grösse, die pl.-n 大, 量, 幾可

Grosseltern, die 祖父母, 外祖父母

Grosshandel, der s, pl. Händel 發行, 發賣, 沙莊, 批發, 大賈

Grossherzig 大方, 大道

Grossmut, die es 大方, 大道

Grossmutter, die pl.-mütter 祖母, 外祖母

Grossvater, der pl. väter 祖父, 外祖父

Grösstenteils 大半, 多半,

Grotte, die pl.-n 山洞, 山巖	Grünen 發綠·成綠
Grube, die pl.-n 坑, 窰, 穴	Grünlich 淡綠色
Grübelei, die pl.-en 小穴, 無益之考究,	Grünspan, der (e) s, pl.-späne 起綠, 綠, 銹, 銅綠,
Grübeln 仝上	Grunzen 猪叫
Gruft, die pl. Grüfte 墳, 墓, 穴,	Gruppe 一堆, 一隊, 一羣
	Gruppieren 排列. 擺隊, 合羣
Grün 綠, 青	Gruss, der es, pl. Grüsse 請安, 拜望
Grund, der es, pl. Gründe 地面, 理由, 原因,	Grüssen 請安, 拜望
Grundbesitz, der es, pl. e 地皮	Gucken 看, 觀, 視
Grundbesitzer, der s 佔地皮人	Gulden, der s 奧國錢名
Gründen 立, 設, 開設, 創立	Gültig 有效, 正當, 價值,
Grundfarbe, die pl. n 本色, 主色, 原色, 素色	Gummi, der s 橡皮, 橡膠
	Gunst, die 恩典, 慈悲,
Grundfläche, die pl.-n 根基, 墙基, 根本, 底面, 地面,	Günstig 開恩, 慈悲,
Grundlage, die pl.-n 根基, 墙基, 根本, 原理	Günstling, der (e) s, pl. e 寵兒, 愛子,
Gründlich 實在原根,	Gurgel, die pl. n 膆子, 咽喉
Grundlos 無底, 深極	Gargeln 嗽口, 合嗽,
Grundriss, der (ss) es, pl. (ss) e 大略, 草圖, 摘要,	Gurke, die pl. n 黃瓜
	Gürtel, der s 腰帶,
Grundstück, das (e) s, pl.-stücke 地皮	Gürten 束帶
	Gürtler, der s 做腰帶人
Gründung, die pl.-en 開設, 創立,	Guss, der (ss) es, pl. Güsse 暴雨, 鑄造,
	Gusseisen, das s 生鐵, 鑄鐵,

Gut, das (e) s, pl. Güter 產業, 所有物,

Gut 好

Gutmachen 好合, 講好

Gutachten, das s 見識, 意思

Güte, die 恩情, 良善, 血性

Güterexpedition, die pl.-en 運貨

Güterschuppen, der s, 火車貨棧, 儲傢具所

Gnterwagen, der s, pl.-ägen 貨車

Guthaben, das s 有產業

Gutherzig 好人, 善人

Gutmütig 好人, 善人

Gütig 溫和, 良善

Gutsbesitzer, der s 有產業人, 田東,

Gutwillig 情願, 甘心, 行善,

Gymnasiast, der en, pl. en 中學堂學生

Gymnasium, das s, pl.-sien 中學堂

Gymnastik, f, 體操術

H.

Haar, das (e) s, pl. e 髮

Haarband, das (e) s, pl.-bänder 束髮帶, 辮綫,

Haarbürste, die pl.-n 髮刷子

Haarbüschel, das s 一墩髮, 一蓬髮, 一枝髮

Haaren 換髮, 脫髮

Haarflechte, die pl.-n 辮子

Haarig 毛多, 毛樣,

Haarklein 精細, 普遍, 毛細,

Haarlocke, die pl.-n 捲髮, 髮捲成圈,

Haarnadel, die pl. n 髮簪, 髮鈎, 髮針,

Haarwuchs, der ses, pl.-üchse 髮長起, 毛生,

Habe, die pl. n 財產, 所有物,

Haben 有, 所有,

Habgier, die pl.-en 貪婪, 貪心,

Habhaft werden 拏, 獲, 得, 達,

Habicht, der (e) s, pl. e 鷹鷂

Habseligkeit, die pl.-en 財產

Habsucht, die 貪婪, 貪心,

Hackbeil, das (e) s, pl. e 菜刀

Hackmesser, das s 菜刀

Hackbrett, das (e) s, pl. er 肉案, 切肉板,

Hacke, die pl. n 脚後踵,	夫,
Hacken 砍, 披開, 切, 凝結,	Hai, Haifisch der es, pl. e 鯊魚
Häcksel, n. s 碎草	Hain, der (e) s, pl. e 小樹林
Hader, der s 吵鬬, 口角,	Häkeln 針鈎, 編,
Hadern 爭競, 爭鬬, 口論, 怒,	Haken, der s 鈎, 農具, 錨爪,
Hafen, der s, pl. Häfen 海口,	Halb 半, 半分, 不完全,
港, 灣, 缸,	Halbgeschwister, n. s 同父異
Hafendamm, der (e) s, pl.-	母之兄弟姊妹
dämme 捍浪堤	Halbinsel, die pl.-n 半島國
Hafer, der s 大麥, 燕麥,	Halbieren 折半, 半分,
Haft, die 監禁, 拘留,	Halbjahr, das (e) s, pl.-e 半
Haften 填債, 固着, 記憶,	年, 六個月
Hagedorn, der 白茨	Hnlbkugel, die pl. n 半球,
Hagel, der s 雪雹, 粒體,	Halblaut 半母音,
Hageln 下雪雹,	Halbmond, der (e) s, pl. e 半
Hagelwetter, das s 雪雹交加	月, 半月堡,
之天氣,	Hälfte, die pl.-n 半, 匹偶,
Hager 瘦	Halfter, f. pl. n 馬羈絆,
Hagestolz, der es, pl.-hölzer	Halle, die pl. n 大場, 堂, 凉
鰥夫, 平生未娶者	蓬,
Hahn, der (e) s, pl. Hähne 公	Hallen 響, 音
雞, 牡雞	Halm, der (e) s, pl. e 麥草,
Hahnenruf, der (e) s, pl. e 牡	草身, 莖,
雞鳴喚	Hals, der es, pl. Hälse 頸項,
Hahnenkamm, der (e) s, pl.-	氣管
kämme 雞冠,	Halsband, das (e) s, pl. bän-
Hahnrei, der es, pl. e 姦婦之	der 頸帶,

Halsentzündung, die pl. en 咽喉炎

Halskette, die pl. n 頸鏈

Halskragen der s 領子

Halsstarrig 固執的, 剛硬的

Halstuch, das (e) s, pl.-tücher 圍頸布

Halsweh, das es. pl. e, en 頸痛

Haltbar 結實, 堅固, 維持,

Halten 停住, 維持, 保守,

Haltlos 無恆心, 無含有,

Haltung, die pl.-en 保持, 行狀 舉止,

Halunke, der n, pl. n 怪人, 賤人,

Hämisch 惡心, 幸災,

Hammel, der s 公羊,

Hammelfleisch, das es 公羊肉

Hammer, der s, pl. Hämmer 錘子

Hämmern 用錘打, 錘擊,

Hand die pl. Hände 手, 掌握, 書法, 所有, 權,

Handfläche, die pl.-n 手掌面

Handarbeit, die pl.-en 人工, 手工

Handbreite, die pl.-n 手掌寬,

Händedruck, der (e) s, pl.-drücke 手壓,

Handel, der s 買賣, 生意, 交易, 商議, 相談, 處置, 行, 為

Handeln 買賣, 生意, 交易, 交待, 行, 為相談, 處置, 商議,

Handelsdiener, der s 夥計

Handelsflotte, die pl.-n 商船

Handelsfrau, die pl.-en 女商,

Handelsherr, der n, pl. en 店主, 老闆, 舖東,

Handelsreisende, der n, pl. n 行商, 客商, 商旅,

Handgeld, das es, pl. er 定錢,

Handgemenge, das s 角力, 手擊,

Handgreiflich 摸着

Handlanger, der s 夥計, 補助者,

Händler, der s 商賈,

Handlich 順手, 順便, 手使, 處理, 事務,

Handlung, die pl.-en 舖, 店, 行, 為,

Handreichung, die pl.-en 手給, 幫助, 手助,

Handschlag, der es, pl.-schläge

手打手, 手拍手,

Handschrift, die pl.-en 自筆, 手書,

Handschuh, der es, pl.-schühe 手套

Handtuch, das (e) s, pl.-tücher 手巾

Handwagen, der s, pl.-ägen 手車

Handwerk, das (e) s, pl. e 手藝, 技倆

Handwerker, der s 手藝人

Handwerkszeug, das es, pl. e 作手藝器具物件

Handwörterbuch, das es, pl.-bücher 字彙, 字典, 袖典,

Hanf, der (e) s 蔴, 小蔴

Hang, der (e) s 偏情, 偏性, 斜面,

Hängebrücke, die pl.-n 弔橋,

Hängeleuchter, der s 弔燈

Hängen 弔, 懸, 掛

Hänseln 譏誚, 譴薄, 滑稽,

Hantel, die pl.-n 鉎鈴

Hantieren 工夫, 作事, 處置,

Hapern 阻止, 罷,

Harfe, die pl.-n 縱琴,

Harke, die pl. n 把, 予鐵把

Harken 用把子鋤地

Harm, der (e) s 苦處, 悲哀, 憂愁,

Härmen 傷心, 憂悶, 悲哀,

Harmlos 無心之過, 無害,

Harmonie, die pl. en 和音, 齊聲, 一致, 調和,

Harmonieren 仝上

Harn, der (e) s 尿

Harnblase, die pl. n 尿脬, 膀胱

Harngries, der es 陽梅瘡

Harnöhre, die n 尿道, 尿管,

Harnen 小解手, 小便,

Harnisch, der es, pl. e 鐵甲衣, 甲胄,

Harpune, die pl. n 魚鏢, 魚义,

Harren 等待, 遲延, 固執,

Hart 硬, 堅硬, 嚴酷, 無情, 頑固,

Härte, die pl.-n 仝上

Hartherzig 鐵石心腸

Hartköpfig 固執的, 偏見的, 頑固的, 無情的

Hartnäckig 仝上

Harz, das es, pl. e 樹汁, 樹脂,

Harzig 樹多汁, 多脂,

Haschen 拿住, 拿獲, 捕,

Häscher, der 嚴查匪類者, 捕縛吏,

Hase, der n, pl.-n 兔

Haselbusch, der 榛樹

Haselnuss, die (ss) es, pl.-nüsse 榛子

Haselrute, die pl.-n 榛子樹枝

Hasenfuss, der es, pl.-füsse 兔足, 輕浮者,

Hasenpanier, das es, pl.-e 逃走, 躱避, 兔逃,

Häsin, die pl.-nen 母兔, 牡兔

Haspeln 繀綾, 捲綾, 紡車,

Hass, der (ss) es 恨怨, 忌嫌,

Hassen 恨怨, 忌嫌,

Hässlich 不好看, 醜劣,

Hast, die 快速, 躁急,

Hastig 急忙的

Hätscheln 循拊, 撫愛

Haube, die pl.-n 勒子, 女帽, 被物,

Haubitze, die pl.-n 忽微砲,

Hauch, der (e) s, pl. e 氣, 微風,

Hauchen 吹氣

Haudegen, der 舞刀, 戲刀

Hauen 打, 刻, 雕, 擊,

Haufe, der ns, pl.-n 堆, 堆積, 隊,

Häufen 仝上

Häufig 屢次, 多次, 屢回,

Haupt, das es, pl. Häupter 頭, 上部, 首領,

Hauptgebäude, das s 正座, 大屋,

Haupthaar, das es, pl.-e 頭髮

Häuptling, der es, pl. e 首長, 巨魁, 頭目,

Hauptmann, der es, pl.-männer 都司, 上尉,

Hauptstadt, die städte 京城, 首府,

Hauptwachte, die pl.-n 巡捕總局

Hauptwort, das es, pl.-wörter 即德文文法有 der, die, das, 冠句首之字, 實名詞,

Haus, das es, pl.-häuser 屋宇,

Hausapotheke, die pl.-n 家藥箱 (屬家常備藥材存儲之箱)

Hausarzt, der es, pl. ärzte 家醫生 (醫生時來家驗病者)

Hausbacken 尋常, 庸常,

Hausbesitzer, der s 房東, 房主, 戶主, 家主,

Häuschen, das s 小屋, 矮屋,

Hausen 住, 腐

Hausflur, der (e) s, pl. en 過道巷, 走廊,

Hausfrau, die pl. en 婦家主, 妻, 掃除女,

Hausgerät, das (e) s, pl. e 家中器具

Haushälter, der s 管家, 家主,

Haushälterin, die pl. nen 管家婢,

Hausherr, der n, pl.-en 男家主, 戶主,

Haushund, der es, pl. e 家狗

Hausieren 喊賣者, 持售者,

Hauskleid, das es, pl. er 便服, 常服,

Hausknecht, der es, pl. e 門房, 跟班

Hauslehrer, der s 家師, 私師

Hauslehrerin, die pl. nen 家女師, 私女師

Häuslich 家事, 節儉, 靜,

Hausmädchen n, s 女婢, 家婢,

Hausmannskost, die pl. en 儉省, 菲飲食, 家規,

Hausmiete, die pl.-n 房租錢

Hausschuh, der es, pl. e 便鞋, 家鞋

Haussuchung, die pl.-en 搜家,

Haustor, das es, pl. e 大門, 家戶

Hausverwalter, der s 代理屋東人, 管理屋宇人

Hauswirt, der es, pl. e 房東, 房主,

Haut, die Häute 肉皮

Häuten 破皮, 剝皮, 脫皮,

Hautfarbe, die pl.-n 皮色,

Häutung, die pl -en 破皮, 脫皮,

Havarie, die pl.-en 損傷, 船傷

Hebamme, die pl.-n 接生娘

Hebel, der s 搬起, 撬起, 提舉,

Heben 提起, 舉起,

Hebung, die pl.-en 搬起起撬提舉,

Hecheln 用鐵梳鋤地, 田器

Hecht, der es, pl. e 小魚名, 鯎,

Hecke, die pl.-n 雛, 藩籬, 鳥

籠,

Hecken 禽鳥交媾,

Heer, das es, pl. e 軍旅, 軍隊, 群集

Heerflucht, die pl. en 逃兵,

Heerführer, der s 提督, 元帥

Heerhaufe, der s 一隊兵

Heerschau, die 觀操, 大閲, 軍隊檢閲,

Heerstrasse, die pl. n 大道, 軍路,

Hefe, die pl.-n 酵素, 賤民,

Heft, das es, pl. e 本子, 柄, 把,

Heften 釘本子, 綴成, 釘着,

Heftig 疾怒, 發威, 性急,

Heftigkeit die pl. en 疾怒, 發威,

Heftpflaster, das s 貼傷之藥布, 橡皮膏

Hegen 管, 守, 保, 防,

Hehlen 贓家, 隱, 匿, 秘,

Hehler, der s 贓家, 隱匿者,

Hehr 威嚴, 尊重, 神聖,

Heide, der n, pl.-n 和尙

Heide, die pl. n 小樹林

Heidelbeere, die pl.-n 山中之野菓（樹小矮而實黑色）

Heidenbekehrer, der s 敎士, 神甫, 牧師

Heil, das es 福祉, 健康,

Heiland, der es, pl. e 耶蘇, 救世主

Heilanstalt, die pl.-en 養病院

Heilen 醫愈, 治,

Heilig 聖神,

Heiligen 守聖訓

Heiligtum, das (e) s, pl.-tümer 祭臺, 聖地, 靈物,

Heilkunde, die pl.-n 醫法, 醫學,

Heim, das s, pl. e 舍下, 寒舍, 死,

Heimat, die pl. e 本國, 故鄉,

Heimatlos 無國, 流氓,

Heimchen, das s 促織, 蟋蟀,

Heimfahrt, die pl.-en 歸家, 歸國

Heimkehr, die pl. en 歸家, 歸國

Heimlich 密事, 私事, 私秘,

Heimlichkeit, die pl. en 密事, 私事, 私秘,

Heimtückisch 兇惡

Heimweh, das es 想家, 思歸,

161

思家, 懷國,	Hell 光亮, 光明, 淸朗
Heirat, die pl.-en 婚配, 結婚,	Helle, die pl.-n 光亮, 光明, 淸朗
Heiraten 娶妻	
Heiratsgut, das es, pl.-güter 妝奩, 裝物,	Heller, der s 荷蘭國一文錢之名
Heiser 喘涸聲, 失聲	Helm, der es, pl. e 兜, 斧柄,
Heiss 熱	Hemd, das (e) s, pl.-en 裏衣.
Heissen 姓名, 叫	Hemmen 擋住, 攔着, 遏制
Heisshunger, der s 饑餓, 大餓	Hemmkette, die pl.-n 停車機扭
Heiter 暢快, 快活, 晴朗,	
Heiterkeit, die pl. en 暢快, 晴朗,	Hemmschuh, der ss, pl. e 下山馬車後轅之鐵鞋
Heizen 燒火, 生爐	Hemgst, der es, pl. e 牡馬
Heizer, der es, pl.-n 燒火人, 上煤人	Henkel, der s 柄, 鉉,
	Henken 吊死, 砍頭,
Heizung, die pl.-en 柴料, 薪, 炭, 煤	Henker, der s 殺人者, 殘忍者, 行刑吏,
Hektar, n. pl. e 一萬米達, 10000 M, 黑克妥,	Henne, die pl.-n 牝雞, 母雞
	Her 這裏, 此處, 此方,
Held, der en, pl.-en 英雄, 豪傑, 志士	Herab 低, 下, 下邊, 低下, 下方,
Heldentat, die pl.-en 大功勞, 功勳	Herablassen 放下, 下棄,
	Herabsetzen 放下, 減下,
Heldin, die pl. nen 女英雄, 女丈夫	Heran 到這裏, 接近, 上方,
	Herankommen 接近, 進
Helfen 相助, 幫助, 補佐.	Heranwachsen 長養, 長成,
Helfer, der s 幫助人, 相助者	Herauf 上頭, 上方

Heraufgehen 走到上頭去, 向上	Hergeben 格, 把, 給, 讓,
Heraus 走, 去, 外	Hering, der (e) s, pl. e 白鯡子, 魚名, 青魚
Herausbekommen 查出, 搜出, 取出,	Herkunft, die 來歷, 根原, 家源苗裔,
Herausgabe, die pl.-n 退給, 給還,	Herkömmlich 舊俗, 相延, 苗裔, 由來,
Herausnehmen 取出, 拔出	Herleiten 導來
Herausputzen 粧飾,	Hermelin, der es, pl. e 銀鼠
Herausreden 洗雪, 發言,	Hernach 後來, 其後,
Herb 酸, 粗,	Hernieder 下來, 低下,
Herbei 此處, 此方, 側,	Herr, der n, pl.-en 老爺, 先生, 君,
Herbeiholen 接回, 取寄,	
Herbeischaffen 接回, 調達,	Herrenhaus, das es, pl.-häuser 貴族院, 邸宅,
Herbeiziehen 扯過,	Herrichten 擺設, 安置
Herberge, die pl.-n 客店, 客寓, 旅館,	Herrin, die nen 太太, 細君,
Herbringen 拿來,	Herrlich 華美, 榮耀
Herbst, der es, pl.-e 秋季	Herrlichkeit, die pl.-en 榮耀, 華美, 莊嚴,
Herbsttagundnachtgleiche, die pl.-n 秋分	Herrschaft, die pl.-en 政柄, 管轄, 貴人
Herd, der es, pl. e 竈	Herrschen 管, 治, 支配,
Herde, die pl.-n 羣, 隊,	Herrscher, der s 管者, 治者, 主宰, 國主,
Herein 進來, 入, 內, 中,	
Hereintreten 進來	Herrühren 出於, 本自, 由來, 原因,
Hergang, der es, pl.-gänge 接近, 事情,	

Hersagen 背書, 默誦
Herstammen 傳下, 分派,
Herstellen 補養, 賠補, 恢復, 製, 置, 設,
Herüber 過來, 越, 上,
Herübergehen 走過來,
Herum 四圍, 周圍,
Herumirren 巡行, 廻步,
Herumliegen 擺滿, 陳列,
Herumschleudern 遊閒的, 浪蕩的,
Herumschweifen 游閒的, 浪蕩的,
Herumstehen 閒站, 圍立,
Herumtreiben 飄流的, 遊逛的
Herunter 下來, 降, 減,
Herunterkommen 下, 降, 衰微,
Heruntersetzen 降班, 下級,
Hervor 前, 外見,
Hervorbrechen 現出, 破顯,
Hervorbringen 滋生, 蕃生, 作, 爲, 創造, 題, 產,
Hervordrängen 擠出, 押出
Hervorragen 獨立, 著突, 出,
Hervorspringen 前跳,
Hervortreten 前走, 前行
Hervorwagen 敢去,

Herz, das ens, pl.-en 心, 意氣,
Herzbrechend 傷心
Herzeleid, das (e) s 悲傷, 煩悶, 愁苦, 心愁
Herzensangst, die pl.-e 心悲, 心勞,
Herzensgut 善人, 慈悲心
Herzgrube, die pl.-n 心窩, 膏肓
Herzhaft 心健, 心强, 心猛,
Herzkammer, die pl.-n 心房
Herzklopfen, das s 心動, 心搖, 心戰, 心跳
Herzlich 實心, 實意,
Herzog, der (e) s, pl.-zöge 公爵
Herzschlag, der es, pl.-schläge 心跳, 心怔忡, 心臟鼓動,
Herzweh, das es 心焦, 苦處, 心痛
Herzzerreissend 傷心
Herzu 這裏, 此處
Herzueilen 跑來, 急到
Hetzen 追趕, 鼓舞, 獵,
Heu, das (e) s 乾草
Heucheln 假, 僞, 佯,
Heuchler, der s 僞信人,

Heuernte, die pl.-n 收拾乾草

Heulen 狼叫, 大哭,

Heupferd, das es, pl. e 蝗蟲

Heut 今天 = heute

Hexe, die pl.-n 女巫, 巫婆,

Hexen 邪術, 妖訣, 使魔,

Hieb, der (e) s, pl.-e 打截, 伐木,

Hier 這裏, 此處

Hierdurch 穿過這裏, 由此, 經過此處,

Hierfür 酬答這裏, 遏裏報給, 因此

Hiergegen 反此

Hierher 在這裏, 此處, 此方,

Hiermit 同這裏, 以此,

Hiernach 後來, 此後, 以後,

Hierum 轉過這裏, 此迴, 此邊,

Hierunten 此下, 這裏下,

Hiervon 從這裏, 從此

Hifthorn, das s, pl.-hörner 打獵角聲

Hilfe, die pl. n 相幫, 助手,

Hilferuf, der es, pl. e 叫救, 喊幫,

Hilflos 無救, 無助,

Hilfslehrer, der s 幫敎

Hilfsmittel, das s 方子, 法子, 助法,

Himbeere, die pl.-n 紅小水菓名

Himmel, der s 天

Himmelblau 靑天

Himmelfahrt, die pl.-en 耶蘇升天, 耶蘇升天節期

Himmelsgegend, die pl.-en 三十二向, 方位, 方角, 氣侯,

Himmelskörper, der s 天體,

Himmelsstrich, der es, pl. e 五帶 (熱帶溫帶寒帶,)

Himmlisch 天神, 天堂, 高尙,

Hin 在那裏, 彼方,

Hinab 下來

Hinan 上來

Hinauf 上來

Hinaus 出來, 外,

Hinausbringen 拿出,

Hinausgehen 出去

Hinbringen 拿在那裏

Hinderlich 累贅, 被累, 作難

Hindern 攔住

Hindernis, das (ss) es, pl. (ss) e 阻擋, 妨礙

Hinein 在裏頭

Hineingehen 進去, 入,

Hineinführen 領進, 引入,

Hinfallen 跌倒, 蹶仆

Hinfällig 衰弱, 老弱

Hingebung, die pl.-en 盡心, 竭力

Hinken 足不仁, 跛,

Hinläuglich 彀了, 充分,

Hinlegen 擱着, 擱置,

Hinreichend 彀了, 充分,

Hinreissend 美妙, 奇妙, 精緻

Hinsetzen 坐下, 收監, 置下,

Hinstellen 放下, 放置,

Hinten 後頭, 背,

Hintereinander 陸續, 魚貫, 連珠,

Hintergebäude, das s 後屋

Hintergehen 哄騙, 欺詐

Hintergrund, der es, pl.-gründe 後節, 後部, 背地,

Hinterlistig 詭詐, 奸計,

Hinterteil, das (e) s, pl. e 後股, 後方, 後邊, 後部,

Hintertreppe, die pl.-n 後, 梯

Hinüberspringen 跳過去

Hinunter 下頭, 邊, 下底下

Hinweg 去, 丟去, 走遠,

Hinwerfen 丟了去, 擲去,

Hinzufügen 加, 添, 補,

Hinzusetzen 加, 添, 補,

Hiobspost. die pl.-en 訃音, 凶報

Hirn, das es, pl. e 腦漿,

Hirnschale, die pl.-n 腦蓋,

Hirnverbrannt 發瘋

Hirsch, der es, pl. e 鹿

Hirschfänger, der s 獵鹿刀, 大刀,

Hirschgeweih, das es, pl. e 鹿角

Hirschkalb, das (e) s, pl.-kälber 小鹿, 稚鹿

Hirschkuh, die pl. kühe 牝鹿, 母鹿

Hirschleder, das s 鹿皮

Hirse, die 粟

Hirt, der en, pl. en 牧畜人

Hirtenstab, der es, pl.-stäbe 牧鞭,

Hirtentasche, die pl. n 牧畜人載糧食袋子

Hirtin die pl. nen 牧畜婦

Historisch 古事, 古典, 史記,

Hitze, die 熱氣,

Hitzig 暴躁

Hobel, der s 鉋子, 推扒, 田器

Hobeln 推, 鉋,

Hoch 高, 上

Hochachten 敬服, 尊重,

Hochachtnngsvoll 謙恭, 謙讓, 恭敬

Hochdeutsch 德國京話, 柏林話

Hochgenuss, der sses, pl. nüsse 痛快, 有味,

Hochland, das es, pl.-länder 高地方, 山國,

Hochländer, der s 高地之人, 山國之人

Hochmut, der es 驕傲, 自大, 狂狷,

Hochmütig 驕傲, 自大, 狂狷

Höchstens 頂多, 最多, 極高,

Hochverrat, der es 謀反, 大逆, 國事犯,

Hochverräter, der s 仝上

Hochwohlgeboren 閣下,

Hochzeit, die pl. en 婚期, 洞房花燭日,

Hocken 蹲着, 堆積,

Höcker, der s 疣子, 疣背

Hode, die pl. n 精囊, 睾丸

Hodensack, der, s, pl.-säcke 陰囊

Hof, der (e) s, pl. Höfe 苑子, 天井, 院子,

Hoffart, die 驕傲, 志大, 言高

Hoffen 盼望, 希望,

Hoffentlich 盼望,

Hoffnung, die pl.-en 盼望,

Hoffnungslos 無望, 絕念,

Hofhaltung, die pl.-en 宮殿, 朝廷, 御所,

Höflich 懂禮, 客氣, 鄭重,

Höflichkeit, die pl.-en 禮貌,

Hofsitte, die pl.-n 廷禮, 禮節, 禮儀, 朝儀,

Höhe, die pl.-n 高, 大,

Hoheit, die pl. en 王爺, 殿下,

Hohl 空, 虛,

Höhle, die pl.-n 凹, 洞

Hohn, der es 譏笑, 恥笑

Höhnen 譏笑, 恥笑

Höhnisch 譏笑, 恥笑

Hold 俊俏, 美貌, 慈愛

Holdselig 俊俏, 美貌, 慈愛,

Holen 接回, 收回, 取寄,	Horchen 窺聽, 偷聽,
Hölle, die pl.-n 地獄	Horcher, der s 窺聽人, 偷聽人,
Holperig 凹凸, 不平,	
Holz, das es, pl.-Hölzer 木, 柴,	Horde, die pl.-n 歹人, 黨會, 社員
Holzkohle, die pl.-n 木炭,	Hören 聽
Holzen 砍樹, 破柴	Hörer, der s 聽講人,
Holzhauer, der s 砍樹人, 樵夫	Horizont, der es, pl. e 天邊, 水平
Holzplatz, der es, pl.-plätze 堆樹坪, 木場,	Horizontal 水平
Holzschnitzer, der s 雕花者,	Horn, das (e) s, pl.-Hörner 爪甲, 角
Holzspan, der es, pl.-späne 小木, 屑木,	Hornbläser, der s 洋樂器(形如牛角)
Holzstoss, der es, pl.-stösse 棚, 柴架	Hornhaut, die pl.-häute 厚皮, 眼角膜,
Holzwurm, der es, pl.-würmer 吃木蟲　蟲(甚細小常在木箱內四角者)	Hornis, die pl.-sse 馬蜂
	Hörrohr, das es, pl.-e 耳筒, 外洋聾子常用此筒聽筒
Honig, der s 蜂蜜, 蜜糖	Hort, der es, pl. e 岩, 防守,
Honigkuchen, der s 蜜糖點心	Hose, die pl.-n 褲子
Honigwabe, die pl. n 蜂窩	Hosentasche, die pl.-n 褲袋
Honorar, das s, pl e 薪水, 束脩, 工價, 謝金,	Hosenträger, der s 褲帶
Hopfen, der s 木名(可造皮酒者)唐花草.	Hospital, das (e) s, pl.-täler 醫院
Hörbar 聽得見的,	Hotel, n. s, pl. s 客舍, 旅館, 逆旅

Hübsch 好看, 美緻,	Hummer, der s, pl.-n 龍蝦
Huf, der (e) s, pl. e 蹄	Humpeln 跛足, 瘸子
Hufe, die pl. n 量地尺,	Hund, der (e) s, pl.-e 狗, 犬
Hufeisen, das s 鐵掌, 馬鐵蹄	Hundehütte, die pl.-n 狗窩
Hufschlag, der es, pl.-schläge 馬鐵蹄踏地	Hundert 百
Hufschmied, der es, pl. e 造 馬鐵蹄人	Hundertel, n. s 百分之一
Hüfte, die pl. n 腰膀, 股臀,	Hündin, die pl.-nen 母狗, 牝 狗
Hüftknochen, der s 膀骨,	Hundstagsferien, die 暑天, 伏 天,
Hügel, der s 小山, 丘陵	Hundewut, die 瘋狗,
Hügelig 山陂, 崎嶇, 不平,	Hunger, der s 餓
Huhn, das (e) s, pl.-Hühner 雞, 牝雞,	Hungrig 受餓了
Hühnerauge, das s, pl.-n 雞 眼,	Hungern 截食, 絕糧, 餓,
	Hüpfen 跳
Hühnerstall, der es, pl.-ställe 雞籠	Hure, die n 娼婦, 妓女
	Huren 賣淫, 姦通,
Hühnersteige, die pl. n 雞架,	Hurkind, das es, pl.-er 私兒, 娼妓之子,
Huld, die 恩情	Hurtig 趕快, 速, 敏捷,
Huldigen 誓忠, 歸服,	Husar, der en, pl.-en 旂, 隊, 輕騎兵,
Huldivoll 仁慈, 仁愛, 寬宥,	
Hülle, die pl. n 套子, 箱, 筒	Huschen 滑溚, 急過,
Hülse, die pl.-n 筒, 箱, 套子	Husten 咳嗽
Hülsenfrucht, die pl.-früchte 荳殼子	Hut, der es, pl. Hüte 帽,
	Hüten 看守, 牧守, 保護,
Hummel, die pl.-n 土鋒,	Hüter, der s 守者, 看守人

Hutmacher, der s 作帽子人	間食, 小食,
Hütte, die pl.-n 棚子, 工場, 熔鐵場,	Immer 常常, 往往,
	Immobil 不動
Hyacinthe, die pl.-n 花名（葉似蒜下結蒜子西洋甚多）球根草	Impfen 種牛痘,
	Impfung, die pl.-en 種牛痘,
Hymen, m. s 處女膜	Impotent 陽萎, 陰莖不舉
	Impotenz, f. pl.-en 仝上
Hypochondrie, die 躁暴	Imstande sein 會, 能, 位置, 狀況,
Hypothek, die pl.-en 不動產抵押又担保,	In 在, 到, 入, 中, 內,
Hysterisch 躁暴, 神經病的	Inbrünstig 疼愛, 懇求, 熱愛, 誠求
Hypothese, die pl.-n 譬如, 比方, 設使之詞, 假定, 假説,	Indem 比, 正在,

I.

Ich 我	Indianer, der s 紅種人
Idee, die pl.-n 心思, 念頭, 觀念,	Individuum, das s, pl. duen 個人, 孤立,
Igel, der s 刺蝟（小獸全身皆刺）	Industrie, die pl.-en 手藝, 商業,
	Infanterie, die pl. en 步隊
Ihrige 你們的, 汝的,	Infolge 因, 由
Illuminieren 掛燈, 懸燈, 彩色, 光輝,	Ingwer, der s 薑,
	Inhaber, der s 有鋪屋人, 店東,
Iltis, der (ss) es, pl. (ss) e 臭獸（此獸常帶臭味）, 黃鼬	Inhalt, der (e) s 裝着, 內容, 容積
Im = in dem 黃鼬	Inhaltsverzeichnis, das (ss) es, pl. (ss) s 目錄, 索引
Imbiss, der (ss) es, pl. (ss) e	

Injektion, f. pl.-en 注射	點,
Inland, das (e)s 本國, 內地	Inwendig 裏頭, 內部, 內面
Inländer, der s 本國人, 內地人	Inzwischen 那時, 其間,
Innen 在裏頭, 內部,	Ird'n 瓦器, 陶器
Innerhalb 在裏頭, 內部,	Irdisch 地上, 此世,
Innerlich 在裏頭, 內部的,	Irre, der n, pl.-n 瘋人, 癲子
Innig 疼愛, 懇求; 熱愛, 誠求	Irren 差, 錯, 錯誤,
Innung, die pl.-en 社會	Irrenhaus, das es, pl.-häuser 瘋人院,
Ins = in das	Irrgang, der es, pl.-gäuge 迷路,
Inschrift, die pl.-en 欵誌, 題詞, 銘,	Irrlicht, das es, pl.-er (e) 鬼火, 燐火,
Insekt, das (e)s, pl.-en 蟲,	Irrsinn, der es, pl. e 癲, 錯
Insel, die pl.-n 島, 島國, 海島	Irrtum, der es, pl.-tümer 處錯, 錯誤,
Inserat, das es. pl. e 告白, 廣告	Itzo 今 = jetzt

J.

Insgeheim 密事, 秘密,	Ja 是, 諾, 唯
Insgesamt 一起, 一齊, 大衆	Jacke, die pl. n 馬掛, 短衫,
Inständig 哀求, 央求, 懇切,	Jagd, die pl. en 打獵
Intensität 強度	Jagdflinte, der pl.-n 獵鎗
Instinkt, der es, pl.-e 性質, 天性, 本能,	Jagdhund, der es, pl. e 獵狗
Institut, das es, pl. e 學校, 局所, 官廳,	Jagdschein, der es, pl. e 準獵憑單
Interesse, das pl.-n 益處, 好處, 趣味, 關係,	Jagen 打圍, 打獵
Interpunktion, die pl.-en 句	

Jäg   (120)   Jed

Jäger, der s 打獵人

Jäh 快, 捷, 速

Jahr, das es, pl. e 年, 歲

Jahreszeit, die pl. en 四季(春夏秋冬)

Jahresgehalt, das es, pl. e 一年進款, 全年進項, 歲金

Jahrhundert, das es, pl. e 一世紀, 百年

Jährlich 年年, 每年

Jahrmarkt, der es, pl.-märkte 趕社, 會, 集

Jähzorn, der es 暴躁性

Jalousie, die pl. n 簾子

Jammer, der s 窮苦, 困苦, 受窮, 罣念, 不幸,

Jammern 吁欷, 痛哭, 太息, 罣念, 不幸,

Januar, der s 正月

Japan, n, s 日本

Japaner, m. s 日本人

Jasmin, der s 茉莉花

Jäten 拔野草, 除根

Jauchzen 歡聲, 歡呼

Je-desto 愈…愈…越…越…

Jedenfalls 大半, 大約, 大概, 勿論

Jeder 每, 各

Jedoch 但是

Jemand 或人, 何人, 某人

Jener 那個, 彼,

Jenseits 那邊, 彼方,

Jetzt 現在, 如今,

Joch, das (e) s, pl. e 壓制, 受駕, 駕東, 御制, 苦役, 絕頂, 牛軛

Johannisbeere, die pl.-n 鈴鐺菓

Jubeln 歡喜

Juchtenleder, das s 香皮

Jucken 癢,

Jude, der n, pl. n 猶太人

Judentempel, der s 猶太教堂

Jüdin, die pl. nen 猶太婦女

Jugend, die 年輕, 少年, 青年,

Juli, der 七月

Jung 年輕的, 少年的

Junge, der n, pl. n 男孩, 童子, 成童

Jungfrau, die pl-en 少女, 處女,

Junggesell, der en, pl. en 未娶妻人,

Jüngling, der s, pl. e 少壯人,

青年人

Juni, der 六月

Junker, der s 少爺, 公子

Jurist, der en, pl.-en 法律人,
　　法學士,

Juristich 法律判斷的,

Justiz, die 公義, 公道, 裁判,

Juwel, das s, pl. en 玉石,

Juwelier, der s, pl. e 沽玉人,
　　技工,

K.

Kabel, das s 電綫, 海底電綫

Kachel, die pl. n 火甄.白磁甄

Kacken 大解手, 大便

Käfer, der s 昆蟲, 地皮蟲

Kaffee, der s 咖啡

Kaffeebohne, die pl.-en 咖啡
　　子

Kaffeehaus, das es, pl. häuser
　　咖啡館

Kaffeekanne, die pl.-n 咖啡
　　壺瓶

Kaffeetasse, die pl.-n 咖啡杯
　　子

Käfg, der s, pl. e 鳥籠

Kahl 不毛, 無髮, 赤頭

Kahn der (e) s, pl.-kähne 木
　　船

Kai, der es, pl. e 碼頭

Kaiser, der s 皇帝

Kaiserin, die pl.-nen 皇后

Kaiserinmutter, die pl.-mütter
　　皇太后

Kajüte, die pl. n 船艙房

Kalb, das s, pl. Kälber 小牛,
　　稚牛

Kalben 牛生犢子,

Kalbleder, das s 牛皮

Kalbsmilch, die 牛精肉(牛肚
　　下之肉白輭如牛乳)

Kalbskeule, die pl.-u 牛腰肉,

Kalender, der s 月份牌

Kalk, der es 石灰,

Kalt 冷, 寒冷

Kaltblütig 冷血

Kälte, die pl.-n 受風, 受冷

Kaltherzig 冷心, 忍心, 惡心

Kameel, das s, pl. e 駱駝

Kamerad, der s, pl. en 朋友,
　　同道,

Kamille, die pl.-n 篙蒿草,

Kamin, der es, pl. c 灶筒, 烟
　　筒

Kamm, der es, pl. Kämme 梳,
Kämmen 使梳, 梳頭
Kammer, die s 小房, 黑房,
Kammerdiener, der s 門房, 跟
　班, 男僕, 侍臣,
Kammerfrau, die pl.-ln 婆子,
　婢女,
Kammerjungfer, die pl. en 婆
　子, 婢女,
Kampf, d r es, pl. n Kämpfe
　開戰, 打仗,
Kämpfen 開戰, 打仗
Kämpfer, der 戰爭人, 打仗人,
　兵丁
Kampfer, der s 樟腦, 戰士
Kanal, der s pl. Kanäle 水道,
　水溝, 運河,
Kanarienvogel, der e s, pl vögel
　黃雀, 小雀,
Kaninchen, das s 家兔,
Kanne, die pl.-n 壺
Kannengiesser, der s 鑄鐵鍋
　人
Kanone, die pl. n 大砲
Kannonier, der es, pl. e 礮兵
Kante, die pl.-n 邊, 角, 緣,
Kantig 多邊多角的

Kanzel, die pl n 臺, 座, 壇,
Kanzlist, der pl. en 錢字人, 謄
　錄人書記
Kanzler, der s 宰相, 首相
Kapaun, der es, pl. e 騸雞, 鬮
　雞公
Kapelle, die pl. n 敎堂, 寺院,
　音樂會,
Kaper, die s 賊船,
Kapital, das pl. e 資本,
Kapitalist, der en, pl. en 資
　本家,
Kapitän, der s 船主
Kapitel, das s 章, 段, 篇,
Kapitulation, die pl.-en 投降
Kappen 割切,
Kapsel, die pl. n 套, 盒, 殼, 箱,
　匣,
Kaput 破壞, 打破,
Karabiner, der s, pl.-s 騎兵
　鎗,
Karawane, die pl. n 搭伴, 打
　幫, 旅隊,
Karg 微, 少, 吝嗇,
Karpfen, der s 鯉魚
Karren, der s 車子
Karte, die pl. n 片子, 紙牌

Kartenspiel, das es, pl.-e 戲牌, 打牌	叙民
Kartoffel, die p'. n 山芋, 洋芋,	Katholizismus, der 天主教
Käsch, der es, pl. e 銅錢, 一文錢	Katze, die pl. n 猫
Käse, der s 牛奶油	Kavallerie, die 馬隊
Käsemade, die pl. n 牛奶油蟲,	Kauen 嚼,
Kasse, die pl. u 銀櫃, 金庫,	Kauern 蹲着, 屈,
Kassierer, der s 撐櫃者, 管銀者,	Kaufen 買
Kastanie, die pl n 大栗一能食一不能食	Käufer, der s 買客, 買貨人
Kastanienbaum, der es, pl.-bäume 栗樹	Kaufmann, der es, pl. männer 商賈, 買賣者, 商人,
Kasten m. s, pl. Kästen 箱, 櫃, 金庫,	Kauffahrer, der s 商船
Kastellan, der s, pl. e 門役	Kaum 僅, 但, 祇,
Katalog, der (e) s, pl. e 目錄, 名單, 樣本,	Kauz, der es, pl. Käuze 鴟鴞
Katarrh, der (e) s 傷寒, 傷風,	Keck 膽大, 勇敢,
Kater, der s 牝猫	Kegel, der s 圓尖, 形戲球,
Katheder das s 講座, 師座, 講席	Kehle, die pl.-n 喉嚨
Katholik, der en, pl. en 天主	Kehlkopf, der es, pl.-köpfe 喉頭,
	Kehren 打掃, 掃除,
	Kehrichit, der 不乾净, 塵埃
	Kehrseite, die pl. n 背面, 反面
	Keifen 罵
	Keilen 打
	Keim, der (e) s, pl. e 芽胚胎,
	Keimen 發芽, 萌芽, 胚胎,
	Kein 未, 無,

Kelch, der es, pl. e 祭爵·簠簋	Kettenring, der es, pl. e 鏈形圈
Kelle, die pl.-n 湯勺子	Keuchen 喘氣
Keller, der s 凹屋, 地窖, 地穴屋, 穴藏,	Keusch 貞潔, 貞節,
Kellermeister, der s 管酒人, 酒窖管理長,	Keuschheit, die pl. en 潔淨之德
Kellner, der s 堂管, 酒窖長,	Kichern 笑
Keltern 酒榨	Kiefer, der s 嘴巴骨, 顎骨,
Kennen 認識,	Kiefer, die pl. n 松樹
Kenner, der s 精通之人, 識者,	Kiel, der (e) s, pl. e 羽脊, 毛管
Kenntnis, die pl. sse 學問, 知識,	Kieme der pl. n 魚腮
Kerben 削, 剝, 刮	Kien, der es 松木
Kerker, der s 牢獄, 監牢	Kies, der es, pl. e 沙子, 粕沙
Kerl, der s, pl. e 下等人, 從者, 僕	Kiesel, der s 小石頭 燧石,
Kern, der es, pl. e 水菓之實,	Kind, das es, pl. er 小孩, 童子,
Kerngesund 強健, 舒窩, 康強	Kindbett, das es, pl. er 產床,
Kerntruppe, die pl. n 精兵,	Kinderfrau, die pl. en 乳母,
Kerze, die pl.-n 蠟燭	Kindermädchen, das s 乳母,
Kessel, der s 鍋爐,	Kinderwagen, der s, pl.-ägen 小孩子床, 孩車籃,
Kette, die pl.-n 鍊子, 鏈,	Kindesliebe, die pl.-n 小孩子之愛父母, 親子之情愛,
Ketten 封固, 鎖	Kindheit, die pl. en 幼稚時代
Kettenbrücke, die pl.-n 鏈橋	Kindisch 老耄似孩子,
Kettenhund, der es, pl. hunde 被銷計	

Kinn, das es, pl. e 下巴, 頤,	Klage, die pl. n 怨聲, 哭訴, 悲
Kippen 斜, 歪, 斜側	哀,
Kirche, die pl. n 教堂	Klagen 告, 訴, 不平之鳴,
Kirchendiener, der s 教堂僕	Kläger, der s 原告人
役	Kläglich 哭聲, 訴言的
Kirchenjahr, das es, pl. e 歐洲	Klagelied, das es, pl. er 哭調,
教堂年期（早全歐一個月）	悲曲,
Kirchenlied, das es, pl. er 教	Klageschrift, die pl. en 狀子,
堂樂曲	訴詞,
Kirchentstuhl, der es, pl.-	Klammer, die pl. n 夾子, 括
stühle 教堂聽講坐位	弧,
Kirchhof, der es, pl. höfe 教	Klang, der es, pl. Klänge 聲
堂墳塋	音
Kirchturm, der es, pl. tümer	Klappen 拷,
教堂高鐘樓	Klapperschlange, die pl. n 蛇
Kirren 家畜, 服從, 馴	Klappern 磨牙, 磋牙
Kirschbaum, der es, pl. bäume	Klapps, der es, pl. e 打, 拍,
櫻桃樹	Klapptisch, der es, pl. e 圓棹,
Kirsche, die pl. n 櫻桃	伸縮棹, 弛張棹,
Kischkern, drr es, pl. e 櫻桃	Klar 清白, 明白,
實,	Klarheit, die pl. en 光光明,
Kissen, das s 枕頭	嘹嘵
Kiste, die pl. n 箱子	Klasse, die pl. n 等, 類, 班
Kitt, der es, pl. e 硬灰	級,
Kittel, der s 衣服, 粗衣,	Klatschen 拍掌, 亂說, 多言
Kitzeln 發癢, 作癢	Klatscher, der s 亂說人, 多言
Klaffen 口子, 割, 破裂,	人

Klaue, die pl. n 鷹爪	候
Klause, die pl. n 隱修院, 小房	Klimmen 爬上, 攀上,
Klavier, das 洋琴	Klinge, die pl.-n 指揮刀, 掛刀, 劍,
Kleben 貼上, 黏起,	Klingel, pl.-n 鈴
Klebrig 貼, 黏, 膠手,	Klinge'n 搖鈴
Klecks, der 滴墨, 汚點,	Klingen 響
Klee, der s 田間小草	Klinke, die pl. n 門手柄
Kleid, das as, pl. er 衣服	Klinken 壓門柄, 壓鑲
Kleiden 穿衣服	Klippe, die pl. n 礁石, 石礁
Kleiderschrank, der es, pl. schränke 衣櫃,	Klirren 打破
Kleidung, die pl. en 衣豎	Klopfen 拷, 打
Kleie, die pl.-n 麩子, 糠	Klopfer, der s 拷者
Klein 小, 細, 微,	Klöppler, der s 織布人,
Kleinlich 小, 微, 細	Kloss, der es, pl. Klösse 丸子, 土塊
Kleinod, das es, pl. e 珍珠	Kloster, das s, pl. Kloster 修道院
Kleister, der s 魚膠, 糊槳,	Kloset, das 解手處,
Klemme, die pl. n 困, 難, 壓榨,	Klotz, der es, pl. Klötze 節木, 台, 砧,
Klemmen 夾着, 壓榨,	Kluft, die pl. Klüfte 山崎, 痕縣,
Klempner, der s 錫匠, 白鐵匠,	Klug 聰明, 智慧,
Klepper, die s 老馬, 駑馬	Klugheit, die pl. en 聰明, 智慧,
Klette, die pl. n 蒺藜	Klumpen, der s 塊, 塊, 層,
Klettern 爬, 攀上,	
Klima, das s pl. ta 水土, 气	

Klystier, das es, pl. e 擠水, 灌腸,

Klystierspritze, die pl. n 擠水筒

Knabe, der n, pl n 男孩子

Knackmandel, die pl. n 杏仁

Knacken 炸裂

Knall, der (e) s, pl. e 大響

Knallen 打響, 鳴,

Knapp 敷衍, 僅殼

Knarren 響音, 門響,

Knauf, der es, pl. Knäufe 刀柄, 柱頭,

Knausern 吝嗇, 慳吝

Knauserig 吝嗇, 慳吝

Knebel, der s 捆鎖, 捆綁,

Knebeln der 捆鎖 捆綁

Knecht, der es, pl. e 跟班, 奴隸,

Knechten 當奴隸

Kneifen 抓, 捕,

Kneipe, die es, pl. e 酒館; 腹痛,

Kneipe, 喝酒

Kneten 捶背, 搜摸,

Knicken 拆斷, 垂拆, 破裂,

Knicker, der s 吝嗇人, 慳吝人

Knicks, der es, pl. e 請安, 屈腰, 揖,

Knie, das s, pl. e 足膝

Kniescheibe, die pl. n 足膝蓋

Knien 跪下

Kniff, der es, pl. e 詭計, 計略

Knirps, der es, pl. e 瘦小人, 侏儒

Knirschen 頓牙, 礦齒

Knistern 火燄之聲

Knoblauch, der es, pl. e 小蒜, 苔薹

Knöchel, der s 節, 骰子,

Knochen der s 骨

Knolle, die pl. n 花木之薹似蒜者, 結塊, 結節, 球根,

Knopf, der es, pl. Knöpfe 衣衣, 扣鈕,

Knöpfen 扣釦, 掛釦,

Knorpel, der s 脆骨, 嫩骨

Knorrig 樹瘂, 多節,

Knospe, die pl. n 花苞, 花蕚

Knoten, der s 節頭, 結子, 鄙人

Knotig 百結, 多節, 野鄙,

Knüllen 皺結,

Knüpfen 打結, 着, 結	Komet, der en, pl. en 慧星
Knüppel, der s 棍子	Komisch 鬪奕, 滑稽, 戲謔
Knürren 狗怒形, 犬吠聲,	Komma, das s, pl. ta 句讀, 句點,
Koch, der es, pl. Köche 廚夫	
Kochen 羹, 燒, 煎, 熬	Kommen 來, 到
Kochend 開水	Komödiant, der en, pl. en 戲子, 伶人,
Köchin, die pl. nen 女廚子	
Ködern 餌	Komödie, die pl. n 唱戲, 演劇,
Koffer, der s 箱子, 行李箱, 行囊,	Kompass, der es, pl. e 羅盤, 指南針
Kohl, der es, pl. e 白菜	Kompliment, das (e) s, pl. e 套話, 客派, 同到,
Kohle, die pl. n 煤炭	
Kohlengrube, die pl. n 煤穴, 煤礦井,	Komponist, der en, pl. en 作樂曲人
Kohlenstaub, der es 炭灰, 煤塵, 煤屑,	Kompott, das ee, pl. e 蒸水菓
Kohlenwagen, der s, pl.-ägen 炭車, 煤車	König, der es, pl. e 國王, 君主, 國君
Köhler, der s 挖炭人, 開煤人	Königlich 國王的, 國君的,
Koh kopf, der es, pl. köpfe 一蔸白菜, 菜葉	Königreich, das es, pl. e 王國,
	Königkrone, die pl. n 王冠,
Kolben, der s 鎗托子, 汽鼓轆轤,	Können 能, 會可, 以
	Konzert, das 音樂會
Kollege, der n, pl. n 同僚, 同職, 同學,	Konservativ 忠君黨, 保中的
	Konsonant, der en, pl. en 無聲音的字, 無音字母
Koller, der s 忿怒	
Kollern 滾, 腹鳴,	Konsul, der s, pl. n 領事館

Konsulat, das (e) s, pl. e 領事府	體肥,
Kopf, der (e) s, pl. Köpfe 頭, 首	Körperschaft, die pl. en 會, 盟, 團體,
Köpfen 砍頭	Kosen 愛媚, 談笑,
Kopfkissen, das s 枕頭	Kost, die 食物, 食品, 費用,
Kopfputz, der es, pl. e 頭飾	Kostbar 寶貝, 貴重, 貴品, 高價,
Kopfrechnen 心計, 腦計, 心算	Kosten 嘗, 吃, 值, 費用,
Kopfschmerz, der es, pl. en 頭痛	Kosten, die 盤費, 用度, 費用,
Koppeln 繫住, 付紐,	Kostgeld, das es, pl. er 伙食錢, 盤錢, 價錢,
Koralle, die pl. n 珊瑚	Köstlich 寶貝, 貴重, 貴品
Korb, der es, pl. Körbe 籃子	Kostspielig 價昂, 價貴, 浪費,
Korbmacher, der s 作籃子人	Kot, der (e) s 塵埃, 汚穢, 糞
Korinthe, die pl. n 乾葡萄	Kotfliege, f. pl. n 糞蠅
Kork der es, pl. e 瓶塞木, 軟木,	Kotzen 吐, 嘔,
Korkzieher, der s 開軟木塞子鑽	Krabbe, die pl. n 螃蟹, 餓鬼
	Krabbeln 撓, 抓癢
Korn, das es, pl. Körner 子兒, 粒兒, 實子	Krach, der es, pl. e 猛響, 大聲
Kornähre, die pl.-n 穗子	Krächzen·鳥聲, 粗躁, 鳴,
Kornblume, die pl. n 蒡	Kraft, die pl. Kräfte 能力, 力氣, 力量, 權力,
Kornfeld, das es, pl. er 麥田	Kräftig 壯健, 肥壯, 强壯,
Kornkammer, die pl. n 倉箱	Kräftigen 補養, 强固,
Körper, der s 身體, 物體,	Kraftlos 輭弱, 無力,
Körperfülle, die pl. n 身大,	Kraftvoll 力足, 多力,

Kragen, der s 領子

Krähe, die pl. n 老鴟

Krähen 雞鳴,

Kralle, die pl. n 禽獸指甲, 爪,

Kramen 翻騰, 搜檢, 小商,

Krämer, der s 小店主,

Krammetsvogel, der s, pl.-vögel 鶴,

Krämpe, die pl.-n 帽緣,

Krampf, der es, pl. Krämpfe 筋病, 痙攣,

Kranich, der es, pl. e 天鵝, 雁, 鶴

Krank 病, 患

Krankheit, die pl.-en 得病, 染病

Kränken 得罪, 冒犯

Krankenhaus, das es, pl.-häuser 醫院,

Krankenstube, die pl.-n 病房

Krankenwärter, der s 看護者,

Kaänkung, die pl.-en 憂愁,

Kranz, der es, pl. Kränze 花瓣子, 花圈,

Kratzen 抓, 撓, 搔,

Kraus 捲縮,

Kräuseln 皺, 捲縮

Kraut, das es. pl. Kräuter 草, 苗, 青苗, 火藥,

Kräuterkäse, der s 草合牛乳製成牛奶餅

Krawall, der (e) s, pl. e 吵鬧, 喧嘩,

Krawatte, die pl. n 領結子, 領帶

Krebs, der es, pl. e 蝦子

Kreide, die 白粉墨,

Kreis, der pl. es, pl. e 縣, 圈, 周, 圓, 環,

Kreisvorsteher, der s 知縣, 縣官

Kreischen 喊叫, 喚叫

Kresse, die pl. n 水芹草

Kreuz, das es, pl. e 十字架, 十字形, 交义,

Kreuzband, es, pl. Bänder 十字形帶

Kreuzen 處礫刑, 巡洋, 十字形, 交义,

Kreuzer, der s 巡洋船

Kreuzigen 處礫刑

Kreuzschmerz, der es, pl. en 腰痛

Kreuzspinne, die pl. n 十字

蠟蟻, 十字形組織,
Kriechen 膝行, 匐行,
Krieg, der (e) s, pl. e 戰, 爭論,
Krieger, der s 戰兵, 軍人
Kriegsflotte, die pl. n 艦隊,
Kriegsgericht, das es, pl. e 陸軍裁判所
Kriegsheer, das (e) s, pl. e 軍兵, 軍官,
Kriegsschiff, das es, pl. e 兵船
Kriegszug, der (e) s, pl. züge 出兵, 發兵, 興師
Krippe, die pl.-n 馬槽, 秣馬桶
Kritik, die pl. en 評論, 鑒定,
Kritiker, der s 評論者, 鑒定者,
Kritzeln 草寫,
Krokodil, das (e) s pl. e 蛟, 鱷魚
Krone, die pl. n 冕冠, 王位, 王權, 卓越者, 最上, 頭, 嶺, 燈弔架,
Krönen 加冕, 即位
Krönung, die pl. en 加冕, 即位,

Kropf, der (e) s, pl. Kröpfe 癭, 頸瘤, 鈎, 船首, 食道,
Kröte, die pl. n 蝦蟆
Krücke, die pl. n 枴棍, 扶杖, 傘柄
Krug, der es, pl. Krüge 水壺, 瓶,
Krrume, die pl.-n 渣子, 麵包心,
Krümeln 搓碎
Krumm 灣屈,
Krümmen 灣屈的
Krüppel, der s 殘病, 廢疾
Kruste, die pl. n 丙包殼, 硬皮,
Krystall, der es, pl. e 水晶, 結晶,
Kübel, der s 水桶, 水缸
Küche, die pl. n 廚房
Kuchen, der s 點心,
Küchengeschirr, das es, pl. e 廚房所需之物件器具
Küchenjunge, der n, pl. n 燒火者, 幫廚人,
Küchenschrank, der es, pl.-schränke 廚櫃
Küchlein, das s 稚雞, 小雞

Kuckuk, der es, pl. e 鳩, 杜鵑

Kugel, die pl. n 球, 彈丸,

Kugeln 滾球, 打球

Kuhhirt, der en, pl.-en 牧牛人

Kuh, die pl. Kühe 母牛

Kuhstall, der es, pl.-ställe 母牛房,

Kühl 涼, 寒,

Kühle, die pl. n 涼, 寒

Kühlen 涼冷,

Kühn 膽大, 勇敢,

Kuli, der s 苦力, 小工

Kultur, die pl. er 敎化, 敎育, 文明,

Kümmel, der s 八角香, 茴香,

Kummer, der es 苦楚, 苦處, 憂,

Kümmerlich 窮苦, 受困, 罣念,

Kümmern 管, 管理. 罣念, 心憂,

Kunde, der n, pl. n 買客, 主戶,

Kunde, die pl. n 新事. 新聞, 報告,

Kündigen 辭退, 退却, 通知,

Kundschaft, die pl. en 主顧, 買客,

Kundschafter, der s 偵探者, 斥候, 間諜,

Kunst, die 技倆, 六藝, 美術,

Kunstausstellung, die pl. en 賽畫會, 美術陳列所,

Kunstgärtner, der s 修飾花木人, 種花者

Kunsthandel, der s 美術商家

Künstler, der s 名家, 巧匠, 美術家,

Künstlich 美術的

Kunstreiter, der s 善騎馬者

Kunsttischler, der s 美術木工, 良工,

Kunstvoll 完全美術,

Kunstwerk, das es, pl. e 美術品,

Kupfer, das s 銅

Kuppel, die pl. n 圓屋頂, 革紐,

Kuppeln 配合, 接合,

Kuppler, der s 媒人,

Kur, die pl. en 醫好, 治好, 治療

Kurieren 醫好, 治好

Kürbis, der (ss) es, pl. (ss) e 東瓜

Kuriosität die pl. en 好奇心	Lack, der es, pl. e 漆
Kürschner, der s 製董古人, 皮匠	Lackieren 刮漆, 上漆, 敷漆
Kurz 短, 近, 簡略, 短小,	Lackierer, der s 漆匠
Kürzen 短些, 縮短,	Laden, der s, pl. Läden 舖, 店, 窻翼,
Kürzlich 近來, 不久,	Ladendiener, der s 舖役, 店僕,
Kurzsichtig 近視眼	Ladentisch, der es, pl. e 舖檯
Kuss, der sses, pl. Küsse 親嘴, 接吻,	Ladestock m. es, pl. e 上鎗藥托籤
Küssen 親嘴, 接吻,	Ladung, die pl. en 上貨, 裝載, 招待,
Küste, die pl. n 海邊, 海岸,	Lage, die pl. n 地勢, 形勢, 模樣, 事情, 位置, 層,
Küster, der s 禮拜堂僕役	Lager, das s 陣營, 場所, 庫, 臥室, 架 臺,
Kutsche, die pl. n 馬車	Lagern 歇息, 收藏, 敷營,
Kutscher, der s 馬夫	Lahm 手足不仁
Kuvert, das es, pl. e 信封, 信套, 包皮, 封套	Lähmen 手足不仁

L.

Laben 凝結, 滋養, 强壯,	Lähmung. die pl. en 手足不仁, 麻木
Labsal, das es, pl. e 滋養品, 强壯劑,	Laib, m. (e) s, pl. e 圓筒丙包
Lache, die pl. n 水坑, 水, 湖	Laich, der (e) s 魚子, 魚蛋
Lachen 笑	Laie, der n, pl. n 世俗人, 俗家, 無學者,
Lacher, der s 笑者	
Lächerlich 可笑的	Lakai, der en, pl. en 跟班, 僕役,
Lachs, der es, pl. e 魚名	
Lachtaube, die pl. n 鴿子	

Laken, das s 被單, 床布,

Lamm, das (e) s, pl. Lämmer 羊子

Lampe, die pl. n 燈

Lampenputzer, der s 楂燈人

Lampenschirm, der (e) s, pl. e 燈罩衣

Land, das es, pl. Länder 國家, 陸, 地方, 土地, 鄉,

Landbau, der es, pl. e 農業, 耕作,

Landbesitzer, der s 有田地人, 地主,

Landbriefträger, der s 鄉村送信人

Landenge, die pl. n 地腰, 地峽,

Landen 上岸, 起卸

Landesfarbe, die pl. n 國旗色

Landesfürst, der en, pl. en 國王,

Landesherr, der n, pl. en 國王,

Landesvater, der s, pl.-väter 國王, 國父, 國主

Landesverweisung, die pl. en 充軍, 放流, 流罪

Landfriede, der ns, pl. n 太平, 國泰

Landgericht, das es, pl. e 地方裁判所,

Landhaus, das es, pl.-häuser 鄉下屋, 別莊,

Landheer, das es, pl. e 陸兵

Landkarte, die pl.-n 陸地圖

Landleute, die 百姓民

Landluft, die lüfte 鄉村空, 氣,

Ländlich 鄉裏派頭, 鄉俗,

Landmädchen, das s 鄉婦, 鄉村女,

Landmann, der es, pl. leute 同鄉, 同國人,

Landrat, der es, pl.-räte 知府, 知州, 郡長

Landreise, die pl. n 旱路, 陸行,

Landschaft, die pl. en 山水, 鄉景,

Landsitz, der es, pl. e 鄉下屋, 別莊

Landstrasse, die pl. n 鄉街,

Landstreicher, der s 匪類, 鄉裏遊民, 浪人,

Landungsplatz, der es, pl.-plätze 碼頭

Landvolk, das (e) s, pl.-völker 鄉民, 百姓,

Landwehr, die pl. en 後備兵

Landwirt, der es, pl. e 佃主, 農夫, 酒店主,

Landwirtschaft, die pl. e 農業經濟,

Landzunge, die pl. n 地舌(陸地伸入水中如舌者)

Lang 長, 永, 裏

Lange 長, 永, 久,

Länge, die pl. n 伸長, 經度,

Langen 彀用, 敷用, 達, 到,

Langeweile, die pl. n 厭煩, 心煩, 慮亂, 無味, 寂寞,

Langweilig 仝上

Länglich 長方, 稍長,

Längs 遵着, 順着, 沿,

Langsam 慢慢的, 徐, 緩,

Längst 早已……, 最久,

Langwierig 遲遲,

Lanze, die pl. n 長鎗

Lanzette, die pl. n 放血刀,

Lappen, der s 布, 抹布, 垂,

Läppisch 愚蠢

Lärm, der s 吵鬧, 響, 騷動,

Lärmen 吵鬧, 響, 騷動,

Larve, die pl. n 蟒蠐, 繭蟲, 假面,

Lassen 離, 離開, 準許, 捨, 怠, 殘,

Lässig 懶惰, 疏慵

Last, die pl. en 擔任, 重物, 租稅,

Laster, das s 毛病, 癖, 罪孽,

Lästerer, der s 毀謗者, 誣告者

Lästern 誣告, 讒謗

Lästig 費事, 重物, 負擔

Lasttier, das es, pl.-e 負戴獸(如馬牛之類)

Lastwagen, der s, pl.-ägen 貨車, 運送車,

Lateinisch 臘丁文字

Laterne, die pl. n 燈籠

Laternenpfahl, der es, pl.-pfähle 椿子

Latte, die es, pl. n 柱子

Latz, der es, pl. Lätze 口水布, 胸當, 胴衣,

Lau 溫煖水, 薄情,

Laub, das (e) s 樹葉,

Laube, die pl. n 涼臺, 園亭,

Laubfrosch, der es, pl. Frösche 陸蛙, 青蛙,

Lauern 潛伏, 立聽, 視察,

Lauf, der es, pl. Läufe 流, 轉, 擲, 行, 炮身, 履歷,

Laufbahn, die pl. en 跑馬場, 行路,

Laufen 跑, 走, 通用, 經過,

Läufer, der s 趨者, 跑者, 起重網,

Laune, die pl. n 性情, 氣, 色,

Laus, die pl. Läuse 虱

Lauschen 探聽, 潛窺,

Lausen 捫虱,

Laut, der es, pl. e 聲音

Laut 大聲

Läuten 響, 鳴,

Lava, die 火山崩出石,

Lawine, die pl. n 雪崩,

Lazaret, das (e) s, pl. e 醫院

Lebemann, der 浪費, 亂用

Leben 活, 生活,

Leben, das s 性命

Lebend 活的, 活動,

Lebendig 活的, 活動,

Lebenslauf, der es, pl. Läufe 性命履, 歷,

Lebensmittel, n. s 食物, 乾糧, 生活必要品,

Lebensunterhalt, der es 生活必用品, 衣食住,

Leber, die pl. n 肝

Leberfleck, en der s 肝點子,

Lebhaft 高興, 活潑,

Leblos 死, 安靜,

Lechzen 渴想, 愛慕

Leck, das es, pl. e 船破孔, 裂痕,

Lecken 餂,

Leckerbissen, der s 細點· 蜜餞, 糖食

Leder, das s 皮, 革,

Ledig 未娶, 未聘, 獨身, 空虛,

Lediglich 但只, 第, 僅, 唯, 全,

Leer 空

Leeren 空虛,

Legen 放在, 擱着, 安置,

Lehm, der es 黃泥, 黃土, 粘土,

Lehne, die pl. n 椅靠, 斜面, 坂,

Lehnen 靠着, 倚着, 凭, 傾,

Lehnstuhl, der (e) s, pl. stühle 太師椅, 靠椅,

Lehnseid, der 誠心盟誓

Lehranstalt, der es, pl.-anst-
　älte 塾, 學校,
Lehrbuch, das es, pl.-bücher
　課本, 課程
Lehre, dee pl, n 教導, 傳授
Lehren 教授, 授課
Lehrer, dlr s 先生
Lehrling, der es, pl. e 徒弟, 初
　學者,
Lehrmeister, der s 師傳,
Lehrstunde, die pl. n 課時,
Lehrzeit, die pl. en 課期, 年限
Leib, der es, pl er 肚, 膚,
Leibbinde, die pl. n 褲帶,
Leibesfrucht, die pl. früchte
　懷胎, 結胎
Leibesnahrung, die pl. en 食
　品, 食料
Leibesübung, die pl. en 體操,
Leiblich 生養的, 同胞, 的
Leibschmerz, der es, pl. en 肚
　痛
Leibwäsche, die 衞生衣,
Leiche, die pl. n 死尸,
Leichenstein, der (e) s, pl. e
　墓碑
Leichenwagen, der s, pl.-ägen

裝棺材馬車, 殯車
Leichnam, der es, pl. e 死尸,
　屍首
Leicht 輕, 容易,
Leichtfertig 輕佻, 浮薄,
Leichtgläubig 輕信,
Leichtsinnig 輕佻, 寡恩,
Leid, das es 痛, 苦處, 哀傷,
　悼,
Leiden 受苦, 難過, 疼,
Leidenschaft, die pl. en 心情,
　私慾, 偏情,
Leider 可惜, 嗚呼,
Leier, die pl. n 手轉琴
Leihen 借
Leihhaus, das es, pl. häuser 當
　舖
Leihbibliothek, die pl. en 租
　書處, 借書所,
Leim, der es, pl. e 魚膠
Leimen 膠着,
Leinen, das s 麻布
Leinwand, die pl. wände 麻
　布, 洋布, 竹布
Leise 輕輕, 弱,
Leiste, die pl. n 框邊, 鑲邊,
　緣,

Leisten 成功, 成就, 實行, 操作

Leitartikel, der s 題目, 綱領, 目錄

Leiten 引導, 領帶, 指揮, 管理,

Leiter, der s 監工者, 招呼者, 者導體, 指揮

Leiter, die pl. n 梯, 度線, 楷級,

Leithammel, der s 懸鈴羊, 先導羊,

Leitung, die pl. en 溝, 招呼, 導線, 指揮,

Lende, die pl. n 腰

Lenken 支配, 轉向,

Lenker, der s 御者, 導人,

Lenz, der es, pl. e 春季, 青年,

Leopard, der en, pl. en 豹

Lerche, die pl. n 鷚, 百鴿

Lernen 學習

Lesbar 讀得, 可讀,

Lesen 看, 念, 讀

Lesebuch, das es, pl. bücher 功課本, 課程, 讀本,

Lesenswert 讀得有益, 堪讀

Leser, der s 讀者,

Leserlich 讀的,

Letzte 末尾, 結終,

Leuchten 照光, 輝,

Leuchtturm, der es, pl. türmer 燈樓, 燈塔,

Leumund, der es 名聲, 風聞,

Leute, die 人, 衆庶,

Leuchter, der s 燈臺, 燈座,

Lexikon, das s, pl.-ka 字典

Licht, das es, pl. (e) er 燭光, 文華, 視力, 眼

Lichterloh 輝煌, 火炎,

Lichtschere, die pl. n 燭心剪,

Lichtschirm, der es, pl. e 燈罩布

Lichtstrahl, der es, pl. en 光綫,

Lichtung, die pl.-en 光明, 射光處,

Liebe, die pl. n 愛, 孝, 情

Lieben 愛

Liebesbrief, der es, pl. e 男女私信, 艶書. 情書,

Liebeserklärung, die pl. en 示情, 投愛, 談情, 說愛,

Liebesgeschichte, die pl. n 愛史, 情史,

Liebhaber, der s 戀愛者, 有情

人，
Liebkosen 循拊，愛媚，寵愛，
Lieblich 可愛的
Liebling, der es, pl. e 得意的
　　人，寵愛的人，
Lieblos 不愛，
Liebreich 好心，善心，親切，
Liebreiz, der es, pl. e 熱情，欽
　　慕，戀愛，
Liebschaft, die pl. en 愛情，戀
　　慕
Lied, das es, pl. er 曲子，調
　　子，歌，詩，
Liederbuch, das 曲本，調本，樂
　　譜，歌集，
Liederlich 邋遢，放蕩，輕忽.
Lieferant, der en, pl. en 貿易
　　人，供給者，
Liefern 出版，交付，供給
Lieferung, dee pl. en 貨物，
Liegen 躺着，擱着，安置，
Lilie, die pl. n 百合花
Linde, die pl. n 樹名，菩提樹
Lindern 平安，輕減，緩和，
Linderung, die pl. en 仝上，
Lineal, das s, pl. e 規尺
Linie, die pl. n 線，條，

Linienblatt, das es, pl. blätter
　　格紙
Linienschiff, das es, pl. e 兵
　　船
Linieren 打格子，畫線，
Linkisch 拙，蠢笨
Links 左邊
Linse, die pl. n 扁豆
Lippe, die pl. n 脣，嘴皮
List, die pl.-en 詭計
Liste, die pl. n 單，表，目錄，
Listig 詭詐的，
Litteratarder pl. en 著作者，
　　文學士，
Lob, das es, 誇獎
Loben 誇獎
Lobgesang, der es, pl.-gesänge
　　敎曲，
Lobrede, die pl. n 稱讚，誇獎
Local 本埠的，一處的
Loch, das es, pl. Löcher 孔，
Locke, die, pl. n 髮捲子
Locken 勾引，引入，誘惑，
Locker 鬆，放蕩，
Lockern 放鬆，鬆開
Lockig 捲髮，皺髮，
Lodern 火焰

Löffel, der s 瓢, 食匙	Löschen 息火
Logieren 住處, 居窩,	Lose 鬆, 弛, 放, 脫,
Logisch 智慧的, 明智的	Lösen 解鬆, 分解, 融,
Logos, m. 言語, 理想, 智	Lösung, die pl. en 解鬆, 分解,
Lohe, die pl. n 火燄	融液
Lohgerber, der s 硝皮人,	Lot, das es, pl. e 釺, 白鑞,
Lohn, der es, pl. Löhne 賞金,	Löten 焊,
賞賜, 獎賞,	Lotse, der n, pl. n 熟習水道
Lohnkutsche, die pl. n 賃馬	人, 引港人
車,	Lotosblume, die pl. n 蓮花
Lohnen 賞金, 賞賜, 酬報,	Lotterie, die pl. en 闈取,
Löhnung, die pl. en 仝上	Löwe, der n, pl n 獅
Loos, das ses, pl. Loose 彩票	Löwin, die pl. nen 牝獅
Lokomotive, die pl. n 火車頭,	Lücke, die pl. n 孔, 穴, 缺口,
Losen 抽籌, 抽籤,	裂口,
Lorbeere die pl. n 桂	Luft. die pl. Lüfte 空氣
Los 放開, 鬆, 弛, 脫,	Luftdicht 不透氣的
Losbinden 解開, 放釋	Lüften 透氣, 空氣吹入
Losketten 解開,	Luftheizung, die pl. en 熱氣
Loslassen 放開, 解釋	爐
Losschiessen 放鎗	Luftraum, der (e) s, pl.-räume
Löschblatt, das es, pl.-blätter	天空,
吃墨紙	Luftkissen, das s 氣枕頭
Löschmannschaft, die pl. en	Luftschiffer, der s 氣船
打火人, 救火人	Luftzug, der (e) s, pl.-züge
Löschpapier, das es, pl. e 吃	通氣, 通風,
墨紙	Lüge, die pl. n 虛話, 哄騙

Lügen 說謊

Lügner, der s 說謊人

Luke, die pl. n 孔, 穴, 明窻, 艙口

Lümmel, der s 野人,

Lumpen, der s 破爛, 爛布, 爛紙

Lumpensammler, der s 收買爛布爛紙人

Lumpig 籃縷

Lunge, die pl. n 肺

Lungenentzündung, die pl. en 肺傷, 肺病, 肺火, 肺炎,

Lungenflügel, der s 左右肺, 肺翼

Lungenschwindsucht, die 癆病, 肺勞,

Lupe, die pl. n 顯微鏡

Lust, die pl. Lüste 興頭, 興會, 愉快, 慾,

Lustdirne, die pl. n er 妓女, 娼婦

Lüstern 貪色, 私慾愛淫, 熱望,

Lustig 暢快, 高興, 愉快,

Lustort, der es, pl.-örter 暢快處, 消遣處, 歡樂場,

Lustspiel, das (e)s, pl. e 唱戲, 滑稽戲

Luststück, das (e)s, pl.-e 仝上

Lutheraner, der s 魯得, (得耶蘇之眞傳者)

Luxus, der 華麗, 放佚,

Lyceum, das s, pl.-ceen 文科中學校,

Lyrik, die s 琴歌, 情歌

Lyriker, der 琴歌者,

M.

Mache, f. pl. n 製作

Machen 作, 做, 製, 行, 爲,

Macherlohn, der es, pl. Löhne 工錢, 工價

Macht, die pl. Mächte 能力, 權力, 勢力

Mächtig 能力, 權力, 勢力

Machtlos 無權力的

Machwerk, das es, pl. e 工事場,

Mädchen, das s 姑娘, 女兒, 處女, 婢女,

Mädchenschule, die pl. n 女學堂

Made, die pl. n 蟲, 蝒蟲, 蛆

Magazin, das es, pl. e 舖, 店,

庫, 倉,

Magd, die pl.-ägde 老媽, 下女,

Magen, der s, pl. Mägen 胃

Magenkrampf, der es, pl. Krämpfe 胃痙攣,

Mager 瘦, 乏, 貧, 瘠,

Magerkeit, die pl. en 瘦, 不毛, 瘠土.

Magistrat, der es, pl. e 市長, 市廳,

Magnet, der es, pl. e 引針石, 磁石,

Mahagoniholz, das es, pl. hölzer 桃花心木

Mähen 芟荑, 刈草

Mäher, der s 芟荑人, 刈草者

Mahl, das es, pl. Mähler 中飯, 晚飯, 吃飯

Mahlzeit, die pl. en 中飯, 晚飯, 吃飯, 食事時,

Mahlen 碾, 磨

Mähne, die pl. n 馬鬃毛

Mahnen 提起, 催債, 提醒, 告諭, 請求,

Mahner, der s 提起者, 催債者, 提醒者, 請求者

Mähre, die pl. n 老馬, 牝馬,

Mai, der s 五月

Maiblume, die pl. n 五月花

Maikäfer, der s 蝦蟚, 金龜子

Maie, die pl. n 樺樹, 樺之新條,

Mais, der ses 黍,

Majestät, die pl. en 陛下, 威權,

Majorenn 成人, 丁年,

Makel, der s 敗德, 玷品, 汚點, 汚辱,

Mal, das (e) s, pl. e 回, 次, 界標, 度, 記號,

Malen 畫, 繪, 塗,

Malerei, die pl. en 畫法, 繪畫,

Maler, der s 畫家, 畫匠, 繪師,

Malve, die pl. n 木槿, 葵,

Malz, das es 皮酒草, 麥芽,

Mama, die 媽媽, 母親,

Mamsell, die pl. s 姑娘, 令女,

Man 人, 某, 或人,

Mancher 間或, 某人, 或, 多人,

Mandmal 間或, 暫或, 不常,

Mancharin, der pl. en 官

Mandel, die pl. n 杏子

Mandelbaum, der (e) s, pl.

bäum e 杏樹	Märchen, das s 傳書, 戲本, 小說
Mangel, der pl, n 缺乏, 不足, 貧困,	Marder, der s 貂鼠
Mangelhaft 仝上	Mark, die pl. en 碼克,（德國錢名）目標,
Mangeln 仝上	Mark, das (e) s 骨髓, 骨水, 汁, 勢力,
Manier, die pl. en 舉動, 規矩, 行爲,	Marke, die pl. n 郵花, 信花, 標記, 徵候,
Manierlich 禮節, 慇懃,	Marketender, der s 行軍中販賣飯食者
Mann, der es, pl. Männer 人	
Mannbar 少壯, 壯年, 婚期	Markt, der es, pl. Märkte 集, 市上, 商場,
Mannheit, die pl. en 少壯, 壯年, 俠氣, 成丁, 陰莖,	Maktflecken, der s 小鄉村
Mannigfaltig 雜貨, 種種, 多樣,	Marktplatz, der es, pl. plätze 集場, 社廠, 商場,
Männlich 陽類	Marmor, der s 白石, 大理石
Mannschaft, die pl. en 兵卒, 水手,	Marodieren 擄掠, 刧掠,
Mansarde, die pl. n 屋頂房, 高樓房,	Marone, die pl. n 大栗, 毛栗
Manschen 蹈泥	Marsch, der es, pl Märsche 出隊, 行進,
Manschette, die pl. n 白袖頭,	Marschall, der es, pl.-schälle 提督, 元帥,
Mantel, der s, pl. Mäntel 外套, 外圍,	Marschieren 步伐, 走走, 行軍, 行進,
Manuskript, das es, pl. e 手書, 抄本, 原稿, 草案	Marstall, der es, pl.-ställe 馬棚
Mappe, die pl. n 笈, 篋, 書袋, 包袱, 紙匣, 地圖, 圖	

Marter, die pl. n 戲刑	桅杆, 船桅
Martern 拷打	Mastkorb, der es, pl. körbe 船桅杆上之臺子
Märtyrer, der s 殺, 殺身,	
März, der es, pl. e 三月	Mastdarm, der es, pl.-därme 直腸,
Marzipan, das s 杏仁點心, 砂糖菓食,	Material, das s, pl. lien 材料, 物質, 物,
Masche, die pl. n 網花, 圈花	Materialware, die pl. n 原料,
Maschine, die pl. n 機器	Materie, die pl. n 材料, 物質, 素質,
Masern, die 疹子病, 紅疹病, 瘄子	Mathematik, die 算學, 數學
Maske, die pl. n 鬼臉, 假臉,	Mathematiker, der s 算學者
Maskenball, der es, pl.-bälle 鬼臉舞, 假臉會,	Matratze, die pl. n 被褥
Maas, n. es. pl. e 尺, 質量	Matrone, die pl. n 老婦, 老嫗
Masse, die pl. n 堆, 狠多, 質量, 重量,	Matrose, der n, pl. n 船上水手
Massenhaft 仝上	Matt 困憊, 困倦,
Mässig 不多不少, 敷衍下地	Matte, die pl. n 蓆子, 竹簾子
Mässigen 節用, 省錢, 適宜	
Mässigkeit, die pl. en 不多不少, 敷衍下地, 適宜, 製限,	Mattigkeit, die pl. en 困憊困倦
Mässigung, die pl. en 節用省錢,	Mauen 貓叫
Massiv 實着, 石造, 粗暴,	Mauer, die pl. n 墙
Masslos 格外, 無限,	Mauern 砌墻, 築牆
Massvoll 合理, 充量, 按規,	Mruerstein, der (e) s pl. e 墙甎
Mastbaum, der es, pl. bäume	Maul, das (e) s, pl. Mäuler

196

獸嘴
Maulbeerbaum, der 桑樹
Maulen 拗捩, 鳴,
Maulesel, der s 騾
Maulheld, der es, pl. en 健口,
　多言者,
Maulkorb, der es, pl. Körbe 獸
　嘴籠頭
Maulschelle, die pl. n 掌臉,
　批頰
Maultier, das es, pl. e 騾
Maulwurf, der es, pl.-würfe 地
　狆
Maurer, der s 砌匠
Maus, die pl. Mäuse 鼠
Mäuschenstill, 沈靜, 寂寞,
Mäusefalle, die pl. n 鼠匣, 捉
　鼠箱,
Mäusegift, das es, pl. e 毒鼠
　藥
Mausen 偷竊, 捉鼠
Mauter, die 鳥弔毛, 換毛
Mechanik, die 機器學, 重學,
　力學,
Mechanisch 機器的
Meckern 羊叫
Medizin, die 藥, 藥材, 醫

Mediziner, der s 醫生
Meer, das (e) s, pl. e 海
Meerbusen, der s 海灣
Meerenge, die pl. n 海峽
Meergrün 海青, 色青如海水
Meerschaum, der es 海浪, 銀
　波, 白浪
Meerschwein, das es, pl. e 海
　猪
Meeresküste, die pl. n 海岸,
　海邊
Mehl, das es 麵粉
Mehlig 麵粉的
Mehlspeise, die pl. n 麵粉食
Mehlsuppe, die pl. n 麵粉湯
Mehr 多點, 加多, 憎,
Mehren 添, 增, 加添
Mehrere 幾個, 多數
Mehrmals 幾次, 屢回, 多變
Mehrzahl, die pl. en 多數,
Meiden 趨避, 躲開, 遠避,
Meile, die pl. n 里, 道里
Meilenstein, der 道旁路數碑,
　道里碑
Mein 我的
Meineid, der es, pl. e 虛誓, 詐
　盟,

Meinen 思, 想

Meinung, die pl. en 意思, 意見,

Meistens 大半, 光景, 大概

Meister, der s 師傅, 主人, 工頭,

Meistern 壓服, 管理, 批難,

Melancholisch 煩悶, 哀悼,

Melden 稟報, 通知, 申, 揭示,

Meldung, die pl. en 稟報, 通知,

Melken 擠奶, 擠乳

Melodie, die pl. en 曲子, 音調,

Melodisch 好聽, 和音

Melone, die pl. n 西瓜, 瓠瓜,

Memme, die pl. n 膽小者, 怯者,

Menage, die pl. n 經濟, 儉約,

Menge, die pl. n 群集, 多數, 衆量

Mengen 雜亂, 攪和, 混淆,

Mensch, der en, pl. en 人

Menschenfresser, der s 吃人者,

Menschenscheu 寡人, 孑立, 獨行, 人嫌,

Menschenstimme, die pl. n 聲音, 聲氣, 人聲,

Menschenverstand, der es 明悟, 穎悟, 常識, 人智

Menschheit, die pl. en 人性, 人間, 人倫,

Menschlich 人類的, 人情的,

Menstruation, die pl. en 月經

Mensur, die pl. en 鬬刀, 音節,

Mergeln 摸, 揸

Meridian, der es, pl. e 經綫, 子午綫,

Merken 看, 觀, 徵候

Merkmal, das s 記號, 標記, 目標, 徵候,

Merkwürdig 格外的, 出等的, 奇妙, 珍奇,

Messe, die pl. n 年市, 供養,

Messen 量, 測量,

Messer, das s 刀,

Messing. der es 黃銅

Messner, der s 敎堂僕役

Metall, das es. pl. e 五金, 金屬,

Meteor, der es, pl. e 空中顯象, 氣象,

Meter, der s 米達, 法尺,

Methode, die pl. n 讀法, 聲音,

Metzelei, die pl. en 亂殺, 屠殺,

Metzeln 殺戮, 殺害

Meuchelmord, der es, pl. e 暗殺, 謀殺,

Meuchelmörder, der s 兇手, 刺客,

Meute, die pl. n 獵狗, 一隊狗,

Miauen 貓叫

Mieder, das s 腰帶, 襦袢, (婦人)

Miene, die pl. n 相貌, 顏色, 外見,

Miete, die pl. n 租錢, 租價, 家貲,

Mieten 賃, 僱, 租, 傭,

Mieter, der s 賃人, 租人

Mietskutsche, die pl. n 僱馬車

Mietstruppen, die 撥兵, 借兵

Milch, die 牛奶, 牛乳

Milchbrot, das es, pl. e 小麪包

Milchbruder, der s pl.-bruder 乳兄弟, 寄兄弟,

Milchfrau, die pl. en 賣牛乳女

Milchmädchen, das s 賣牛乳女,

Milchmann, der es, pl. leute 賣牛乳人

Milchschwester, die pl. n 乳姊妹, 寄姊妹,

Milchstrasse, die pl. n 雲漢, 天河, 銀河.

Milchsuppe, die pl. n 牛乳湯

Milchzahn, der es, pl. zähne 乳牙(指小孩子時言)

Milde, die 仁慈, 寬宥, 仁愛, 輕減, 柔軟,

Mild 仁慈, 寬宥, 仁愛, 輕減, 柔軟.

Mildern 仝上,

Milderung, die pl. en 仝上,

Mildherzig 善心, 慈悲,

Mildtätig 仁愛, 寬大慈, 悲,

Militär, das pl. n 兵, 軍事,

Militärpflichtig 入兵籍, 兵役義務, 軍役,

Milliarde, die pl. n 十萬萬, 十億,

Million, die pl. en 一兆, 百萬, 1000000

Milz, die pl. en 脾

Minder 輕微的, 小數,

Minderjährig 幼稚,

Minderheit, die pl. en 輕微, 小數

Mindern 輕微, 減少, 耗消,

Mindestens 頂少, 極少,

Mine, die pl. n 礦務, 地雷, 隱謀,

Mineral das es, pl. ien 金石學

Minister, der s 大臣, 宰相, 總長

Ministerium, das s, pl. rien 部, 諸大臣,

Minute, die pl. en 分（分秒之分）

Mischen 伴和, 擾和,

Mischvolk, das es, pl. völker 雜種,

Missetat, die pl. en 罪, 死罪

Missionar, der s, pl. e 教士, 神甫.

Mist, der es 糞

Mistgabel, die pl. n 拾糞瓢

Mistkäfer, der s 牛屎蟲

Mistwagen, der s, pl.-ägen 裝糞車

Misten 拾糞

Missachten 簡慢, 不禮, 褻瀆

Missbilligen 不許, 不準, 嫌,

Missbrauch, der es, pl. bräuche 冒用, 妄費, 亂用

Missbrauchen 冒用, 妄費, 亂用

Missdeuten 誤會, 誤解,

Missfallen 不愛, 不歡喜

Missgeburt, die pl. en 犯胎, 流產,

Missgeschick, das es, pl. e 無福, 災患, 不幸,

Missgestalt, die pl. en 不具, 醜貌,

Missglücken 無福, 災患, 不幸,

Missgönnen 嫉妒, 猜,

Missgunst, die 嫉妒, 猜怨,

Misshandeln 虐待, 刻待, 不恭,

Missklang, der es, pl. klänge 音調不和, 誤彈

Missliebig 不愛, 不歡喜

Missraten 不勸戒, 不規止, 失敗,

Missstimmung, die pl. eu 不和, 不同意,

Misstrauen 疑惑, 猜疑, 不信,

Misstrauisch 狐疑, 不信,

Missverstehen 聽錯, 誤會,

Mit 和, 同, 並,

Mitbringen 拏來, 帶來,

Mitbürger, der s 同鄉人

Miteinander 同他, 和他們, 一起, 一齊,

Miterbe, der n, pl. n 同得家產人

Mitgift, die es, pl. e 妝奩物,

Mitgehen 同走, 同行,

Mitglied, das es, pl. er 會員, 同僚,

Mitkommen 同來, 同到

Mitleid, das es 憐憫, 同悼,

Mitnehmen 帶去, 携帶,

Mitreden 同說, 共話,

Mitregent, deren pl. en 同治, 預政,

Mitschuldig 同罪, 同犯, 與罪,

Mitschüler, der s 同學, 窗友,

Mitsprechen 答話, 共話

Mittag, der (e)s, pl. e 午時, 中午

Mittagbrot, das es, pl. e 午餐

Mittagessen, das s 午餐

Mittagsruhe, die pl. n 午睡, 晝寢,

Mitttagsstunde, die pl. n 正午

Mitte, die pl. n 中間, 中心, 中點,

Mittel, das s 法程, 手段, 藥劑, 媒介, 中央, 材料, 方便

Mittelalter, das s 中年, 中古,

Mittelfinger, der s 中指頭

Mittelländisch 地中海的, 陸中, 地中,

Mittelländische Meer, das 地中海

Mittelmeer, das es 地中海

Mittels 用, 拿, 依, 藉,

Mittelst 用, 拿, 依, 藉,

Mittelstadt, die pl.-städte 中等鎮市, 中埠,

Mittelstimme, die pl. n 中聲

Mitten 中間, 中心, 中央, 中點,

Mitternacht, die pl. Nächte 半夜, 夜中,

Mitteilen 傳達, 分配, 分與,

Mittwoch, der s, pl. e 禮拜三,

Mitwirken 相幫, 扶助, 協力

Mitwissen 也知, 同知,

Möbel, die pl. n 傢伙, 器具, 木器,

Möbelwagen, der s, pl. ägen 裝傢伙車

Mobiliar, das s, pl. e 傢伙, 器

具

Möblieren　設傢伙, 備家財

Mode, die pl. n 時樣, 時派, 時式.

Modell, das es, pl. e 樣子, 模樣, 標本,

Modeln 塑模樣, 作模,

Moder, der s 發霉, 霉敗,

Modern 發霉, 霉敗,

Modern 時樣, 時派, 時式,

Mögen 願意, 能得, 出來, 求,

Möglich　能有的, 可有的, 萬一, 設或, 可能, 可成的,

Möglichkeit, die pl. en 能有的, 可有的, 設或, 可能, 可成的'

Mohn, der s 鴉片煙花, 罌粟,

Mohr, der en, pl. n 黑人, 黑種

Mohrrübe, die pl. n 胡蘿葡

Molch, der es, pl. e 魚名

Molkerei, die pl. en 養母牛處

Moment, der es, pl. e 瞬間, 頃刻,

Monarch, der en, pl. en 國王, 君主,

Monat, der es, pl. e 月（指年月之月）

Monatlich 每月, 月月

Mönch, der es, pl. e 隱士, 道士, 和尚

Mönchskutte, die pl. n 修士衣, 道衣,

Mond, der es, pl. e 月（指日月之月言）

Mondfinsternis, die pl. sse 月食, 月蝕

Mondlicht, das es, pl. e 月光, 月明

Mondscheibe, die pl. n 團月, 月圓, 月輪

Mondsucht, die pl.-en 月羇, 睡遊,

Mondsüchtig 月羇, 睡遊,

Montag, der es, pl. e 禮拜一

Moor. das es, pl. e 水地, 濕坪, 澤田

Moorig 有水處, 有水坪

Moos, das es, pl. e 青苔, 綠苔, 蒼苔

Moral, die 倫理學, 道義學,

Morast, der es, pl.-äste 水地, 水草之地, 澤田

Morchel, die pl. n 磨骨, 蕘子

Mord, der es, pl. e 兇殺, 殺害,

Morden 傷人

Mörder, der s 殺人者, 兇手,

Morgen 明日, 明天, 詰朝

Morgen der s 清晨, 早晨,

Morgendämmerung, die pl. en 朦朧, 昧爽, 天明,

Morgenland, das es, pl.-länder 東方國, 東亞, 東洋,

Morgenrot, das es, pl.-röte 朝紅, 曙,

Morgensonne, die 晨日, 旭日,

Morgenis 早起, 早晨

Morsch 腐朽, 脆, 枯,

Mörser, der s 碓臼, 臼窩

Mörtel, der s 石灰

Mosaik, das pl. en 鑲石花, 鑲石

Moschee, die pl. n 回敎堂

Moschustier, das es, pl. e 麝

Mosquito, der s, pl. s 蚊

Mossquitonetz, das se, pl. e 蚊帳

Mostrich, der es 芥末

Motte, die pl. n 小蟲, 吃皮蟲

Mücke, die pl. n 蠓虫, 蚊,

Müde 乏憊, 困倦,

Müdigkeit, die pl. en 乏憊, 困倦,

Muff, der es, pl. Müffe 暖手筒,（女人用）

Müffen 臭味, 穢污

Muhamedaner, der s 回回敎

Mühe, die pl. n 操心, 費心, 勞,

Mühen 操心, 費心, 勞

Mühle, die pl. n 水磨, 風磨, 磨

Muhme, die pl. n 姑母, 姨娘, 伯母

Mühsal, die pl. e 勞苦, 苦禍, 患,

Mühsam 難爲, 難處, 辛苦,

Mühselig 難爲, 難處, 艱艱,

Mulatte der 黑白二種人婚配生出不鼻不白之淺黑種

Müller, der s 管磨人

Multiplizieren 乘, 乘法

Mumie, die pl. n 漆屍（非洲北境有之）乾體, 乾屍

Mund, der es, pl. Münder 口, 嘴,

Mundart, die pl. en 鄉談, 土話

Mündel, das s 孤子幼年者,

Munden , 嘗嘗嗜,

Münden 入海, 會流, 合流,

Mündig 成丁, 壯年者,

Mündlich 口說, 口傳, 口演,

Mundschenk, der en, pl. en 酌酒官, 行觴官,（皇上有之）

Mundstück, das s, pl. e 烟頭筒, 吹管口,

Mündung, die pl. en 河口, 炮口,

Munition, die pl. en 藥彈,

Munkeln 密談, 耳語, 疊,

Münster, das s 大敎堂,

Munter 暢快, 活潑,

Münze, die pl. n 錢, 銀錢

Münzen 鑄錢

Münzer, der s 鑄錢匠,

Münzkunde, die pl. n 貨幣學, 古錢學,

Münzzeichen, das s 銀錢記號, 幣花,

Mürbe 輭, 柔和

Murmeln 流聲, 鳴,

Murren 恨怨, 不平之鳴,

Mürrisch 不平, 易怒,

Mus, das es, pl. e 水菓漿

Muschel, die pl. n 海螺, 蚌類

Muselmann, der 波斯國人, 回敎人

Museum, das s, pl. seen 博物院

Musikalisch 音樂,

Musikant, der en, pl. en 樂官, 樂師

Musik, die 作樂, 音樂,

Muskatbaum, der es, pl.-bäume 大茴香樹

Muskatnuss, die es, pl.-nüsse 大茴香

Muskel, m. s, pl. n 肌肉, 肉筋

Muskete, die pl. n 鎗, 鳥鎗,

Musketier, der s, pl. e 鎗兵,

Müssen 總要, 應該, 應當

Muster, das s 樣子, 標本, 師表,

Mustern 閱兵, 閱操,

Musterung, die pl. en 閱兵, 閱操

Musse, die pl. n 閒空, 閒暇,

Müssig 閒着, 閒暇,

Mut, der es 膽氣, 勇敢, 剛毅,

Mutig 仝上

Mutlos 無膽量, 懦夫,

Mutwilling 兇惡, 放恣,

Mutter, die pl. Müter 母親

子宮病
Mutterbeschwerde, die pl. n

Mutterbrust, die pl.-brüste 母奶,

Mütterlich 如母

Muttermaa', das es, pl. e 母斑,

Mütterschaft, die pl. en 結胎, 懷胎,

Muttersprache, die pl. n 原說, 國語, 國文

Mütze, die pl. n 帽子, 便帽

Myrrhe, die pl. n 末藥

Myrte, die pl. n 黃連樹, 長春樹,

Mythe, die pl. n 荒唐古事, 心說, 鬼神說

Mythisch 仝上

N.

Na 不滿意之詞

Nabel, der s 肚孔, 臍, 中心,

Nach 在後, 後來,

Nachahmen 傚法, 摹彷, 照樣, 仿造,

Nachbar, der s, (n) pl. n 鄰舍, 鄰家,

Nachbilden 傚法, 摹彷, 照樣, 仿造,

Nachdem 後來, 以後, 然後, 日後, 其後, 其次,

Nachdenken 想, 回想, 沈思, 熟思

Nachdenklich 默會, 默想, 沈思,

Nachdrücklich 斷然, 決然, 切,

Nacheifern 賽, 思齊, 競爭,

Nachen, der s 小船

Nachessen, das s 飯後, 食後,

Nachfolgen 跟着, 承繼, 後任,

Nachfolge, die s 接位, 接印, 承繼, 隨行, 師仿,

Nachfolger, der s 接位人隨行者, 承繼者,

Nachforschen 尋, 覓, 希圖

Nachfragen 尋, 覓, 希圖

Nachgeben 推讓, 讓, 降服,

Nachgraben 搜, 搜尋, 再掘,

Nachhut, die 後衞,

Nachkommen 隨從,

Nachkomme, der n, pl. n 後代, 子孫, 苗裔, 後任,

Nachlass, der sses, pl.-lässe 遺產, 重減, 寬免,

Nach'ässjg 遷遐, 不注意,	Nachteil, der es, pl. e 中飽, 後效捐失, 害
Nachmalen 照畫, 摸寫,	Nachtigall, die pl. en 鶯,
Nachmittag, der es, pl. e 下午	Nachtisch, der es, pl. e 後食,
Nachnahme, die pl. n 後給金, 貨到交價,	Nachtlampe, die pl. n 夜燈
Nachricht, die pl. en 新事, 新聞, 通報,	Nachtlicht, das en, pl. er 夜燭
Nachruf, der (e) s, pl. e 評判,	Nachtrab, der es 後陣,
Nachsagen 陰謗,	Nachtrag, der (e) s, pl.-träge 增補, 續集, 補遺, 追加, 附錄,
Nachschicken 後送, 追送,	Nachträglich 增補, 續集, 補遺, 追加, 附錄,
Nachschleichen 在後, 輕走, 尾追,	Nachts 夜裏
Nachschlüssel, der s 造鑰, 合鑰,	Nachtstuhl, der es, pl.-stühle 馬桶, 尿桶
Nachschmecken 餘味	Nachttisch, der 床邊小棹, 夜棹,
Nachschreien 追喚,	Nachttopf, der es, pl.-töpfe 夜壺, 便壺
Nachsehen 遠望, 瞧看, 看視, 目送, 注目,	Nachtwächter, der s 巡街看門人, 司鑰匙者, 夜警,
Nachspüren 追蹤, 搜索,	Nachtzeit, die pl. en 夜中, 夜分,
Nächste 最近, 其次	
Nächstens 次回,	Nachtzeug, das es, pl. e 睡衣, 臥衣
Nachstürzen 追趕,	
Nachsuchen 找尋, 探索, 請求,	Nachweisen 指引, 指薦, 証明
Nacht, die pl. Nächter 夜, 死, 無學, 黑暗,	Nachwelt, die 後人, 子孫,
Nachtessen, das s 夜飯	

206

Nachwuchs, der (s) es, pl. wüchse 少年, 成長,

Nacken, der s 頸項,

Nackt 赤身, 裸體,

Nadel, die pl. n 針, 鍼

Nadelbüchse, die pl. n 針盒子, 盛針筒,

Nadelholz, das es, pl. hölzer 柏樹,

Nadelöhr, das es, pl. e 針眼, 鍼孔,

Nadelstich, der es, pl. e 針工, 縫工

Nagel, der s, pl. Nägel 釘, 爪,

Nageln 釘釘子, 釘上,

Nagen 齦骨, 嚼,

Nah 近, 附近, 親近,

Nähe die pl. n 近, 近所, 附近,

Nahen 近前, 接近,

Nähen 縫

Näherin, die pl. nen 裁縫女

Nähern 近前, 接近, 近親,

Näherung, die pl. en 仝上

Nahezn 殆, 凡

Nähgarn, das es, pl. e 棉線

Nähkasten, der s 針線盒, 裁縫具箱,

Nähmaschine, die pl. n 縫衣機器

Nähnadel, die pl. n 縫衣針

Nähren 養, 滋養,

Nahrung, die pl. en 食物, 食品, 生計,

Nahrungsmittel, das s 食物, 食品, 食料

Nahrungssorge, die pl. n 管理糧食, 當家, 謀食,

Naht, die pl. Nähte 衣縫

Name, der ns, pl. n 名字, 姓名, 名譽

Namenlss 無名字, 匿名,

Namersfest, das es, pl. e 命名期, （天主敎有之）

Namenstag, der es, pl. e 命名日, （天主敎有之）

Namentlich 特意, 特爲名義上,

Nämlich 但, 是, 卽, 同一,

Napf, der (e) s, pl. Näpfe 碗盂,

Narbe, die pl. n 痕, 疤,

Narbig 有痕, 有疤,

Narcisse, die pl. n 白粉花

Narr, der en, pl. en 愚蠢人

Narrheit, die pl. en 糊塗, 愚

行，
Närrin, die pl. nen 愚蠢婦人
Naschen 愛食，偷食，
Nase, die pl. n 鼻，
Nasenbluten, das s 鼻血，鼻流血
Nasenloch, das s, pl. löcher 鼻孔
Nasenspitze, die pl. n 鼻頂，鼻尖頭，
Nasenstüber, der s 用手指彈鼻，
Nashorn, das (e) s, pl.-hörner 犀牛
Nass 濕
Nässe, die pl. n 濕
Nation, die pl. en 百姓，人民，國，民族
Natter, die pl. n 毒蛇
Natur, die pl. en 天生，自然物，造化，宇宙，天地，天性，
Naturforscher, der s 博物，學者，
Naturkunde, die pl. n 理學，自然學，植物學，
Natürlich 自然，然當，
Naturtrieb, der s, pl. e 天性，

本性，特質
Naturwissenschaft die pl. en 物理學，
Nebel, der es 霧
Neben 靠着，旁邊，側，近，並，
Nebenan 接壁，隔壁，接，密着
Nebenbuhler, der s 爭寵人，
Nebenhaus, das es, pl.-häuser 隔壁屋，鄰屋，
Nebentür, die pl. en 小門，側門，
Nebeneinander 並行，相並，
Nebenfrau, die pl. en 姜，姨太太
Nebst 並，同，合，
Necken 惹，囉唆，挑撥，
Neckisch 惹，囉唆，挑撥，
Neffe, der n, pl. n 姪，甥，從兄，
Neger, der 黑人，黑種
Nehmen 拿
Neid, der es 忌嫉，
Neidisch 忌嫉，
Neigen 傾，屈，偏，終，
Neigung, die pl. en 仝上，
Nein 不是，否，
Nelke, die pl. n 竹子花
Nennen 姓名，名字，

Nenner, der s 算學中之母數	Neunzig 九十
Nerv, der en, pl. en 神經,	Neustadt, die pl. städte 新城郭, 新市鎮
Nervenkrankheit, die pl. en 神經病,	Nicht 不, 未, 無, 非
Nest, das s, pl. er 鳥窩, 巢,	Nichtachtung, die pl. en 不恭敬, 傲慢
Nesteln 綑, 束, 綁	
Nett 好看, 精緻, 上品, 奇麗, 新巧,	Nichte, die pl. n 姪女
Netz, das es, pl. e 魚網	Nichtig 不, 未, 無, 非,
Netzhaut, die pl.-häute 眼網, 眼腦膜	Nichts 不, 未, 無, 非,
	Nichtswürdig 下賤, 無價,
Netzen 淹濕, 弄濕, 潤,	Nickel, das s 鎳,
Neu 新	Nicken 點頭
Neugierig 管閒事, 多事, 生事, 新奇	Nie 幷未, 從不, 絕未,
	Nieder 低下, 下等,
Neuern 革新, 維新,	Niederdrücken 壓下, 壓倒
Neuerung, die pl. en 仝上	Niedergeschlagen 煩悶, 失心,
Neuheit, dit pl. en 新來, 新聞, 新事,	Niederknien 跪下, 屈膝
	Niederkunft, die 養胎, 降誕,
Neuigkeit, die pl. en 新來, 新聞, 新聞事, 新報,	Niederlassen 立家, 落戶, 坐
	Niederlage, die pl. n 敗戰, 戰敗
Neujahr, das (e) s, pl. e 新年,	
Neulich 近來, 時時,	Niederlegen 擱下, 放下, 辭職,
Neumond, der es, pl. e 新月	Niederschlag, der es, pl.-schläge 渣子, 降下, 落下, 沈渣,
Neun 九	Niederreissen 拆破, 拆毀,
Neuntel, das s 九分之一,	Niedersetzen 擱下, 放下 住居,
Neunzehn 十九	Niederträchtig 卑賤, 暴劣,

Niedertreten 下偃, 偃仆, 蹂躪,	Nordpol, der es 北極
Niedlich 淫巧, 悅目, 好看, 細,	Notenpult das es, pl. e 樂譜架,
Niedrig 矮小, 凡庸, 陋劣,	Notieren 記錄, 記着, 登記,
Niemals 幷未一回, 從未一次, 絕少,	Not, die pl. Nöte 貧寒, 家貧, 苦境
Niemand 無有人, 未有人	Notdürftig 貧寒, 家貧, 苦境
Niere, die pl. n 腰子	Notfall, der es, pl.-fälle 緊要, 急
Niesen 噴嚏,	Notgedrungen 將就, 暫用
Niessbrauch, der es 享受, 用, 享, 使用權,	Nötig 用, 必要, 緊要,
Niete, die pl. n 然籤, 無能力者,	Nötigen 勉强, 要, 迫,
Nil, der es 尼羅河	Notlüge, die pl. n 故意哄他, 用計
Nimmer 並未, 從未, 曾無, 素未,	Notwehr, die 抵擋, 抵禦, 自衞, 正當防禦
Nippsachon, die 玩具,	Notwendig 要緊,
Nirgends 全無, 何處,	Notwendigkeit, die pl. en 要緊, 必需品,
Nische, die pl. n 像龕	Notzucht, die 强姦
Nisten 搬窩, 作巢,	Notizbuch, das es, pl.-bücher 草本, 小本, 袖本, 記本,
Noch 還, 且又, 更,	Novelle, die pl. n 小說, 新聞
Nochmals 再一回, 再度,	November, der s 十一月
Nonne, die pl. n 尼姑	Nu 今
Norden, der s 北	Nun 此從, 從此, 現今, 今
Nördlich 北方	Nüchtern 未醉, 飢餓
Nordlicht, das es, pl. er 北光,	
Note, die pl. n 琴譜, 註解, 爻, 記號,	

Nudel, die pl. n 線粉, 掛麵,

Null 零, 0

Nummer, die pl. n 號頭, 號數,
　號碼,

Nur 但, 盡是, 僅, 唯,

Nuss, die pl. Nüsse 核桃

Nussbaum, der es, pl.-bäume
　核桃樹

Nussknacker, der s 核桃夾

Nusschale, die pl. n 核桃殼,

Nutzen, der s 有用處, 益處, 好
　處

Nützen 有用處, 益處, 好處

Nützlich 有用處, 益處, 好處

Nutzlos 無用處, 無益,

Nutznissung, pie pl. en 使用
　權, 利用,

Nymphe, die pl. n 女鬼, 女神,
　處女, 少女, 蛹

Oase, die pl. n 沙漠中之沃地,

Ob 或

Obacht, die 留心, 注意, 監守,

Obdach, das es, pl.-dächer 住
　處, 居所,

Oben 上, 高,

Obenauf 上頭, 上邊, 向上,

Oberhalb 上頭, 上邊, 向上,

Oberarm, der es, pl. e 上手腿,
　上肘,

Oberaufsicht, die 提調, 總理,

Oberbett, das es, pl. en 蓋被

Oberfläche, die pl. n 面, 皮, 外
　面, 上面,

Oberflächlich 表面, 皮相, 外部,

Oberhaupt, das es, pl. häupter
　頭, 首長, 君主,

Oberkörper, der s 上身,

Oberhemd, das (e)s, pl. en
　白汗衫,

Oberleutnant, der s, pl. s, (e)
　中尉,

Oberlippe, die pl. n 上嘴唇

Oberschenkel, der s 上腿, 大腿

Oberst, der en, pl. en 上校,

Oberstleutnant, der s, pl. s,
　(e) 中校,

Oberzahn, der (e)s, pl.-zähne
　上牙,

Obgleich 雖然, 假令, 浸假,

Oblate, die pl. n 薄皮糕, 扁
　餅,

Obrigkeit, die pl. en 官, 官府,

官員, 政權, 支配, 政柄, 統治,

Obschon 雖然, 假令,

Obst, das es 水菓

Obstbaum, der 水菓樹

Obstwein, der es, pl. e 水菓酒

Obwohl 雖然, 假令

Ochs, der en, pl. en 牡牛, 愚人

Ochsenziemer, der s 牛尾棍,

Oede, die pl. n 沙漠, 曠野, 空地, 不毛,

Ode 仝上

Odem der s 吸氣, 呼吸,

Oder 或, 又, 則, 若

Ofen, der s 火爐

Ofenbank, die pl.-bänke 火爐旁櫈

Ofenloch, das es, pl.-löcher 火爐孔

Ofenschirm, der es, pl. e 火爐前屏風, 障熱鈑

Ofenrohr, das es, pl. röhre 煙筒, 爐管,

Offen 開, 公平,

Offenbaren 表明, 公告, 露出,

Offenheit, die pl. en 明白, 實心, 正大,

Öffentlich 公衆, 公立, 普,

Offizier, der es, pl.-e 武官, 將校,

Öffnen 打開, 開展, 吐露,

Öffnung, die pl. en 口, 間隙, 孔,

Oft 多囘, 屢囘

Öfter 仝上

Ohne 沒有, 未有, 無

Ohnmächtig 發昏, 頭昏, 無力,

Ohr, das (e)s, pl. en 耳

Ohr, das (e)s, pl. en 針孔, 針鼻, 耳

Ohrfeige, die pl. n 打臉, 掌臉

Ohrenschmalz, das es, pl. e 耳屎

Ohrläppchen, das s 耳垂

Ohrlöffel, der s 挖耳子

Ohrring, der es, pl. e 耳環,

Ohrwurm, der es, pl.-würmer 蝦蚊,

Ökonom, der en, pl. en 農務人, 經濟家,

Oktober, der s 十月

Öl, das es, pl. e 油

Oleander, der s 樹名

Ölen 揸油, 抹油

Olive, die pl.-n 橄欖

Olivenbaum, der 橄欖樹

Olmalerei, die pl. en 油畫

Omelette, f. pl. n 雞蛋餅

Onanie 手淫

Onkel, der s 叔, 舅父, 伯父,

Oper, die pl. n 音樂, 唱戲, 演
　劇,

Opernglas, das ses, pl. Gläser
　看戲鏡,

Opfer, das s 祭祀, 犧牲,

Opfern 仝上,

Optik, die 視學, 光學

Opium, das s 鴉片煙

Opiumhaus, das 鴉片煙館

Orange, die pl. n 橙,

Orangenbaum, der 橙子樹

Orchester, das s 伶官, 奏樂
　所, 樂師,

Orden, der s 寶星, 社會, 勳章,

Ordentlich 妥當, 正規, 順序,

Ordnen 擺好, 整理, 排列, 命
　任,

Ordnung, die pl. en 仝上

Organ, das (e) s, pl. e 五官之
　機能, 機關, 構造, 器官

Orgel, die pl. n 風琴

Orientieren 轉向, 正向,

Orient, der es 東方國, 東邊

Orkan, der es, pl.-e 烈風, 狂風

Ort, der (e) s, pl. e (Orter)
　地方, 村, 地點, 角,

Ortschaft, die pl. en 地方, 村,
　鄉村, 郡,

Oster, die 淸明節, 耶穌更生
　祭

Osten, der s 東

Ostlich 東邊, 束方

Otter, die pl. n 水獺

Oval 橢圓形, 蛋形

Ozean, der s, pl. e 大海, 大洋

P.

Paar, das es, pl. e 雙, 對, 付,
　偶,

Paarweise 對對, 雙雙

Pacht, m. es, pl. e 租, 佃, 賃,
　借

Pachten 租, 賃, 佃, 借

Pächter, der es 租佃人, 賃借
　主,

Packen 包捆,

Packer, der s 包裝者, 大犬,

Packet, das 包, 小捆,

Page, der n, pl. n 侍童, 種馬,

Palast, der es, pl. Paläste 大屋宇, 宮殿

Pagode, f. pl. n 塔

Paletot, der s, pl. s 外套

Palmbaum, der 椰樹

Palme, die pl. n 椰樹,

Panther, der s 豹

Pantoffel, der s, pl. n 夜鞋, 便鞋

Pantoffelheld, der es, pl. en 懼內者

Panzer, der s 鐵甲, 甲冑,

Panzerschiff, das es, pl. e 鐵甲船

Papagei, der (e) s, od. en, pl. en 鸚鵡

Papier, das (e) s, pl. e 紙

Papiergeld, das es, pl. er 錢票, 銀票, 紙幣,

Papiermühle, die pl. n 造紙風車

Pappe, die pl. n 厚紙

Pappel, die pl. n 楊樹

Papst, der es, pl. Pöpste 教皇

Parade, die pl. n 閱兵, 整列,

Paradies, das es, pl. e 天堂

Paragraph, der en, pl. en 節, 段, 條, 章, (§)

Parallel 平行綫, 並行,

Parlament, das (e) s, pl. e 議論, 商議, 議院, 議會, 國會,

Partei, der pl. en 黨, 同類

Parteiisch 私心, 偏向, 徇情, 黨派,

Partie, die pl. n 局, 社, 黨, 回, 漫遊, 量,

Paschen 私貨, 密賣

Pascher, der s 帶私貨人

Pass, der sses, pl. Pässe 護照, 山口子, 山路, 注意,

Passagier, der es, pl. e 客人, 車船之旅客,

Passen 合適, 相合,

Passieren 過逾, 旅行, 出來,

Passiv 受苦, 被動的,

Pastete, die pl. n 蜂窩餅, 食物,

Pastor, der s, pl. en 耶蘇教人

Pate, die n, pl. n 代父教父,

Patient, der en, pl. en 病人, 患者,

Patriot, der en, pl. en 愛國人

Patriotisch 愛國的

Patrone, die pl. n 彈子, 鎗彈,

Patrouille, die pl. n 守夜卒, 巡夜兵, 巡邏	金, 休養金, 寄宿舍,
Pauke, die pl. n 洋鼓, 戰鼓, 銅鼓,	Pensionieren 告老, 老仕
Pause, die pl. n 休息, 歇息,	Pergament, das (e) s, pl. e 洋油紙
Pavian, der s, pl. e 大鳥名	Periode, die pl. n 世代, 章句, 段落, 公分數, 期節, 月經, 運行,
Pech, das (e) s 黑油灰, 不幸, 災害,	Perle, die pl. n 珍珠
Pechfackel, die pl. n 火把	Perlfischer, der s 覓珍珠人
Pechschwarz 深黑色	Perlmutter, das 白衣釦眞珠殼
Pedal, das es, pl. e 腳踏板,	Perpendikel, der s, 垂綫
Pein, die 痛苦, 辛苦, 拷問	Perrücke, die pl. n 假頭髮殼鬠,
Peinigen 刻待, 苛待, 痛苦,	Person, die pl. en 人, 身,
Peiniger, der s, 刻待者, 苛待者, 痛苦者,	Personenzug, der es, pl.-züge 坐人車
Peinlich 心悶, 無趣味, 刑事,	Persönlich 親自, 親身
Peitsche, die pl. n 鞭子	Pest, die pl. en 瘟疫, 鼠疫
Peitschen 用鞭打	Petersilie, die 芹菜
Pelz, der es, pl. e 皮	Petroleum, das s 洋油, 煤油
Pelzhandschuh, der es, pl. e 皮手套	Petschaft, das 圖章, 印
Pelzkragen, der s 皮襯	Pfad, der es, pl. e 道路, 徑,
Pelzmantel, der s 皮外套,	Pfaffe, der n, pl. n 敎僧,
Pelzmütze, die pl. n 皮帽,	Pfahl, der es, pl. Pfähle 竿子
Pelzschuh, der 皮鞋	Pfand, das es 定錢, 當, 抵當, 擔保,
Pendel, das s 擺, 擺搖, 懸錘,	Pfänden 差押, 質取, 抵當, 擔保,
Pension, die pl. en 恩俸養老	Pfandhaus, das 當,

Pfandleihe, die pl. n 當舖, 押借,	Pferdehändler, der s 馬販子
Pfandleiher, der s 當主,	Pferdehuf, der es, pl.-hüfe 馬蹄
Pfandschein, der es, pl. e 當票, 借劵,	Pferdeknecht, der es, pl. e 馬夫
Pfanne, die pl. n 鍋,鑊,	Pferdekrippe, die pl. n 馬槽,
Pfannenkuchen, der s 圓抛花菓,油煎餅,	Pferdemist, der es 馬糞
Pfarrer, der s 耶蘇敎人	Pferdeapfel, der s, pl.-äpfel 同上
Pfau, der es, pl. e (en) 孔雀	Pferdemähne, die pl. n 馬鬃毛
Pfeffer, der s 胡椒	Pferderennen, das s 跑馬, 賽馬,
Pfeffergurke, die pl. n 胡椒伴黃瓜菜	Pferdesattel, der s, pl.-sättel 馬鞍
Pfeffern 放胡椒, 下胡椒	Pferdeschwanz, der es, pl.-schwänze 馬尾
Pfeife, die pl. n 哨子,水煙管	Pferdeschweif, der es, pl. e 同上
Pfeifen 吹哨子,	Pferdestall, der es, pl.-ställe 馬棚, 馬房
Pfeifenkopf, der es, pl. köpfe 旱煙竿斗	Pferdestriegel, der s 馬刷
Pfeil, der es, pl. e 箭,矢,	Pferdezaumzeug, das es, pl. e 馬轡,馬韁繩
Pfeiler, der s 柱楹,	Pferdezüchter, der s 畜馬者, 馬行,養馬者,
Pfennig, der es, pl. e 德銅幣 (值錢五文)	Pfiff, der es, pl. e 哨子, 狡計,
Pferd, das es, pl. e 馬	Pfiffig 詭詐,詭巧,
Pferdedecke, die pl. n 馬毯,	
Pferdefutter, das s 馬料, 馬糧	
Pferdehalfter, die pl. n 馬籠頭	

Pfingsten, pl. 端陽節, 五旬節

Pfirsiche, f. pl. n 桃子

Pfirsichbaum, der 桃樹

Pfirsichkern, der es, pl. e 桃核

Pflanze, die pl. n 草木, 植物

Pflanzen 栽, 種

Pflanzenreich, das es 植物界,

Pflanzung, die pl. en 種植

Pflaster, das s 小砌路, 膏藥,

Pflastern 砌石, 貼藥

Pflasterstein. der es, pl. e 舖石,

Pflaume, die pl. n 李

Pflaumbaum, der 李樹

Pflege, die pl. n 管照, 照料, 保育,

Pflegen 管照, 照料, 保育,

Pflegekind, das es, pl. er 寄兒, 養子,

Pflicht, die pl; en 本分, 義務,

Pflichtteil, das es, pl. e 照法律應得遺產之部分,

Pflichtvergessen 越分, 忘却義務,

Pflücken 採, 摘, 揉,

Pflug, der es, pl. Pflüge 犂把,

耒耜, 鋤,

Pflügen 犂田, 耕地, 鋤地,

Pforte, die pl. n 大門, 土耳其之宮室,

Pförtner, der s 門役,

Pfoste, die pl. n 竪柱, 椿子, 戈,

Pfote, die pl. n 爪, 掌, (指獸言)

Pfropfen, der s 瓶塞子, 軟木塞, 栓,

Pfropfenzieher, der s 開瓶鑽, 拔栓器,

Pfropfen 靠樹, 接木,

Pfui 醜, 賤, 穢污, 噫,

Pfund, das es, pl. e 片, 磅

Pfuscher, der s 劣工人

Pfütze, die pl. n 水迷, 水窪

Phantasie, die pl. n 私意, 想像,

Philologie, die pl. n 博言學,

Philosoph, der en, pl. en 哲學家

Philosophie, der pl. n 哲學,

Phlegmatisch 冷情, 薄情,

Phosphor, der s 燐

Photograpf, der en, pl. en 照

相人	Platte, die pl. n 平面, 鈑板,
Photographieren 照相	Plätten 烙衣裳, 熨,
Physik, die 物理學,	Plätteisen, das s 烙鐵, 烙爐
Picken 啄食（指禽類言）	Platz, der es, pl. Plätze 位置, 平地,
Piano, das s, pl. s. 洋琴	
Pieken 針刺,	Platzen 漲破, 裂散,
Piepen 鳥聲	Plaudern 叙談, 暢叙,
Pilger, der s 步行	Plötzlich 忽然, 偶然,
Pille, die pl. n 丸藥, 藥粒	Plump 粗莽, 粗魯,
Pilz der es, pl. e 磨骨, 蒙子	Plunder, der s 舊物, 無用物, 古衣,
Pinsel, der s 筆, 毛筆	
Pinseln 用毛筆寫	Plünderer, der s 搶奪者,
Pissen 解小手, 小便	Plündern 搶奪, 奪, 佔
Pistole, die pl. n 手鎗,	Plural der s, pl. e 多數, 複數,
Plage, die pl. en 費神, 危難,	Plüsch, der es, pl. e 毛絨
Plagen 濟神, 危難.	Pöbel, der s 下流人, 賤民,
Plan, der es, pl. Pläne 主意, 計, 平面	Pochen 拷, 打, 自負,
	Pocke, die pl. n 疤, 痘瘡,
Plane, die pl. n 厚布,	Pockennarbe, die pl. n 瘋子, 痘痕,
Planet, der en, pl. en 行星,	
Planke, die pl. n 板	Pokal, der es, pl. e 爵杯, 大盃,
Plänkeln 吵鬧, 小戰,	Pökelfleisch, das es, pl. e 鹹肉
Plärren 哭聲, 叫泣,	Polarkreis, der es, pl. e 南北二極圈
Plappern 急言,	
Platin, n. s 白金, 鉑,	Polieren 磨光
Plätschern 水聲, 湍聲,	Politik, die 政事, 政治,
Platt 平, 通俗, 直言, 平坦,	Politiker, der s 政治學者,

單,
Polizei, die 巡捕
Polizist, der 巡捕兵
Polster, das s 鐵絲床
Polterabend, der es, pl. e 娶妻
　前一夜,
Poltern 吵鬧,
Pomade, die pl. n 飾髮膠,
Pomeranze, die pl. n 橙
Pomphaft 華麗, 秀美, 光彩,
Pore, die pl. n 毛孔
Porree, der s 蒜
Portal, das es, pl. e 大門
Porto, das s, pl. s 信力, 郵費,
　運貨,
Portier, der s, pl. s 門役,
Portrait, das s, pl. s 像, 相
Porzellan, das (e) s, pl. e 磁
　器
Pose, die pl. n 毛, 羽
Posse, die pl. n 戲言,
Post, die pl. en 郵政局, 信局,
Postament, das 座子, 柱脚,
Postamt, das (e) pl. Ämter
　郵政局
Postbeamte, der n, pl. n 郵政
　局執事人,

Postbote, der n, pl. n 送信人
Postkarte, die pl. n 郵政片, 信
　片
Postlagernd 信局代處收
Postmarke, die pl. n 郵花
Postschalter, der s 賣郵花處
Postschein, der es, pl. e 郵局
　保險單, 掛號票,
Postwagen, der s, pl. ägen 郵
　政車,
Pottasche, die pl. n 鹻砂
Pracht, die 光彩
Prächtig 光華, 光明
Prägen 鑄錢
Prahlen 自誇, 自負,
Prallen 撞, 碰, 反跳,
Prangen 光亮, 輝,
Prasseln, das s 爆, 炮聲
Prasseln 爆, 炮聲, 鳴
Prassen 浪蕩的, 奢侈者,
Praxis, die 實習,
Predigen 說教,
Predigt, die pl. n 講道, 說教,
Prediger, der s 神甫, 宣教者,
Preis, der es, pl. e 價錢, 物
　價,
Preisliste, die pl. n 貨單, 價

Preisen 誇張, 稱讚

Prellen 虛誑, 欺詐

Präsident, der en, pl. n 民主國之總統

Pressen 擠住,壓搾,

Priester, der es 天主教人

Prinzipal, der (e) s, pl. e 長,主,

Prinzip, das es, pl. e (pien) 理,道,原理,主義,

Prinz, der en, pl. en 親王,太子

Prinzessin, die pl. nen 皇家之婦女

Prise, die pl. n 一捻鼻烟,掠奪,

Privat 私,專有的

Privatsache, die pl.-n 私事,

Probe, die pl. n 試試, 試驗,試探

Probieren 試試, 試看,試驗,試探

Probierer, der s 試試的, 試驗者

Produkt, das es, pl. e 生產物,積數,工業,効驗,

Profan 世俗, 犯聖,

Professor, der s, pl. en 教習,分教,大學講師

Projekt, das es, pl. e 主意,計謀,

Promovieren 前程, 前進,畢業,得學位,

Pronomen, n. s, pl. mina 代名詞

Prophezeien 預說,先見

Prophet, der en, pl. en 先知人,先見者

Proklamation, die pl. en 告示

Proportion, f. pl. en 比例,平均

Proportional 仝上

Prosa, die 文章

Protest, der es, pl. e 抗告, 越告,反論,

Protestant, der en, pl. en 耶穌教徒

Protokoll, das es, pl. e 口供,筆記,

Proviant, der es 路菜,糧食,

Provinz, die pl. en 省,

Provinyialhauptstadt, die-städte 省城, 省會,

Provinzialoberrichter, der s 按察司, 高等判所長,

Provinzalschatzmeister der s, 布政司, 財政司長,

Provisor, der s, pl. en 藥舖徒弟管理者

Provisorisch 一時的

Prozent, das es, pl. e 百圓之利 %

Prozess, der es, pl. e 手續作用 訴訟,

Prozessieren 謁訴,

Prüfen 考試,

Prüfung, die pl. en 考試,

Prügel, m. s 打,

Prügeln 打

Prunk, der (e) s 華美, 光耀

Prunkend 華美·光耀

Prunkhaft 華美, 光耀

Publikum, das s 旁人, 旁觀者

Pudel, der s 獅子狗

Puder, der s 粉, 白粉

Pudern 打粉, 塗粉,

Puffen 磕, 手撞, 拳打,

Puls, der (e) s, pl. e 脉, 手脉,

Pult, das 寫字臺

Pulver, das s 火藥,

Pumpe, die pl. n 擠水筒, 抽水筒, 唧筒,

Pumpen 抽水, 擠水, 壓水

Punkt, der es, pl. e 點,

Pünktlich 按時, 精密

Pupille, die pl. n 瞳, 眸子

Puppe, die pl. n 木偶, 傀儡,

Purpur, der s 紫紅色

Puter, der s 火雞

Putzen 修飾, 刷, 擺緻,

Putzmacherin, die pl. nen 擺緻女, 化粧婦,

Pyramide die pl. n 尖柱, 稜錐體,

Q.

Quadrat, das es, pl. e 四方, 象限平方形

Quaken 蝦蟆鳴, 蛙聲

Qual, die pl. en 心焦, 憂悶,

Quälen 受苦, 難過,

Qualität, die pl. en 等, 品, 性質,

Qualm, der (e) s 濃煙

Quantität, die pl. en 多少, 分量, 額,

Quart 四分之一, 液量名,

Quartal, das es, pl. e 一季,

Quartett, das es pl. e 四人音,

Quartier, das es, pl. e 屋宇, 四

分之一，
Quaste f. pl. n 纓，
Quecksilber, das s 水銀，
Quell, der es, pl. e 源，水源，
Quelle, di pl. n 源，水源
Quellen 漲大，膨脹，湧，
Quer 橫
Querbalken, der s 樑木，橫柱，
Querkopf, der es, pl. köpfe 意見相反，偏見，橫頭，
Quetschen 掩，壓着，夾住挫傷，
Quetschung, die pl. en 掩，壓着，夾住，挫傷，
Quieken 叫聲，
Quitt 免，清債，脫，
Quitte, die pl. n 木瓜
Quittieren 收單，清證，
Quittung, die pl. en 收單，清証，

R.

Rabatt, der es, pl. e 折數，減價，
Rabbiner, der s 猶太教教師，
Rabe, der n, pl. n 烏鴉
Rabeneltern, die 慈愛之父母
Rabenmutter, die pl. mütter

慈愛之母
Rabenvater, der pl. välter 慈愛之父
Rache, die pl. n 仇讎，復仇，
Rachen, der s 咽喉，口，
Rachdurst, der es 報仇，復讎，
Rachlust, die pl. Lüste 報仇，復讎，
Rachsucht, die 報仇，復讎，
Rächen 伸寃，雪耻，復仇，
Rächer, der s 復仇者，
Racker, der s 怪人惡徒，狗，
Rad, das es, pl. Räder 車輪
Radachse, die pl. n 車軸
Radspeiche, die pl. n 車輪輻
Radspur, die pl. en 車轍，轍迹
Rädelsführer, der s 匪頭，黨首
Räderwerk, das es, pl. e 輪動輪，輪機，（指機器言）
Radieschen, das s 紅蘿蔔
Radieren 擦去，刮去，削，
Radikal 根本的
Radiergummi, n. s 樹膠，橡皮
Radiermesser, das s 小刀，刮刀，
Raffen 收起，拾起，奪取，

Rahm, der (e) s 牛乳皮,	Rasen, der s 草, 草皮
Rahmen, der s 框子	Rasenplatz, der es, pl.-plätze 草坪, 草地
Rain, der (e) s, pl. e 田基,田界, 畔,	Rasieren 剃鬍鬚
Rakete, die pl. n 花爆, 放花, 烟火,	Rasiermesser, das s 剃鬍鬚刀,
Rampe, die pl. n 欄杆, 斜堆形, 階級,	Raspeln 削, 切, 銼,
Rand, der (e) s, pl. Ränder 邊, 旁, 緣,	Rasse, die pl. n 血,後代,類,種族,
Randschrift, die pl. en 邊文,	Rasseln 搖響, 鳴,
Rang, der (e) s, pl. Ränge 品級, 等, 次序,	Rast, die pl. en 安歇, 歇息
Rangliste, die pl. n 搢紳錄, 品級簿	Rastlos 不歇息, 無休止,
Rangstufe, die pl. n 品級, 等	Rasten 伏着, 歇着, 眠,
Ranken 爬上, 靠上, 蔓延,	Rate, die pl. n 分給, 月給, 攤還,
Ränke, die pl. n 刁唆,	Rat, der es, pl. Räte 指敎, 敎導, 顧問, 忠告,
Ränkevoll 受刁唆,	Raten 仝上,
Ranzen, der s 背包, 負包, 走	Ratgeber, der s 忠告者, 顧問
Ranzig 腐臭, 惡臭,	Ratlos 無謀, 無助,
Rappe, der n, pl. n 黑馬	Ratschlag, der es, pl.-schläge 指敎, 敎導,
Rapunzel, m. s. 青荣	Rätsel, das s 謎, 暗言,
Rar 稀少, 罕有, 少有, 異奇,	Rathaus, das es, pl.-häuser 議事堂,
Rarität, die pl. en 稀少,罕有, 少有, 異奇,	Ratte, die pl. en 老鼠, 大鼠
Rasch 趕快, 捷速,	Rattenfalle, die pl. n 捉鼠箱,
	Rattengift, das es, pl. e 毒鼠

藥
Raub, der es 搶, 搶奪, 打搶
Rauben 搶, 搶奪, 打搶
Räuber, der s 搶奪人, 强盜,
Räuberbande, die pl. n 搶黨,
　强盜黨, 匪類
Räuberhöhle, die pl. n 强盜
　窩, 匪黨窩, 匪類隱藏處
Raubgierig 貪婪的
Raubmord, der es, pl. e 謀財
　害命者, 掠殺者,
Raubschiff, das es, pl. e 水賊
　船, 强盜船
Raubtier, das es, pl. e 吃獸之
　獸（如虎狼之類）
Raubvogel, der s, pl. vögel 吃
　鳥之鳥（如鷹鷂之類）
Rauch, der es 煙, 煙霞
Rauchen 吃煙
Raucher, der s 吃煙人
Räucherig 滿煙, 烟臭,
Räuchern 薰煙, 燻
Rauchfang, der es, pl.-fänge
　煙筒, 竈筒
Rauchfleisch, das es, pl. e 臘
　肉, 乾肉
Rauchtabak, der s, pl. e 煙, 絲

煙,
Räudig 癩,
Raufbold, der es, pl. e 街鄙,
　好爭者,
Rauh 粗皴, 野蠻,
Raum, der es, pl. Räume 房,
　空間, 場所,
Räumen 搬空, 空虛,
Räumüng, die pl. en 搬空, 空
　虛
Raunen 細聲, 密話
Raupe, die pl. n 蟲, 螟蛉
Raupennest n, es, pl. er 蟲窩
Rausch, der es, pl. Räusche
　酒醉,
Rauschen 樹聲, 松濤, 水聲, 鳴,
Räuspern 咳嗽
Raute, die pl. n 斜方形, 芸香,
Rebe, die pl. n 葡萄蔓,
Rebhuhn, das es, pl.-hühner
　雛雞
Rebell, der en, pl. en 造反人,
　反叛人
Recension, die pl. en 批評, 公
　論, 斷論
Recept, das es, pl. e (Rezept)
　藥單, 藥方

Rechen 爬, 鋤,

Rechen, der s 爬子, 鋤頭, 田器, 鐵把,

Rechenschaft, die pl. en 交告, 告訴, 訴示, 計算, 申譯, 責任,

Rechenbrett, das es, pl. er 算盤,

Rechnen 算, 數

Rechner, der s 算數人-

Rechnung, die pl. en 賬單, 賬目,

Recht, das es, pl. e 理, 道理, 法律

Recht 有理, 道理

Rechte, die 右手

Rechtfertigen 洗罪, 改過, 辯解,

Rechtlos 不合道理, 不正,

Rechts 右邊, 右

Rechtsbeistand, der (e) s, pl.-stände 代言, 辯護,

Rechtschaffen 忠厚, 正直, 廉正,

Rechtsgelehrsamkeit, die pl. en 律例學, 法理學,

Rechtsgelehrte, der n, pl. n 法律學者

Rechtsspruch, der es, pl.-sprü-che 官斷, 律例判斷, 法律說

Rechtsstreit, der es, pl. e 訴訟

Rechtzeitig 合時, 好機會,

Rede, die pl. n 說, 講, 談, 演說

Reden 同上

Redensart, die 話派, 口頭禪,

Redlich 忠厚, 正直, 老實

Redner, der s 演說人

Redselig 愛談的, 善說的

Reformieren 變法, 改良,

Regal, das s 書架,

Regel, die pl. n 原則, 條例,

Regelmässig 有準, 遵規, 正格, 整齊,

Regen, der s 雨

Regen 搖, 動, 擺, 鼓舞,

Regenbogen, der s 虹

Regenmantel, der s, pl.-mäntel 雨衣

Regenschirm, der es, pl. e 雨傘

Regenwasser, das s 雨水

Regenwolke, die pl. n 黑雲, 烏雲

Regenwurm, der es, pl.-würm-er 蚯蚓, 土龍

Regnen 下雨	帛, 富有,
Regent, der en, pl. en 攝位人, 代理國政人, 攝政王,	Reif 熟, 成,
Regieren 治理, 管理, 統治,	Reif, der es 霜
Regierung, die pl. en 政事, 政府,	Reifen 下霜,
Regiment, das es, pl. er 聯隊	Reihe, die pl. n 行, 層,
Register, das s 目錄	Reihenweise 成行, 分層,
Regierungspräfekt, der en, pl. en 行政官,	Reihenfolge, die pl. n 順序, 順行, 按次,
Regierungsbezirk, der es, pl. e 府	Reiher, der s 鷔鷔, 鷺
Reglement, das s, pl. s 條規, 章程	Reimen 詩韻, 押韻, 符合,
Regsam 動作, 敏捷,	Rein 乾淨, 皎潔, 廉直, 無罪,
Regulieren 調整, 改正,	Reinigen 弄乾淨, 掃除,
Reh, das (e) s, pl. e 麕	Reingewaschen 洗乾淨,
Reibe, die pl. n 擦子,	Reinlich 乾淨的, 皎潔的,
Reiben 擦, 磨,	Reis, der (s) es 稻米
Reibung, die pl. en 擦, 磨擦	Reise, die pl. n 遠行, 旅行,
Reich 富, 廣衆,	Reisepass, der sses, pl. Pässe 護照, 路票
Reich, das es, pl. e 國	Reisetasche, die pl. n 行李箱, 旅囊,
Reichlich 狠多, 衆多,	Reisen 遠行, 旅行
Reichen 伸給, 提格, 呈報, 投,	Reisende, der n, pl. n 行人, 遠客, 旅客,
Reichstagsgebäude, das s 上議院	Reisfeld, das es, pl. er 稻田
	Reisige der n, pl. n 騎士
Reichtum, der es, pl. tümer 財	Reissen 撕斷, 拉斷,
	Reissfeder, die pl. n 畫圖鋼筆

Reiten 騎馬

Reitbahn, die pl. en 跑馬場, 騎馬路,

Reiter, der s 騎馬人

Reithose, die pl. n 騎馬褲

Reitpeitsche, die pl. n 馬鞭,

Reitstiefel, der s, pl. n 騎馬靴,

Reizbar 易怒,

Reizen 感動, 刺戟,

Reizend 和悅, 愉快,

Religion, die pl. en 宗敎

Rennbahn, die pl. en 賽跑場, 運動場,

Rennen 跑, 運動,

Renner, der s 良馬, 競走人,

Renntier, das es, pl. e 鹿類 (產於俄國)

Rente, die pl. n 進項, 收入, 利錢

Rentner, der e 收利錢人, 享息金者,

Renommieren 自誇, 大言,

Reparatur, die pl. en 收檢, 修整, 改正,

Reparieren 收檢, 修整, 改正

Republik, die pl. en 民主國, 共和政治,

Reserve, f. pl. n 存留, 貯蓄, 預備

Residenz, die pl. en 皇宮, 京都,

Rest, der (e) s, pl. e 剩下, 餘, 殘,

Retirade, die pl. n 解手處, 退軍, 逃避,

Retten 打救, 救濟,

Retter. der s 救濟人,

Rettig, der es, pl. e 白蘿葡

Rettung, die pl. en 救生, 救助,

Reue, die pl. n 後悔

Reuen 後悔

Rhabarber, der s 大黃

Rhede, die pl. n 停船處, 泊輪港

Rheumatismus, der pl. men 筋骨酸痛病, 風濕病

Richten 斬首, 決斷, 建築, 向,

Richter, der s 判官, 司法官,

Richtig 不錯, 正直, 合法

Richtung, die pl. en 方向, 方針,

Richtplatz, der es, pl.-plätze 法場, 殺人處

Riechen 氣味

Ried, das es, pl. e 蘆柴, 澤,	Riss, der sses, p'. sse 撕開, 拆破,
Riegel, der s 門閂, 橫材, 梁,	Rissig 撕開, 拆破,
Riemen, der s 皮帶,	Ritt, der es, pl. e 騎馬, 走馬
Riese, der n, pl. n 魁梧, 奇偉, 巨大,	Ritterlich 懂禮的, 勇猛, 士氣,
Ricinusöl, das s, pl, e 草蓖子油	Rittmeister, der s 馬隊營官, 騎兵上尉,
Rieseln 流, 降, 落,	Ritz, der es. pl. e 裂口, 罅隙,
Riesenschlange, die pl. n 大蛇, 蟒,	Röche n 痰聲, 口鳴,
Riff, das (e) s, pl. e 島嶼, 暗礁	Rochieren 炮與皇兒位（指西洋下象棋言）
Rind, das es, pl. er 牛, 牡牛,	Rock der es, pl. Röcke 外掛, 上衣,
Rinde, die pl. n 樹皮, 果皮, 麵包皮,	Rogen, der s 魚蛋, 魚子
Rinderzunge, die pl. n 牛舌,	Roggen, der s 麥
Rindfleisch, das es, pl. e 牛肉	Roh 生, 未熟, 野蠻, 未開, 粗暴,
Rindsleder das s 牛皮	Rohr, das es, pl. e 藤, 管, 筒, 砲身,
Ring, der es, pl. e 圓圈, 環	Röhre, die pl. n 管子, 筒子, 水道,
Ringen 鬥力, 回旋,	Röhricht, das es, pl. e 蘆地
Ringfinger, der s 第四指	Rohrstock, der es, pl. stöcke 藤棍子
Ringmauer, die pl. n 圓牆	
Ringsherum 周圍,	Rolle, die pl. n 捲子, 碾子, 滑車盤, 轉輪,
Rinne, die pl. n 溝, 渠,	
Rinnen 流	Rollen 捲起, 轉
Rinnstein, der es, pl. e 溝石,	Rollstuhl, der (e) s, pl. stühle
Rippe, die pl. n 腰骨, 肋骨,	

椅帶脚輪，
Rollwäsche, die pl. n 碾洗衣，
Roman, der (e) s, pl. e 小書，
　　小說，
Römisch　羅馬的，出於羅馬，
　　（意大利京城）
Rosa 粉紅色，淡紅色
Rose. die pl. n 月月紅，玫瑰
　　花
Rosenöl, das s, pl. e 玫瑰油
Rosenstock, der es, pl.-stöcke
　　玫瑰樹，
Rosine, die pl. n 乾葡萄
Ross, das es, pl. e 馬
Rossarzt, der es. pl.-ärzte 馬
　　醫生
Rost, der es, pl. e 銹
Rosten 生銹，長銹
Rösten 烘，燒，
Rostig 有銹，銹了，
Rot 紅，赤，
Rotbrann 深紅色
Rötlich 淺紅色
Rotte, die pl. n 班，羣，黨，伍，
Rotwein, der es, pl. e 紅酒
Rübe, die pl. n 蔓青，蘿蔔
Rubin, der (e) s, pl. e 淡紅玉

石
Ruchlos 輕薄，至惡，
Ruck, der (e) s, pl. e 震動，急
　　掉，
Rücken, der s 背
Rücken, 推開，挪開，推前，移，
Rückblick, der es, pl. e 回憶，
　　迴想，追憶，回視
Rückgrat, das es, pl. e 背骨，
　　脊梁
Rückhalt, der es 有所恃，靠，
Rückfall, der es, pl. fälle 病
　　翻，推倒，
Rückkehr, die pl. en 回來，回
　　去，歸行，
Rückseite, die pl. n 反面，底
　　面
Rücksicht, die pl. en 恭敬，尊
　　敬
Rücksichtsvoll 恭敬，尊敬
Rücksichtslos 不懂道理，簡慢，
Rückwärts 退回，退後，
Rückständig 舊賬，殘金，餘
　　數，
Rückweg, der es, pl. e 回路，
Rückzug, der es, pl. züge 退
　　兵，敗走. 班師

Rud   (178)   Ruh

Rudel, das s 羣, 隊, (指禽獸言)

Ruder, das s 櫓, 漿

Rudern 搖櫓, 搖漿

Ruf, der (e) s, pl. Rufe 聲音, 稱呼, 叫, 喊,

Rufen 叫, 喊

Rüge, die pl. n 責備, 責罰警戒,

Rügen 責備, 責罰, 警戒,

Ruhe die pl. n 太平, 無事, 安然. 靜,

Ruhen 歇息, 休息,

Ruhig 安靜, 太平,

Ruhelos 不安靜, 吵鬧,

Ruhestörer, der s 生事人, 吵鬧者

Ruhm, der (e) s 榮施, 名譽,

Ruhmsüchtig 求功名, 貪名心, 功名心,

Ruhmlos 羞恥, 帶愧, 不美,

Ruhmreich 榮耀, 美譽,

Ruhmvoll 榮耀, 美譽,

Rühmen 稱讚, 誇,

Ruhr, die pl. en 痢症, 下痢

Rührei, das s, pl. er 伴合蛋,

Rühren 動, 感觸,

Rührend 感動,

Rührung, die pl. en 感觸

Ruin, der (e) s 傾家, 敗產, 衰微, 亡滅,

Ruine, die pl. n 古跡墟址,

Rülpsen 打齕, 噯氣

Rum, der s 洋酒名, 燒酒

Rumpelkammer, die pl. n 儲破殘物室,

Rumpf, der (e) s, pl. Rümpfe 身體 軀幹,

Rümpfen 皺, 縮,

Rund 圓, 全,

Rundlich 身圓, 稍圓,

Runzel, die pl. n 皺紋, 打皺

Runzelig 皺紋, 打皺

Rupfen 拉毛, 摘毛, 引拔,

Russ, der es, pl. e 火焰子, 煤烟子

Russig 火焰, 煤烟,

Rüssel, der s 象鼻,

Rüsten 預備, 用意, 武裝

Rüstung. f. pl. en 仝上

Rüstig 强壯, 康健, 準備, 用意,

Rute die pl. n 鞭子, 棍, 杖, 杆, 挺,

Rutschen 溜, 滾, 蹉跌,

Rütteln 搖動, 篩動,

Rythmus, m. pl. en 韻

S.

Saal, der (e) s, pl. Säle 堂, 庭

Saat, die pl. en 苗

Säbel, der s 腰刀

Sache, die pl. n 東西, 物件,

Sachlage, die pl. n 光景, 大約

Sachverständig, 熟手, 博識,

Sächlich 種類, 物類, 中性,

Sacht 輕緩的, 溫和, 透次

Sachwalter, der s 訴訟代理人, 輔佐人,

Sack, der (e) s, pl. Säcke 口袋, 囊,

Sackgasse, die pl. n 路盡處, 路窮, 死路,

Sackleinwand, die 蘇布

Sämann, der 撒種人, 播種者,

Säen 播種, 撒種

Saft, der (e) s, pl. Säfte 樹汁, 菓漿,

Saftig 樹汁, 菓漿,

Säge, die pl. n 鋸,

Sägemaschine, die pl. n 機, 器鋸

Sägespäne, die pl. n 鋸灰, 鑄末

Sagen 告訴, 述, 說,

Sägen 鑄錯, 鋸斷,

Sago der s 小水菓名

Sahne, die pl. n 砲乳皮, 濃牛乳

Saite, die pl. n 琴線, 絃

Salat, der (e) s, pl. e 生菜, 青菜,

Salbe, die pl. n 軟膏, 香油,

Salben 糊藥, 貼膏,

Saline, die pl. n 養鹽, 鹽礦, 掘鹽

Salmiak, der s 磠砂, 硵砂,

Salon, der s, pl. s 客廳, 殿,

Salpeter, der s 硝石,

Salve, die pl. n 放鎗, 禮砲, 齊放,

Salz, das es, pl. e 鹽

Salzig 鹹

Salzen 放鹽

Same, der ns, pl. n 種, 子孫, 魚卵, 起原, 精虫,

Samenkorn, das es, pl.-körner 種

Sammeln 聚集, 收湊,

Sammelplatz, der es, pl.-plätze 相會處, 集合場,

Sammler, der s 收湊者, 編輯者,

Sammlung, die pl. en 收湊, 聚集, 集會,

Sammet, der (e) s, pl. e 絨, 洋絨

Sämtlich 都, 全, 盡, 悉, 咸, 總,

Sand, der es 沙

Sandale, die pl. n 草鞋, 屐

Sandbank, die 沙灘,

Sanduhr, die pl. en 沙表, 沙漏表, (西洋古時漏沙代表)

Sandwüste, die pl. n 沙漠

Sanft 良善, 溫和, 愉快,

Sänfte, die pl. n 轎子

Sänftenträger, der s 轎夫,

Sanftmütig 良善, 溫和, 愉快,

Sänger, der s 唱戲者,

Sanguinisch 活潑, 熱心, 多望, 爽快

Sardelle, die pl. n 小魚名, 鯔子

Sarg, der (e) s, pl. Särge 棺材,

Satan, der s, pl. e 鬼, 惡人

Satt 飽, 充分,

Sattel, der s, pl. Sättel 馬鞍子

Sättigen 吃飽

Satteldecke, die pl. n 鞍氈子

Sattelgurt, der es, pl. e 馬肚帶

Satteln 預備馬, 配馬

Sattler, der s 做馬鞍者,

Satz, der es, pl. Sätze 句, 渣, 題目, 文章,

Sau, die pl. Sauen 牝猪, 母猪

Sauber 乾淨, 皎潔

Säubern 弄乾淨

Saubohne, die pl. n 大匾豆

Sauer 酸

Sauerkraut, das es, pl. Kräuter 酸白菜

Säuerlich 微酸,

Sauerstoff, der es, pl. e 養氣, 酸素,

Saufen 喝

Säufer, der s 醉漢, 酒仙, 喝者

Saugamme, die pl. n 乳母, 寄母

Saugen 吃奶

Säugen 給奶, 喂乳

Saugetier, das es, pl. e 乳獸,哺乳動物

Säugling, der es, pl. e 乳臭兒,哺乳兒,

Sauhirt, der en, pl. en 牧母猪人

Säule, die pl. n 柱頭,柱礎,

Spulengang, der es, pl. gänge 排柱

Saum, der (e)s, pl. Suäme 衣邊,端,緣,

Säumen 縫衣邊,緣縫,

Säumig 怠慢,

Saumselig 怠慢,

Säure, die pl. n 酸滋味,酸素,

Säuseln 風聲,籟聲,

Sausen 風聲,籟聲,

Scandal, der s 吵鬧之聲

Scepter, das s 皇上手執之短金棍,（西洋皇上有之,）笏,

Schach, das s, pl. s 象棋

Schachbrett, das es, pl. er 棋盤子

Schachfigur, die pl. en 棋子

Schacht, der (e)s, pl. e 礦井,礦孔,

Schaben 刀刮,刮去,

Schäbig 刮搔之件,

Schabracke, die pl. n 蓋馬背毡,按被,

Schachtel, die pl. n 盒子,匣

Schädel, der s 腦蓋,

Schade 可惜,傷害

Schaden, 傷害,可惜

Schaden, der s 禍患,災害,

Schadensersatz, der es 賠錢,賠補,補失,賠償,

Schadenfreude, die pl. n 幸災,樂禍,利人之災

Schadenfeuer, das pl. n 失火,火災,

Schadhaft 壞了,破損,

Schädlich 有損,有害

Schädigen 暗害,

Schaf, das (e)s, pl. e 綿羊

Schafherde, die pl. n 綿羊羣

Schafpelz, der es, pl. e 綿羊皮

Schäfer, der s 牧羊人

Schaffen 送去,創造,移,爲,作,

Schaffner, der s 查票人,執事,

Schaffot, das es, pl. e 殺人櫈,砍頭架,斬首台,

Schaft, der (e)s, pl. Schäfte 槍木托,幹,竿,柄,

Schafweide, die pl. n 牧地，草坪

Schafwolle, die pl. n 羊毛

Schäkern 笑話，戲言，

Schal 出氣，變味，拔氣，

Schale, die pl. n 皮，殼，

Schälen 剝殼，削皮

Schalk, der es, pl. e 狡猾者

Schall, der es, pl. e 聲音，響音，

Schalten 安排，擺列

Schalter, der s 賣票處，管理者，

Schaltjahr, das es, pl. e 閏年，（西歷平常年365日，惟閏年則有366日）

Scham, die 羞耻，慚愧

Schämen 帶愧，害羞

Schamgefühl, das s, pl. e 廉耻，耻感

Schamlos 無羞惡之心

Schamrot 臉紅，慚紅，

Schande, die pl. n 羞辱，羞愧

Schänden 玷辱，傷臉

Schändlich 臭名，醜事，不義

Schandtat, die pl. en 敗德，玷品，

Schanze, die pl. n 圍子

Schar, die pl. en 羣，隊，類，

Scharf 利器，銳利，嚴酷，

Schärfen 同上，

Scharfrichter, der s 殺人者，執刑者，刑事廳，

Scharlachfieber, das s 珠沙症紅喉痧

Scharmützel, das s 小戰，小鬭

Schärpe, die pl. n 長巾，號章，

Scharren 抓，搔，

Scharte, die pl. n 口，砲門，窩，

Schatten, der s 影，蔭，

Schattig 有影，多蔭，

Schatz, der es, pl. Schätze 寶貝，財帛，情人，

Schatzen 仰慕，敬佩，佩服

Schatzmeister, der s 賬房，守庫者，財政所長，

Schauder, der s 戰慄，恐怖，

Schauen 看，觀，視，

Scahuer, die s 戰慄，監督，看者，先見者，

Schaufel, f. pl. n 鏟瓢，撮瓢，水輪板，杓子，

Schaufenster, das s 鋪面大窻臺

Schaukel, die pl. n 鞦韆架，

Schaum, der es, pl. äume 沫子,泡沫,

Schäumen 撒沫子,起泡

Schauspiel, das es, pl. e 演戲,

Schauspieler, der s 戲子,伶人,

Scheckig 雜色,五色,

Scheffel, der s 十斗,石,

Scheibe, die pl. n 玻璃片,平面,圓板,

Scheide, die pl. n 鞘,分線,區別,陰戶

Scheiden 離開,分散,休妻,分解,逝去,精鍊,分別,

Scheidung, die pl. en 同上,

Schein, der es, pl. e 亮,光,外觀,証書,

Scheinen 發光,像,彷彿,

Scheintod, der es pl. e 佯死,

Scheit, das (e) s, pl. e 柴,木片,木頭,

Scheitel, der s 頭髮分偃界,

Scheitelpunkt, der es, pl. e 頂點,角尖點,（兩線斜交成角點）

Scheiterhaufen, der s 柴堆,柴棚,積材,

Scheitern 磕壞,碰傷

Schelle, die pl. n 鈴,鐸,Schellen 搖鈴

Schelm, der es, pl. e 鄙子,流氓,腐肉,

Schelmisch 詐偽,狡猾

Schelten 罵詈,譴責,

Scheltwort, das es, pl.-wörter 罵語,譴責語,

Schemel, der s 脚櫈

Schenke, die pl. n 小酒館

Schenkel, der s 脚,腿,股,足,

Schenken 送,與,贈,赦,酌,

Schenkuns, die pl. en 同上,

Scherben, der s 破磁器,破玻璃

Schere, die pl. n 剪刀,鋏,

Scheren 用剪,使鋏,

Scherenschleifer, der s 磨剪刀者,

Scherz, der es, pl. e 玩,戲,笑話,

Scherzen 吵笑,笑話,戲言,

Scheu 虛怯,退怯,易驚,

Scheuchen 赶走,驅走,驚嚇,

Scheuen 易驚,驚怕,

Scheuerfrau, die pl. en 刷洗房屋之婦人

Scheuerlappen, der s 擦布
Scheuern 擦磨,刷洗
Scheune, die pl. n 麥倉, 倉箱, 稻庫,禾廠
Scheusae, das es, pl. e 厭惡,怪物,
Scheusslich 狠醜,醜極,
Schicht, die pl. en 層層,區分,
Schicken 送去,送來,差遣,
Schicklich 合式,合理,端方
Schicksal, das s, pl. e 命, 運, 氣,數,天命,
Schieben 推移,延期,
Schiebkarren, der s 手車,小輪車
Schiedsrichter, der s 中人, 和事人,調和的,裁判者,
Schief 歪,傾,斜
Schiefer, der s 青石板,薄石磚
Schiefestafel, die pl. n 石板, 石盤
Schieferstift, der es, pl. e 石筆,
Schielen 斜看,偏視,
Schienbein, das es, pl. e 脚骨, 脛骨,
Schiene, die pl. n 鐵條,鐵軌,

脛骨,副木
Schienenweg, der es, pl. e 鐵路
Schier 明白,純粹,
Schiessen 放鎗,射擊,
Schiessgewehr das s, pl. e 小鎗
Schiessplatz, der es, pl. -plätze 放鎗廠, 操演鎗砲處, 射擊場,
Schiesspulver, das s 火藥, 鎗藥
Schiessscheibe, die pl. n 放鎗靶射標,
Schiff, das es, pl. e 船
Schiffbruch, der es, pl. -brüche 沉船,破船,
Schiffer, der s 船戶,船長,水手,
Schiffsdeck, das (e) s 船面
Schiffskapitän, der s 船主
Schiffsladung, die pl. en 船貨
Schild, das (e) s, pl. er 門牌, 招牌,
Schild, der (e) s, pl. e (er) 藤盤,藤牌
Schilderhaus, das 守衞所,守兵站房,

Schildern 講說,演說,畫,描,

Schilderung, die pl. en 同上,

Schildhröte, die pl. n 甲魚,鼈,龜,

Schildwache, die pl. n 守衞兵

Schilf, das (e) s 蘆葦

Schilfmatte, die pl. n 蘆蓆,

Schillern 五色,雜色,

Schimmel, der s 白馬,黴毛

Schimmeln 發霉,長黴,

Schimmelig 發霉,長黴,

Schimmer, der s 光,亮,

Schimpfen 罵,侮慢,

Schinden 剝皮,苦作,

Schinken, der s 乾肉,火腿

Schirm, der es, pl. e 傘,幕,屏風,

Schirmen 保守,守護,

Schlacht, die pl. en 打仗,開戰

Schlachten 宰殺

Schlächter, der s 屠夫

Schlachthof, der (e) s, pl. höfe 宰殺廠,屠場

Schlachterladen, der s 肉店,

Schlaf, der s 睡

Schlafen 睡

Schlaff 輭弱,倦乏,

Schläfrig 磕睡,鼾睡,

Schlafzimmer, das s 睡房,臥房,寢室,

Schlag, der es, pl. Schläge 打,擊,轟,

Schlagen 同上

Schläger, der s 打器,決鬥者,

Schlagfertig 交戰準備,

Schlaguhr, die pl. en 自鳴鐘;

Schlamm, der es 泥漿,泥塗

Schlammig 泥窩,泥漿,

Schlange, die pl. n 蛇

Schlängeln 灣曲,渦旋,

Schlangenlinie, die pl. n 灣曲綫

Schlank 瘦小,細長,

Schlappe, die pl. n 喫虧,捐害,大口,

Schlau 狡猾,聰明

Schlauch, der es, pl. Schläuche 水管,革管,

Schlaukopf, der es, pl.-köpfe 狡猾人,聰明人

Schlecht 不好,醜,歹,不良,下等,

Schleckern 餂

Schleichen 輕走,盗行,匍匐,潛
行,
Schleicher, der s 同上(者)
Schleier, der s 面綱子,臉絲綱,
Schleife, die pl. n 帶結,
Schleifen 琢磨,磨利,
Schleifer, der s 琢磨者,磨利
者
Schleifstein, der (e) s, pl. e 磨
刀石
Schleim, der es, pl. e 痰,粘液,
Schleimhaut, die pl. -häute 痰
窩,粘液膜,
Schleissen 割,裂,
Schlemmen s 浪用,者,
Schlendern 遊逛,逍遙,
Schlenkern 搖擺,振手,
Schleppe, die pl. n 拖裙,曳物,
尾,
Schleppen 拉,拖,曳,
Schlepptau, das drs es 拖纜
Schleudern 丟,抛,投,
Schleunigst 赶急,赶快,進速,
Schleuse, die pl. n 水閘
Schlich 平常,庸常,眞直,
Schlichten 說和,講和,調停,仲
裁

Schliessen 鎖着,密合,終,
Schliesslich 到底 末後
Schlimm 危險的,不良,
Schlinge, die pl. n 繩套,
Schlingen 吞,咽下,纒繞,抱,
Schlippe, f. pl. n 狹路領帶,領
結子
Schlitte n, der s 走冰馬車橇
行,
Schlittschuh, der es, pl. schü-
he 跑冰鞋
Schlitz, der es, pl. e 長口,長
裂,
Schlitzen 開長口,裂,
Schloss, das sses, pl. Schösser
皇宮,鎖,
Schlosse, der pl. n 雪雹,霰,
Schlosser, der s 鐵匠,金工,錠
工,
Schlott, der es, pl. e 烟筒,竈
筒,溝,渠,
Schlotterig 邋遢,不乾净,等
閑,怠惰,
Schlottern 怠,搖,
Schlücht, die pl. en 谿壑,山
壑
Schluchzen 大哭,哽咽,

Schluck, der es, pl. e 一吞, 嚥下,

Schlucken 吃一口, 咽, 吞,

Schlummern 睡

Schlund, der es, pl. Schlünde 喉管, 深洞

Schlüpfen 輕走,

Schlüpfrig 滑, 猥褻,

Schlupfwinkel, der s 藏身處, 偏地, 避所

Schlürfen 啜聲, 曳鞋聲,

Schluss, der sses, pl. Schlüsse 末尾, 底, 鎖, 判決,

Schlüssel, der s 鑰匙, 權力

Schlüsselbein, das es, pl. e 肩髀骨, 鎖骨,

Schlüsselbund, das es, pl. bünde 鑰匙圈, 鑰帶,

Schlüsselloch, das es, pl.-löcher 銷匙孔

Schmach, die 凌辱, 侮慢,

Schmachten 飢餓, 飢渴, 困窮, 渴望,

Schmächtig 薄小, 輕細

Schmackhaft 美味, 滋味,

Schmähen 罵, 辱,

Schmal 窄, 小量, 狹隘,

Schmälern 縮短, 縮窄, 限制減小,

Schmalz, das es, pl. e 油, 脂,

Schmatzen 親嘴帶聲者,

Schmausen 酒席, 宴會, 美食,

Schmauserei, die pl. en 筵席, 酒宴, 馳走,

Schmecken 味, 吃, 嗜,

Schmeichelei, die pl. en 客話, 客氣, 套言, 甘言, 阿諛,

Schmeicheln 講客話, 阿諛,

Schmeissfliege, die pl. n 蠅蚋, 青蠅

Schmelz, der es, pl. s 牙齒平面, 色澤, 泑藥,

Schmelzen 鎔化, 燒化

Schmelzhütte, die pl. n 爐坊, 鎔化處, 銷鑄坊, 鐵政局,

Schmerz, der es, (ens) pl. en 痛

Schmerzen 痛

Schmerzlich 傷心, 心痛,

Schmetterling, der es, pl. e 蝴蝶

Schmettern 打拆, 碎破,

Schmied, der es, pl. e 打鐵人, 線匠, 鍛工

Schmiede, die pl. n 鐵坊,鍛工場

Schmieden 打鐵, 鍛,

Schmiegen 擠,屈服,適從,

Schmieren 擦油,塗脂

Schmierig 骯髒,汚穢,

Schminke, die pl. n 胭脂, 顏料,

Schminken 打胭脂,塗色,

Schmiss, der es, pl; e 臉上刀傷痕,鞭打,粘土,

Schmollen 溢面,

Schmoren 燉肉,蒸燒,

Schmuck, der es, pl. e 寶貝,美華,

Schmücken 粧飾,修飾,

Schmuggeln 騙稅,逃關,密賣,

Schmunzeln 嘻笑

Schmutz, der es 泥,土,塵埃,汚物,垢糞,

Schmutzig 骯髒 猥褻,汚,

Schnabel, der s, pl. Schnäbel 鳥嘴,船首,

Schnalle 扣帶,帶釦,扣子,

Schnappen 鳴,響,

Schnaps, der ses, pl. Schnäpse 燒酒,火酒

Schnarchen 打喝睡

Schnattern 鵝鴨歌聲,鳴,

Schnauben 鼻鼾,鼻喘,鼻息,

Schnauze, die pl. n 獸嘴

Schnäuzen 鼻息,剪燒心

Schnecke. die pl. n 蝸牛,蝸形,螺房,

Schnee, der s 雪

Schneeflocke, die pl. n 雪花

Schneesturm, der es, pl.-stürme 雪並大風,雪風交加

Schneide, die pl. n 刃,刃物,

Schneiden 切,割,截,

Schneider, der s 裁縫者

Schneiderin, die nen 女裁縫

Schneidern 縫衣,裁縫

Schneidezahn, der es, pl. zähne 門牙,

Schneien 落雪,下雪

Schnell 快,速,急,捷,

Schnelligkeit, die pl. en 快,速,急,捷,

Schniegeln 打扮,粧飾

Schnippeln 細截,指彈,剪截

Schippen 同上

Schnitt, der es, pl. e 切, 割

Schnitter, der s 收割,穫刈者,

Schnittlauch, der es 蔥

Schnitzel, das s 截片, 割塊,

Schnitzen 雕琢

Schnitzer, der s 雕琢者,

Schnitzmesser, das s 雕刻刀,

Schnöde 鄙陋, 惡賤, 粗暴,

Schnörkel, der s 螺絲, 線, 花押
尾,

Schnupfen, der s 傷風, 鼻息,

Schnur, die pl. en 繩, 規則, 紐,

Schnürbrust, die pl. brüste 假
腰, 捆腰鐵條衣, 胸當(婦人)

Schnüren 捆掷

Schnurrbart, der (e) s, pl.-
bärte 髯鬚

Schnurre, die pl. n 小說, 小史,
道化, 鳴物, 滑稽,

Schnurren 貓叫, 鳴乞食,

Schnurrig 可笑,

Schnürsenkel, der s 鞋帶,

Schock, das es, pl. e 六十個,
五打, 租稅, 束,

Scholle, die pl. n 塊冰, 偏口
魚, 比目魚,

Schon 已經, 旣,

Schön 好看, 秀美, 愉快,

Schonen 省力, 愛惜, 保養

Schonung, die pl. en 同上

Schöpfer, der s 創造者, 汲器,

Schöpfen 打水, 杓水, 汲發, 朋,
造出,

Schöpfung, die pl. en 世界, 宇
宙, 創造, 造化, 萬物, 人造物,

Schöps, der ses, (sen) pl. se,
(sen) 羊, 愚人

Schorf, der es 痂, 疥癬,

Schornstein, der es, pl. e 烟筒,
灶筒,

Schoss, der sses, pl. össe 膝,
子宮, 中央,

Schote, die pl. n 嫩豌豆

Schräg 斜, 傾,

Schramme, die pl. n 搔創, 淺
傷, 創痕,

Schrank, der es, pl. Schränke
櫃子, 笥,

Schranke, die pl. n 闌欄, 柵欄,
界限, 界石

Schrauben die pl. n 螺絲釘, 螺
旋,

Schrauben 擰上, 捲上, 螺定,

Schraubenmutter, die pl.-mü-
tter 釘帽, 螺釘, 母

Schreck, der es, pl. e 嚇唬, 恐

241

怖
Schrecklich 嚇嚇,利害
Schrei, der es, pl. e 聲, 鳴, 喊, 叫喚
Schreiben 寫,筆記
Schreiber, der s 寫字人
Schreibfeder, der pl. n 寫字筆
Schreibpapier, das (e) s, pl. e 寫字紙
Schreibtisch, der (e) s, pl. e 寫字棹
Schreibzeug, das es, pl. e 文具,
Schreien 吵鬧
Schreiner, der s 木匠
Schreiten 走,步行
Schrift, die pl. en 文字,書籍, 活字,記錄,
Schriflich 寫出,筆書,
Schriftsteller, der s 著作者, 著述家,排字者
Schriftzeichen, das s 文字, 記號,
Schritt, der es, pl, e 步, 行
Schroff 不愛,粗野,
Schröpfen 放血
Schrot, das es, pl. e 塊片,屑,

彈沙,木片
Schrumpfen 皺絞,縮,
Schubfach, das es, pl.-fächer 抽箱,抽屜,抽斗
Schubkarren, der s 小車,
Schublade, die pl. n 抽箱,抽屜
Schüchtern 害怕,膽虛 怯,帶愧,
Schuft, der es, pl. e 賤人,貪者,
Schuh, der es, pl. e 鞋,靴
Schuhabsatz, der es, pl.-sätze 靴踵,
Schuhanzieher, der s 穿靴引具,
Schuhladen, der s 鞋鋪
Schuhmacher, der s 做鞋者, 靴工,
Schuhsohle, die pl. n 鞋底
Schuhwichse, die pl. n 鞋漆
Schularbeit, die pl. en 學堂功課,習題,
Schulaufgabe, die pl. n 習題, 自習
Schule, die pl. n 學堂
Schuld, die pl. en 不是,錯衆. 負債,罪過,

Schulden 欠,負,歸,	着, 防禦, 守衞, 堤防,
Schulden, 債,賬,	Schütze, der n, pl. n 善放鎗者,善擊者,射手,
Schuldschein, der es, pl. e 債票,賬票,借字	Schützen 護衞,保護,防禦,
Schuldig 有過錯,有罪,負債,	Schützling, der es, pl. e 被護人,
Schuldlos 無過錯,無罪,	Schutzlos 無護,缺守衞,
Schuldner, der s 欠賬人,負債者,	Schutzmann, der es, pl.-leute 巡捕
Schüler, der s 學生	Schwabe, der n, pl. n 黑蟲,(此蟲形如蚊而黑常在家中)黑色金龜蛾,
Schulgeld, das es, pl. er 學費,	Schwach 輭弱,微力,
Schullehrer, der s 學堂敎習	Schwächen 弄輭,微弱·
Schulstube, die pl. n 學堂講堂	Schwächlich 輭弱的,多病的,
Schulter, die pl. n 肩	Schwadron, die pl. en 騎隊,
Schuppe, die pl. n 魚鱗	Schwäger, der s, pl. Schwäger 姐夫,妹夫,姨夫,姦夫,
Schuppen, der s 小廠,去鱗,	Schwägerin, die pl. nen 姨娘,姨妹
Schüren 推燃,挑撥,	Schwalbe, die pl. n 燕
Schurke, der n, pl. n 歹人,惡漢,匪徒,	Schwablbennest, das es, pl. er 燕窩
Schürze, die pl. n 圍裙,抱裙,	Schwamm, der es, pl. Schwämme 海抛,海絨,海綿,
Schuss, der sses, pl. Schüsse 放鎗,砲聲,萌芽,	Schwan, der (e)s, pl. Schwänen 天鵝,鵠,
Schüssel, die pl. n 碗,皿,盤,	
Schuster, der s 做鞋人,靴匠	
Schutt, der es 瓦渣,廢物,壘	
Schntteln 搖動,振落,	
Schütten 倒,注,灌,	
Schutz, der es 藏閉,遮住,躱	

Schwanger 懷胎 妊.

Schwanken 搖,擺,震動

Schwanz, der es, pl. Schwänze 尾後部,陽物,

Schwänzeln 搖尾,掉尾,

Schwären 化膿 膿潰,

Schwarm, der es, pl. Schwärme 一隊,一羣,群集,熱鬧,

Schwärmen 愛,群集,狂想,

Schwärmer, der s 狂行者,烟火,溺愛者

Schwarte, die pl. n 猪皮,古書

Schwarz 黑,暗,不幸,凶,

Schwärze, die pl. n 黑色

Schwärzen 弄黑,變黑

Schwatzen 虛談,空言,

Schwätzer, der s 多言者,

Schweben 懸空,弔起,翺翔,

Schwefel, der s 硫磺

Schwefelholz, das es, pl. hölzer 火柴,

Schweif, der es, pl. e 馬尾,礦坑尾,

Schweifen 逍遙,

Schweigen 沉默,寡言,

Schweigsam 同上

Schwein, das es, pl. e 猪,不潔人,

Schweineborste, die pl. n 猪毛

Schweinefleisch, das es, pl. e 猪肉

Schweineschmalz, das es pl. e 猪油

Schweinehirt, der en, pl. en 牧猪者,

Schweiss, der es 汗

Schweissig 流汗,汗發

Schwelgen 好酒,奢飲

Schwelle, die pl. n 門閾,門檻,

Schwellen 腫,膨脹,起,增,

Schwemme, die pl. n 飲馬處,洗場,

Schwengel, der s 抽水唧筒柄,

Schwenken 回轉,振舞,招擺,旋回,飄搖,

Schwer 難,重,重要,困難,

Schwerfäflig 沉重,不活潑,

Schwerhörig 耳閉,重聽,不聰,難聽,

Schwerlich 不容易,難,

Schwermut, die 悶氣,愁悶,頭昏,悲哀,

Schwerpunkt, der es, pl. e 中心點,重點,重心,

Schwert, das (e) s, pl. e 劍, 軍刀

Schwester, die pl. n 妹, 姐, 姊妹

Schwiegerelern, die 岳父母, 舅膜,

Schwiegermutter, die pl.-mütter 岳母

Schwiegersohn, der es, pl.-söhne 女婿

Schwiegertochter, die pl.-töchter 媳婦

Schwiegervater, der pl. vätter 岳父

Schwiele, die pl. n 堆, 皮膚硬結, 胼胝,

Schwierig 不易, 費事, 難

Schwimmen 游水, 浮泛,

Schwimmer, der s 游水人, 浮泛者

Schwimmhaut, die pl.-häuter 足掌 (指鴨鵝言) 蹼膜,

Schwindel, der s 虛話謊話

Schwindeln 撒謊, 瞎說, 詐欺,

Schwindler, der s 欺騙者,

Schwindlig 發昏, 失神,

Schwindsucht, die pl. en 癆病

Schwinge, die pl. n 鳥翼, 簸,

Schwingen 舒翼, 揚舞, 盪動,

Schwirren 鳥聲, 鳴

Schwitzen 出汗, 生汗

Schwören 盟誓

Schwörer, der s 盟誓人

Schwül 氣熱, 熱極, 酷熱,

Schwung, der es, pl. Schwünge 搖, 擺, 搖動, 興奮, 震動,

Schwur, der es, pl. Schwüre 盟誓

Sechs 六

Sechzehn 十六

Sechzig 六十

See, der s, pl. n 湖, 澤, 塘, 沼,

See, die pl. n 海

Seefisch, der es, pl. e 湖魚, 海魚

Seehund, der es, pl.-hunde 海狗

Seekrank 暈船, 昏船, 嘔船

Seekrieg, der es, pl. e 水戰, 海戰,

Seeküste, die pl. n 海沿, 海岸

Seele, die pl. n 靈魂, 魂靈, 精神, 中心, 人,

Seeleute, die 船上人, 水手, 航

海者,
Seemann, der es, pl.-leute 水手
Seeoffizier, der es, pl. e 水師武官
Seeräuber, der s 永盗,水賊
Seereise, die pl. n 行船走海, 飄洋過海,水行,
Seeschiff, das es, pl. e 海船
Seesoldat, der en, pl. en 水師兵
Segel, das s 船帆,風蓬
Segler, der s 風蓬船,揚帆,船
Segeln 拉風蓬,揚帆,
Segelschiff, das 風蓬船, 民船,
Segen, der s 福氣,幸福.
Segnen 降福,賜福,
Sehen 看
Sehenswert 可看,堪視,
Sehenswürdig 仝上,
Sehne, die pl. n 筋,弦
Sehnen 希圖, 貪圖, 圖謀, 渴想, 慕,
Sehnsucht, die 同上
Sehnsüchtig 同上
Sehr 狠,最,甚,極,大
Seicht 淺,低,淺,見,

Seide. die pl. n 絲綿,綢緞,
Seidel, das s 液量名, 麥酒杯,
Seidenfaden der s 絲線
Seidenladen, der s 綢緞舖
Seidenraupe, die pl. n 蠶
Seidenstoff, der es, pl. e 綢緞料,絹素,
Seidenweberei, die pl. en 織綢緞局,織,絹匠
Seife, die pl. n 肥皂,洋胰子
Seifen 擦肥皂,用肥皂,
Seifenblase, die pl. n 肥皂水泡
Seifensieder, der s 造肥皂人
Seihen 濾,濾布,
Seil, das es, pl. e 大蔴纜,繩,
Seiler, der s 棕匠,編繩者,
Seiltänzer, der s 探輭繩戲子,走索者,
Sein 是,他的,在,屬,
Seinige 他的
Seinerzeit 那個時候
Seit 從,久已,自從,以後,以來,
Seitdem 從,久已,自從,其後,邇來,
Seite, die pl. n 書篇,偏,側,血統,頁,

Seitwärts 旁邊

Sekunde, die pl. n 秒(分秒之秒)

Selbst 自己,親自

Selbstgespräch, das es, pl. e 獨思說夢話,

Selbstmord, der es, pl. e 自刎,自縊

Selbstmörder, der s 自刎死者,

Selbstständig 獨立,自主,獨行,

Selbstsüchtig 利己,私慾,

Selbstverständlich 自然的,明白,

Selig 福氣,幸福,故,亡,

Sellerie, der s 青菜(略似芹菜形)

Selten 少,希罕,罕有,

Seltsam 後怪,稀奇,

Semikolon, das s, pl. kola 識別類,＝;

Seminar, das es, pl.-ien 師範學堂,方言學堂

Semmel, die pl. n 小麪包

Senden 發,派,送,寄

Sendung, die pl. en 委遣,差委,派送,送

Senf, der es 芥沫

Sengen 燒,焦,

Senkblei, das es, pl. e 弔線,量水線,縊深錘,

Senkel der s 鞋繩子,測深錘,

Senken 下,低下,沉,插枝,

Senkrecht 竪,垂直,

Senkung, die pl. en 凹形,小述,沉,

Sennhütte, die pl. n 牧畜棚

Sense, die pl. n 爻草刀

September, der s 九月

Servieren 服役,

Serviette, die pl. n 飯單,布巾,

Serviettenring, der es, pl. e 飯巾圈

Sessel, der s 機子,圍椅,

Setzen 擱,放,住,留,坐,

Setzen, sich 坐下,坐留,

Seuche, die pl. n 時症,瘟瘦

Seufzen 歎息,太息,呻吟

Seufzer, der s 同上

Sichel, die pl. n 鐮刀

Sicher 一定,管保,確實,

Sicherlich 同上

Sichern 管保,安全,保險,

Sie; Sie 他;你

Sieb, das es, pl. e 篩箕

Sieben 七

Siebmacher, der s 織篩箕者, 箕匠

Siebzehn 十七

Siebzig 七十

Siech 多病,

Sieden 開,滾,沸,

Sieg, der es, pl. e 得勝,戰捷,

Siegel, das s 印,章.

Siegeln 打印

Siegen 得勝,

Siegellack, der es, pl. e 火漆

Sieger, der s 得勝者,

Siegreich 常勝,百戰百勝,屢勝

Signal, das s, pl. e 記號,識別, 目標,

Silbe, die pl. n 一個音,綴音,

Silber, das s 銀

Silbergeld, das es, pl. er 銀錢

Silbern 銀製

Silberschmied, der es, pl. e 銀匠

Silberstück das es, pl. e 銀塊,

Sims, der ses, pl. Simse 橫臺, 架

Singen 唱戲

Sinken 沉,落下

Sinn, der es, pl. en 五官,知覺, 意義,

Sinnen 想

Sinnesänderung, die pl. en 變 意,變心,

Sinnlich 貪色,淫慾,官能,

Sinnlos 背理,糊塗,無知覺,

Sippe, die pl. n 親戚,親族,

Sirup, der s, pl. e 水糖

Sitte, die pl. n 風俗,人情,規 矩,品行,

Sittenlos 不端正的,非禮的

Sittlich 講規矩的,合禮的,

Sittsam 足穀,心滿,意足,合禮, 廉節,

Sitz, der es, pl. e 坐位,座位, 住所

Sitzen 坐下

Sitzung, die pl. en 坐議,赴座, 集會,

Skelett, das es, pl. e 給格,

Skizze, die pl. n 草稿,起稿,

Sklave, der n, pl. n 奴隸,

Skorpion, der es, pl. e 蝎,

Smaragd, der es, pl. e 綠色玉 石

So 這樣,那樣,這么,那么

Socke, die pl. n 短襪,男襪,

Sockel, der s 座子

Soda, f. 曹達,

Sodawasser, das s, 曹達水

Sodann 後來,然後,

Soeben 剛纔,

Sofa, das s, pl. s 靠牀,躺牀,凉床

Sofort 立刻,即時,

Sogar 都敢,而且,加之,

Sogleich 立刻, 即時,

Sohle, die pl. n 足底,

Sohn, der es, pl. Söhne 兒子,

Solch 這樣的

Sold der es, pl. e 兵餉,供給,給料

Soldat, der en, pl. en 兵丁

Söldner, der s 發餉,發給,

Solide 結實, 堅固, 不易,

Sollen 總要, 應要

Söller, der s 屋上臺,看樓,

Sommer, der s 夏季

Sommersprosse, die pl. n 臉上白瘢痕,日瘢點,

Sonde, die pl. n 測深錘,探針,

Sonderbar 奇怪,古怪,異常,

Sonderling, der es, pl. e 奇人,

異常者,

Sondern 分開,區別,

Sondieren 針探

Sonnabend, der es, pl. e 禮拜六

Sonne, die pl. n 太陽,日

Sonnen 驪,乾,

Sonnenaufgang, der es, pl. gänge 日出

Sonnenbahn, die pl. en 黃道,日道,日行道

Sonnenblume, die pl. n 向日葵

Sonnenfinsternis, die sse 日食,日蝕

Sonnenhut, der es, pl. hüte 遮日帽

Sonnenschein, der es, pl. e 日光

Sonnenschirm, der es, pl. e 遮日傘

Sonnenstich, der es 日射病,痧

Sonnenstrahl, der es, pl. en 日暈,日光線,

Sonnenwende, die pl. n 夏至

Sonnenuntergang, der 日落

Sonntag, der es, pl. e 禮拜日

Sonst 古時,不然,別樣,其他,

Soole, die pl. n 鹹水

Sorge, die pl. n 難處,爲難,注
　意,心勞,

Sorgen 難處, 爲難,照顧,照管,
　懸念,注意,用心

Sorgfältig 過細,仔細,謹愼,

Sorglos 不注意,

Sorgsam 過細,仔細,注意,

Sorte, die pl. n 樣,類,等

Sortieren 集,揀,分類,品分,

Sowohl 同,一樣,幷,

Spähen 探看,細視,

Spalier das es, pl. e 籬笆,欄
　杆,

Spalt, der es, pl. e 縫裂口,割
　痕,不和,

Spalten 劈開,割,裂,

Span, der es, pl. Späne 零碎,
　木片,切屑,

Spanferkel, das 豚,乳豕,

Spange, die pl. n 放帶,扣子,

Spann, der es, pl. e 脚背,

Spannen 張, 伸, 緊張, 專心,張
　弓,

Spannung, die pl. en 留意,關
　心,伸張,緊張,爭論,不和,

Sparkasse, die pl. n 存錢處

Sparen 省積,儉約,貯蓄,

Spargel, der s 龍鬚菜

Spärlich 節用,儉約,

Sparsam 儉約,省節,

Spass, der es, pl. Spässe 玩耍,
　戲言,滑稽

Spassen 弄玩,戲言,笑談,

Spät 晚,遲,晏

Spaten, der s 鏟子,鋤,

Später 後來,日後,將來,遲

Spätestens 頂晚,最晚,最遲,

Spatz, der es, (en) pl. en 雀鳥,

Spazieren 遊玩,散步,

Spazierfahrt, die pl. en 遊玩,
　遊乘,

Spaziergänger, der s 步遊,散
　步,

Specht, der es, pl. e 啄木鳥

Speck, der es, pl. e 猪臕,豕脂,

Spedieren 送,運送

Spediteur, der s, pl. en 管理
　行李人,運送貨物者,

Sper, der es, pl. e 長槍,槍竿,

Speiche, die pl. n 輪輻,橈骨,

Speicher, der s 口水,唾睡液,

Speicher, der s 倉房,倉櫃

Speien 吐,嘔

Speise, die pl. n 飯,食物,

Speisekammer, die pl. n 放酒菜房,倉料室

Speisesaal, der (e) s, pl. Säle 飯廳

Speisekarte, die pl. n 飯單,

Spektakel, der s 響

Spende, die pl. n 送給,施與,

Spenden 送,賜,給,施與

Sperren 阻住,攔住,禁制,閉塞,

Sperling, der es, pl. e 雀鳥,

Spesen, die 用度,費用

Spicken 上臕,塗豕脂,

Spicknadel, die pl. n 針,買肉針

Spiegel, der s 鏡,

Spiegeltisch, der es, pl. e 鏡座,鏡棹

Spiegeln 窺鏡,明鏡,

Spiel, das (e) s, pl. e 玩,耍,戲

Spieldose, die pl. n 八音盒,戲匣,

Spielen 玩耍,戲耍

Spieler, der s 打牌人,遊人,樂手,

Spielplatz, m. es, pl. plätze 遊玩場

Spielsache, die pl. n 玩具,戲物

Spielzeug, das es, pl. e 玩具,戲物

Spiess, der es, pl. e 長槍,槍竿,

Spinat, der es, pl. e 菠菜

Spind, das es, pl. e 櫃子

Spinne, die pl. n 蜘蛛,蟎蟘

Spinnen 紡線

Spinngewebe, das s 蜘蛛網

Spinner, der s 紡績者

Spinnerei, die pl. en 紡紗局

Spinnmaschine, die pl. n 紡紗機

Spinnrad, das es, pl.-räder 紡紗車

Spion, der es, pl. e 偵探者,

Spionieren 窺探,偵探

Spiritus, der pl. sse 燒酒,火酒

Spital, das (e) s, pl. täler 醫院

Spitz, der es, pl. e 小狗,

Spitz 尖,銳

Spitzbogen, der s, pl.-bögen 尖角弧

Spitzbube, der n, pl. n 盜賊

Spitze, die pl. n 尖,綴絛,端,

Spitzen 削尖

Spitzig 尖

Splitter, der s 刺,木屑,

Splittern 零碎, 木屑刺

Sporen, die s 刺馬針,靴後錐, 哄唆,皷舞,

Spott, der es, pl. e 譏誚,耻笑, 譴薄

Spotten 譏誚,耻笑,譴薄,

Spöttisch 譏誚,耻笑,譴薄

Sprache, die pl. n 話,言語,

Sprachlehrer, der s 語言敎習

Sprachrohr, das es, pl. e 通話 筒,傳話管,

Sprechen 說,言語

Sprecher, der s 說話者,

Sprechstunde, die pl. n 會客 時,待間時,

Spreizen 扯開,拉寬,

Sprengen 炸開,破裂,

Sprengpulver, das s 炸藥

Sprenkeln 斑點,花點,

Spreu, die 乾草

Sprichwort, das es, pl.-wörter 俗言,諺語,古話

Spriessen 出芽,發生,

Springen 跳,躍,

Springer, der s 跳者

Spritze, die pl. n 唧筒,注水 器,

Spritzen 推出,噴出,注射,

Spröde 硬,堅質,脆弱,

Spross, der es, pl. e 子,孫,後 人,嫩芽,

Sprosse, die pl. n 梯級

Sprotte, die pl. n 小魚名,鰛

Spruch, der es, pl. Sprüche 俗 諺,古話,

Sprudel, der s 水泉,

Sprudeln 涓流,湧出,

Sprühen 細雨,絲雨,撒布,

Sprühregen, der s 細雨,絲雨

Sprung, der es, pl. Sprünge 折 裂, 跳躍, 飛散, 神速, 割痕,

Spucke, die 口水,唾

Spucken 吐出,咯出,

Spucknapf, der (e) s, pl. Näpfe 痰盂,

Spülen 水洗,

Spüleimer, der s 水桶,

Spur, die pl. en 踪迹,痕,

Spurlos 無跡踪,無痕

Spüren 追踪,付迹,

Staar, der es (en) pl. en 八哥鳥,鶴,

Staat, der es, pl. en 國家,服餙,費用

Staatsanwalt, der (e) s, pl.-wälte 檢察官,

Staatsgefangene, der n, pl. n 囚犯,國事紀,

Saatsgesetz, das es, pl. e 國法,國律

Staatsmann, der es, pl.-leute 政治家,

Staatsminister, der s 國務卿

Staatsverbrechen, das s 國事犯人,

Staatszimmer, das s 政事,堂,行政廳,

Stab, der es, pl. Stäbe 棍,桿,尺度,參謀本部,

Stachel, der s, pl. n 刺,針刺

Stachelbeere, die pl. n 鐺鈴菓

Stachelschwein, das es, pl. e 箭猪,獍猪

Stacket, das es, pi. e 欄杆

Stadt, die pl. Städte 城郭, 都會,

Städter, der s 城裏人, 市民,

Stadtmauer, die pl. en 城牆

Stadttor, das es, pl. e 城門

Städtisch 城派,都會的,

Stadtpolizei, die 城市巡捕

Sadtviertel, das 城分城區,市區,

Staffelei, die pl. en 木架,畫架,

Stahl, der es, pl. Stähle 鋼

Stählern 鋼做的

Stahlfabrik, die pl. en 鋼廠,製鋼局

Stahlfeder, die pl. n 鋼筆

Stall, der es, pl. Ställe 棚子,欄,卿,馬尿,

Stallknecht, der es, pl. e 牧馬人

Stallung, die pl. en 棚子,欄,廐舍,

Stamm, der es, pl. Stämme 樹身,宗族,血統,

Stammbaum, der 家譜,譜系,幹部,系圖,

Stammeln 訥,不明,話,

Sta　　　(202)　　　Sta

Stammgast, der (e) s, pl.-gäste 熟客,

Stämmig 結實,强幹,

Stammvater, der s, pl. vätter 始祖,鼻祖

Stand der es, pl. Stände 立所, 形狀,資格,階級,

Standarte, die pl. n 旗,騎兵旗,

Standbild, das es, pl. er 立像

Ständchen, das s 室外奏樂, 夜樂,

Ständer, der s 架子,水桶

Standesamt, das (e) s, pl. ämter 人口管理局,

Standesgemäss 名分, 位階相當,

Standhaft 恆心, 固執,堅忍,不易,

Standpunkt, der es, pl. e 辦法,立點,

Stange, die pl. n 竿子

Stangengold, das (e) s 桿金,

Stapellauf, der es, pl.-läufe 新船試水, 新開輪

Stark 强健,健壯,濃,硬,肥

Stärke, die pl. n 能力, 力氣,

强固,

Stärken 同上,

Starkleibig 身體强壯,

Starr 凝硬,冷結,凝視,

Starren 同上

Starrsinnig 硬性, 固執, 鐵石心,

Station, die pl. en 亭棧, 停車場,

Statt 代,替

Stätte, die pl, n 地方,場所,

Statthalter, der s 縣知事,

Stattlich 胖子,壯觀,華美,

Statue, die pl. n 像,立像

Statur, die pl. en 身量, 全體

Staub, der (e) s 塵埃,土屑,

Stäuben 拂塵, 擦灰,

Staubfaden, der s, pl. fäden 花心,蕊

Staublappen, der s 擦布

Staubwedel, der s 毛刷子

Staubig 有塵,被塵,

Stauben 炭塵揚起,

Stauchen 推, 磕, 撞,

Staude, die pl. n 小樹

Stauen 擁擠,擋阻, 瀦洄

Staunen 怪異,驚訝

Stechen 鑽,刺,刺戟,

Stechfliege, die pl. n 刺蚊,

Steckbrief, der es, pl. e 賞告,
　賞格,人相書,

Stecken 針刺,

Stecknadel, die pl. n 無鼻針,
　插針,

Steg, der es, pl. e 木碼頭, 舌
　橋, 起載橋, 水橋, 徑杠, 琴
　弦柱,

Stehen 立,站着,在,

Stehenbleiben 站住

Stehend 站住

Stehkragen 立領子,竪領子

Stehlen 偷,竊,盜

Steif 硬,直,不撓,

Steifen 弄硬,變硬,

Steig, der es, pl. e 木碼頭, 舌
　橋, 起載橋, 水橋, 徑杠, 琴
　弦柱,

Steigbügel, der s 馬鞍踏脚櫈

Steigbügelriemen, der s 繫踏
　脚櫈帶子

Steige, die pl. n 雞梯,階級,

Steigen 上,漲,登,乘,昇進,

Steigern 添,增,加,長

Steigerung, die pl. en 添,增,
　加, 長

Steigung, die pl. en 坡, 山勢,
　斜面,

Steil 斗立,岌直,嶮阻,

Stein, der es, pl. e 石

Steinbruch, der (e) s, pl. brü-
　che 鑿石所,

Steindbrücke, die pl. n 石橋

Steindruckerei, die pl. en 石
　印術,

Steinfrucht, die pl. früchte
　硬殼水菓名

Steinigen 多石,

Steinkohle, die pl. n 煤, 炭,石
　煤

Steinkohlenbergwerk, das es,
　pl. e 石煤礦

Steimmess, der en, pl. en 石匠

Steinpfeiler, der s 石柱

Steinplatte, die pl. n 石板, 石
　片

Steinwurf, der es, pl.-würfe 擊
　石, 投石

Steiss, der es, pl. e 屁股,臀部,

Stelldichein, das s 約會,相約,
　相約地,

Stelle, die pl. n 地方,處,部,節

Stellen 站在,放在,擱在,對着,整列,

Stellenweise 處處

Stellmacher, der s 車匠

Stellvertreter, der s 代理者,署理人,代品,

Stellung, die pl. en 差事陣地,位置,

Stelze, die pl. n 木足,假脚,木脚,

Stemmeisen, das s 鑿子

Stemmen 支柱,穿孔,逆抗,

Stempel, der s 圖章,印,

Stempeln 打圖章,打印,

Stengel, der s, 花枝,莖,支桿,

Stenograph, der en, pl. en 速記

Steppdecke, die pl. n 棉被褥,棉被蓋

Steppe, die pl. n 荒地

Steppen 縫合,縫刺

Sterbebett, das es, pl. en 壽被,死床

Sterben 死,去世,物故

Sterblich 死的,可死者,

Stern, der es, pl. en 星

Sternbild, das es, pl. er 七星,星宿

Sterndeuter, der s 觀星象人,星士,占星者,

Sternkunde, die pl. n 天文學

Sternschnuppe, die pl. n 流星,

Sternwarte, die pl. n 天文臺,觀象臺

Sterz, der es, pl. s 尻尾骨,柄,

Stete 常常,時常,永遠.

Steuer, f. pl. n 錢糧,租稅,

Steuer, das s 舵

Steuereinnehmer, der s 收稅吏,

Steuermann, der 舵工,掌舵人

Steuern 把舵,掌舵

Stich, der es, pl. e 刀傷,鑽口,刺傷,交換,彫刻

Sticheln 譴薄,戲笑,刺戟,

Sticken 繡,纂

Stickerei, die pl. en 繡花

Stickerin, die pl. ne n 繡花女,

Stickgarn, das (e) s, pl. e 繡花絲

Stickhusten, der s 咳嗽,

Stickmuster, das s 繡花標本,繡花譜,

Stickrahmen der s 繡花挷布框,

Stiefbruder, der s, pl.-brüder 同父異母兄弟, 同母異父兄弟

Stiefeltern, die 姦父母, 寄父母, 義父母,

Stiefmutter, die pl.-mütter 後母, 繼母,

Stiefschwester, die pl. n 同父異母姊妹, 同母異父姊妹

Stiefvater, der s, pl.-vätter 後父, 寄父

Stiefsohn, der es, pl. Söhne 寄子, 義子,

Stieftochter, die pl.-töchter 寄女, 義女

Stiefel der s, pl. n 靴,

Stiefelschaft, der (e) s, pl. Schäfte 靴筒, 靴條

Stiege, die pl. n 鷄梯

Stiel, der es, pl. e 把, 柄,

Stier der es, pl. e 牡牛, 金牛宮,

Stift, der es, pl. e 鉛筆, 石筆, 筆, 木釘

Stiften 賃, 送, 賜, 設立

Stifter, der s 設立人, 賜者, 送者

Stiftung, die pl. en 捐賜銀錢, 設立善堂, 建立, 創設, 開基,

Still 安靜, 息靜, 太平,

Stille, die pl. n 安靜, 息靜, 安平, 默止,

Stillschweigen, das s 安靜, 息靜, 默止,

Stillstand, der es 衰, 停, 收歇, 休息, 中止, 停止,

Stillen 止住 喂乳,

Stimme, die pl. n 聲音, 投票, 發言,

Stimmen 對, 合調, 發言

Stimmgabel, die pl. n 調音叉,

Stimmrecht, das es 選舉權, 投票權,

Stimmung, die pl. en 心, 心情, 投票, 調和,

Stinken 臭, 穢汚

Stipendium, das-dit, pl. dien 學堂獎金, 修學保護金,

Stirn, die pl. en 腦蓋, 額頭

Stöbern 搜索, 飛散

Stochern 刺,

Stock, der es, pl. Stöcke 棍子,

Stockdunkel 深黑, 幽黑

Stockfisch, der es, pl. e 乾魚

Stockwerk, das es, pl. e 樓

Stocken 停住,起霉,生黴,

Stockung, die pl. en 同上

Stoff, der es, pl. e 材料,物質,起因,

Stöhnen 歎息,太息,呼嘆

Stollen, der s 穴道,短柱,後爪,

Stolpern 失脚,誤蹶,失錯,

Stolz 驕傲,

Stopfen 補塞,鎖,充塞,

Stopfgarn, das (e)s, pl. e 補線 綴線

Stopfnadel, die pl. n 補綴針,

Stoppel, die pl. n 麥莛,麥苗

Stöpsel, der s 塞子

Storch, der es, pl. Störche 鴻鳥,鸛

Stören 攪擾,煩悶,阻碍,

Störer, der s 攪擾者,妨害者,

Störung, die pl. en 攪擾,煩悶,阻碍,

Stoss, der 撞擊,

Stossen es, pl. Stösse 推,撞,打,攡擠,衝突,

Stossweise 陸續撞擊,

Stotterer, der s 訥者

Stoltern 訥,

Stracks 直向,正,直

Strafarbeit, die pl. en 罰功,罰課

Strafe, die pl. n 罰,刑罰,罰金

Strafen 罰,責治

Straff 拉緊,緊張,

Strafgesetz, das es, pl. e 律法,國法

Sträfling, der es, pl. e 囚犯

Strafrecht, das es, pl. e 律法,國法

Strahl, der es, pl. en 暈,光,光線,

Strahlen 發光線

Strähne, die pl. n 捲,統,捻絲,

Stramm 拉緊,緊張,

Strampeln 踢

Strand, der es, pl. e 灘,濱

Strandgut, das es, pl.-güter 漂物,浮來之件,

Stranden 船礚破,碰壞,船擱淺

Strang, der 大繩,絞索

Strangulieren 絞死,縊死,捆死,絞首,

Strapaze, die pl. n 勞働,辛苦,

Strasse, die pl. n 街道,路,

Strassendamm, der es, pl.-dämmer 街上車行之路, 街中路,

Strassenecke, die pl. n 街角, 路角

Strassenlaterne, die pl. n 街燈, 路燈

Sträuben 不聽, 不從

Strauch, der es, pl. Sträuche 灌木

Straucheln 失足, 躓, 誤,

Strauss, der s 駝鳥, 花束,

Streben 努力, 勉力,

Strebsam 用心的, 向學的, 黽勉的,

Strecke, die pl. n 段, 帶, 延長, 路程, 廣闊, 遠近, 延張,

Strecken 仝上

Streich, der es, pl. e 事件, 同盟罷工, 打擊,

Streichen 擦, 摩漆, 糊油, 塗,

Streichholz, das es, pl.-hölzer 洋火, 火柴,

Streifen, der s 條, 根

Streifschuss, der sses, pl.-schüsse 鎗彈帶,

Streit, der es, pl. e 吵鬧, 口角, 開戰

Streiten 吵鬧, 口角, 打仗

Streiter, d r s 戰爭人, 爭鬪, 者

Streitfrage, die pl. n 辯論, 爭駁

Streitkrafte, die pl. n 戰鬪方,

Streitsüchtig, 好辯論, 好吵鬧, 爭鬪心,

Streng 嚴, 嚴厲, 認眞,

Strenge, die pl. n 嚴 嚴厲, 認, 眞,

Strenggenommen 認眞, 嚴格

Streu, die pl. en 乾草, 藁,

Streuen 撒開, 撒種,

Strich, der es, pl. e 線, 條, 路子, 列, 魚卵,

Strick, der es, pl. e 繩子, 纜, 索

Stricken 手織, 編

Stricker, der s 編者

Strickgarn, das (e) s, pl. e 編線,

Strickleiter, die pl. n 繩梯,

Stricknadel, die pl. n 編針,

Strickzeug, das es, pl. e 織具, 編具,

Striegel, der, s 馬刷子

Striegeln 刷馬

259

Strieme, die pl. n 瘇起,

Strippe, die pl. n 小蔴繩子

Stroh, das es 稻草,麥子,藁,

Strohdach, das (e) s, pl.-däc. her 草屋頂

Strohdecke, die pl. n 草蓆子

Strohgelb 黃如乾草,藁色,

Strohhalm, der es, pl. e 草管,

Strohhütte, die pl. n 草屋

Strohsack, der es, pl. säcke 草褥

Strohgeflecht, das (e) s, pl. e 草編,織草

Strohhut, der es, pl. Hüte 草帽,

Strohmatte, die pl. n 草蓆,

Strolch, der es, pl. e 匪類

Strom, der es, pl. Ströme 河,江流,流水,

Strömen 水流,流通

Stromung, die pl. en 水流,

Stromabwärts 下水,順流,

Stromschnelle, die 水流之速力,

Strophe, die pl, n 詩首

Strotzen 多,滿,腫,

Sturdel, der s 濚洄之水,湧出,

Strumpf, der es, pl. Striim fe 襪子

Strumpfweber, der s 編襪人,

Strunk, der es, pl. Strünke 柴凳,莖,

Stube, die pl. n 房,室,

Stubenarrest, der es, pl. e 監在房裏,不準出外,

Stubenhocker, der s 鎮靜,獨居,

Stubenmädchen, das s 檢點房室婦人,家婢,

Stuck, der (e) s 石羔灰

Stück, das s, pl. en 塊,個,點,段,篇,節,

Stückeln 成塊,小片,

Student, der en, pl. en 讀書人,學生,

Studieren 讀書,念書,肄業,

Studierstube, die pl. n 讀書房,

Studierzimmer, das s 讀書房

Stufe, die pl. n 蹬,級,層,

Stuhl, der (e) s, pl. Stühle 椅子,大便,

Stuhlgang, der (e) s, pl. gänge 解大便,便通,

Stuhllehne, die pl. n 椅子堅搵,椅子背

Stuhlzwang, der (e) s 大便秘結,

Stulpe, die pl. n 白衣袖,

Stülpen 翻過,回轉,

Stülpnase, die pl. n 高鼻,尖鼻

Stümm 啞,瘂,無言,默,

Stumel, der s 尾子,殘,剩,

Stumme, der n, pl. n 啞人,

Stümper, der s 劣工夫,拙作

Stümpern 劣工夫,拙作

Stümpe, der n, pl. n 斷株,殘部

Stumpf 鈍,不利

Stumpfsinn, der es, pl. e 鈍性,愚蠢性,

Stumpfsinnig 仝上,

Stunde, die pl. n 鐘點,小時,

Stundenplan, der es, pl.-pläne 時誌表,

Stundenzeiger, der s 鐘表指針,

Stündlich 每點鐘,每小時,

Sturm, der es, pl. Stürme 大風雨

Sturmen 吹大風

Sturmflut, die pl. en 急潮,猛潮,

Stürmisch 有大風,

Sturmlaufen 急行,猛進,

Sturmschritt, der es, pl. n 急跑,疾趨,風行,猛進,

Sturz, der es, pl. Stürze 跌倒,

Strürzen 跌下,跌倒

Stute, die pl. n 母馬,牝馬

Stütze, die pl. n 扶着,持住,支持,

Stützen 靠着,撐着

Stutzen 驚駭

Stutzer, der s 粧粉子,

Stutzig 驚訝

Subjekt, das es, pl. n 主,言主,人,主體,

Subtrahieren 除去,減少

Suchen 尋,找,覓

Sucht, die pl. e 溺惑,癖,偏情,心情,嗜好,

Süden, der s 南

Südpol, der es 南極

Südlich 南方,南邊

Südsee, die s, pl. n 南海,

Sud　　　(210)　　　Tab

Sudeln 拙作,	Tabakpfeife, die pl. n 烟袋,烟竿
Sühne, die pl. en 講好,說和,贖罪,悔罪	Tabelle, die pl. n 表
Sühnen 贖罪,悔罪,改過,媾和,和解,	Tablett, das es, pl. e 盤子,
Summe, die pl. en 共數,總數,	Tadel, der s 責備,過失,缺點,
Summen 蜂鳴	Tadellos 無備責,無疵,盡美,
Sumpf, der (e) s, pl. Sümpfe 泥地,濕地,沼地	Tadeln 責備,咎,批責
Sünde, die pl. n 罪過,破戒,	Tafel, die pl. n 寫字板,大棹,目錄,表,案,
Sünner, der s 破戒人	Tafelaufsatz, der es, pl.-sätze 食棹飾具,
Sündigen 犯罪	Tafeldiener, der s 堂管,事奉,飲食者,
Suppe, die pl. n 湯,羹	Tafelmusik, die 食樂
Suppenlöffel, der es 湯瓢	Tafeln 食事,
Suppenteller, der s 湯碗	Tafelzeug, das es, pl. e 飯棹布
Süss 甜,甘	Tafelwerk, das es, pl. e 間板,間壁
Süssen 弄甜,變甜,	Tag, der es, pl. e 日,天,
Süsslich 淡甜,甜味,甘的,	Tagebuch, das es, pl. bücher 日記錄
Synagoge, die pl. n 猶太禮拜堂	Tagelöhner, der s 日雇人,
Syrup, der s, pl. e 水糖,米糖	Tagesanbbrmh, der es, pl. bruche 天明, 啓明, 黎明
System, das s, pl. e 法樣,組織,統系,制,序,編成,	Tagen 聚會,天明,

T.

Tabak, der s, pl. e 絲烟,烟草,	Tageslicht, das es 日光,
Tabakdose, die pl. n 裝烟盒,烟袋,	

Tageswerk n. es, pl. e 日工,晝業,

Tageszeit, die pl. en (早午夜) 日時,

Täglich 天天,日日,每日,

Takelwerk, das es, pl. e 帆船蓬繩

Takt, der es, pl. e 點,口令,晉節,手練,

Taille, die 腰

Tal, das (e) s, pl. Täler 山峽

Talent, das es, pl. e 本事,材能,

Taler, der s 錢名(國國三個馬克)

Tamdour, der s, pl. e 鼓手

Tand, der es 無用物,廢物,

Tändeln 戲言,頑笑,

Tanne, die pl. n 松樹

Tannenapfel, der s, pl.-äpfel 松樹毬,

Tannenzapfen, der s 松樹榍,

Tannenholz, das es, pl. hölzer 松樹柴

Tannenwald, der es, pl. wälder 松樹林

Tante, die pl. n 姑母

Tanz, der es, pl. Tänze 跳舞,

Tanzen 跳舞

Tanzsaal, der es, pl. säle 跳舞房,

Tanzlehrer, der s 跳舞師

Tanzschuh, der es, pl. e 跳舞,鞋

Tänzer, der s 跳舞者,

Tapete, die pl. n 糊墻紙

Tapetenborte, die pl n 條紙,紙框,

Tapetenfabrik, die pl. en 造糊墻紙廠

Tapezieren 用紙糊牆,刷牆紙

Tapezierer, der s 糊牆紙人,裱匠

Tapfer 勇敢

Tappen 盲摸,

Täppisch 失手,拙劣,野鄙,

Tarif, der es, pl. e 價單, 物品表,

Tasche, die pl. n 袋

Taschendieb, der es, pl. e 拐子,路賊,

Taschengeld, das es, pl. er 零用錢,懷中金

Taschenmesser, das s 小刀,

中刀,

Taschentuch, das es, pl.-tücher 手巾,

Taschenuhr, die pl. en 錶

Tasse, die pl. n 磁杯, 茶杯,

Taste, die pl. n 琴條, 觸條,

Tasten 觸條, 摸,

Tat, die pl. en 行爲, 行動, 事,

Tatze, die pl. n 獸掌

Täter, der s 舉動者, 兇手,

Tau, der (e) s, pl. e 露

Tätig 活動, 動手, 輕快,

Taub, 聾, 重聽

Tätlich 動手, 行爲,

Taube, die pl. n 鴿子

Taubenhaus, das 鴿籠子

Tatsache, die pl. n 行爲, 行動 事

Taubenschlag, der es, pl.-schl-äge 鴿子窩

Tauber, der s 牡鴿

Taubheit, die pl. en 不聰, 耳聾

Taubstumm 又聾又啞

Tauchen 入水, 投水, 溺水

Taucher, der s 入水人, 入海者,

Tauen 化開, 消散,

Taufe, die pl. n 湯餅之禮, 命名, 洗禮

Taufen 仝上

Täufling, der es, pl. e 洗小孩, 受洗禮者,

Taufschein, der es, pl. e 洗禮書証,

Taugen 可用, 值得, 堪用,

Taugenichts, der pl. se 不堪用, 無用人

Tauglich 有用的, 堪用的

Taumel, der s 搖動,

Taumeln 搖動, 眩暈, 逶迤,

Tausch, der es 兌, 換

Tauschen 兌, 換

Täusehen 哄騙, 瞞昧

Täuschung, die pl. en 哄騙, 瞞昧

Tausend 千

Tausendfuss, der es, pl.-füsse 百足蟲

Tausendschön das s 千層花

Tautropfen, der s 露水

Taxe, die pl. n 價單, 租稅

Tauwetter, das s 化雪天氣

Taxator, der s, lp .-oren 評價

人，

Taxtieren 評價錢，

Technik, die 工藝

Technisch 工藝, 技藝實業, 工業,

Teer, der s 黑油漆, 泥漆

Teich, der (e) s, pl. e 池, 塘

Teig, der es, pl. e 調粉, 溲粉,

Teil, der (e) s, pl. e 分,

Teilen 分開

Teilhaber, der s 同夥, 佔股

Telegramm, das es, pl. e 電報

Telegraph, der en, pl. en 電報機

Telegraphenamt, das es, pl.-ämter 電報局

Telegraphendraht, der es, pl.-drähte 電綫

Telegraphehenstange, die pl. n 電綫柱,

Telegraahieren 打電報

Telephon, das s 德律風, 電話,

Telephonieren 打電話,

Teller, der s 盤子, 碟子

Tempel, der s 廟宇, 寺觀

Temperament, das es, pl. e 性質, 性氣

Temperatur, die pl. en 溫度,

Tempo, das s, pl. s 時節,

Tender, der s, 火車裝炭, 水車,

Tenor, der s, pl. e 聲音, 方法, 要點,

Teppich, der s, pl. e 地毡,

Termin, der s, pl. e 限期, 定期,

Terrasse, die pl. n 地勢如梯級, 地臺, 土壇,

Tertia, die 三等, 學堂第三級,

Testament, das es, pl. e 遺書, 遺囑

Teuer 貴, 昂

Teufel, der s 鬼

Text, des es, pl. e 原文, 原書, 經文,

Theater, das s 戲園

Thee, der s, pl. e 茶

Theeblätter, die 茶葉,

Theebüchse, die pl. n 茶葉盒子

Theekessel, der s 茶壺

Theelöffel, der s 茶瓢

Teestrauch, der es, pl. sträuche 茶葉樹

Teetischchen das s 茶槕,

Thema, das s, pl. Themen 問題,題目	Tischler, der s 木匠
Thermometer, der s 寒暑表	Tischlerei, die pl. en 木作, 木店,
Theolog der en, pl. en 神學者	Tiechtuch, das es, pl.-tücher 棹布
Theologie, die 神學	Titel, der s 功名,品級,官階,書名,
Thron, der es, pl. en 高座, 寶座,卽位	Titulieren 稱,命名,
Thronerbe, der n. pl. n 太子, 皇上長子	Toben 吵鬧,狂躁,
Tief 深	Tochter, die pl. Töchter 女兒,姑娘,
Tiefe, die pl. n 深	Tod, der es, pl. e 死
Tiefsinn, der es, pl. e 憂愁,愁悶,深思,	Todesstrafe, die pl. n 梟首,刑死
Tiegel, der s 鍋,	Todfeind, der es, pl. e 世仇,死敵,
Tier, das es, pl. e 禽獸	Totkrank 病得半死,病危
Tiger, der s 虎	Tot 死了,已死
Tilgen 消滅,	Töten 殺死,打死
Tinte, die pl. n 墨水	Totengräber, der s 挖穴者掘丁,
Tintenfass, das sses, pl.-fässer 墨水瓶,	Tötlich 該死的,將死,致命,
Tintenfleck, der es, pl. en 墨點,	Toll 癲瘋,狂氣,
Tisch, der es, pl. e 棹	Tollkühn 冒,險,狂勇,
Tischdecke, die pl. n 舖棹布	Tölpel, der s 愚蠢人
Tischgast, der es, pl. gäste 棹客,款客,座客,	Tomate, die pl. n 紅椒
Tischkasten, der s 棹箱, 抽屜	Ton, der es, pl. Töne 聲音,磁

土,釉,

Tönern 磁土的

Tonne, die pl. n 大木桶,噸,

Topf, der es, pl. Töpfe 壺, 罐,

Töpfer, der s 瓦器匠

Tor, das (e) s, pl. e 大門

Tor, der en, pl. en 愚蠢人

Torweg, der es, pl. e 大門

Torheit, die pl. en 糊塗性, 愚頑姓,

Töricht 糊塗

Törin, die pl. nen 愚蠢婦,

Tornister, der s 背包

Torte, die pl. n 點心名,

Tosen 海濤聲,鳴動,

Torpedoboot, das es, pl. e 魚雷船

Traben 小跑,急步,

Tracht, die pl. en 服制, 荷物, 容態,

Trachten 努力, 熱心, 視察, 企圖,

Tragbahre, die pl. n 手車

Trächtig 懷胎,結實,豐饒,

Träge 意惰,疏慵,

Tragen 拿,擔負,得,懷,携帶,

Träger, der s 拿者,意惰人,支

柱,

Trägheit, die pl. en 怠惰性, 疏慵性,

Tragisch 煩悶,悲劇,憐,

Tragödie, die pl. n 悲傷曲子, 悲劇

Tragstuhl, der es, pl.-stühle 轎子

Trampeln 踏地響

Trank, der (e) s, pl. Tränke 吃酒,飲料,

Tränke, die pl. n 飲馬迷

Tränken, 給水,浸,

Tran, die (e) s, pl. e 魚油

Träne, die pl. n 淚,涕

Tränenstrom, der es, pl.-ströme 淚流,

Tranig 有魚油氣味

Transportieren 挪搬,運送,

Traube, die pl. n 葡萄

Trauen 實信, 依賴,

Trauer, die 喪事,悲哀,

Trauerkleid, das es, pl.-kleider 孝服, 喪衣

Trauern 穿孝, 戴喪,哀, 歎,

Träufeln 點,滴,

Traulich 信實,

Traum, der es, pl. Träume 睡夢

Traumdeuter, der s 占夢者

Träumen 作夢

Träumer, der s 作夢者,

Traurig 煩悶,不幸,悲,憂,

Trauring, der es, pl. e 定親指圈,

Trauung, die pl. en 洞房花燭,婚禮

Treffen 相遇,碰見

Treffend 有効,命中,

Treffer, der s 中彩,

Trefflich 狠好

Treiben 趕,驅逐,起動,行爲,

Treiber, der s 牧畜人

Treibhaus, das es, pl. häuser 養花屋,煖室,

Trennen 分別,離開

Treppe, die pl. n 梯子,樓層

Trennung, die pl. n 分別,離開

Treppenabsatz, der es, pl.-sätze 梯中歇息處

Treppengeländer, das s 樓梯扶手欄

Tresse, die pl. n 辮帶,小帶,區條,

Treten 踢,脚踏,步行,

Treu 忠厚,老實

Treue, die pl. n 忠厚,老實

Treubruch, der es, pl.-brüche 不忠,失信

Treulos 不忠,失信

Treulosigkeit, die pl. en 不忠,失信

Tribut, der es, pl. e 貢獻,朝貢

Trichine, die pl. n 猪蟲

Trichter, der s 喇叭口,瀝子,

Trieb; der es, pl. e 秧,新枝,新葉,牧畜,偏向,偏情,芽起動,機械,

Triebkraft, die pl. kräfte 機力,動力,

Triebksand, der (e)s 浮沙

Triefen 淋,滴,

Trift, die pl. en 牧地,草地

Triftig 緊要

Triller, der s 轉聲,震聲,

Trinken 喝,吃,飲

Trinker, der s 喝者,飲者,

Trinkgeld, das es, pl. er 酒錢,飲貲,

Trinklied, das es, pl. er 佐酒

曲,
Trinkglas, das ses, pl. gläser 玻璃杯,
Trippeln 小步, 短步
Tritt, der (e) s, pl. e 蹋,踏,
Triumph, der es, pl. e 得勝,旋凱,
Trocken 乾,涸,
Trocken oden, der s, pl.-böden 曬樓
Trockenplatz, der es, pl. plätze 曬衣廠,洗漿場
Trocknen 晒乾
Troddel, die pl. n 垂纓,
Trödeln 慢,延遲,怠,
Trödler, der s 販賣荒貨者,
Trollen 走,轉,
Trommel, die pl. n 鼓
Trommeln 打鼓
Trompete, die pl. n 喇叭,洋號
Trompeter, der s 吹洋號者,喇叭手
Tröpfeln 滴滴,點滴,
Torpfeln, der s 滴,點
Tropfen 水滴,滴水
Tross, der (ss) es 護衛,軍僕,輜重

Trost, der es 安慰,溫慰
Trosten 安慰,溫慰
Trö ter, der s 安慰者,勸慰者
Trostlos 乖運,命危,不樂,
Trotz, der es 固執,無禮,倔強,抵抗,輕侮,大膽,
Trotzen 仝上
Trotzig 仝上
Trotzdem 奈,雖然如此,偏要,
Trübe 黑暗,憂悶
Trüben 黑暗,濁,
Trübsal, die e 艱難,災難
Trübsinnig 憂悶,悲傷,憂心,
Trüffel, f. pl. n 蕨子,磨菇
Trug, der (e) s, pl. e 哄騙,哄,欺詐
Trügen 哄騙,哄,欺詐
Truhe, die pl. n 木箱,長方形箱,
Trümmer, die 毀壞,崩,碎,
Trunk, der (e) 喝,吃,飲,
Trunken 喝多,吃醉,
Trupp, der (e) s, pl s 羣,隊,堆
Truppe, die pl. n 隊,隊伍,羣,類,堆,班
Truthahn, der es, pl.-hähne 火

Tug　　　(218)　　　Tür

雞

Tuch, das (e) s, pl. Tücher 布

Tü htig 適當, 堪用, 合格, 强堅, 優等, 英明

Tücki ch 兇惡, 惡意,

Tugend, die pl. en 德行, 道義, 堪用,

Tugendhaft 修德,

Tulpe, d e pl. n 蒜花, 鬱金香

Tummelplatz, der 演馬場, 戰場,

Tum lt, der (e) s, pl. e 吵鬧, 騷亂,

Tun 做, 作, 行動,

Tünchen 粉牆, 糊牆

T nke, die pl. n 湯, 醬, 濃液,

Tunnel, der s 山洞, 地道, 穴道,

Tupf, der es, pl. e 點

Tür, die pl. en 門

Türangel, die pl. n 門轉子, 門樞紐

Turban, der s, pl. e 包巾, 圍頭帕,

Türflügel, der s 門搧

Türhüter, der s 守門者,

Türkis, der es, pl. e 綠色石

Turm, der (e) s, pl. Türme 鐘樓, 塔,

Türmchen, das s 小鐘樓, 小塔,

Türmen 堆, 堆起,

Türmer, der s 守鐘樓人,

Turm spitze, die pl. n 鐘樓頂尖, 塔尖, 頂

Turm uhr, die pl. en 鐘樓大鐘

Türschwelle, die pl. n 門閾

Turnp'atz, der 體操場

Turnhalle, die pl. n 體操廠

Turnen 體操

Turner, der s 操體操者,

Turteltaube, d e pl n 鳩

Tusche, die pl. n 墨

Tuschkaste , der s 墨盒,

Tuten 吹號角

Tüte, die pl. n 紙袋子, 紙匣,

Type, die pl. n 活字, 摸形,

Typhus, der 傷寒症

Tyrann, der en, pl. en 暴君

Tyrannisch, 虐民, 壓制, 苛刻, 暴虐,

U.

Übel, das s 害處, 病, 不快,

Übel 作嘔

Übelkeit, die pl. en 作嘔, 嘔

氣，
Übellaunig 生氣,發氣,
Übelnehmen 見怪
Übelriechend 臭氣,嘔氣
Übeltat, die en 犯罪,惡行,
Übeltäter ders 犯罪者
Übelwollen 忌刻,怨憾,
Üben 操演,練習,學習
Über 以上,過去,越,通,高,
Überall 處處,各處,到處,四處,
　　一般,
Überantworten 交還,引渡,
Überarbeiten 用心太過,再修,
　　再校,
Überaus 狠,極,太,甚,
Überbein, das 骨瘇,
Überbleibsel, das s 剩下,
Überblick, der es, pl. e 遠看,
　　望視,一覽,目擊,
Überbringen 輸來 拏過來
Überbringer der s 拏來者,
Überdecke, die pl. n 牀被,被
　　覆,
Überdies 再,還,也,又,亦,以外
Überdrüssig 厭煩,嫌
Übereilen 過快,太急,
Übereinander 重,疊,層,

Übereinkommen 約定,相合,
Übereinkunft, die 合同,合約,
　　一致,盟約,
Übereinstimmen 相合,相對,相
　　同,同意,一致,
Überessen 過食,
Überfahren 壓過,渡越,通過,
Überfahrt, die pl. en 渡過,津
　　路
Überfallen 搶掠,意外之患,襲
　　擊,奇襲,
Überfliessen 流出,溢出,
Überflügeln 超越,展翼,
Überfluss, der sses, pl.-flüsse
　　豐盛,豐足,剩餘,澤山
Überflüssig 冗長,沒用,贅,
Überfracht, die 過重,强載,
Überfüllen 過分,餘分,
Überfüllung, die pl. en 全上
Übergabe, die pl. n 城降,引渡,
　　交付,
Übergeben 同上
Übergang, der es, pl.-gänge
　　代謝,移行,過道,轉換,經過,
　　變遷,
Überhängen 上掛,高懸,傾
Überhäufen 過積,

Überhebung, die pl. en　驕傲,自高,自尊,

Überirdisch　地上,天,

Überkleben　貼上貼蓋,

Überklettern　爬過,攀登,

Überkochen　沸出,過煮,

Überladen　強裝,過載

Überlasten　同上

Überlaut　大聲,高聲,

Überleben　未死,長生,

Überlegen　回想,熟思,勝

Überlesen　通讀,

Überliefern　遺留,傳給,交付,

Überlisten　撞騙,欺勝

Übermacht, die　優勢,大權,

Übermass, das es　過分,過度,過量,過多,

Übermässig　過分,過度,過量,過多,

Übermorgen　後日,後天

Übermütig　自大,張狂

Übernachten　過夜,宿

Übernächtig　困倦,乏了

Übernehmen　拏,受納,引受,

Überragen　大過,比高,卓越,突出,

Überraschen　襲脅,襲擊,

Überraschung, die pl. en　同上

Überreden　說服,

Überreichen　送付,遞給,

Überreiten　乘過,強驅,乘倒,

Überrest, der (e)s, pl. e　剩餘,

Überrumpeln　襲,

Überschreien　強叫,高聲,

Überschreiten　走過,踏越,

Überschrift, die　標題,提寫,題目,

Überschuh, der es, pl. e　套鞋,象皮鞋,

Überschuss, der sses, pl.-schüsse　用餘,餘裕,額外,餘數,

Überschwemmen　水災,氾溢,洪水

Überschwemmung, die pl. en　同上

Übersehen　遺看,漏看,輕視,失策,見落

Übersenden　送,遣,

Übersetzen　繙譯,渡航,

Übersetzer, der s　繙譯者

Übersetzung, dis　繙譯,

Übersicht, die pl. en　清白,清楚,要領,一覽表,

Überstreichen　加色,再糊,塗

蓋,
Überstürzen 顛倒,
Übertragen 交給,交傳,委托,
Übertreiben 大言,强驅
Übertreibung, die pl. en 同上,
Übertreten 犯, 干犯, 入敎, 進黨,越界,
Übertretung, die pl. en 同上
Übertreitt, der es, pl. e 背敎,犯罪
Übervölkerung, die pl. en 民多,人口增殖,戶繁,
Übervorteilen 欺哄,虛取
Überwachen 監守,守看
Überwältigen 勝, 得勝, 强服,
Überweisen 証,示証,
Überwerfen 吵鬧, 口角, 投, 塗
Überwinden 征服,勝過,力制,克,
Überwindung, die pl. en 同上
Überwurf, der es, pl. würfe 斗蓬,披襟,披蓬,雨衣
Überzahl, die 多數,剩數,
Überzählig 數外, 盈數, 額外,剩餘,
Überzeugen 証認,証明,立據,
Überzieher, der s 外套

Überzug, der es, pl. züge 套
Üblich 常用,風俗,通例,普通
Übrig 剩下,此外,其餘,
Übung, die pl. en 學習, 練習,操演,
Ufer, das s 岸,邊
Uhr, die pl. en 錶,鐘錶
Uhrenfabrik, die pl. en 造鐘錶廠
Uhrfeder, die pl. n 錶簧, 錶條
Uhrglas, das (s) es, pl.-gläser 錶鏡 錶玻璃,
Uhrkette, die pl. n 錶鍊
Uhrladen, der s, pl.-läden 鐘錶鋪
Uhrmacher, der es 做鐘錶者,修整鐘錶者,
Uhrzeiger, der s 鐘錶指針
Uhrwerk, das es, pl. e 鐘錶輪,
Um 轉,就,周,向,沿,要,頃,大約
Umändern 改變,
Umarbeiten 再改,改造,
Umarmen 抱着,懷抱,
Umbiegen 彎,曲,
Umbinden 圍着, 捆上挪, 束
Umblättern 翻篇,反頁,
Umbringen 殺死,戮,

Umb　　　　(222)　　　　Ump

Umdrehen 反轉,運行,旋回,	Umpacken 圍包,轉裝,
Umfahren 碰倒,轉繞,	Umpflügen 犂田
Umfallen 倒地,跌倒	Umreissen 倒,投落,耕
Umfang, der (e) s 周圍,	Umreiten 騎繞,乘迴,
Umfassung, die pl. en 圍牆,欄杆	Umrennen 倒,迴行,
Umfüllen 倒謄,塡替,	Umringen 四面,圈圍,圍繞,
Umgang, der es, pl.-gänge 回路,交際,通行,	Umriss, der es, pl. e 雛形,略畫,周圍線,
Umgeben 圍繞,	Umrühren 拌攪,
Umgebung, die pl. en 四圍,四面,包圍,	Umschauen 回看,迴視.
Umgegend, die pl. en 四面,左右,附近處	Umschiffen 船繞,周航.
Umgehen 繞道而行,交際	Umschlag, der es, pl.-schläge 包皮,變更,袖口,
Umgekehrt 反,相反,顚倒,	Umschlagen 同上
Umgraben 掘地,掘土	Umschlingen 繞,纏,
Umgrenzen 石界,邊界,圍界,	Umschnallen 扣着,扣上
Umgürten 紮腰,束帶,卷帶,	Umschnüren 挪上,捆上,束住,
Umher 周圍,四面八方,	Umschrift, die pl. en 圓寫,圍書,
Umkehren 回家,回轉,改變,	Umschütteln 揚動,搖盪,
Umkleiden 換衣,	Umschütten 倒謄,轉注,
Umkommen 死,滅亡,	Umsehen 回看,迴視
Umladen 搬謄,轉載,	Umsichtig 老成,謹愼
Umlaufen 週流,輪流,	Umisnken 弔下,倒下,沉落,沒下,
Umlegen 躺下,彎置,周裝,	Umsonst 捨賜,送,空走,空勞,無益,
Umlenken 引轉,退向.	

Umstand, der (e) s, pl.-stände 光景,情態,境遇,	禮,
Umständlich 細說,詳細,	Unappetitlich 厭惡,可惡嫌,
Umsteigen 換車,	Unartig 不守規,不合道理
Umstossen 碰倒,	Unaufhörlich 不斷,陸續
Umustürzen 倒	Unaufmerksam 不用心,
Umtrieb, der es, pl. e 私約,運行, 陰謀	Unaufrichtig 不老實,不忠厚
Umtauschen 換,兌	Unbarmherzig 鐵心, 狠心, 殘忍.
Umwandeln 變化,改變	Unbedeutend 不要緊,瑣細,
Umwechseln 變化,改變	Unbefangen 純直私,
Umweg, der es, pl. e 繞道,	Unbekannt 不認識,未知.
Umwenden 反轉,反過,	Unbeliebt 不愛, 嫌惡,
Umwerfen 碰倒,	Unbemittelt 貧窮,錢空,
Umwickeln 繮上,捲起 圍繞,	Unbequem 不方便, 不無合, 不適當,
Umwinden 繮上,捲起,圍繞,	Unbeschäftigt 開着,無事,
Umzäunen 築圍牆	Unbescheiden 不知足, 無厭,不貞節,
Umzäunung, die pl. en 圍牆	
Umziehen 搬家,移居,換衣,轉任,遊歷,	Unbescholten 圣德,全福,無過,
Umzug, der es, pl. züge 搬家,移居,換衣,轉任,遊歷,	Unbesonnen 鹵莽,滅裂,
Unabhängig 獨立,	Unbeständig 無恆心
Unachtsam 不留心,等閑,	Unbestechlich 不受賄賂
Unähnlich 不像,不似,	Unbestimmt 不一定
Unangenehm 無趣,無情,討厭,	Unbewohnt 未住,空屋,
Unanständig 非理,不適當, 無	Unbrauchbar 無用,不合格,
	Und 或並, 又,
	Undank, der (e) s 不知情, 不

報,忘恩,負義,

Undankbar 不知情, 不報, 忘恩,負義,

Undeutlich 不淸楚, 不明白

Undurchsichtig 不透光,

Uneben 不平

Unecht 假,不眞,

Unehelich 私通, 野合,

Unehrlich 不名譽,不正,

Uneigennützig 無私心

Uneinig 不和睦

Unempfindlich 不覺,不知

Unendlich 無限,無量,無窮,

Unentschieden 未決,

Unerfahren 無經驗,

Unerfüllt 不充滿,

Unerkannt 不認識,不知

Unerlaubt 不準,不許,禁止,

Unermüdlich 未倦,不疲,

Unerreichbar 不到,未達,

Unersättlich 未飽,未滿足

Uueraglish 難忍,

Unerwachsen 年輕,幼稚

Unerwartet 意外, 偶然, 不意, 突然,

Unerzogen 無敎化,未丁年,

Unfähig 無能, 無資格,

Unfall, der (e) s, pl.-fälle 不幸,災害,

Unfolgsam 不聽命, 不孝, 不順從,

Unfreiwillig 不情愿,不甘心,

Unfreundlich 不悅, 不親切,薄情,

Unfruchtbar 無生長,不毛,

Unfug, der (e) s 放肆, 糊塗,不品行,不條理,

Ungeachtet 不恭敬,

Ungebildet 無敎化,不學

Ungebräuchlich 無用,

Ungebraucht 新,未用,

Ungebührlich 輕佻, 不規, 不適當,不便

Ungeduldig 不忍耐,短氣,

Ungefähr 大約,大略,

Ungefällig 不喜歡

Ungehalten 惱恨,不平,

Ungeheuer 廣大,非常

Ungehörig 輕佻,不規,

Ungehorsam 不聽,抗命,

Ungelegen 不方便,

Ungelehrig 未敎,未訓練

Ungemach, das (e) s 患難, 磨折

Ungenau 不對, 不準,

Ungeniert 隨便, 自由,

Ungeniessbar 不能吃, 不可吃

Ungenügsam 不彀用, 不足

Ungeputzt 未打掃, 未飾,

Ungerade 不直, 彎曲,

Ungeraten 惡, 不成,

Ungerecht 不公平, 不正,

Ungern 不愛, 不歡喜,

Ungeschickt 不伶俐, 呆蠢, 不適當,

Ungeschliffen 未琢磨,

Ungesehen 未看見

Ungesetzlich 不合法,

Ungestört 安然, 息靜, 太平,

Ungestum 着急, 暴烈, 激烈,

Ungesund 不舒服, 不康, 健

Ungetüm, das (e) s, pl. e 怪物, 妖孽

Ungewasehen 未洗

Ungewiss 不定, 不確,

Ungewitter, das s 雷風雨電交加

Ungewohnt 未習慣

Ungewöhnlich 格外, 非常,

Ungeziefer, das s 惡虫,

Ungezogen 不守規矩, 無禮,

Ungezwungen 隨便, 從容,

Unglaublich 不相信, 難信,

Ungleich 不同, 不等,

Unglück, das es, pl, e 禍, 災無福,

Unglücklich 不幸, 困苦,

Ungnädig 無慈悲,

Ungültig 無效, 無用,

Ungünstig 不順, 不遂, 不吉,

Ungütig 不深切,

Unheil, das s 禍, 災, 不幸,

Unheilbar 不可救藥, 不可治

Unheimlich 不安心,

Unhöflich 無禮, 粗暴

Uniform, die pl. en 軍衣, 號衣

Universität, die pl. en 大學堂, 文科大學,

Unkenntlich 不能認識

Unkenntnis, die pl. sse 沒有學問

Unklug 不聰明, 愚

Unklar 不明白, 不清楚

Unkosten, die 費用, 用度

Unkraut, das es, pl. kräute 野草

Unlängst 近來, 不久, 剛纔, 日來

宾步程集

Unlenksam 不聽命, 難制, 難御,	Unregelmässig 沒章程, 不規距,
Unleserlich 難讀,	Unreif 未熟, 不完全,
Unlust, die 不高興, 不樂,	Unreinlich 不乾淨
Unmasse, die pl. n 許多, 無量, 法外, 非常, 過度	Unrichtig 不對, 錯了,
Unmässig 同上	Unruhig 不安然, 不太平,
Unmenschlich 不是人, 非道, 殘忍,	Unruhe, die pl. n 不安然, 不太平,
Unmöglich 不可以, 不行, 不能,	Uns 我們
Unmündig 未成人, 未丁年,	Unsauber 不皎潔, 汚穢
Unnatürlich 非天然, 人工的, 無理,	Unschädlich 不妨碍, 無傷,
Unnötig 不用, 不要, 沒用	Unschicklich 不合禮,
Unordentlich 雜亂, 不清, 顛倒, 無章程,	Unschlüssig 躊躇, 不定, 未決,
Unordnung, die pl. en 雜亂, 不清, 顛倒, 無章程	Unschuldig 沒罪, 無辜,
Unpasslich 不爽快, 不適當,	Unselbstsändig 不獨立, 不自治, 依賴,
Unpassend 不合時, 不合禮	Unser 我們的
Unpünktlich 不按時候, 無定點,	Unsicher 不一定, 不穩當
Unrat, der (e)s 廢物,	Unsichtbar 看不見, 躲住
Unrecht, das 不是, 不錯, 不法,	Unsinn, der es, pl. en 愚, 狂氣, 不是,
Unredlich 愛小利, 小見, 不正,	Unsinnig 仝上
	Unsittlich 不端正, 敗品行, 惡習,
	Unstät 無恆心, 不穩,
	Unsumme, die pl. n 未總計
	Untauglich 不中用,

Unten 下邊, 頭下,

Unter 在低, 下

Unterbeamte, der n, pl. n 小差, 小吏, 屬員, 下役,

Unterbeinkleider, die 裹褲

Unterbett, das (e) s, pl. en 墊褥, 褥子

Unterbrechen 中斷, 中止, 歇,

Unterbringen 放, 貯, 納, 入,

Unterdrücken 壓制,

Unterdrücker, der s 壓制者

Untereinander 相互, 相間,

Untergang, der es, pl.-gänge 西落, 沉沒, 滅亡,

Untergebene, der n, pl. n 屬員, 從, 服, 順,

Untergehen 西落, 沉沒, 滅亡,

Untergraben 開地道, 掘地,

Unterhalt, der (e) s 日用飲食, 生活必需,

Unterhalten 養, 敘談, 供給, 保存,

Unterhandeln 商議, 商量, 交涉, 調停,

Unterhandlung, die pl. en 全上

Unterhosen, die 裹褲

Unterjochen 征伐, 征討, 降服,

Unter, Kiefer, der s 下顎,

Unterlage, die pl. n 下礎, 敷物, 墊物, 基址,

Unterlassen 放棄, 停止,

Unterlegen 墊上,

Unterleib, der es, pl. er 下腹,

Unterlippe, die pl. n 下脣,

Untermengen 攪合, 拌合,

Untermischen 攪合, 拌合

Unternehmen 動手, 企圖,

Unteroffizier, der s 下等武官

Unterordnung, die pl. en 屬下, 隸屬, 部下,

Unterreden 敘談, 協商,

Unterricht, der (e) s 功課, 通知,

Unterrichten 敎授, 習功課

Unterrock, der es, pl.-Röoke 裹裙

Untersagen 禁止

Unterschätzen 藐視, 輕視.

Unterscheiden 辨準, 分別, 區分,

Unterschenkel, der s 小腿

Unterschied, der (e) s, pl. e 分別, 辨別,

Unterschlagen 作弊,欺,冒認,

Unterschlagung, die pl.-en 仝上

Unterschleif, der es, pl. e 仝上

Unterschreiben 簽名,畫押

Unterschrift, die pl. en 簽名,畫押,署名,

Untersetzt 矮肥

Unte stützen 幫助,救援,

Untersuchen 審查,查明,

Untersuchung, die pl. en 審查,查名,試驗,討究,

Untertasse, die pl. n 茶盤,茶杯座子,

Untertauchen 沉下,潛水,

Untertan, der s (en), pl. en 屬民,屬下,附屬,

Unterwegs 路上,半途,

Unterweisen 習課,敎學,諭示,

Unterwerfen 征伐,征討,服從,歸服

Unterzeichnen 畫押,簽名,

Untat, die pl. en 罪過

Untätig, 好閒,怠惰,

Untiefe, die pl. n 淺,洲,

Untreu 不忠,不實

Untröstlich 悲歎,灰心,

Unüberlegt 未想,瞎說,未思,

Unübersetzbar 繙不出,

Unüberwindlich 打不敗,難勝,

Unumwurden 誠信,誠實

Unverantwortlich 難辭責任,責任所在,

Unveräusserlich 不讓 不賣,

Unverbesserlich 不改良,

Unverdächtig 不疑,

Unverdaulich 難消化,

Unverdorben 好,未弄壞

Unverehelicht 未婚嫁,

Unverhofft 想不到,意外,望外,

Unverkäuflich 不賣,

Unverletzt 無傷,未害,

Unvermeidlich 不能免,免不脫,難逃,

Unvermögend 無力,寒窮,陽痿

Unvernünftig 不懂禮,糊塗,

Unverschämt 輕薄,無耻,

Unversöhnlich 難和解,

Unverständlich 不懂,難別,

Unverzagt 大膽,剛勇,

Unverzüglich 立刻,則刻

Unvollständig 未全,未就,

Unvorsichtig 不小心,不謹慎

Unwahr 不是, 不實, 不眞,

Unwahrheit, die pl. en 不是, 不實, 不眞,

Unweit 不遠, 就近,

Unwesentlich 不要緊, 無形, 不實,

Unwichtig 不要緊, 不切實,

Unwiderruflich 難取消,

Unwillig 不肯, 不愛,

Unwillkommen 不歡迎,

Unwillkürlich 不故意,

Unwissend 無學,

Unwohl 不快, 不康健,

Unwürdig 賤, 不值,

Unzählbar 無數, 恆河沙

Unzählig 無數, 恆河沙

Unzeitig 不時, 不熟,

Unziemlich 不合道理, 不可, 不適當,

Unzucht, die 邪淫, 淫亂,

Unzüchtig 邪淫, 淫亂

Unzufrieden 不足意, 心未滿

Unzugänglich 不通行,

Unzulässig 不可, 不可信,

Unzuverlässig 不妥當, 靠不住, 難信,

Unzweifelhaft 一定, 無疑,

Üppig 茂盛, 豐滿

Urbar 肥地, 膏腴之壞

Ureltern, die 曾祖父, 曾祖母

Urenkel, der s 曾孫,

Urenkelin, die pl. nen 曾孫女

Urgrossmutter, die pl. mütter 曾祖母

Urgrossvater, der s, pl.-vätter 曾祖父

Urheber, der s 原造者, 發起人,

Urin, der (e) s 尿

Urkunde, die pl. n 執照, 証書, 契券,

Urlaub, der (e) s, pl. e 告假, 請假, 許可,

Urne, die pl. n 高壺, 籃籃, 灰壺,

Ursache, die pl. n 緣故, 原因,

Ursprung, der (e) s, pl.-sprünge 來由, 根由, 來歷, 起端, 濫觴,

Urteil, das (e) s, pl. e 斷案, 判斷, 審定

Urteilen 斷案, 判斷, 審定

Urwald, der es, pl. wälder 深

山, 未開闢之山

Und so weiter, (u. s. w.) 其餘仿此,

V.

Vacanz, die pl. en 出缺, 候補空虛,

Vagabund, der en, pl. en 遊氓, 流蕩人,

Valet, n. s 辭行, 告辭,

Vanille, die pl. n 樹名

Vase, die pl. n 花瓶, 壺,

Vater, der s, pl. väter 父親

Vaterhaus, das es, pl.-häuser 父家

Vaterland, das es 父母之邦, 本國, 祖國,

Vaterlandsliebe, die pl. n 愛國心,

Väterlich 如父

Vaterlos 無父

Vatermord, der es, pl. e 弒父

Vatermörder, der s 弒父逆子

Vaterstadt, die pl. städte 桑梓之鄉, 生長之地, 本處, 故鄉,

Vaterteil, das 父親產業

Vegetarianer, der s 吃齋,

Veilchen, das s 藍翠花

Ventil, das (e) s, pl. e 天窗, 風筒, 抽門,

Veloziped, das s, pl. e 自行車, 移動,

Verabfolgen 還, 轉, 引渡, 交付,

Verabreden 定約, 定規, 相談

Verabsäumen 不管, 等閑, 怠,

Verabscheuen 厭惡, 可恨

Verabschieden 辭行, 免職,

Verachten 看輕, 不敬重

Verächtlich 輕慢, 卑賤, 卑鄙

Veralten 老, 舊, 陳腐,

Veränderlich 反覆, 變化, 無定, 變易,

Verändern 改, 變, 易,

Veranda, die 陽臺, 遊廊

Veranlassen 招, 致, 告訴, 誘起,

Veranlassung, die pl. en 緣故, 原因, 誘起,

Veranstalten 安排, 拾掇, 預備, 用意, 調整, 設備,

Verantwortlich 該管, 責任, 答辯,

Verantwortung, die pl. en 仝上,

Verarbeiten 用了, 用費,

Verarmen 寒窮,疲弊,貧,

Verauktionieren 拍賣, 公賣,

Veräussern 賣, 售,

Verband, der (e) s, pl. bände
　捆帶,團體,結會,給合,同盟,

Verbannen 充軍,流罪,放流

Verbergen 藏起, 藏匿,

Verbessern 改正, 改良,

Verbeugen 屈腰, 點頭, 折腰

Verbeugung, die pl. en 屈腰,
　點頭,折腰,拜禮,

Verbiegen 彎曲,

Verbieten 禁止

Verbinden 連起,連絡,結合,

Verbindlichkeit, die pl. en 情
　誼,一致,關係,責在,義務,

Verbindung, die pl. en 仝上

Verbitten 不準,不肯,辭謝,

Verbittern 苦,

Verbleichen 色退,變色,

Verblenden 眩,迷,欺,

Verblühen 花凋, 萎靡,

Verblüffen 驚怪, 奇異,

Verbluten 出血,衰弱,

Verbot, das (e) s, pl. e 不準,
　禁止

Verbrauchen 用了, 消耗,

Verbrechen, das s 罪,犯罪,

Verbrecher, der s 罪人, 犯人

Verbreiten 傳告, 揚傳, 傳遍

Verbrennen 燒

Verbringen 度過, 度日

Verbrühen 燙傷,燙着

Verbünden 結約,聯約,同盟,

Verbündete, der n, pl. n 聯約
　者

Verbürgen 擔當,保証,

Verbüssen 償,賠,

Verdacht, der (e) s 猜疑,疑惑

Verdächtig 多疑, 嫌疑

Verdächtigen 猜疑, 疑惑

Verdammen 審問, 罰,

Verdampfen 散汽, 蒸發

Verdanken 感謝,感激,感恩

Verdauen 消化,咀嚼

Verdeck, das (e) s, pl. e 車篷,
　甲板,

Verdecken 蓋, 蓋護,

Verderben 弄壞, 壞了, 腐敗,

Verderben, das s 弄壞, 壞了

Verdichten 彌縫,堵塞,稠密,凝
　結,

Verdienen 生財,生利,得金,

Verdienst, der es, pl. e 利息,

Ver　　　　　(232)　　　　　Ver

利益,	Verfaulen 爛臭,
Verdienst, das 功勞, 功績,	Verfehlen 失, 誤, 標外,
Verdolmetschen 繙譯	Verfertigen 做, 製造, 造
Verdoppeln 加倍兼, 行重,	Verfinstern 黑暗, 蝕,
Verdorren 乾怙, 凋,	Verfliegen 氣散, 氣走,
Verdrängen 推除, 排擠,	Verfluchen 咒罵
Verdrehen 誤解, 歪,	Verfolgen 追趕, 追究, 進,
Verdrieszlich 發怒, 生氣,	Verführen 引迷, 引誘
Verdrossen 發怒, 生氣	Verführer, der s 引誘者,
Verdummen 愚蠢	Vergangen 過去
Verdunkeln 弄黑, 黑暗,	Vergangenheit, die pl. en 巳過, 往時, 往事,
Verdünnen 稀, 薄,	
Verduusten 蒸, 散,	Vergeben 寬恕, 寬免, 恕罪, 納稅, 授, 任, 讓,
Verehren 敬重, 崇拜,	
Verein, der (e) s, pl. e 會, 聯合, 一致, 合併, 集會,	Vorgebens 空勞, 空費, 無益,
	Vergeblich 空勞, 空費, 無益,
Vereinigen 同上	Vergehen, das s 罪, 過去, 消失,
Vereiteln 失望, 空急,	Vergehen 仝上,
Verfahren, das s 處置, 手續,	Vergessen 忘記, 忘却
Verfall, der (e) s 老壞, 顛危, 滅亡, 無效, 衰微,	Vergesslich 健忘,
	Vergeuden 浪費, 過用,
Verfallen 仝上	Vergiessen 鑄盡, 鎔着, 流, 鑄誤,
Verfälschen 弄假, 作僞, 僞造,	
Verfassen 作書, 編書	Vergiften 毒死
Verfasser, der s 著作人, 撰者	Vergleichen 比, 比較, 相形, 相比, 一致,
Verfassung, dis pl. en 文章, 憲法	
	Vergnügen, das s 玩意, 玩耍,

戲事,快樂,滿足,

Vergnügt 快活, 暢快,

Vergolden 鍍金,

Vergraben 埋沒,

Vergreifen 謀害, 竊取, 誤拏, 賣盡.

Vergrössern 放大

Verhaften 拿獲, 鎖拿, 拘留, 捕縛,

Verhältnisse, die 光景, 比例, 關係,

Verhandeln 辯理,辯論,協商,

Verhandlung, die pl. en 議論, 辯論,

Verhängnis, das (ss) es, pl. (ss) e 天命,運氣,不幸,

Verhasst 可惡,可恨,

Verheeren 虜掠, 燒殺, 兵災,天災,破壞,荒,

Verheerung, die pl. en 仝上

Verheimlichen 瞞匿,瞞隱

Verheiraten 娶妻,出嫁,婚姻

Verheissen 約束,契約,

Verherrlichen 榮施,榮耀

Verhindern 攔住,阻止,障碍,

Verhöhnen 要笑,譏笑,

Verhören 誤,聽,

Verhüllen 蓋住,隱蔽,

Verhungern 餓死,餓莩,

Verhüten 攔避, 阻碍,

Verirren 迷路,蹈迷,

Verjähren 過時,年限已過

Verkaufen 賣,訴

Verkäufer, der s 賣者,

Verkäuflich 可賣的

Verkehr, der (e) s 買賣,貿易,來往,交接,交通,

Verkehren 來往,通達,交接

Verkehrt 反面,相反.逆,

Verkennen 認錯,誤解,

Verkitten 灰糊,塗付,

Verklagen 告訴,愬售,

Verklatschen 揚言,傳告,傳說,誹謗,

Verkleben 糊貼,

Verkleiden 異服,改裝,

Verkleinern 改小,縮小

Verkohlen 炭化,

Verkorken 塞住

Verkiechen 藏着

Verkümmern 衰敗, 增衰, 取押惱,喪心,罣念,

Verkündigen 報告,

Verkürzen 改短,縮短

Ver　　　　(234)　　　　Ver

Verladen 載上,搬載,荷積,	Vermeiden 免了,躲免,避遁,
Verlag, der s 抄莊,棧,資金,	Vermengen 拌合,雜攪,相拌
Verlangen 要來,望欲,	Vermieten 出賃,出租
Verlängern 改長,延長,伸長,	Vermieter, die s 出賃人,發租 者
Verlassen 離開,去,棄,遺,	Vermindern 減少
Veralufen 走錯,誤走,過,去,減,	Vermischen 拌合,攪和
Verleben 度過,度活,消光,	Vermissen 憐憫
Verlegen	Vermitteln 講情,講和,作伐,息 事,排難,介紹,媒介,
Verleger, der s 印刷者,書籍 商,	Vermittler, der s 介紹人
Verleiden 厭惡,嫌	Vermodern 爛了,朽爛
Verleihen 借,許,	Vermögen, das s 才能,錢財, 力,
Verleiten 引誘,引導,	Vermögen 可以,能,得,有,
Verlernen 忘其所學,失念,	Vermögend 才能,富足
Verletzen 損害,傷害,傷	Vermuten 估摩,估量,推測,臆 斷,忖度,
Verleizung, die pl. en 仝上	Vermutung, die pl. en 仝上
Verleumden 誹謗,	Vernachlässigen 耽悞,怠,等閒 不清,
Verlumder, der s 誹謗者,	Vernageln 釘着,
Verlieben 生愛,戀慕,	Vernaschen 食費,買食費,
Verlieren 失弔,消失,	Verneigen 點頭,折腰
Verloben 定親,許嫁,	Verneinen 否,謝絕,拒絕,
Verlogen 煤哄,僞言,	Vernichten 滅去,破壞,消滅,
Verlust, der es, pl. e 喫虧,捐 失,敗北,	Vernunft, die 道理,腦力,
Vermachen 遺留,遺傳,閉,	
Vermählen 娶妻,出嫁,婚烟	
Vermehren 加,加上,添增,	

Ver　　　　(235)　　　　Ver

Vernünftig 合道理,講理,	Verrückt 瘋狂,
Verödet 荒廢,	Vers, der es, pl. e 詩,節,句,歌,
Veröffentlichen 傳揚, 佈告,	Versagen 辭,推却,約束,取締,
Verordnen 章程,規條·命令·法令,	Versalzen 鹽下多,過鹹,
	Versammeln 聚會,集合
Verordnung, die pl. en 仝上	Versäumen 耽悞,忘,怠,
Verpachten 租借,租賃	Verschämt 害怕,帶愧,含羞,
Verpacken 裝拾,包裝,	Verschanzen 圍住,圍固,設堡
Verpassen 失機,	Verscheiden 斷氣,己死,故,
Verpfänden 押當,典當,質.	Verscheuchen 驚走,恐怖,
Verpflanzen 種樹,轉植,	Verschicken 送去,送運,
Verpflegen 養育,給養,	Verschieden 各樣,不同,各種,異類,
Verpflegung, die pl. en 仝上	
Verpflichten 盡義務,服役	Verschiffen 運漕,
Verprassen 嗜好,私慾,	Verschimmeln 發霉,生黴,
Verrat, der es, 奸計,軍機,計謀,	Verschlafen 久睡,長眠,
	Verschlag, der es. pl. schläge 木房,箱,
Verraten 洩漏軍機, 密告, 告發,	
	Verschlagen 詭詐·奸智
Verräter, der s 洩漏, 者告發者,	Verschlechtern 弄壞, 劣惡, 敗類
Verrechnen 算錯, 誤計,	Verschleiern 蒙上,蔽,覆,
Verreisen 出外,旅行,	Verschleppen 延期, 曳,
Verrenken 捩挫	Verschliessen 鎖着,下錠,
Verrichten 操作,事業,執行,	Verschlimmern 加重, 惡,敗坏,
Verrosten 生銹,銹蝕,	Verschlingen 吞下, 咽入,
Verrucht 不善,	Verschlossen 鎖着,密閉,

287

Verschlucken 吞下,咽入,	Versichern 保險,
Verschluss, der sses 鎖閉,	Versicherung, die en 保險
Verschmachten 餓死,餓莩	Versiegeln 封印,
Verschmähen 輕視,輕慢	Versinken 沉下
Verschmitzt 狡猾	Versoffen 沉湎於酒,
Verschollen 不知下落,無影,失踪,	Versöhnen 說和,講和,贖罪,
	Versorgen 供給,
Verschonen 愛惜,寬容,斟酌,恕,	Verspäten 遲,
	Verspeisen 食盡
Verschönern 修飾.	Verspotten 譏誚
Verschreiben 開單,誤書,	Versprechen 應許,失言,
Verschulden 負債,受罪,	Verspüren 覺
Verschütten 撒布,	Verstand, der es, pl.-stände 神悟,靈明,智識,才能,判斷,通曉,
Verschweigen 瞞着,瞞隱,秘,	
Verschwenden 浪用,亂費,	
Verschwender, der s 浪費者,	Verständigen 靈通,明達,性悟,伶俐,
Verschwenderisch 亂用,	
Verschwiegen 沉默,	Verstärken 助强,强壯,加勢.
Verschwinden 走失,消失,	Verstauchen 跌傷,挫,
Verschwören 亂黨,匪會,	Verstecken 藏匿,埋伏,
Verschwörene, der n, pl. n 作亂人,匪人	Verstehen 懂,解,知悟,
	Versteigern 拍賣,公賣,
Versehen, das s 錯誤,	Verstellen 權當,假粧,配置,佯覆,
Versenden 打發,送,派,	
Versengen 燒,燥,焦,	Verstimmt 不豫,
Versenken 沉,沉頭,	Verstockt 無感,固陋,强顏,無情,
Versetzen 典,調遷,搬徙,陞,	

Verstopfen 塞住,補塞,閉鎖,

Verstopfung, die pl. en 不通,於結,

Verstossen 驅逐,放逐,挫,

Verstreuen 分散,散布

Verstämmeln 殘廢,殘病,廢疾,删節,不具

Verstummen 成啞,沉默,

Versuch, der (e) s, pl. e 試試,

Versuchen 試驗,

Versucher, der s 誘惑者,試驗者,

Versuchung, die pl. en 誘惑,引誘,試驗,

Versüssen 弄和甘,

Vertagen 改日,改約,延期,

Vertauschen 交換,

Verteidigen 防守,保守,保護,袒護,辯護,

Verteilen 分,捨,施,配分,

Vertiefen 進思,深想,深索,深,窪,

Vertiefung, die pl. en 凹地,深所,

Vertilgen 除去,拔出,洗去,消却,驅除,

Vertrag, der (e) s, pl.-träge 合同,條約,

Vertragen 合式,相對,相睦

Vertrauen 實信,信任,

Vertraulich 信任,依賴,親

Vertraut 仝上

Vertreiben 趕去,驅逐,除斥,

Vertreten 代表,代理,

Vertreter, der s 代理人,代表者,

Vertriebene, der n, pl. n 流徒,放流者退職者

Vertrocknen 曬乾,烤乾,乾燥,

Vertrösten 安慰,溫慰,保險,

Verüben 犯罪,犯過,

Verunehren 玷辱,敗德,玷品,

Veruneinigen 斷交,絕交,不和,

Verunglücken 無福,命乖,不幸,失敗,

Verunreinigen 弄髒,不潔,

Verunstalten 不具,醜,

Veruntreuen 作弊,私用,竊,

Verursachen 原由,原因,惹起,

Verurteilen 審罪,治罪,判決,

Verurteilung, die pl. en 審罪,治罪,判決,處刑,

Vervielfachen 乘,乘法,多種,

Vervielfältigen 乘,乘法,多種,

Ver   (238)   Ver

增加,
Vervollkommen 全成, 成功, 竣工,
Vervollständigen 補,續,完全,
Verwachsen 不具,長成,
Verwahren 保存,保守,收存,防護,用心
Verwahrlos n 不管,不用心
Verwaisen 孤哀
Verwalten 管理, 照看, 行政
Verwalter, der s 管事人, 支配人,執政者,
Verwandeln 變化, 改變
Verwandt 親戚, 家人, 同宗,相似,相類,
Verwandte, der n, pl. n 仝上
Verwechseln 交換,兩換
Verwechselung, die pl. en 仝上
Verwegen 大膽, 敢爲, 勇敢,
Verweigern 否認,謝絕,
Verweilen 住,在,居,駐,
Verweis, der es, pl. e 受罪,責備
Verweisen 罪罰,責備
Verwelken 凋謝, 萎靡, 衰,
Verwenden 用,使用,浪費
Verwerfen 破棄,排斥,棄却,

Verwerten 使,用,值
Verwesen 腐朽
Verwickeln 見証, 繫住, 連累,
Verwiesene, der n, pl. n 流徒,放逐者,
Verwirken 犯罪, 失,
Verwirk'ichen 實施,實行,
Verwirren 弄亂,心亂,不清,
Verwirrung, die pl. en 弄亂,心亂, 不清, 迷惑,
Verwischen 擦亂,塗抹,
Verwittwet 寡婦
Verwöhnen 染惡習,
Verworfen 下流, 卑鄙, 鄙陋,放肆, 奸惡,
Verwunden 損傷,受傷
Verwundung, die pl. en 傷
Verwundern 奇怪, 驚,
Verwunderung, die pl. en 驚駭,奇異,
Verwünschen 咒罵, 痛罵, 祈禱,
Verwünschung, die pl. en 同上
Verwüsten 燒殺, 擄掠, 敗壞,
Verwüstung, die pl. en 燒殺,擄掠,敗壞,

Verzagen 失望,失志,落氣,	制臺
Verzählen 違算,	Vicekonsul, der s, pl. n 副領事官
Verzehren 吃,費,	Vieh, das es, pl. e 獸,六畜,
Verzeichnis, das es, pl. e 單,表,目錄,	Viehmarkt, der es, pl. märkte 買賣六畜場,獸廠
Verzeihen 寬恕,饒過,赦	Viehseuche pie pl. n 獸瘟
Verzeihlich 可原,可恕,可赦,	Viehwagen, der s, pl. wägen 裝六畜車
Verzeihung, die pl. en 賠禮,赦免,	Viehzucht, die 喂養六畜家,獸行,
Verzichten 讓,拋棄,	Viehzüchter, der s 喂養六畜人,牧畜者,
Verziehen 搬家,去,	Viel 多,
Verzinsen 給利,付息,	Viele 多,
Verzieren 粧飾,修飾	Vielfach 多回,屢次,數倍,
Versierung, die pl. en 花邊,花角	Vielfrass, der es 饕餮,大食者,
Verzögerung, die pl. en 耽悞,延遲	Vielleicht 萬一,或者,設或,恐
Verzögern 耽悞,延遲,	Vielliebchen, das s 雙杏仁核肉, 多愛
Verzollen 完稅	Vielseitig 多面形,多方,
Verzweifeln 失望,失志,絕望,	Vier 四
Verzweifelung, die pl. en 失望,失志,難當,絕望,	Viereck, das es, pl. e 四方,四角
Verzweigen 支派,樹枝,分枝	Viereckig 四方的,四角的
Vesper, f. pl. n 下午,晚,	Vierfüssler, der s 獸,四足獸
Vetter, der s, pl. n 堂兄弟,從兄弟	Viersitzig 四個座位,能容四人
Vicekönig, der es, pl. e 總督,	Vierspännig 駕四馬

Viertelstunde, die pl. n 十五分時,

Viertel 四分之一,一季,一區

Vierteljahr, das es, pl. e 三個月,一季

Vierzehn 十四

Vierzig 四十

Violine, die pl. n 絲琴

Visitenkarte, die pl. n 名片,片子

Vokal, der (e) s, pl. e 有音的字,母韻,

Vogel, der s, pl. Vögel 鳥

Vogelbauer, das 鳥籠,

Vogelfänger, der s 捉鳥者,

Vogelhaus, das es, pl. häuser 鳥籠

Vogelnest, das es, pl. er 鳥窩,巢

Vogelscheuche, die pl. n 草人,草偶,

Volk, das es, pl. Völker 百姓,居民,國民

Völkerrecht, das 民法,

Volksfest, das es 國祭,

Volkslied, das es, pl. er 民歌,俗歌,

Volsschule, die pl. n 義塾,小學校

Volksstamm, der es, pl.-stämme 民種,族,支派,民族,族氏,

Volksversammlung, die pl. en 國會,

Volkszählung, die pl. en 查民數,調查戶口,

Voll 滿,盈滿,

Vollbringen 做完,成功,成就

Vollenden 做完,成功,成就

Vollführen 做完,成功,成就

Völlig 全,完全,圓全

Vollkommen 全,完全,

Vollmacht 全權,委任狀,

Vollmond, der s 月圓,圓月

Vollständig 全,成全,無缺,

Vollstrecken 執行,實施,實行

Vollzählig 全員,全數,

Vollziehen 全上

Von 從,自,由

Vor 前,先,前面,

Voran 在前,向前,

Voraus 在前,向前,豫,以前

Vorausbezahlen 已給錢,預支,

Vorauseilen 急向前去,先去,預急,

Vorausgehen 先走, 前去,

Voraussetzen 比方, 好比, 設想, 假定, 預定,

Voraussetzung, die pl. en 比方, 好比, 設想, 假定, 豫定,

Voraussichtlich 先見, 豫見,

Vorbau, der es, pl. e 起在前邊, 凸屋

Vorbedacht 預想, 先思,

Vorbehalt, die es, pl. e 特許, 條件,

Vorbei 過, 逾, 通過,

Vorbeifahren 過去, 駛過,

Vorbeigehen 過去, 走過,

Vorbeilassen 讓過,

Vorbereiten 預備

Vorbereitung, die pl. en 預備

Vorbeugen 防備, 預防,

Vorbinden 預束,

Vorderste, der n, pl. n 頭位, 最先,

Vorderfuss, der es, pl.-füsse 前足,

Vordergrund, der es 前臺, 前地, 前部,

Vorderhaus, das 前屋

Vordersitz, der es, pl. e 車前坐位

Vordertreffen, das s 先鋒隊, 前隊

Vorderzahn, der es, pl. zähne 前牙,

Vordrängen 擠向前, 壓迫,

Vordringen 擠向前, 壓迫,

Voreilig 急忙, 倉促, 豫急,

Vorempfindung, die pl. en 豫知, 豫覺,

Vorenthalten 抑留, 扣留,

Vorfahr, der en, pl. en 祖宗, 先任者, 前輩,

Vorfall, der es, pl. fälle 事情, 偶然

Vorfinden 覓出, 現見,

Vorführen 領進, 領帶, 引出,

Vorgang, der es, pl. gänge 前事, 事情, 先行,

Vorgänger, der s 前任人, 先輩,

Vorgeben 權當, 假粧, 虛託,

Vorgehen 走過, 超, 前行,

Vorgesetzte, der n, pl. n 長官, 上官

Vorgestern 前天,

Vorhaben 謀算, 企圖 志,

Vorhalle, die pl. n 過道

Vorhandensein, das s 現存, 現在,

Vorhang, der es, pl.-hänge 簾, 帷,

Vorhemd, das (e) s, pl. en 胸前裹衣, 前衣,

Vorher 先, 前, 從前,

Vorhergehen 先走, 前去,

Vorhersehen 先知, 逆料

Vorherwissen 預知, 逆料

Vorherrschen 優, 卓越, 覇主,

Vorhin 以前, 從前, 先刻,

Vorhut, die 前衞,

Vorige 上, 前, 先

Vorjährig 去年, 先年,

Vorkehrung, die pl. en 預備

Vorkommen 向前, 近前, 出來, 發見,

Vorladen 傳見, 召喚, 呼出

Vorladung, die pl. en 仝上

Vorläufig 暫且, 權且, 臨時,

Vorlaut 多嘴, 揷嘴, 高聲,

Vorlegen 指明, 分配, 表示,

Vorlesen 宣讀, 採集, 講義,

Vorliebe, die pl. n 疼愛, 偏愛,

Vormachen 先做, 欺, 驅,

Vormals 以前, 從前, 往時,

Vormittag, der es, pl. e 上午

Vormund, der es, pl.-münder 後見人, 辯護者

Vorn 前頭

Vorname, der ns, pl. n 名字女生

Vornehm 文雅, 雅致, 上品, 拔群,

Vornehmen 謀算, 計畫,

Vorposten, der s 前哨,

Vorrang, der es 高級, 上位, 優等,

Vorrat, der es, pl. räte 軍糧, 豫備, 貯蓄,

Vorrätig 仝上

Vorrecht, das es, pl. e 特權,

Vorreiter, der s 先騎,

Vorrichtung, die pl. en 準備, 裝置,

Vorrichten 仝上

Vorrücken 前進, 侮辱,

Vorsagen 先訴, 先說,

Vorsatz, der es, pl. sätze 意思, 主意, 目的, 決心, 隆起,

Vorsätzlich 故意

Vorschicken 先送, 豫遣,

Vorschlag, der, es hl. scbläge, 建議, 主意, 發言, 議案, 短音,

Vorschlagen 仝上

Vorschnell 狠快, 性急,

Vorschrift, die pl. en 條規, 章程, 命令

Vorschuss, der es, pl. schüsse 預支,

Vorsehen 留心, 前看, 小心

Vorsehung, die pl. en 注意, 先見, 用心,

Vorsicht, die pl. en 仝上

Vorsichtig 仝上

Vorsingen 前唱, 豫歌,

Vorsitz, der es, pl. e 座首, 席長

Vorspannen 駕, 繫馬,

Vorspiegeln 欺哄,

Vorspielen 玩戲, 玩耍

Vorsprung, der es, pl. sprünge 相隔, 斜線,

Vorstadt die pl. städte 城外, 市外

Vorstecken 插前,

Vorstellen 介紹, 前置, 代理, 顯出

Vorstellung, die pl. en 唱戲, 觀念,

Vortanzen 先跳,

Vorteil, der es, pl. e 利益,

Vortrag, der es, pl. träge 說書, 論說, 演說, 報告, 陳述, 上申,

Vortrefflich 狠好, 極好,

Vorüber 已過, 消失,

Vorübergeben 過去, 暫時,

Vorurteil, das es, pl. e 臆斷,

Vorwand, der es, pl. wände 推辭, 託言

Vorwärts 前方, 先面,

Vorweisen 示, 見

Vorwerfen 責罰, 非難,

Vorwerk, das es, pl. e 庄房, 前堡,

Vorwitz, der es 好事者,

Vorwort, das es, pl. wörter 序, 敍, 小引,

Vorwurf, der es, pl. würfe 主意, 誹謗, 非難,

Vorzählen 當面數計

Vorzeigen 面指, 提出,

Vorziehen 尚, 選拔, 引出

Vorzimmer, das s 前房, 前堂

Vorzug, der es, pl. züge 尚, 特權,

Vorzüglich 頂好,最好,上品,	生長,成育,
Vorzüglichkeit, die pl. en 頂好,最好,上品,	Wachtel, die pl. n 鶴鶉
Vulkan, der es, pl. e 火山,火神,	Wächter, der s 更夫,巡街者,衞兵,

W.

Wabe, die pl. n 蜂窩,蜂房,	Wakelig 搖動,透迤,
Wach 醒,活潑	Wackeln 搖動,透迤
Wache, die pl. n 更夫,守衞,	Wacker 雄壯,勇敢
Wachen 守夜,看護,守衞,	Wade, die pl. h 腿肚,腓腸,
Wachtfeuer, das s 警火,	Waffe, die pl. n 兵器,軍械,
Wachtmeister, der s 外委,曹長,	Waffengewalt, die pl. en 兵力,武權,
Wachtposten, der s 防守兵	Waffenrock, der es, pl. röcke 兵衣,軍裝
Wachs, der es 蠟	Waffenschmied, der es, pl. e 軍器匠
Wachsam 經心,留心·謹慎	Waffnen 治軍械,軍裝,
Wachsfigur, die pl. en 蠟人	Wage, die pl. n 秤,天平,權
Wachsen 長生,長	Wagen, der s, pl. ägen 馬車
Wachsgelb 黃如蠟色,蠟黃色	Wagen 敢,冒險
Wachskerze, die pl. n 蠟燭	Wägen 稱,秤定
Wachslicht, das es, 蠟燭光,	Wagenachse, die pl. n 車軸,
Wachsstock. der es, pl. e 蠟棍,長蠟燭	Wagenbauer, der s, pl. n 造車者
Wachstuch, das es, pl.-tücher 油布,蠟布,	Wagenremise, die pl. n 車廠,車棚,
Wachstum, das s, pl. tümer 長,	Wagenschuppen, der s 車廠,車棚

Wagerecht 橫的, 水平,

Wagschale, die pl. n 秤盤,

Wagner, der s 造車人

Wagnis, das es, pl. e 險處, 危
地

Wahl, die pl. en 揀選, 挑選

Wählen 揀選, 挑選

Wähler, der s 揀選者,

Wahlkaiser, der s 選舉皇上

Wahlplatz, der es, pl. plätze
選舉場,

Wahlspruch, der es, pl. sprüche 俗語

Wahlversammlung, die pl. en
選舉會,

Wahlzettel, der s 投票, 選舉
票

Wahn, der (e) s 妄想, 邪思, 瞎
想

Wahnsinn, der es, pl. en 瘋癲

Wahnsinnig 瘋癲

Wahr 實在, 是眞,

Während 際此時, 趁那時, 當
其時,

Wahrhaftig 實在, 是眞,

Wahrheit, die pl. en 仝上

Wahrnehmen 經驗, 注意,

Wahrsagen 先言, 卜,

Wahrsager, der s 卜者, 占命者,
豫言者,

Wahrscheinlich 大概, 大約, 或
是,

Waise, die pl. n 孤哀子

Waisenhaus, das 恤孤院

Wald, der es, pl. Wälder 山
林, 樹林

Wall, der es, pl. Wälle 城牆,
壘, 堤,

Wallach, der en, pl. en 善馬,
良馬,

Wallfahrer, der s 巡禮者,

Wallfisch, der es, pl. e 鯨魚

Wallischtran, der (e) s, pl. e
鯨魚油, 魚肝油

Wallnuss, die nüsse 胡桃

Wallung, die pl. en 激動, 沸
騰,

Walten 管, 料, 照應, 支配,

Walze, die pl. u 挨子, 圓筒, 棍
木,

Wälzen 捲挨, 轉輾,

Walzer, der s 跳舞法,

Wams, das es, pl. e 掛子

Wand, die pl. Wände 牆, 側

板,
Wanduhr, die pl.-en 掛鐘
Wandel, der s 變化, 交通·生活
Wandelbar 仝上
Wandeln 同上
Wandelstern, der es, pl. en 行星
Wanderer, der s 旅客,
Wandern 出門, 出外, 旅
Wanderung, die pl. en 旅行
Wandkarte, die pl. n 掛圖
Wandpfeiler, der s 壁柱
Wange, die pl. n 顴
Wankelmütig 無恆心的
Wanken 搖動, 逶迤, 不定
Wann 幾時, 何時,
Wanne, die pl. n 盆, 木盤
Wanze, die pl. n 臭蟲
Wappen, das s 紋,
Ware, die pl. n 貨物
Warenempfänger, der s 收貨者, 領貨者
Warenlager, das s 鋪店, 貨棧,
Warm 煖, 溫,
Wärme, die pl. n 熱氣, 溫素
Wärmen 溫煖

Wärmflasche, die pl. n 溫瓶, 熱氣瓶
Warnen 警戒, 豫戒,
Warnung, die pl. en 警戒, 豫戒
Warten 等候, 等着, 看病, 侍, 期
Wärter, der s 侍者, 看病人, 侍人,
Warum 爲甚麼, 何故,
Warze, die pl. n 疨子, 痣,
Was 甚麼, 如何, 夫,
Waschanstalt, die pl. en 洗衣廠,
Waschbecken, das s 洗衣盆
Wäsche, die pl. n 衣裳, 麻布, 洗滌,
Waschen 洗滌
Wäscherin, die pl. nen 洗衣婦,
Waschfass, das es, pl. Fässer 洗衣盆
Waschkessel, der s 養衣鍋
Waschtisch, der es, pl. e 洗粧棹,
Waechwasser, das s 洗滌水,
Waschzettel, der s 洗衣票

Wasser, das s, pl. Wässer 水	Wasserstand, der es 水高, 水面高,
Wassereimer, der s 水箭	Wasserstiefel, der s 雨靴, 水靴
Wasserdicht 不透水, 不漏水,	Wasserstrahl, der es, pl. en 水量, 水線,
Wasserfahrt, die pl. en 行船, 舟遊,	Wassertrog, der es, pl. tröge 水缸
Wasserfall, der es 瀑布	Wässerung, die pl. en 灌溉, 潰, 浸,
Wasserflasche, die pl. n 水瓶	Waten 涉水, 徒涉,
Wassergeflügel, das s 水鳥, 鳧	Watscheln 鵝步, 搖擺, 小步, 逶迤
Wasserglas, das ses 水杯	Watte, die pl. n 棉花, 切心
Wasserheilanstalt, die pl. en 水治院	Wattieren 絮棉, 用棉,
Wasserheizung, die pl. en 熱水氣溫房	Weben 織
Wasserkanne, die pl. n 水壺	Weber, der s 織布者, 機匠
Wasserleitung, die pl. en 自來水	Weberei, die pl. en 織布局
Wasserleitungsrohr, das es, pl. e 自來水管	Webestuhl, der es, pl.-stühle 機杼, 繡機,
Wassermelone, die pl. n 西瓜	Wechsel, der s 變換, 交代, 借券,
Wassermühle, die pl. n 水車	Wechselbank, die 挽錢鋪, 銀行,
Wässern 洗退, 灌溉	Wechselgeschäft, das (e)s, pl. e 挽兌鋪
Wasserpfeife, die pl. n 水烟袋	
Wasserpflanze, die pl. n 水草	Wechseln 換, 兌, 變換,
Wasserratte, die pl. n 水鼠	Wechselzahlung, die pl. en 換
Wasserschanden, der s 水災	
Wasserscheu, die 怕水病,	
Wasserspiegel, der s 水平面	

錢票	Weglaufen 跑去,
Wechsler, der s 銀行人	Weglegen 擱出, 捨置,
Wecken 叫醒,	Wegnehmen 取除, 掠奪, 佔領
Wecker, der s 響鐘, 鬧鐘, 晨鼓	Wegräumen 掃除
Wedel, der s 毛刷, 羽扇,	Wegreisen 旅行
Wedeln 搖尾,	Wegreissen 奪去, 搶去,
Weder—noch 旣不…, 又不…,	Wegrücken 移除移走,
旣未…又未…,	Wegschütten 倒去
Weg. der es, pl. e 道路, 手段,	Wegschwemmen 冲去, 浮去, 流
方法,	去
Weg 走, 去, 離,	Wegsetzen 搬去,
Wegbegeben 走, 去, 退	Wegtragen 運去,
Wegbleiben 不退回, 不歸, 留	Wegweiser, der s 路碑, 案內者,
存,	道標
Wegbringen 參去,	Wegwuerfeh 廢棄
Wegelagerer, der s 埋伏人, 路	Wegwerfend 棄廢
盜	Wegziehen 引去
Wegen 爲, 因爲, 由,	Wehen 吹, 吹動, 翻,
Wegessen 吃盡, 不餘食,	Weh, das es, pl. e (en) 痛,
Wegfangen 捕去,	Wehen, die 悲哀, 苦痛, 因難,
Wegfliegen 飛去	憂愁,
Wegführen 牽去, 領去	Wehklagen 痛哭, 哭訴
Weggang, der es, pl -gänge 行	Wehren 抵制. 抵抗,
路, 出發, 啓程,	Wehrgehänge, das s 腰刀帶,
Wegjagen 赶出, 驅逐,	佩劍革,
Weggiessen 倒出, 注去,	Wehrlos 無抵抗力,
Weglassen 闕遣, 遺漏, 捨, 離,	Weib, das es, pl. er 婦女

300

Weibchen, das s 牝, 小妻,

Weibisch 輭弱, 優柔, 如婦,

Weiblich 陰煩, 女性,

Weich 輭弱, 優柔,

Weichbild, das es, pl. er 市鎭, 市區

Weiche, die pl. n 鐵道轉轍機

Weichen 讓步

Weichensteller, der s 鐵路轉轍機者

Weichherzig 心腸輭, 慈悲心

Weichlich 輭弱, 優柔,

Weichsel, die 德國東北境大河名, 奈克色而河

Weide, die pl. n 楊柳樹, 牧地, 草場

Weiden 牧畜

Weidmann, der es, pl.-leute 打獵者,

Weidwerk, das es, pl. e 獵業

Weigern 推諉, 推辭, 拒, 絕,

Weigerung, die pl. en 推諉, 推辭

Weihen 奉獻, 供,

Weihnachten pl. 耶蘇生誕日, 小年節

Weihrach, der (e) s 香

Weil 因爲, 是,

Weile, die pl. n 暫時, 餘暇

Weilchen, das s 全上

Weilen 是, 逗遛, 延引

Weiler, der s 小村, 一區,

Wein, der es, pl. e 酒

Weinen 哭

Weinflasche, die pl. n 酒瓶

Weinberg, der es, pl. e 葡萄園

Weinglas, das es 酒杯

Weinhändler, der s 賣酒者, 酒商

Weinhaus, das es, pl. häuser 酒館

Weinkeller, der s 藏酒穴, 儲酒所, 酒窖,

Weinlese, die pl. n 摘採釀酒料, 葡萄摘採,

Weinranke, die pl. n 葡萄藤

Weinranbe, die pl. n 葡萄子

Weinstoek, der 葡萄樹

Weintraube, der pl. n 葡萄

Weise, die pl. n 樣子, 方法, 情態

Weise 明智, 謹愼, 明哲, 博識,

Weisen 指點, 指示,

Weiskeit, die pl. en 明智, 謹愼, 明哲, 聰敏

Weissagen 預知先見之明

Weissagerin, die pl. nen 預知婦,

Weiss 白

Weissbier, das es 白皮酒

Weissbrot, das (e) s, pl. e 白麪包, 小麪包

Weissen 刷白, 弄白

Weisskohl, der es, pl. e 白菜

Weisswein, der es, pl. e 白酒

Weisung, die pl. en 命令, 敎訓,

Weit 遠

Weite, die pl. n 寬大, 鬆

Weiten 弄寬大, 放鬆

Weiter 其次, 其外, 以下,

Weitläufig 寬大, 鬆, 詳細,

Weitsichtig 遠視

Weizen, der s 麥

Welch 那個, 誰, 何,

Welk 花謝, 凋殘,

Welken 花謝, 枯謝, 凋殘,

Welle, die pl. n 波動, 軸, 圓筒

Welt, die pl. en 天下, 世界, 全球, 人間, 萬物, 乾坤,

Weltausstellung, die pl. en 萬國博覽會

Weltgeschichte, die pl. n 萬國史

Weltmeer, das es 大洋, 大海,

Weltsinn, der es 俗心,

Weltteil, der es, pl. e 大洲,

Wendeltreppe, die pl. n 螺旋梯

Wenden 翻過, 轉向, 反, 回轉,

Wendung, die pl. en 仝上

Wenig 少, 不多, 小, 瑣細,

Weniger 少些, 不甚多, 微,

Weniger 頂少, 最微,

Wenn 若, 假令

Wer 誰

Werben 招, 募, 得益, 媚, 勞慟

Werber, der s 募兵委員

Werbung; die pl. en 招, 募兵

Werden 變成, 是, 享

Werder, das s 小島, (江河之島)

Werfen 丟棄, 獸生子, 拋擲

Werft es. pl, e 造船廠, 埠頭

Werg, das es, pl. e 蔴

Werk, das es, pl. e 大工作, 事業, 製造

Werkführer, der s 工頭,匠頭	風旗
Werkstatt, m. (e) s, pl. en 作仿,工場	Wetterleuchten, das s 電,閃
Werktag, der es, pl. e 作工日（除禮拜日以外皆是）	Wetterwendisch 氣候易變,浮薄,無定
Werkzeug, das es, pl. e 器具	Wettkampf, der es, pl. kämpfe 鬭力,爭勝
Wert, der es, pl. e 價值,品位	Wettlauf, der es, pl. Laüfe 競走
Wert sein 值,價	Wettrennen, das s 鬭跑,賽跑馬,競馬
Wertschätzen 恭敬,欽崇,尊重,貴重	Wetzen 磨利
Wertlos 不值價,賤	Wetzstein, der es, pl. e 磨刀石
Wertvoll 高貴,至寶	Wichse, die pl. n 刷鞋油
Wesen, das s 生物,秉性,制度	Wichsen 擦鞋油,磨澤
Wesentlich 要緊,本來,直正	Wichtig 要緊,大事,急,重要
Weshalb 爲甚麼,何故,爲何	Wickelkind, das es, pl. er 乳臭兒,繈布兒
Wespe, die pl. n 黃蜂	Wickeln 包,繈
Wessen 誰的,何人的	Widder, der s 公羊,牡羊,起水機
Weste die pl. n 領掛,背褡	Wider 向,對
Westen, der s 西	Widerlegen 辯駁
Westlich 西邊,西方	Widerlich 可惡的,厭惡,嫌憎
Westwärts 往西	Widerraten 勸戒,勸止
Westwind, der es, pl. e 西風	Widerrufen 取消,改令,改言
Wette, die pl. n 賭博,競爭	Widersacher, der s 敵手,抵抗者
Wetten 賭,競	
Wetter, das s 天氣,氣候	
Wetterglas das ses 風雨表	
Wetterhahn, der es 驗風雞,驗	

Widerschein, der es, pl, e 回光	說,再習,反覆,更爲
Widersetzen 反抗,相逆	Wiederkehren 歸,復回,再來
Widersetzlichkeit, die pl. en 仝上	Wiederkommen 同上
Widerspenstig 倔强,固執	Wiedersagen 他言,再言,再報,轉達
Widersprechen 反說,前後矛盾	Wiedersehen 再會,再見,復見,重逢
Widerstand, der es, pl. stände 抵抗	Wiedersehen, das s 同上
Widerstehen 抵抗	Wiege, die pl. n 搖籃,籃床
Widerwärtig 厭惡,嫌憎,反對,逆抗,不幸	Wiegen 搖兒籃,翱翔
	Wiehern 馬鳴,嘶
Widerwille, der pl. n 厭惡,嫌憎,怨恨	Wiese, die pl. n 草地,草坪
	Wieviel 多少,幾何,若干
Widmen 奉獻,從事,呈送	Wild 野生,野蠻,粗暴,荒蕪
Widrigenfalls 不幸,反對,逆	Wild, das es 野獸
Wie 怎麼,甚麼,如何	Wildschwein, das es, pl. e 野猪
Wieder 再,又,更,復	Wilde, der n, pl. n 野蠻國人,野人
Wiederbeginnen 再造,更始,重新	Wildnis, die 礦野,荒地
Wiederbringen 回復,賠償	Wille, der ns 主意,宗旨,志向
Wiedererlangen 再得	Willfahren 俯就,俯允,滿足
Wiedererstatten 還,賠,補,償	Willig 隨意,好
Wiedergeben 還,返却,戾	Willkommen 歡迎,款待
Wiederholen 再說,再溫,反覆	Willkürlich 任意,隨意,專橫
Wiederholung, die pl. en 再	Wimmeln 羣集
	Wimmern 歎息,呻吟

Wimper, die pl. n 眼毛	事實,眞實
Wind, der es, pl. e 風,獵犬	Wirksam 勤快,殷勤,效驗
Windei, das s, pl. er 輭殼蛋	Wirkung, die pl. en 效驗,殷勤,效力,功能,作用
Winde', die pl. n 襪褓	
Winden 捲起,纒繞	Wirr 亂
Windig 有風	Wirren, die 亂,混雜
Windhose, die pl. n 颶風	Wirwarr, der s 混亂
Windhund, der es, pl. e 鹿犬	Wirt, der es, pl. e 主人,房主,店主,東主,家長
Wink, der es, pl. e 記號,招手,挑眼,目示,口吻,語氣	Wirtschaft, die pl. en 家政,經濟
Winkel, der s 角度,隱所	
Winkelmass, das es 角尺,曲尺	Wirtschaftsschrank, der es, pl. schränke 廚櫃
Winken 招呼,招手,目示	
Winseln 犬唸,痛哭	Wirtshaus, das es, pl. häuser 客棧,旅館
Winter, der s 冬季	
Wintersaat, die 冬種	Wirtsstube, die pl. n 酒館房
Wintersonnenwende, die 冬至	Wisch, der es, pl. e 擦布
Winzer der s 葡萄園丁	Wischen 擦,摩,掃,拭,合料
Winzig 狠小,極微,區區	Wissbegierig 好學
Wipfel, der s 樹頂,樹尾,梢	Wissen 知道,曉得,理會,悟
Wir 我們	Wissenschaft, die pl. en 專門學問
Wirbelsäule, die pl. n 脊梁	
Werbelwind, der es, pl. e 羊角風,大風,旋風	Wissentlich 故意,知覺
	Witterung, die pl. en 天氣
Wirken 織,編,實行,實效	Wittwe, die pl. n 孀婦,寡婦
Wirklich 實在,事實,眞實	Wittwer, der s 鰥夫,曠夫
Wirklichkeit, die pl. en 實在,	Witz, der es, pl. e 笑話,戲言

Witzig 說笑話,笑談

Witzwort, das es, pl. wörter 笑話 戲言

Wo 那裏,在那裏,何處

Woche, die pl. n 禮拜,星期,週

Wochenlang 許久,已歷禮拜

Wochenbett, das es 產褥

Wochenlohn, der es 每禮拜工錢,週賞

Wochenmarkt, der es, pl. märkte 每禮拜社廠,週市

Wochentag, der es, pl. e 工作日

Wöchentlich 每禮拜,每週

Wöchnerin, die pl. nen 產婦

Woher 從那裏,何來

Wofür 把那裏,誰給

Wohin 到那裏,何去

Woge, die pl. n 波浪

Wohl 好,爽快,幸,善,健

Wohlergehen, das s 痛快

Wohlfeil 價賤,廉,低,便宜

Wohlgemut 暢快,快活,滿足

Wohlgeruch, der es 香水,芳香,美香

Wohlhabend 富裕

Wohlgeschmack, der es 美味

Wohlklang, der es 好音,嘹喨,佳調

Wohlriechend 香氣

Wohlschmeckend 美味

Wohltat, die pl. en 恩,恩典,恩情,慈善

Wohltäter, der s 恩人,恩主,慈善者

Wohlwollen, das s 厚情,情義,慈悲

Wohnen 住,寓,居

Wohnhaus, das es, pl. häuser 房子,寓所,公館,住家

Wohnort, der es, pl. e 居住地,住所,住址

Wohnsitz, der es, pl. e 居住

Wohnung, die pl. en 家,居室

Wolf, der es, pl. wölfe 狼,惡人,梁材,船穹

Wölfin, die pl. nen 牝狼,母狼

Wolke, die pl. n 雲

Wolkenbruch. der es, pl. brüche 暴雨

Wolle, die pl. n 毛

Wollen 願意,欲,望,思

Wollstoff, der es, pl, e 毛質,毛料

Wolltuch, das es, pl. tücher 毛布	Wovon 何從
Wollgeschäft, das es, pl. e 收賣羊毛鋪	Wozu 何用,何必
Wollengarn, das (e) s, pl. e 毛線	Wrack, das es, pl. e 殘船,破船,壞物
Wellspinnerei, die pl. en 毛局,製毛廠	Wucherer, der s 要善價者,高利者
Wollust, die pl. lüste 快樂,好色,色慾	Wuchern 要重利,算及錙銖
Wollüstling, der es, pl. e 好色者,放蕩	Wuchs, der ses, pl. wüchse 長,生長,成形
Womit 同誰,和誰,以何	Wucht, der pl. en 勢力,力量
Wonne, die pl. n 快樂,喜悅	Wöhlen 搜索,搜尋,煽動
Wonnemonat, der es, pl. e 五月	Wundarzt, der es, pl. ärzte 外科醫生
Woran 何依	Wunde, die pl. n 傷,害
Worauf 何上	Wunder, das s 奇妙,奇事,怪訝
Worin 何中,其內,其於,其中	Wunderbar 同上
Wort, das es, pl. wörter 話	Wundern 驚訝,奇異
Wörterbuch, das es, pl. bücher 字典	Wunderschön 好看,佳絕
Wörtlich 句句,每語	Wundervoll 奇異
Wortstreit, der es 口角,吵嘴	Wundfeber, das s 發熱
Wortwechsel, der s 口角,吵嘴,爭論,舌戰	Wunsch, der es, pl. wünsche 求,祝,默祝,欲望,志願
Worüber 何越,其上,爲何	Wünschen 求,祝,默祝,愿意
	Würde, die pl. n 爵位,高位,威風,功德,德行
	Würdig 威嚴,自重,貴重,有價

Wurf, der es, pl. würfe 丟,投,拋

Würfel, der s 骰,立方體

Würfelbecher, der s 擲骰盤

Würfeln 擲骰子

Würgen 縊,絞殺

Wurm, der s, pl. würmer 蟲

Wurmen 怒,延燒

Wurmmittel, n. s 毒蟲藥

Wurst, die pl. würste 香腸

Wurzel, die pl. n 樹根

wurzeln 生根

Würzen 放香料,調味

Würzig 同上

Wüste, die pl. n 沙漠,不毛之土,荒地

Wüst 悽冷境况,不毛,荒廢

Wüstling, der es, pl. e 貪色者,愛嫖者,鳥名

Wut, die 暴怒,狂

Wütend 怒,暴,狂

Wüterich, der (e) s, pl. e 暴怒人,暴虐者

X.

Xiphoides 劍狀

Xystus der 演武場

Y.

Yam, m. es, pl. e 芋,薯

Yamwurzel, f. pl. n 大薯根

Ysop 草名,牛膝草

Z.

Zacke, die pl. n 尖頭,刻,叉形

Zackig 有尖頭,叉形

Zagen 怕,畏憚,恐怖

Zaghaft 怯,心虛怯

Zäh 柔軟,強情,頑屈

Zahl, die pl. en 數目

Zahlbrett, das es 算盤

Zahlen 給錢,開支

Zählen 數一數,計算

Zahllos 無數,不可以數計

Zahlmeister der s 管庫者,賬房

Zahlreich 多極,數多

Zahltag, der es, pl. e 給錢日,開銷日,支期

Zahlung die pl. en 要錢,開支,

Zahlwort, das es, pl. wörter 數目字,數詞

Zahm 熟禽獸,馴養

Zahmen 調馴,柔順

Zahn, der es, pl. zähne 牙齒

Zahnarzt, der es, pl. ärzte 牙醫生

Zahnbürste, die pl. n 牙刷

Zahnfleisch, das es, 牙根肉,牙牀

Zahngeschwür, das es, pl. e 牙疳

Zahnpulver, das s 牙粉

Zahnschmerz, der es, pl. en 牙痛

Zahnstocher, der s 牙簽

Zähre, die pl. n 涕,淚

Zange, die pl. n 夾子,鉗子

Zank, der es 吵鬧

Zanken 吵鬧

Zänkisch 吵鬧

Zäpfchen, das s 嘴內小舌,咽喉上掩舌

Zapfen, der s 松毬,松子

Zappeln 足搖,輾轉

Zart 輭弱,細

Zartfühlend 有禮情,優和

Zärtlich 熱情,有情,溺愛

Zauber, der s 邪法,滋味,妖術,魔術

Zaudern 含糊,猶豫,不定,息慢,逡巡

Zauderer, der s 含糊人,猶豫人

Zaum, der es, pl. zäume 枚,馬轡,制馭

Zäumen 喞枚,上轡

Zaumzeug, das es, pl. e 馬籠頭

Zaun, der es, pl. zaune 欄杆,籬笆

Zaunkönig, der es 小鳥名

Zecoe, die pl. n 酒賬,酒會組合

Zechen 大飲

Zecher, der s 大飲者

Zehe, die pl. n 脚指頭

Zehn 十

Zehntel 十分之一

Zehren 吃,瘦,減,費

Zehrung, die pl. en 吃,旅費

Zeichen, das pl. en 記號,前兆,痕跡

Zeichenpapier, das es, pl. e 畫圖紙

Zeichensprache, die pl. n 比話,以手動當話(啞子用之)

Zeichenstift, der es, pl. e 畫

圖鉛筆	Zeitvertreib, der s 玩意,消閑
Zeichenstunde, die pl. n 畫圖功課	Zelle, die pl. n 小房, 獄房, 細胞
Zeichnen 畫圖	Zelt, das 帳棚,棚子,天幕
Zeichner, der s 畫圖人	Zeltdecke, die pl. n 帳棚頂,
Zeichnung, die pl. en 圖畫	Zentner, der s 一百斤
Zeigefinger, der s 第二指	Zepter, das s 皇上手執之棍,笏
Zeigen 指示,指點	
Zeiger, der s 鐘表針,指示者	Zerbeissen 咬開,咬破
Zeile, die pl. n 行路,列,直線	Zerbrechen 斷,破
Zeit, die pl. en 時侯,時季,光陰	Zerbrechlich 可破的,易破性
Zeitabschnitt, der es, pl. e 時限,時期	Zerdrücken 壓破
	Zerfetzen 撕濫,扯壞
Zeigenosse, der n, pl. n 同時,同生今世,同時代人	Zerfleischen 抓破,肉破
	Zergliedern 分開,斷節
Zeitig 早,好機會,一時	Zerhacken 砍開,砍破
Zeitlebens 一生,生平,生涯	Zerkauen 嚼,嚙碎
Zeitlich 世上,世俗,現時	Zerknirscht 痛悔
Zeitpunkt, der es, pl. e 時侯,世代,期節	Zerknittern 搾皺
	Zerknüllen 搾皺
	Zerkratzen 抓破,搔傷
Zeitschrift, die pl. en 報章,新聞紙,日誌,雜誌	Zerlegen 割肉,砍肉,分開,分解,分拆
Zeitung, die pl. en 報章,新聞紙	Zerlumpt 破衣
	Zermalmen 壓平,壓破
	Zernagen 咬破
Zeitungsinserat, das es, pl. e 告白	Zerplatzen 漲破,漲開

Zerreissen 撕斷,撕破	不睦,不合
Zerren 拉,强引	Zerzausen 披髮,首如飛蓬
Zerschellen 打碎,磕破	Zettel, der s 單子,劵,票
Zerschlagen 打破	Zeug, das es, pl. e 器械 器具
Zerschmettern 打破,打碎	Zeuge, der n, pl. n 見證,保證,
Zerschneiden 割開,切開	證人
Zerspalten 劈開	Zeugen 見證,產出
Zersplittern 劈開	Zeugenaussage, die pl. n 證人
Zersprengen 炸裂,炸開	申述
Zerspringen 崩開,崩破	Zeugenverhör, das s 證人訊問
Zerstampfen 踏破	Zeughaus, das es, pl. häuser
Zerstören 拆開,毀滅	兵器局,軍器廠,武庫
Zerstörer, der s 拆開者,毀滅者	Zeugnis, das sses, pl. nisse 口
Zerstörung, die pl. en 拆開,毀滅	供,憑單,證書
Zerstossen 撞滅,撞碎	Zeugung, die pl. e 生產,生殖
Zerstreuen 分散,散開,散布,霧消	Zeugungsglied, das es, pl. er
Zerstreut 分心,心亂	陰物,生殖器
Zerstreuung, die pl. en 分散,散亂	Zeugungsteile, die 下身,陰物,生殖部
Zerstücken 弄碎,切刻	Zicke, die pl. n 牝山羊
Zerteilen 分散,散開,支配	Ziege, die pl. n 山羊
Zertrennen 拆縫,分解	Ziegel, der s 紅磚
Zertreten 踹,踏	Ziegelbrennerei, die pl, en 磚窰
Zerwürfnis, das sses, pl. nisse	Ziegeldach, das es 紅瓦屋頂
	Ziegelrot 紅如紅瓦,瓦色

Ziegelei, die pl. en 磚窰

Ziegelstein, der es, pl. e 瓦磚, 窰磚

Ziegenbock, der es 牡山羊

Ziegenfell, das es, pl. e 山羊皮

Ziegenleder, das s 羊皮

Ziehen 拉, 引

Ziehung, die pl. en 開彩, 抽簽, 養育

Ziel, das es, pl. e 方向, 定向, 目的, 標準

Zielen 照準, 描準

Ziemen 可以, 適當

Ziemlich 差不多, 適當

Zierrat, der es, pl. räte 修飾, 粧飾, 飾物

Zierde, die pl. n 修飾, 粧飾, 飾物

Zieren 精緻, 虛飾

Zierlich 俊俏, 窈窕

Ziffer, die pl. n 數目, 暗號

Zigarre, die pl. n 烟捲, 呂宋烟

Zickzack, m. (e) s, pl. e 齒狀, 交叉形, 彎曲

Zigarrette, die pl. n 紙捲烟

Zimmer, das s 房子

Zemmereinrichtung, die pl. en 器具, 物件, 房具

Zimmermann m. es 木匠

Zimmern 造作

Zimmt der s 桂皮, 肉桂

Zink, der es 白鉛

Zinn, n. es 錫

Zinngiesser, der s 錫匠

Zinsen, die 利息, 息金

Zipfel, der s 尾子, 頭子

Zirkel, der s 規尺

Zirpen 鳥語, 鳴

Zischen 打哨子, 吹哨子

Zither, die pl. n 洋琴, 琵琶

Zitterpappel, die 樹名

Zitern 戰慄,

Zitrone, die pl. n 檸檬

Zitze, die pl. n 奶頭, 乳房

Zobel, der s 貂鼠

Zofe, die pl. n 婢女

Zögern 猶豫, 延滯

Zögling, der es, pl. e 學生, 徒弟

Zoll, der es, pl. e 稅, 釐金, 英寸

Zollamt, das es 海關, 稅局

Zollbeamte, ber n, pl. m 海關執事人,稅務員

Zolldirektor, der s 稅務司,稅局總辦

Zone, die pl. n 帶,地球五帶

Zoolog, m. en, pl. en 動物學家

Zoologie, die pl. en 禽獸學,動物學

Zopf, der es, pl. zöpfe 辮子

Zorn, der es 忿怒

Zornig 忿怒

Zottelig 襤褸,敝衣

Zu 在,太,指,狠,迄,甚,閉

Zuber, der s 木盆,水桶

Zubereiten 準備,調理

Znbinden 綁起,捆,搏住

Zucht, die pl. en 牧養,紀律,教育

Züchten 牧養,飼育

Zuchthaus, das es, pl. häuser 牢獄

Züchtig 貞節,知足,善敎育,含羞

Züchtigen 責罰,懲治

Züchtigung, die pl. en 責罰,懲治

Zuchtlos 無敎育,不貞操

Zuchtochse, der n, pl. n 種牛

Zuchtpferd, das es, pl. e 種馬

Zucken 縮肩,聳肩

Zucker, der s 糖

Zuckerbäckerei, die pl. en 糖食舖

Zuckerbüchse, die pl. n 糖罐子,糖盒子

Zuckerdose, die pl. n 糖罐子,糖盒子

Zuckerhut, der es 棒砂糖

Zuckerkand, der es 氷糖

Zuckern 着糖

Zuckerrohr, das es, pl. e 甘蔗

Zuckerschale, die pl. n 糖盤

Zuckersieder, der s 造糖人

Zuckersiederei, die pl. en 造糖局,糖坊

Zuckerwasser, das s 糖水

Zuckerzange, die pl. n 糖夾子

Zuckung, die pl. en 聳肩,縮肩

Zudecken 蓋上

Zudrang, der es, pl. dränge 逼入,押,侵入

Zudrehen 轉住,迴向

Zudringlich 强暴	賴
Zudrücken 關起,押閉	Zügeln 壓服,抑制
Zueignen 送,贈,投,占有,委任,供	Zugestehen 免,許可
	Zugetan 疼愛,傾
Zuerst 先前,第一	Zugführer. der s 小隊長,管車者
Zufall, der (e) s, pl fälle 偶然	
	Zugig 風射進,好風通
Zufällig 偶然	Zugleich 同時
Zuflucht, die 躲,避	Zugreifen 拏,握
Zufluss, der es, pl. e 齊集,聚會,流入,充足	Zugschnur, die pl. üre 弔繩,引繩
Zufrieden 心滿,意足,安心	Zugseil, das es, pl. e 引繩
Zufrieren 凍結,凝冷,結凍,成冰	Zugstiefel, der s 拖鞋
	Zugvogel, der s, pl. vögel 雁,候鳥
Zufügen 加上,添,加增	
Zufuhr, die pl. en 運送	Zugwind, der es 通風
Zuführen 領引,帶,運送	Zuhaken 鈎住
Zug, der (e) s, pl. züge 火車,行進,引曳,流通	Zuhalten 撐住,閉,塞
	Zuheilen 傷愈,愈合
Zuganglich 可通,出入,接近,親近	Zuhören 傾聽,聽講
	Zuhörer, der s 受聽人,聽講人
Zugbrücke, die pl. n 翻橋	Zuklappen 關起,蓋住
Zugeben 準,許,附加,添附	Zukleben 貼住,膠起
Zugegen 現在,眼前	Zuköpfen 扣着釦子
Zugehörig 以及,所屬,固有	Zukunft, die 後來,未來,將來
Zügel, der s 馬轡,韁	Zulage, die pl. n 增給
Zngellos 無節制,泛駕,無韁,無	Zulegen 加,增給

Zuletzt 末尾,最後

Zumachen 關起,閉住

Zumauern 塞牆孔,塞閉

Zumessen 相稱,測量 適用

Zumuten 請求,要求

Zunächst 最初,最近

Zunageln 釘起,釘着

Zunähen 縫,補

Zunahme, die pl. n 長大,添長,
　增加

Zünden 點火,燃

Zündhölzchen, das s 火柴

Zunehmen 長大,添長,增加

Zunge, die pl. n 舌

Zungenspitze, die pl. n 舌頭

Zunicken 點頭

Zupfen 扯拉,引拔

Zupfropfen 塞輭木,塞子

Zurechtmachen 預備,準備

Zurechtrücken 拾掇,收拾

Zurechtweisen 敎訓,指示

Zureden 忠告

Zureichen 給,交付,遞給

Zurichten 預備

Zuriegeln 閂着

Zürnen 抱怨,怒

Zurück 退回,退後,退却

Zurückbegeben 回去,退走

Zurückbehalten 不還,留存

Zurückberufen 召回

Zurückbiegen 向後彎

Zurückbleiben 落後,延引

Zurückbringen 拿回,挐轉去

Zurückdenken 迴憶,追思

Zurückdrängen 後退,推回,抵
　拒,退却

Zurückfahren 乘轉,乘回

Zurückfallen 後倒,再發

Zurückfordern 索,返,催,請求

Zurückführen 復,邀,領回

Zurückgezogen 僻靜,肅靜,清
　靜,閑居,隱遁

Zurückgehen 回去,退走

Zurückhalten 戒心,阻止

Zurückkehren 回來,歸去,退

Zurückkommen 回來,却步

Zurücknehmen 取消,改言

Zurückprallen 驚退,驚走,反
　響,反照

Zurückreisen 回去,歸旅

Zurückrufen 招回,蘇生

Zurückschicken 送回,返

Zurückschlagen 打轉,擊返

Zurücksetzen 側置,等閑

Zur　　　(264)　　　Zus

Zurückstellen 攔轉,復置		式,狀況
Zurückstossen 撞回,反衝		Zuständig 所有,歸,屬
Zurücktreten 退回,退後		Zutragen 傳說,密告,出來,發
Zurückweichen 後退,退後,避		Zuträglich 有用,有益
Zurückweisen 寄轉, 送回, 却回		Zetrauen 信服 賓服,信任,恃
Zurückzahlen 還債,償還		Zutraulich 知已,確信
Zurückziehen 後退,退後,却		Zutrinken 敬酒,侑盃
Zurufen 稱呼		Zuverlässig 妥當,確實
Zusagen 應許,約束,一致		Zuversicht, die 信任,依賴
Zusammen 一同,一齊,共		Zuversichtlich 信任,依賴
Zuschlagen 槌打,增稅,强打		Zuvor 先前,往時
Zuschauen 觀看		Zuvorkommen 先來,先到
Zuschauer, der 看者		Zuvorkommend 先來,先到
Zuschicken 送去		Zuweisen 指揮,周旋,導
Zuschliessen 鎖上,鎖閉		Zuwider 相反,反對,逆
Zuschnallen 扣起,緊扣		Zuwiderhandeln 反抗,逆令,違令
Zuschneiden 裁截,斷		Zuwinken 招手,口吻,目示,手號
Zuschnüren 絞起,束起		
Zuschütten 填滿,貫盈		Zwang, der (e) s 勉强,逼迫,束縛,壓制
Zusehends 看見,非常,顯		
Zusenden 送往,遣		Zwanglos 不勉强,自由,隨意
Zusichern 保證,確實		Zwanzig 二十
Zuisegeln 封口,封		Zwanzigstel 二十分之一
Zusprache, f. pl. n 安慰,獎勵		Zweck, der (e) s, pl. e 意思,原因,目的,標準
Zusprechen 同上		
Zustand, der es, pl. stände 樣		Zwecklos 無用,無目的

316

Zweckmässig 合時,堪用,恰適	Zwicken 抓,撮,挾
Zwei 二	Zwiebel, die pl. n 蒜子
Zweibeinig 二足	Zwielicht, das es 朦朧,黃昏
Zweideutig 雙意,暧昧	Zwiespalt, der (e) s, pl. e 挑唆,不和
Zweifel, der s 疑惑,疑團	
Zweifeln 疑惑	Zwilling, der (e) s, 雙胎,雙子
Zweifellos 無疑	
Zweifler, der s 疑惑者	Zwingen 勉強,逼迫,壓制
Zweig, der es, pl. e 枝,支派,支部	Zwinger, der s 檻,枒,囹圄
	Zwirn, der (e) s 棉線,麻綫
Zweigbahn, die pl. en 支路,岐途	Zwirnfaden, der s 棉綫
	Zwischen 中間
Zweikampf, der es, pl. kämpfe 對打,決鬭	Zwischenzeit, die pl. en 間時
	Zwist, der es, pl. e 挑唆,不和
Zweischneidig 兩刃	Zwitschern 鳥語,囀
Zweispitzig 兩面,雙方面	Zwitter, der s 半男女,黑鉛,錫礦
Zweisitzig 雙位	
Zweispännig 兩馬駕車	Zwölf 十二
Zweistimmig 兩音	Zwölfte 第十二
Zweizungig 兩舌,前後兩人	Zwölftel 十二分之一
Zwerg, der (e) s, pl. e 小,矮	Zymologie, f. 醱酵學

（266）

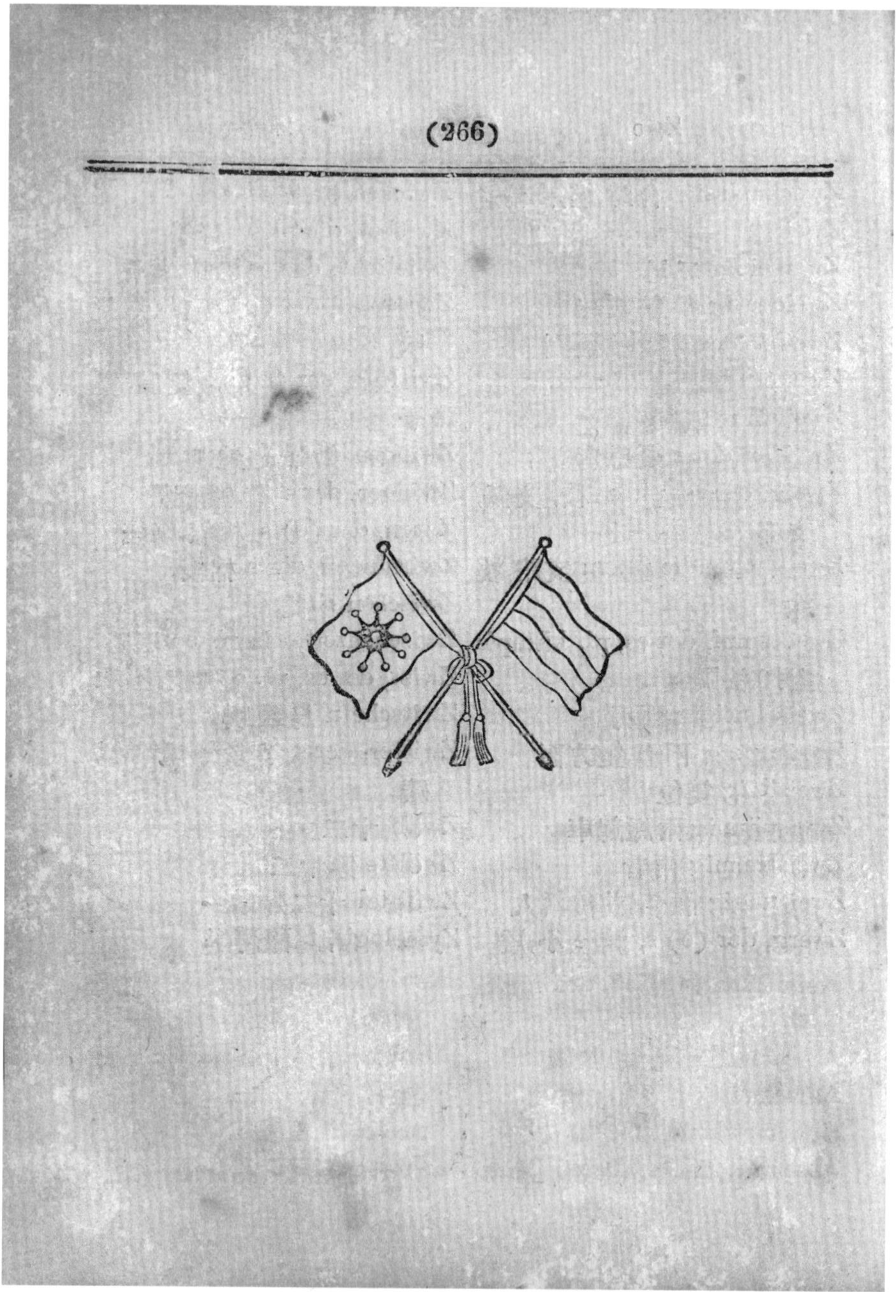

附譯中德算學專門字典

Mathematische Woerter.

A.

Abacus, m. 算盤

—Pythagoricus, 比太克羅九之表

Abbreviatur, Abbreviation, f. 約

Abfall, m. 等差, 偏流角度.

Abgleichung, f. 齊平

Abkanten, v. a. 殺角

Abkürzen, v. a. 約

Abkürzung, f. 約

Ablenkungswinkel, m. 反照角

Abmessen, ir. v. a. 測量

Abmessung, f. 測量, 尺度, 幅員

Abnahme, f. 減

Abprallungswinkel, m. 跳飜角

Abrechnen. v. a 減, 決算

Abrechnung, f. 減, 決算

Abschneidlinie, f. 截線

Abschnitt, m. Segment. 圓缺

Abschnittslinie, f. 截線

Abschnittswinkel, m. 截角

Abscisse, f. 橫軸, 橫線

Abscissenlinie, f. 橫綫

Absolute, a. 已知, 獨立, 確定

—, Geschwindigkeit, 獨立速立

Absprungswinkel, m. 反射角

Abstand, m. 距離

—Ganzer— 全距離

—Halber—, 半距離

Abstandswinkel, m. 距角

Abstract, a 不名

—e. Zahl, 不名數

Abweichung, f. 偏差

—der Magnetnadel. 羅針偏差

Abweichungskreis, m. 偏差圈

Abweichungsmesser, m. 偏差測儀

Abziehung, f. Subtraction. 減法

Abziehzahl, f. 減數

Achtelkreis, m. 八分儀

Add　　　　(2)　　　　Ana

Addieren, v. a. 加法

Addition, f. 加法

—der Brüche, 分數加法, 命分

—der Algebra, 代數加法

Algebra, f, 代數學

　　Höhere,— 高等代數學

Algebraisch, a. 代數學

—Gleichung, 代數方程式

—Analyse, 代數解式

—Curve, 代數弧綫

Algebraist, m. 代數學者

Algorithmus, m. 計算法

Alidade, f. 照準矩(測角儀)

Aliquante, f. 不度盡數

Aliquote, f. 度盡數

Allegationsregel, f. 混合法

Allegation, f. 混合

Almukantharat, m. 地平, 平行, 天球圓圈

Alternation, f. 變換

Altimeter, m. 測高器

Altimetrie, f. 測高術

Amblygon, n. 鈍角

Analemma, n. 子午綫, 面上畫綫圈

Analogie, f. 同性

Analyse, f. 解式, 解析法, 分析

Analytisch, a. 解式

—e. Geometrie, 解式幾何

—e. Trigonometrie, 解式三角術

Anfangsgeschwindigkeit, f. 初速力

Angel, f. 極(地球)

Angelkreis, m. 極圈

Anlage, f. 鈎股

Annäherung, f. 漸近, 漸近算法

Annäherungslinie, f. 漸近綫

Ansatz, m. 牽, 割合, 步合

Ansatzgrösse, f. 微分數

Ansatzrechnung, f. 微分算法, 微分學

Antimeter, m. 測角儀

Antilogarithmus, m. 假數對眞數

Anzeiger, m. 指數

Apothem, Apothema, n. 正多角形中心邊上畫垂綫

Apotom, n. 斷綫,

Approximation, f. 漸近算法

Arc, m. Bogen, m. 弧

Are, m. 法國平方尺

Areal, n. 面積

Arg　　　　(3)　　　　Bas

Argument, f. 引數

Arithmetik, Rechenkunst, f. 算術

Arithmetiker, m. 算術者

Arethmetisch, a. 算術

—e, Progression, 算術連級

—e, Proportion, 算數比例

Astrolabium, n. 觀星儀

Asymmetrie. f. 不均

Asymptote, f. 漸近綫

—Krummlinige, 曲綫漸近綫

—Rechtlinige, 直綫漸近綫

Auflösung, f. 式解

Aufschlagswinkel, m. 跳躍角

Ausgangswinke , m. 出角

Ausmessung, f. 測重

Ausschnitt, m. 圓分

Axiom, m. 單元,公理

Azimuth, n. 頂點

Azimuthalkompass, m. 測天羅經

Azimuthalquadraut, m. 測天象儀

B.

Balance, f. 平均,權衡

Barrel, n. 英國量名

Basis, f. Base, 底線,基綫

Bauhorizont, m. 起基平面

Berechnung, f. 計算

Berührung, f. 接(綫)

Berührudgsfläche, f. 觸綫面

Berührungslinie, f. Tadgente 觸綫

Berührungspunkt, m. 觸點

Berührudgswinkel, m. 觸角

Beschleunigung, f. 漸快速力

Beschickungsregel, f. 混合法

Bestimmt, a.— 一定

—e, Gleichung, 定方程式

—e, Geometrie, 定幾何學

—e, Zahlen, 定數

Betrag, m. 總計

Billion, f. 萬億

Binom, Binomium, n. 二項式

Benomisch, Binomial, 二項式

—e, Gleichung, 二項程式理

—er, Lehrsatz, 二項定論

Binomialcoefficient, m. 二項係數

Bipartiren, v. a. 二分

Biquadrat, n. (vierte Potenz,) 四次法

Biquadratisch, a. 四次

—e, Gleichung, 四次方程式

Bisegment, n. 圓缺之半

Bogen, m. 弧

　　Concentrische—, 中心弧

—Elliptische, 橢圓弧

Bogenfläche, f. 圓起

Bogenlinie, f. 弧綫

Bogenweite, f. 弧距

Bogenzirkel, f. 彎脚規

Böschung, f. 斜面

—Aeussere, 外斜面

—Innere, 內斜面

Böschungswinkel, m. 斜面角

Brechpunkt, m. 屈折點

Brechungsebene, f. 屈折面

Brechungslinie, f. 屈綫

Brechungswinkel, m. 反照角

Breite, f. 幅員

Brillenzirkel, m. 眼鏡形兩脚規

Bruch, m. 分數

—Allgemeine, 常分數

—Stätige, 連分數

Brutto, n. 總計

Bruttoertrag, m. 總計

Buchstabenrechnung, s, Algebra, 代數

C.

Calcul, m. 計算,測度

Calculation, f. 計算

Calculator, m. 計算者

Calculiren. v. n. 計算

Capitallinie, f. 主綫

Carrt, n. 衡量

Cardinalpunkt. m. 東西南北點(記羅針)

Cardioide, f. 心臟狀曲綫

Cent, m. 一百

Centigramm, n. 生基格阿吾

Centiliter, n. 生基里得呀

Centimeter, n. 生基米達

Centner, m. 百斤

Central, a. 中心

Centrum, n. 中心,中央

Chaine, f. 測鎖

Chorde, (Sehne,) 弦

Circular, a. 圓形

Cissoide, f. ,(Von Diokles,) 底阿勒曲綫

Coefficient. m. 係數,倍數

—Unbestimmte, 不定係數

Collimation, f. 照準綫

Colur, m. 兩極橫綫

| Com | (5) | Dec |

Combination. f. 順列數
Commensurabel, a. 得等數
Compass, m. 羅盤,指南針
—Steuer, 舵樓羅針盤
—Peil, 驗差羅針盤
—Azimuthal, 測天羅盤
Compassstrich, m. 羅盤方
　　位
Complement, n. 全數
Composition, f. 組成,合成
Concav, 凹
Concret, a. 帶名
—e, Zahl, 名數
Conto, n. 計算,勘定
Contrevallationslinie, f. 對壘
　　綫
Convex, a. 凸
Coordinate, f. 縱橫綫
Cosecante, f. 餘割
Cosinus, m. 餘弦
Cotangente, f. 餘切
Cursus, m. 方位
Curve, f. (Krummlinie,) f. 弧
　　綫,曲綫
Cyclograph, m. 畫弧器
Cyclametrie, f. 圓形測量術
Cylindroid, n. 橢圓筒

Decagon, n. 十角形
Decagramm, n. 得卡格阿吾
Decaliter, n. 得卡里得呀
Decameter, m, 得卡米達
Decimal a. 小數
Decimalrechnung, f. 小數分數
Decimalzahl f. 小數
Decimeter, n. 得體米達
Declination, f. 赤緯,偏差,磁
　　針欹差
Decrement n. 減數
Deduction f. 減
Demarcationslinie, f. 界限綫
Demonstration, f. 指實
Denommator, m. 分母
Depression, f. 次數減少(方程
　　式)
Depressionswinkel, m. 俯角
Diagonal, a. 斜
Diagonale, f. 對角綫
Diagonallinie, f, 對角綫
Diagramm, n. 圖,圖式
Diameter, n. 直徑
Differentialgleichung, f. 微分
　　方程式

Dif　　　(6)　　　Der

Differentialrechung, f. 微分	—Ebenes, 平面三角
Differenz, f. 差	—Rechtwinkliges, 直三角
Dimension, g. 寸法	—Sphärisches, 弧三角
Dimensionslinie, f. 寸法綫	Dreieckslehre, 三角術
Diopterlineal, s. Alidade 照準矩（測角儀）	Dreiecknetz, n. (Trigonometrisches Netz) 三角網綫
Direction f, 方向	Dreisatz, m. 三項式（比例式）
Directionsebene, f. 直向面	Dreiwinklig, 三角
Directionslinie, f. 直向綫	Duckuug f, 斜落（水平）
Directrix, f. 準綫	Duodecimalrechnung, f. 十二分算
Disconto m. 減準	
Distanz, f. 距離	Duodecimalsystem, n.
Distanzmesser m. 測遠儀	Durchmesser m. 直徑
Divergenz, f. 分開 漸遠	—Der ganze, 全徑
Dividend, m. 實數（除法）	—der halbe, 半徑
Dividieren, v. a. 除 分	—der innere, 內徑
Division, f. 除法	—aeussere, 外徑
—Arithmetische, 算數除法	—der conjugierte 連徑
—Algebraische, 代數除法	Durchschnitt m, 交切, 直徑, 斷面, 中數
Divisor, m. 分母, 法數（除法）	
Dodecaedron n. 十二面體	Durchschnittslehre, f. 分體法
Dollar, m. 銀圓	Durchschnittslinie, 交切綫
Dreieck, n. 三角	Durchschnittsrechnung, f. 中數算法
—Gleichseitiges, 等邊三角	
—Ungleichseitiges, 不等邊三角	Durchschnittspunkt, m. 交切點
—Spitzwinkliges, 銳三角	Durchschnittszahl, f. 中數

324

E.

Eben, a. 平

—er, Winkel 平面角

—e, Geometrie, 平面幾何

—e, Trigonometrie. 平面三角術

Ebene, f. 平面

—Schiefe, 斜平面

—horizontale, 水平面

Ebenmass n. 平均, 相稱

Ecke, f. 角

Ecksäule, f. 稜柱

Einfallswinkel, m. 入射角

Einheit, f. 元數, 單位

Einmaleins, n. 九九表

Element, n. 綫面之基礎

Elevation, f. 高度, 仰角

Elevationswinkel, m. 仰角

Elimination, f. 穀減法

Elle, f. 德國之尺度

Ellipse, f. 橢圓綫

Ellipsograph, m. 橢圓綫畫器

Ellipsoid, m. 橢圓體

Elliptisch, a. 橢圓綫

—es, Segment, 橢圓缺

—er, Bogen, 橢圓弧

Elongationswinkel, m. 距離角

Endpunkt, m. 終點

Endgeschwindigkeit, f. 終速力

Entfernung, f. 距離

Entwickelung, f. 式解, 解析法

Epicykel, m. 小圓綫

Epicykloide, f. 曲綫

Erdgleicher, m. 赤道

Erdlinie, f. 基綫

Erdm esskunst, f. 測地術

Erhebung, f. 自乘, 仰度

Frhebungslinie, f. 仰綫

Erhebungswinkel, m. 仰角, 高角

Erhöhung, f. 高起, 仰起

Erhöhungswinkel, m. 仰角, 高度

Evolute f. 漸縮綫

Evolution, f. 開方

Evolvente, f. 漸進綫

Exponent, m. 指數

Evponential, m. 未知指數

Exponentialgleichung, f. 未知指數方程式

F.

Factor, m. 因數
Fahrtmesser, m, 側颷器
Fallwinkel, m. 落角
Fass, n. 液量之名
Feldmass, n. 測地尺
Feldmesskunst. f, 測地術
Fernmesser, m. 測遠器
Fläche, f. 面
—Abhängige, geneigte, 斜面
—Parabolische, 拋物面
Flächengrösse, f. 面積
Flächeninhalt, m. 面積
Flächenmass, n. 平方尺
Flächenmesskunst, f. 平面測
　量術
Flächenmessung, f. 平面測量
　術
Flächenraum, m. 面積
Flächenwinkel, m. 平面角
Flächenzahl, f. 平面數
Flanke, f. 側面
—Gerade, 直綫側面
Flankenwinkel. m. 脅角
Florin, m. 銀貨之名
Form, f, 形, 式

Formular, n. 式
Fraction, f. 分數
Frontlinie, f. 正面綫
Frustum, m. 截頭體
Function, f. 函數
—Algebraische, 代數函數
—Exponentale, 指數函數
—Logarithmische, 對數函數
—Circulare, 圓函數
Fuss, m. 呎

G.

Gegenrechnung, f. 對數
Gegenwinkel, m. 對角
Gehrmass, n. 銳角矩
Geodäsie, f. 量地學
Geometer, m. 幾何學者
Geometrie, f. 幾何學
—Darstellende 形畫幾何學
—Angewandte, 實用幾何學
—Elementale, 初等幾何學
—Höhere, 高等幾何學
—Ebene, 平面幾何學
—algebraische, 代數幾何學
Geometrisch, a. 幾何學
—e, Curve, 幾何弧綫
—e Progression, 幾何數進

—e Zeichen 幾何圖
—e Auflösung, 幾何解法
Gerade, a. 直
—Linie, 直綫
—Zahl 偶數
Geschwindigkeit, f. 速力
—Absolute, 獨立速力
—Beschleunigte, 漸快速力
—Relative, 比較速力
—Anfangs, 初速力
—Ende, 終速力
—Verminderte, 漸漫速力
—Doppelte 倍速力
Gesichtskreis, m. 地平綫
Gesichtsseite, f. 面綫
Gesichtslinie, 正面
Gesichtswinkel, m. 視角
Gleich, a. u. ad. 同,等
—e Höhe, 同高
—e Entfernung, 同距離
—er Winkel, 同角
Gleicher, m. 赤道綫
Gleichförmigkeit, f. 一齊形
Gleichmass, n. 比例,平等,平
　均
Gleichschenklig, a. 同脚
—es Dreieck, 二邊等三角

Gleichseitig, a. 等邊
—es Dreieck, 等邊三角
Gleichung, f. Equation 方程
　式
—Algebraische od. synthetis-
　che 代數方程式
—Bestimmte, 定方程式
—Demischte 混合方程式
—Höhere, 高等方程式
—Exponentale, 　未知指數方
　程式
—Einfache, 一次方程式
—Quadratische, 二次方程式
—Differential 微分方程式
—Unbentimmte, 不定方程式
—Transscendente, 　超等方程
　式
—Identische, 恆方程式
—Vollständige, 充全方程式
—Unvollständige, 　不充全方
　程式
—Trigonometrische, 　測三角
　方程式
Gleichungslinie, f. 赤道綫
Gleichungsrechnung, f. 方程
　式
Gleichwinklig, a. 同角

Glied, n. 率	Hauptlinie, f. 主綫
—Erstes 第一率	Hauptnenner, m. 總分母
—Vorderes, 前率	Hauptrechnung, f. 總計
—Hinteres, 後率	Hectar, n. 一萬平方
Goniometrie, f. 測角術	Hectogramm, n. 黑妥格阿吾
Grad, m. 度	（二十六兩六分六厘）
Gramm, n. 格阿吾（二分六厘	Hectoliter, n. 黑妥黑得呀（五
六六）	斗五升四合四勺）
Gran, Grän, m. 格安（一厘七	Hectometer, n. 黑妥米達
三）	Heptagon, n. 七角形
Graphische Berechnung, 圖算	Hexagon, n. 六角形
Graphische Darstellung, 圖算	Hinterglied, n. 後率
表,經緯表	Hohenkreis, m. 高圈
Graphometer, m. 測角儀	Hohenmesser, m. 測高器
Grösse, f. 數,量,幾何,廣大	Hohenmessung, f. 測高術
—positive, 正數	Hohenrichtung, f. 仰度
—Negative, 負數	Holometer, a. Pantometer, 賀
—Unbekannte, 未知數（某數）	落米達
Grundebene, f. 基面	Homogen, s. 因數同次
Grundlinie, f. 基綫,起圖綫	Horizont, m. 地平,水平
Grundzahl, f. 基數	Wahre—, 眞水平
Gulden, m. 奧國幣名	Scheinbare—, 假水平
H.	Horizontal, a. 水平
	—e Fläche, 水平面
Halbkreis, m. 半圈	Horizontaldistanz, f. 水平距
Halbmesser, m. 半徑	離
Halbzirkel, m. 半圓兩脚矩	Horizontalebene, f. 水平面

Horizontallinie, f. 水平綫
Hyperbel, f. 雙曲綫
Hyperbolisch, a. 雙曲綫
Hyperboloide, f. 雙曲綫體
Hppotenuse, f. 弦（直三角）

I.

Ichnographie f. 幾何水平圖
Identisch, a. 齊同
—e Gleichung, 恆方程式
Inch, n. 英尺
Inclination, f. 句配,俯度,低角
Inclinationswinkel, m. 俯角,
　低角
Inclement, n. 增數
Index, m. 指數
Infinidecimalrechnung, f. 微分
　算法
Inflexionspunkt, m. 彎點
Integral, n. 積分
Integralformel, f. 積分法
Integralgleichung, f. 積分方
　程式
Integralrechnung, f. 積分算
Integration, f. 積分法
Integriren, v. a. 求積分
Interpolation, f. 挿入法

Interpolationsmethode, f. 求內
　率法
Inversion, f. 換位
Involution, f. 自乘法
Irrational, a. 開不盡
Isoperimetrisch, a. 同周形

K.

Katheten, pl. 勾股
Kegel, m. 圓錐體
—Abgestumpfte, 截頭圓錐形
Kegelachse, f. 圓錐形之軸
Kegelförmig. a. 圓錐形
Kegelgestalt, f. 匡錐形
Kegellinie, f. (Parabel) 抛物
　綫
Kegelschnitt, m. 圓錐形切斷
Kegelschnittlinie, f. 橢圓綫
Kettenbrüche, pl. 連分數
Kettenlinie, f. 兩端懸綫
Kottenrechnung, f. 連鎖比例
Kettenregel, f. 連鎖法
Kettenansatz, m. 連鎖率
Kettenstab, m. 測鎖綫
Kilogramm, n. 肯落格阿吾
Kilometer, n. 肯落米達（三千
　二百九十三尺）

Kimm, m. 水平	Kubiklinie, f. 立方綫
Körper, m, 體	Kubikwurzel, f. 立方根
Geometrische—, 幾何體	Kubikzahl, f. 立方數
Körperlehre, f. 量體學	Kubikzeichen, n. 立方號
Körpermass, n. 量體	Kubisch, a. 立方
Körpermessung, f. 量體術	—e Gleichung, 三次方程式
Kreis, m. 周,圓圈	Kubus, m. 立方體
Kreisabschnitt, m. (Segment)	Kugelabschnitt, m. 平頭球缺
圓缺	Kugeldreieckslehre, f. 弧三角
Kreisausschnitt, m. 圓分	術
Kreisbogen, m. 圓弧	Kugeldurchmesser, m. 直徑
Kreisdurchmesser, m. 直徑	Kugelfläche, f. 球面
Kreisfläche, s. 圓形面	Kugelförmig, a. 球形
Kreisform, f. 圓形	Kugelfunktion, f. 函數圓
Kreislinie, f. 圈綫	Kugelwinkel, m. 曲綫角
Kreismessung, f. 測圓法	Kugelzone, f. 平頭球缺曲面
Kreuzer, m. 奧國幣名	
Krumm, a. 曲彎	**L.**
—e Linie, f. 弧綫	
Krümme, f. 弧綫,曲綫	Landmesser, m. 量地者
—der Tangente, 正切之弧綫	Landmesskunst, f. 測地術
—der Secante, 正割之弧綫	Landmessung f. 測地術
Krummlinie, f. 曲綫,弧綫	Langenlinie, f. 長綫
Krümmüngsradius, m. 曲綫半	Längenmass, n. 尺度
徑	Langenmesser, m. 測長器
Kubik, a. 立方	Langenmessung, f. 長短測量
Kubikfuss, m. 立方尺	術
	Lehrsatz, m. 定理,定論

Lemma, m. 義例	Lothrecht, a. 垂綫
Lemmiscate, f. 8形曲綫	Loxodronische Linie, 蝸牛綫
Linear, a. 直綫	
—e Gleichung. 直綫方程式	# M.
Linie, f. 綫,普國尺度	
Innere—, 內綫	Magnetnadel, f. 羅盤針
Äussere—, 外綫	Magnetisch, a. 磁石
Gerade—, 直綫	—er Meridian 磁石子午綫
Krumne—, 曲綫	Mal, n. 乘
Gedachte—, 想像綫	Mantisse, f. 對數之小數
Gleichläufige—, 平行綫	Mark, f. 馬克, 德幣之名(五毫)
Erzeugende—, 母綫	Mass, n. 尺度比例
Liguidation, f. 勘定,償還	Massstab, m.—stange, f. 尺桿
Liter, Litre, m. 法國之凝量及液量之名(五合五勺四四)	Verjungte—, 比例尺
Logarithme, Logarithmus, m. .對數比例	Mathematik, f. 數學
	Angewandte—, 實用數學
Logarithmik, f. 對數學	Mathematiker, m. 數學者
Logarithmisch, a. 對數	Mathematisch, a. 數學
—e Funktionen 對數函數	Maxime, f. 極大
—e Tabelle, 對數表	Meile, f. 哩
—e Gleichung, 對數方程式	Messen, ir. v. a. 測量
Logistik, f. 期程算法	Messer, m. 測量者
Longimetrie, f. 長短測量術	Messkette, f. 測鎖
Loth, n. 量名(三勿九分二厘弱)	Messkunst,—lehre, f. 測量學
	Messkünstler, m. 測量者
	Messscheibe, f. 牟圈測角儀
Lothlinie, f. 垂綫	Messschnur, f. 測索

Messstab, m,—stange, f. 測地桿	弦
Messung, f. 測量	Nebenwinkel, m. 副角
Meter, f. (m.) 米達(三尺三寸)	Negative Zeichen, 負號
Milimeter, n. 米里米達(三厘三毛强)	Negative Zahlen, 負數
Minuend, (—us) m. 實數(減法)	Neigung, f. 傾斜,傾角
Minus, n. 減	Neigungslinie, f. 傾綫
Mittelglied, n. 中率	Neigungsmesser, m. 測傾儀
Mittellinie, l. 正中綫	Neigungswinkel, m. 傾斜角
Mittelpunkt, m. 中點	Nenner, m. 分母
Mittelpunktsdreieck, n. 中央三角	Netto, a. 正眛,引去諸費
Mittelpunktswinkel, m. 中央角	Neukreuzer, m. 錢名　五厘)
Modulus. m. 根率	Niveau, n. 水準
Multiplikandus, m. 實(乘法)	Nivellirinstrument, n. 水準器
Multiplikation, f, 乘法	Nonius, m. 游標,那氏細分度
Multiplionstafel, f. 相乘表	Normallinie, f. 法綫(垂直綫)
Multiplicieren, v. a. 乘	Notation, f. 標號
Multiplikator, m. 法(乘法)	Null, f. 零

N.

	Numeration, f. 命位
	Numerator, m. 分子
	Numerisch, a. 數
	—e Gleichung. 數方程式

O.

Nadir, m. (Fusspunkt.) 足點	Octaeder, n. 八角體
Nebenstütze, f. (Cosinus) 餘	Octangulär, a. 八角
	Octant, m. 八分儀
	Odometer, m. 行程儀

Onze, f. 翁測（八夊三分三厘八毛餘）

Ordinate, f. 縱綫

Orthogon, n. (Rechteck) 正角

Orthogonal, a. 直角

Orrery, m. 行星運儀

Osculation. 兩弧綫又兩曲綫之觸合

Osculiren, v. n. 相觸

—de curve, 他弧綫相觸弧綫

Oxygon, n. 銳角

P.

Pantometer, m. 萬測儀

Parabel, f. 拋物綫

Parabolisch, a. 拋物綫

Paraboloid, n. 拋物綫體

Parallel a. 平行

Parallele, f. 平行綫

Parallelkreis, m. 平行圈

Parallellinie, f. 平行綫

Parallelogramm, n. 平行方形

Parallelopipedum, n. 平行方體

Parameter, m. 通徑

Peilkompaas, m. 驗差羅徑

Pendellinie, f. 懸錘綫

Pendelquadrant, n. 懸錘象限儀

Pentagon, n. 五角形

Perimeter, m. 周圍,周界

Periodischer Decimalbruch, m. 定限小數

Peripherie, f. 周圍

Perpendikel, m. 垂綫

Perpendikulär, a 垂綫

Perpendikularlinie, f. 垂綫

Pfennig, m. 弗宜希,德幣（半毫）

Pfund, n. 磅（十二兩）

Plan, m, 平面

Planetarium, n. 行星運儀

Planimeter, n. 平面測量器

Planimetrie, f. 平面測量器

Planispherum, n. 平圈圖

Planzeichen, m. 平面圈

Plus, n. 加

Pluszeichen, n. 加號

Pol, m. 極

Polarkreis, m 極圈

Polarlinie, f. 極綫

Polyeder, m. 多面角體

Polyedrisch, a. 多面角體

Polygon, n. 多角形

Regelmassiges—, 正形多角形

Unregelmässiges—, 偏形多角形

Polygonal, a. 多角

Polygonallinie, f. 多角綫

Polygonalseite, f. 多角面

Polygonalzahl, f. 多角進數

Polygonalwinkel, m. 多角

　　Der innere—, 內折多角

　　Der äussere—, 外折多角

Polygonometrie, f. 多角術

Polygramm, n. 數綫圈

Polyheldron, n. 多面體

Polynomisch, a. 多項式

Position, f. 虛數比例

Positive Zeichen, 正號

Positive Zahlen, 正數

Potenz, f. 自乘, 冪數

　　Zweite—, 自乘冪

　　Dritte—, 三乘冪

　　Vierte—, 四乘冪

Praktisch, a. 實際

—e Arithmetik, 實際算術

—e Geometrie, 實際幾何學

—e Messkunst, 實際測量術

Prisma, n. 稜體

Prisma＝telometer 三角鏡遠近儀

Procent, n. 百分

Product, n. 積

Progrossion, f. 級數

　　Arithmetrische—, 等差級數

　　Geometrische—, 等比級數

Progection, f. 綫圖

　　Vertikale—, 垂綫圖

Proportion. f. (Verhältnis) 比例

　　Arithmetische—, 算數比例

　　Geometrische—, 幾何比例

　　Gebundene (stätige)—, 連比例

　　Unstätige—, 不連比例

Proportional, a. 比例

Proportionallinie, f. 比例綫

Proportionalzahl, f. 比例數

Proportionalzirkel, m. 比例兩脚規

Proportionsrechnung, f. 比術算法

Protractor, m. 分度規

Pyramidalzahl, f. 錐形列數

Q.

Qua　　（17）　　Que

Quadrangel, m. 四角形	Querschnittsfläche, f. 橫斷面
Quadrangulär, a. 四角形	Quintrillion, f. 百京
Quadrant, m. 象限,象限儀	Quotient, m. 得數,商
Quadrat, n. 平方, 方形, 自乘數	

Quadratfläche, f. 平方面	Rabatt, m. 減價
Quadratfuss, m. 平方尺	Radius, m. 半徑
Quadratisch, a. 方形,自乘,二次	Rational, a. 開盡
	Raute, f. 斜方形
—e Gleichung, 二次方程式	Rautenförmig, a. 斜方形
Quadratmeile, f. 平方里	Rechenknecht, m. 數表
Quadratrechnung, f. 平方算法	Rechenkunst, f. （Arithmetik）算術
Quadratruthe, f. 平方尺	
Quadratur, f. 求同積方形	Rechenstab, m. 算子
Quadratwurzel, f. 平方根	Rechentafel, f. 算板,九九表
Quadratzahl, f. 平方數（自乘數）	Rechnen, v. a. 計算
	Rechner, m. 算者
Quadrilateral, a. 四角形	Rechnung, f. 計算,算法
Quadrinomial, n. 四頂式	Rechnungsart, f. 算法
Quadrupel, n. 四倍	Rechnungstafel, f. 算表,算規
Quantität. f. 量,幾何	Rechnungswesen, n. 計算
Quart, n. 量名（六合三勺六強）	Rechnungswissenschaft, f. 算學
Quer, a. 橫	Rechteck, n. 正角
Querdurchmesser, m. 橫徑	Gleichseitiges—, 等邊正角
Querlinie, f. 橫綫	Längliches—, 長方形,矩角
Querschnitt, m. 橫斷	Rechteckig, a. 正角

Rechtlinig, a. 直綫

Rechtseitig, a. 等邊

—es Dreieck, 等邊三角

Rechtwinkel, m. 直角,正角

Rechtwinkelig a. 直角

—es Dreieck, 直三角

Rectification, f. 求長直綫法

Reduction, Reducirung, f. 化法

Reductionsrechnung, m. 化法

Reductlionszirkel, m, 縮圖兩脚規

Reflexionslinie, f. 反射綫

Reflexionswinkel, m. 反射綫

Refloxionszirkel, m. 反射圈(測天象)

Regel, f. 式法

Regeldetrie, f. 比例式

　Einfache—, 單比例（正比例）

　Gemischte—, 雜比例

　Umgekehrte—, 轉比例

　Zusammengesetzte—, 合率比例

Regelmässig, a. 正形

—es Polygon, 正形多角形

Reissmass, n. 隔角矩

Rest, m. 餘,殘數

Resultat, n. 成數,得數

Rhombohedron, n. 六面斜方體

Rhomboide, m. 平行斜方形

Rhomboidisch, a. 平行斜方形

Rhombus, m. 斜方形

Rhumb, m. 羅盤方位,螺旋路

Richtkreis m. 橢圓準綫

Richtung, f. 準綫

Richtlinie, f. 方向

Richtungslinie, f. 照準綫

Richtungswinkel, m, 照準角

Rückkehrpunkt, n. 歧點

Rubel, m. 俄幣名（一圓五十錢）

Ruthe, f. 尺度（一丈六尺五寸六分餘）

S.

Saillant, m. 突角

Saldirung, f. 決算

Scala, Scale, f. 尺,比例尺

Scheffei, m. 穀量之名（三斗零四合五勺）

Scheitelfläche, f. 縱面

Scheitelkreis, m. 縱圈

Scheitellinie, f. 縱綫

Scheitelpunkt, m. 頂點

Scheitelrecht, a. 垂直

Scheitelwinkel, m. 縱角

Scheitelwinkelkreis, m. 縱角圈

Scheitelwinkelig, a. 縱斜

Schilling. m. 英幣名（二十五錢）

Schmiege, f. 兩脚規

Schnittlinie, f. 割綫, 截綫

Schräge, f. 斜傾, 斜面

Schräglinie, f. 斜綫

Schrägmass, n. 矩

Schritt, m. 步

Schrittmesser,—zähler, m. 行程儀

Secante, f. (Schnittlinie) 割綫, 正割

Sechstelkreis, m. 六分儀

Sector, m. 圓分, 尺規

Segment, n. 圓缺

Schne, f. 弦

Seigerlinie, f. 鉛直綫

Semidiameter, m. 半徑

Semitangente, f. 牛弧之正切

Senkrecht, a. 鉛直

Series, Serie, f. 級數

　Arithmetische—, 遞加連級數

　Geometrische—, 遞乘連級數

　Logarithmische—, 對數連級數

Silbergroschen, m. 德幣名（二錢五厘）

Sinus, m (—linie) 正弦

Situationsebene, f. 起基平面

Sohlig, a. 水平

Species, f. 算法四則（加減乘除）

Sphärisch, a. 球形

—es Dreieck 弧三角

—e Trigonometrie 弧三角術

—es Segment 平頭球缺

Sphäroide, f. 橙形

Spirallinie, f. 螺綫

Spitzwinkel, m. 銳角

Staatsrechenkunst, f. 政科算法

Stabchen, n. 劃度尺

Stabrechenkunst, f. 算子術

Standlinie, f. 基綫

Standpunkt, m. 位點

Sta   (20)   Tet

Stativ, n. 測量器架

Streographie, f. 形畫幾何學

Stereometrie, f. 量體術

Stereometrisch, a. 量體術

Stereotomie, f. 分體術

Streichungswinkel, m. 炙射角

Streufläche, f. 廣差面

Stumpfwinkel, m. 鈍角

Stumpfwinkelig. a. 鈍角

—es Dreieck 鈍三角

Seutze, f. (Sinus) 正弦

Subdivision, f. 疊分

Subnormallinie, f. 次法綫

Subtangente, f. 次觸法

Subtraction, f. 減法

Subtrahend, m. 減數

Subtrahieren, v. a. 減

Summe, f. 和,總數,總計

Supplement, n. 外角

Symmetrie, f. 平等,等對,相稱

T.

Tangente, f. (Berührungslinie) 切綫

Tangentenrichtung, f. 切綫方面

Tasterzirkel, m. 弓枝兩脚規

Tetraeder, n. 四面,四角形

Tetraedron, n. 四面

Tetrogon, n. 四角,方形

Tetrahexaedron, n. 二十四面體

Tetrahexaedrisoh, a. 二十四面

Taler, m. 德幣,三碼克(一圓五十錢)

Teiler, m. (Divisor) 分母,法數(除法)

Teilscheibe, f. 劃綫儀

Teilungsrechnung, f. 除法

Teilungszahl, f. 實數(除法)

Teilzähler, m. (Quotient) 得數

Theodolit, m. 測量儀

Theorem, n. 定論

Total, a. 總計

Totalsumme, f. 總計

Transscendental, a. 超越

—e Gleichung. 超越方程式

Transporteur, m. 分角儀

Transversale, f. 橫綫

Trapez, n. 不等邊方形

Trapezeder, n. 四角二十四方體

Trapezoid, m. 不等邊平行方形	—e Grösse. 不知數
Trapezoidisch, a. 不等邊平行方形	Unbenannt, a. 不名
Traverse, f. 橫綫	—e Zahlen. 不名數
Triangel, m. (Dreieck) 三角	Unbestimmt, a. 不定
Triangulär, a. 三角	—e Grösse 不定數
Triangulierung, f. 三角綱綫	—er coefficient 不定係數
Triangulieren, v. a. 測三角	Ungleichseitig, a. 不等邊
Trigon, n. 三邊角	—es Viereck 不等邊方形
Trigonometrie, f. 三角術	—es Dreieck 不等邊三角
Ebene—, 平面三角術	Unregelmässig, a. 偏形
Höhere—, 高等三角術	—es Polygon 偏形多角形
Sphärische—, 弧三角	Unstäte, a. 相連
Trigonometrische, a. 三角術	—Proportion 不連比例
—e Gleichung 測三角方程式	Unterberührungslinie, f. 次觸綫
—es Netz 三角綱綫	Unterschied, m. 差
—e Funktion 三角函數	Untersehne, f. 次弦
Triiateral, a. 三邊	Untertaste, f. 次觸弦
Trinomialgross, f. 三項式	
Tripodie, f. 三脚案	
Trisection, f. 三等分	

U.

Überrest, m. 殘餘	
Überzahl, f. 剩數	
Unbekannt, a. 不知	

V.

Variation, f. 羅針偏差	
Variren, v. a. 變,生偏差	
Vergleichungsebene, f. 比較平面	
Verhältnis, n. 割合,比例	
Umgekehrtes—, 轉比例	
Verhältnisanzeiger, m. (Expo-	

nent) 指數

Verhältnisregel, f. 比例式

　Wechselverhältnis, n. 對代
關係

Verhältniszahl, f. 對數, 比例
數

Verhältniszahlenlehre s, Log-
arithmik 對數學

Verhältniszirkel, m. 比例規

Verification, f. 徵驗法

Vermehrer, m, 法數(乘法)

Vermehrung, f. (Multiplicati-
on) 乘法

Vermehrungszahl, f. (Factor)
因數

Vermischungsregel, f. 和合算
法

Verneinte Grösse, f. 員數

Verrechnung, f, 違算, 計算

Versetzungsregel, , 和較比例

Vertikal, a. 垂綫, 縱

—er Winkel 縱角

—e Projection 縱綫圖

—e Linie 垂綫

—e Fläche 縱面

Vertikalkreis, m. 縱圈

Vertikallinie, f. 垂綫

Vertikalpunkt, m. 垂點

Vervielfältigen, v. a. 乘

Vervielfältiger, m. 法(乘法)

Vervielfältigung, f. 乘法

Vieleck, n. (Polygon) 多角形

　Reguläres—, 多形多角形

　Irreguläres—, 偏形多角形

Viereck, n. 方形, 四角

　Rechtwinkeliges—, 正方角

　Gleichläufiges—, 平行方形

　Verschobenes—, 斜方行

Vierflächner, m. 四面

Vierflächig, a. 四面

Viertelkreis, m. 四分儀

W.

Wagerecht, a. 水平

—e Fläche 水平面

Wahrscheinlichkeitsfactor, m.
大約因數, 公算因數

Wahrscheinlichkeitsrechnung,
f. 概算, 公算

Wechselwinkel, m. 互角

Wegschaffen, v. a. 減殺

Wegschaffung, f. (Elimination)
潔殺法

Weniger, 減

Winkel, m. 角	Wurzel, f. 根數
Der schiefe—, 斜角	Wurzeltafel, f. 根數表
Der äussere—, 外角	Wurzelzahl, f. 根數
Der innere—, 內角	Wurzelzeichen, n. 根號
Der rechte—, 正角	Wurzelzeiger, m. 指數
Der spitze—, 銳角	
Der tote—, 死角	

Z.

Der stumpfe—, 鈍角	Zahl, f. 數
Der gleiche—, 平角	Bekannte—, 已知數
Eingehender od. Einspringender—, 凹角	Unbekannte—, 未知數
	Gerade—, 偶數
Ausgehender od, Ausspringender—, 凸角	Ungerade—, 奇數
	Teilbare—, 可除數
Sphärischer—, 曲綾角	Runde—, 全數
Winkelfasser, m. 兩脚規	Unbenannte—, 不名數
Winkellinie, f. 對角綾	Unbestimmte—, 不定數
Winkelmass, n. 矩	Zahlenbruch, m. 分數
Doppeltes—, 重矩	Zahlengrösse, f. 數之多寡
Winkelmesser, m. 測角儀	Zahlenkunst, f. 算術
Winkelmessung, f. 測角術	Zahlenlehre, f. 數學
Wispel, m. 穀量名（七石三斗一升二合弱）	Zahlenmehrung, f. (Multiplikation) 乘法
Würdeanzeiger, m. (Exponent) 指數	Zahlenmesser, m. 算術家
	Zahlenmesskunst, f. 算術
Würfel, m. 立力體, 立方數	Zahlenrechnung, f. 算術
Würfelwurzel, f. 立方根	Zahlenreihe, f. 列數, 級數
Würfelzahl, f. 立方數	Zahlenteilung, f. 除法

Zahlenverhältnis, n. 比例	Zirkelabschnitt, m. 割圓, 圓缺
Zahlenwissenschaft, f. 數學	Zirkelausschnitt, m. 圓分
Zähler, m. 分子	Zirkelbogen, m. 圓弧, 弧
Zangenwinkel, m. 交射角	Zirkellinie, f. 圓綫, 圈綫
Zeichenrechenkunst = rechnung, f. 代數學	Zoll, m. 英尺 (八分五厘八毛強)
Zenith, m. 頂點	Zollstab, Zollstock, m. 英尺
Zeugelinie, f. 母綫	Zuglinie, f. 平面弧
Zeugepunkt, m. 母點	Zugwinkel, m. 引角
Zifferrechnung, f. 算術	Zusammenzählung, s. Addition. 加法
Zinsenrechnung, f. 利息算法	
Zirkel, m. 圓圈, 兩脚規	

附譯中德醫藥專門字典

Das Medizinische Lexikon.

———➤✦———

A.

Aasblatter 腐敗性痘瘡, 惡臭性痘瘡

Aaspocke 仝上

Abactio foetus, s. partus 墮胎

Abactus venter, s. venter abactus 人工墮胎

Abdominaltyphus 腸窒扶斯, 下腸傷寒

Abflusswunde 貫線創

Abgänglein, Abgängling, Abgängsel 墮胎兒, 人工墮胎, 流產

Abgeschlagenheit 精神沈鬱, 倦脫

Abort 墮胎, 流產,

Abortio 仝上

Abscess, Abscessus 膿瘍, 膿腫

Abscessus calidus 熱膿瘍

„　　　congestionis 流注膿瘍

Abscessus corneae 眼角膜膿瘍

„　　　follicularis 粘膜濾胞膿

„　　　frigidi 寒性膿瘍

„　　　mammae 乳房膿瘍

„　　　metastaticus, s. embolicus 轉移性膿瘍

„　　　phlegmonosa 熱膿瘍

„　　　retropharyngealis 咽頭後部膿瘍

Absentia epileptica 癲性虛神

Acardia 心臟缺乏（先天性）

Acardiohaemia 心臟貧血

Acadiotrophia 心臟萎縮

Acataposis 嚥下困難

Acephalia 無頭顱畸形

Acephalogaster 無頭軀幹畸形

Acephalopodia 無頭足畸形

Acephalorachia 無頭脊柱畸形

Acephalothorax 無頭胸畸形

Achilia 先天性唇缺乏

Achirus, Acheirus 無手足畸形

Achor 浸潤頭瘡
Achroma 白皮病,眼白翳
Achromatopsia 色盲病,色盲
Achromatopsia congenitalis 先天色盲
　　　　,, 　　　partialis 不全色盲病(一部分色盲)
　　　　,, 　　　totalis 全色盲病
Acne 粉刺,剉瘡
Acne artificialis 人工粉刺
　,, disseminata 撒布性粉刺
　,, idiopathica 特發性粉刺
　,, punctata 點狀粉刺
　,, pustulosa 膿胞狀粉刺
　,, rosacea 酒渣鼻
　,, syphilitica 梅毒性痤瘡
　,, vulgaris 尋常粉刺
Acyanoplepsie 青色盲
Adenalgia 腺痛,便毒痛
Adenitis 腺炎
Adenie 假性白血病
Adenoma 腺腫
Adenoma, polyposum 息肉狀腺腫
　　　,, sebaceum 脂腺腫
　　　,, sudoparium 汗腺腫

Adenomalacia 腺軟化
Adenophthalmia 眼瞼腺腫
Aderhautschwinden 脉絡膜消耗症
Aderhautspalt 脉絡膜披裂
Aderknoten 靜脉腫
Adhaesive inflammation, s. in = flammatio adhaesiva 癒着性炎
Adiposis 肥胖
Adipositas universalis 全體肥滿
Afterblutfluss 痔,痔血
Afterblutung 痔出血
Afterbruch 脫肛
Afterentzündung 直腸炎無舌
Afterjucken 肛門痒疹
Afterkrampf 肛門痙攣
Afterkrebs 肛門癌腫(惡性瘡)
Aftersperre 直腸閉塞
Afterverengerung 肛門狹窄
Agalactioa 乳汁過少
Agenesia 萎陰,不姙,情慾缺乏
Agensie 味覺脫失
Aglossie 舌缺損
Agrippa 逆產
Agrypnia 不眠症

Agu　　　　(3)　　　　Ama

Agustica 味覺缺乏
Akinesie 運動神經痲痺
Alalia 言絕症
Albinismus 皮膚變白病
Albinismus partialis 局部皮膚變白病
　　　 ,, 　　 universalis 汎發性皮膚變白病
Albuga 角膜白斑
Alkoholismus 酒精中毒
Alopecia 髮毛脫落
Alopecia aguisita 後天性髮毛脫落
　　　 ,, 　　 areata s. Area celsi 劃處性禿頭
　　　 ,, 　 leprosa 癩性禿頭
　　　 ,, 　 neurotica 神經性禿頭
　　　 ,, 　 praematura idiopathica 特發性早期禿頭
　　　 ,, 　 syphilitica 梅毒性禿頭
　　　 ,, 　 senilis 老者禿頭
Altersschwund 老人消削
Alterszittern 老人頭震
Amaurosis 黑內障
Amaurosis congenita 先天黑內障
Amaurosis hysterica 歇司的里亞性(精神病)黑內障
　　　 ,, 　　 intermittens 間歇黑性內障
　　　 ,, 　　 progressiva 進行性黑內障
　　　 ,, 　　 saturnina 尿毒
　　　 ,, 　　 uremiea 尿毒
Amblyopia 弱視,視力鈍衰
Amblyopia ex anopsia 視力鈍衰
　　　 ,, 　　 alkoholica, s. potatorum, s. crapolora 酒中毒弱視
　　　 ,, 　　 hysterica 歇司的里性弱視
　　　 ,, 　　 ccngenita 先天性弱視
Ambustio 火傷
Amenorrhoea 月經不調,經閉
Amentia 精神錯亂,痴愚
Amnesia 健忘
Amphidiplopie 兩眼複視
Anaciditaet 胃酸缺無症
Anaemie 貧血病
Anaemia cerebri 腦貧血症

Anaemia progressiva pernicio-sa 進行性惡性貧血

　　,,　　splenica 假性白血病

　　,,　　tropica 熱國貧血病

Anaesthesia 知覺脫失

　　,,　　hysterica 歇司的里亞性知覺脫失

　　,,　　muscalaris 筋肉知覺脫失

　　,,　　olfactoria 嗅神經知覺脫失

　　,,　　retinae 綱膜知覺脫失

　　,,　　saturnina 鉛毒性知覺脫失

　　,,　　syphilitica 梅毒性知覺脫失

　　,,　　totalis 全部知覺脫失

　　,,　　toxica 中毒性知覺脫失

Analgesie 痛覺脫失

Anarthros 脂肪過多關節及四肢缺損

Anasarca 全身水腫, 波膚水腫

Anaspadie 男子上尿道破裂

Anchylosis, Ankylosis 關節癒着, 關節强直

Anchylosis capsularis 關節囊關節强直

　　,,　　extracapsularis 關節囊外强直

　　,,　　intracapsularis 關節囊內關節强直

　　,,　　muscularis 筋性關節强直

Anchylostomiasis 十二指腸虫病 (寄生虫病)

Ancyloblepharon 眼瞼癒着

Ancyloglossum 舌癒着

Androphobia 嫌人病, 忌男病

Aneurysma 動脉瘤

Aneurysma arterioso-venosum 動靜脈瘤

　　,,　　cirsoideum 曲行動脉瘤

　　,,　　susiforme 紡垂狀動脉

　　,,　　sacciforme 囊狀動脉瘤

　　,,　　spurium 假性動脉瘤

　　,,　　venosum 靜脉瘤

　　,,　　verum 眞性動脉瘤

Angina 口峽炎
Angina catarrhalis s. superficialis 加答兒性口峽炎
　　„ crouposa 格魯烏布性口峽炎
　　„ diphtherica 候症性口峽炎
　　„ erysipelatosa 丹毒性口峽炎
　　„ gangraenosa 壞疽性口峽炎
　　„ ludovici 頸圍蜂窩織炎
　　„ pectoris 心胸神經痛
　　„ pemphygosa 天疱瘡性口峽炎
　　„ syphilitica 梅毒性口峽炎
　　„ tonsillaris 扁桃腺性口峽炎
Angioitis Angiitis, Angitis, 脈管炎
Angioma 血管腫,血痣
　　„ arteriale racemosum 蔓狀血管腫
　　„ cavernosum 海綿樣血管腫

Angioma mucosum proliferum 玻璃管腫
Angiomalacia 血管軟化
Angiotitis 耳動脈炎
Angustatio ventriculi 胃狹窄
Aniridia 虹彩膜缺乏
Anisometropie 兩眼屈折機差違
Anophthalmus 兩眼缺乏,先天盲目
Anopsie 盲目,無眼畸形
Anorchidie 睪丸缺損
Anorchie 同上
Anorexia 食慾缺損
Anosmia 嗅覺脫失
Anteflexio 前屈
Anteflexio uteri 子宮前屈
Anteversio 前轉
Anteversio uteri 子宮前轉
Anthracosis pulmonalis 坑夫肺炎(含炭點而致肺炎)
Anurie 泌尿閉止,尿閉
Aphodeusis 脫糞
Aphonia 失語症
　　„ paralytica 痳痺性失語症
　　„ spastica 痙攣性失語

Aph	(6)	Arr

症

Aphthae 亞布答口腔疹

　　 " 　epizootica 傳染性亞布答口腔疹

Aphthae infantum 小兒鵝口瘡

Aplasia 成形机脫失病

Apleuris 肋骨缺損

Apnoea, apneustia 呼吸不利

　　 " 　infantum 小兒無呼吸困難

　　 " 　uterina 婦人呼吸不利

Apodie 先天性無足

Apoplexia 卒中,中風(腦充血)

Apoplexia meningeae, spinalis 脊椎膜卒中

　　 " 　neonatorum 小兒卒中

　　 " 　pulmonum 肺卒中

　　 " 　renalis 腎卒中

Arachnitis, Arachnoiditis 蜘蛛綱膜炎

Ardor, ardeur 灼熱

　　 " 　stomachi 嘈雜

　　 " 　ventriculi 吞酸

Argyrismus 銀中毒

Arrosion 骨疽,腐蝕,破裂

Arsenicismus 砒石中毒

Arteriectasis 動脈瘤

Arteriitis 動脉炎

Arteriorrhexis 動脉破裂

Arteriosclerosis 動脉硬固

Arteriostenosis 動脈狹窄

Arteriothrombosis 動脈血栓塞

Arthragra, Arthalgia 關節痛

arthralgia, hysterica 歇司的里亞性關節神經痛

　　 " 　saturnina 鉛毒性關節神經痛

Arthritis 關節炎

Arthritis desormans 畸性關節炎

　　 " 　nodosa 結節性關節炎

　　 " 　rheumatica chronica 慢性僂麻質司(風濕)性關節炎

　　 " 　urica, s. vera 尿酸關節炎,痛風性關節炎

Arthrocarcinoma 關節癌

Arthrodynia 關節痛

Arthromeningitis 關節膜炎

Arthrorrhagie 關節出血

Art　　(7)　　Ast

Arthrorheuma, Arthrorheuma-tismus 關節僂麻質司
Arthroxerosis 乾性關節炎
Ascaridiasis 煤虫病,蛔虫病
Ascaris lumbricoides 蛔虫
Ascites 腹水,腹膨脹
Asodisches Fieber 嘔吐熱
Asphpxia 假死,汽窒
Asthma 喘息
Asthma bronchiale 氣管枝喘息
„　convulsivum 痙攣性喘息
„　nerpeticum 發疹性喘息
„　nervosum 神經性喘息
„　saturninum et mer= curiale 鉛毒性喘息及汞毒性喘息
„　uraemicum 尿毒性喘息
„　verminosum 虫性嗌息
Astigmatismus 亂視
Astigmatismus complicatus 複合亂視

Astigmatismus hyperopicus simplex 單純近視性亂視
„　irregularis 不正亂視
„　myopicus simplex 單純近視性亂視
Asymbolia 失標
Ataxie 運動調節機障害又不規則,運動無自主力
Atelektasis 擴張不全
Atelektasis aguisita 後天膨脹不全
„　congenitalis 先天性膨脹不全
„　pulmonum 肺膨脹不全
Atheroma 粉質瘤
Atresia 閉鎖
Atresia ani 鎖肛
„　vaginalis 腔肛門閉鎖
Atrichia 禿髮症
Atrophia cerebri 腦髓萎綿
„　„　senilis 老者腦髓萎綿
„　cordis 臟臟萎綿
„　musculorum progressiva 進行性筋肉萎綿

Atrophia musculorum pseudo-hy pertrophica 假性筋肥大性萎縮

Augapfelstarrkrampf 眼球痙攣

Augapfelvorfall 眼球突出

Augenbruch 仝上

Augenentzündung 眼炎

Augenfistel 淚管瘻

Augengeschwulst 眼腫瘍

Augengeschwür 眼潰瘍

Augenhäutchen 角膜白斑

Augenlidbrand 眼瞼壞疽

Augenliderentzündung 眼瞼炎

Augenliderkrampf 眼瞼痙攣

Augenlidertripper 淋毒性眼瞼炎

Augenliderumkehrung, Augen-liderumlegung 眼瞼外翻

Augenlidlähmung 眼瞼痲痺

Augenrose 眼丹毒

Augenschnupfer 加答兒性眼炎

Augentrockenheit 乾性眼炎

Ayhoria 不孕病

Aypnic 不眠

B.

Balanoblenorrhoea 龜頭淋疾

Balanitis 龜頭炎

Balanoposthitis 龜頭包皮瘋, 包瘋瘋

Balgenstaar 囊內黑內障

Balgsarkom 囊內肉腫

Balkenstaar 有隔黑內障

Ballismus 舞蹈病

Barbadoskrankheit 象皮病

Baryphonia 吃訥

Bauchfellabscess 腹膜膿瘍

Bauchfellentzündung 腹膜炎

Bauchgeschwulst 腹腔腫瘍

Bauchkrampf 腹部痙攣

Bauchringbruch 鼠蹊貎僂佝

Bauchspeicheldrüsenschmerz 膵痛

Bauchspeicheldrüsenverstopf-ung 膵管閉塞

Bauchwassersucht 腹水

Bauchweh 腹痛

Bauchwindsucht 皷脹

Bauchzwang 裏急後重

Beckenzellgewebsentzündung 骨盤蜂窩織炎

Beinbeule 骨瘤
Beinbrand 骨疽
Beinhautwucherung 骨膜痛
Beinkrebs 骨癌
Beinweh 骨痛
Benommenheit 昏憒, 遲鈍, 無知覺
Beriberi 脚氣病
Beule 腫瘍, 青紫斑
Beutelgeschwulst 囊腫
Bindehautkatarrh 眼結膜炎
Bindehautüberhäutung 結膜乾燥
Blaeschenflechte 濕疹
Blasenblutung 膀胱出血
Blasenbruch 膀肪破裂
Blasenentzündung 膀肪炎
Blasenkatarrh 膀肪加答兒（炎）
Blasenkrampf 膀肪痙攣
Blasenlähmung 膀肪痲痺
Blasenpocke 水痘
Blasenrotlauf 水胞丹毒
Blasenschmerz 膀胱痛
Blasenstein 膀胱結石
Blasenvorfall 膀肪脫垂
Blatter 水胞, 膿胞疹

Blattersarsom 板狀肉腫
Blaufieber 蒼身熱
Blausucht 萎黄病, 蒼白病
Blennadenitis 粘液腺炎
Blennenteritis 腸粘膜炎
Blennophthalmia 膿漏眼
Blennorrhoea 膿漏淋病
　　　,, 　　chronica 後淋
　　　,, 　　conjunctivae 結膜膿漏
　　　,, 　　conjunctivae neonatorum 初生兒結膜膿漏
Blepharadenitss 眼瞼內翻
Blepharelese, Blepharelsis 眼瞼內翻
Blepharemphysema 眼瞼浮腫
Blepharitis 眼瞼炎
　　　,, 　　ciliaris 瞼毛性眼瞼緣炎
　　　,, 　　marginalis 眼瞼緣炎
　　　,, 　　tarsalis 眼瞼麥粒腫
Blepharoblennorhoe 眼瞼腫漏
Blepharoconjunctivitis 眼瞼結膜炎
Blepharooedema 眼瞼浮腫

Blepharophthalmia 眼臉及眼球炎

Blepharoptosis 眼臉下垂

Blepharospasmus 眼臉痙攣

Blutadergeschwulst 靜脈瘤

Blutarmut 貧血

Blutauswurf 咯血

Blutbrechen 吐血

Bluteiterung 敗血症

Blutflecken 血班

Blutgang 血行,月經

Blutgeschwulst 血腫, 陰囊血腫

Blutscheu 恐血症

Blutschlag 卒中

Blutspeien 咯血

Blutstauung 鬱血,盧性充血

Blutung 出血

　　　,, nach der Geburt 產後出血

　　　,, nach der Zahnextraktion 拔齒後出血

Blutzwang 血痢,赤痢

Brachialgie 臂神經痛

Bradyekoie 耳聾,重聽

Bradyladia 言語塞澀

Bradypharasia 言語遲徐

Bradpsurie 利尿困難

Brand 壞疽,火傷

Brandfieber 壞疽熱

Brandrose 丹毒,羅斯

Brechruhr 霍亂,虎列拉

Breigeschwulst 粉質瘤

Bright sche Nierenkrankheit 武雷篤民腎臟病

Broncekrankheit 銅色皮病

Bronchadenitis 氣管技腺炎

Bronchialcatarrh 氣管技加答兒(炎)

Bronchialerweiterung 氣管技擴張

Bronchialstenosis 氣管技狹窄

Bronchiectasis 氣管技擴張

Bronchitis 氣管技炎

　　　,, capillaris 毛細氣管技炎

　　　,, catarrhalis 加答兒性氣管技炎

　　　,, crouposa 格魯布性氣管技炎

　　　,, fibrinosa 纖維性氣管技炎

　　　,, putrida 腐敗性氣管技炎

Bronchohaemorrhagia 氣管枝出血	Bubo dolente 有疼便毒
Bronchopneumonia 氣管枝肺炎	„ indolente, s. syphilitica 無疼便毒,横痃
Bronchorrhoe 氣管枝膿漏	„ virlenta seu acuta. 急性便毒
„ serosa 臟液性氣管枝膿漏	
Bronchostenosis 氣管技狹窄	
Brucheinklemmung 箝頓	Cachexia 惡液症
Brustbeinschmerz 胸骨痛	„ strumipriva 甲狀腺惡液
Brustdrüseneutzündung 乳腺炎	Calculus dentalis 齒石
Brustdrüsengeschwür 乳腺潰瘍	„ vesicae 膀胱結石
Brustentzündung 乳房炎	„ biliarius 膽結石
Brustfellentzündung 肋膜炎,胸膜炎	„ renum 腎結石
	„ salivarius 唾石
Brustgeschwulst 胸部腫瘍	„ urinarius 尿結石
Brustgeschwür 胸部潰瘍	Callositie, s. Tyloma 胼胝(皮膚硬結)
Brustschnupfen 胸加答兒	Callositas cutis 胼胝
Brustseuche 肺勞	Cancer 癌腫
Brustwarzenentzündung 乳頭炎	Cancroid 上皮癌
Brustwasser, Brustwassersucht 胸水	Cantharidenvergiftung 芫菁中毒
	Canthitis 眼眥炎
Buboneus, Bubo 便毒,腺腫化毒	Carbunkel, Carbunculus 癰
	„ Contagiosus 脾脫疽潰瘍

Car   (12)   Cat

Carcinoma 癌腫

Carcinoma colloides, s. gelatinosun 膠樣癌

,, fibrosum 纖維癌

,, hepatis 肝臟癌

,, intestinalis 腸癌

,, linguae 舌癌

,, medullare 髓質癌

,, mammae 乳癌

,, melanodes 色毒癌

,, oesophagii 食道癌

,, pulmonum 肺癌

,, renalis 腎臟癌

,, sarcomatodes 肉腫樣癌

,, telangiectasia 富脈癌

,, ventriculi 胃癌

Cardialgia 胃癌,胃氣痛

Cardialkrampf 胃癌

Carditis musculosa acuta 急性心肌炎

,, ,, chronica 慢性心肌炎

Caries 骨疽,骨潰瘍

,, articulorum 關節骨疽

,, necrotica 骨疽性骨瘍

Caries tuberculosa 結核性骨瘍

Castrensis 軍陣熱

Catacauma, s. Catacausis 火傷瘍

Cataract 內障眼,白內翳,白內障

Cataracta adhaerens 癒着性白內障

,, axialis 眼軸白內障

,, raido siliquata 乾性石灰白內障

,, capsularis 水晶囊白內障

,, capsulo = lenticularis 水晶囊兼水晶體白內障

,, congenita 先天性白內障

,, ,, puncfata, s. coerulea 先天班點狀白內障

,, ,, tatalis 先天性全發白內障

,, corticalis 水晶體皮質白內障

,, haemorrhagica 出血性白內障

Cataracta hypermatuna　過熟白內障
　　„　lenticularis 水晶體白內障
　　„　mollis 軟性白內障
　　„　membranacea 膜狀白內障
　　„　matura　全熟白內障
　　„　nigra, s. brunescens 帶黑白內障
　　„　senilis 老人白內障
　　„　traumatica　創傷白內障
　　„　vera 眞性白內障
Catarrhus, Catarrh 加答兒, 感寒而炎
　　„　conjuncfivae　結膜白內障
　　„　blaenorrhoicus conjuntivae　膿漏性結膜加答兒
　　„　intestinum　腸加答兒
　　„　marium　鼻加答兒
Cellulitis 蜂窩織炎
Cephalalgia 頭痛

Cephalohaematoma 頭血腫
Ceratitis 眼角膜炎
　　„　bullosa　水胞性角膜炎
　　„　fasciculosa 芒把狀角膜炎
　　„　interstitialis 角膜間質炎
　　„　neuroparalytica　神經痲痺性角膜炎
　　„　parenchymatosa　角膜實質炎
　　„　punctata　班點狀角膜炎
　　„　superficialis 角膜表層炎
　　„　suppurativa 化膿性角膜炎
Ceratocele 角膜膨脹炎
Ceratoconus 圓錐形角膜膨脹症
Ceratomalacia 角膜脹大或角膜瘤
Cerebellitis 小腦炎
　Anaemia cerebelli 小腦貧血
Cheiloschisis 兎唇, 缺嘴
Chloasma 黃褐色斑

Chloasma parasitium 黃褐色斑

Chlorosis 萎黃病

　　　　praematura 早期萎黃病

　　　　tropica 熱國萎黃病

Choanorrhagie 後鼻竅衄血

Cholecystitis 胆囊炎

Cholelithiasis 胆石病

Cholera 虎列拉,霍亂吐瀉

　　　asiatica, s. indica 眞症,劇症,亞細亞虎列拉

　　　billosa 胆液性虎列拉

　　　croupaea, s. nostra 類似或歐羅巴虎列拉

　　　sicca 乾性虎列拉

Cholera-typhoid 虎列拉窒裴度症

Cholaemia 胆血病

Cholerine 霍亂

Cholerotyphus 虎列拉質扶司

Chondritis 軟骨炎

　　　syphilitica 梅毒性軟骨炎

　　　hyperplastica tuberosa 畸形性關節炎

Chondrom 軟骨膇

Chondromalacia 軟骨軟化

Chorditis vocalis 聲帶炎

　　　　inferior hypertrophica 肥大性下身帶炎

　　　　tuberosa 結節性聲帶炎

Chorea 舞蹈病

　　　dimidiata, s. Hemichorea 半身舞蹈病

　　　magna (major) germanorum 大發舞蹈病

　　　minor 小舞蹈病

　　　senilis 老者舞蹈病

Chorioidesblutung 脈絡膜出血

Chorioideatuberculosa 脈絡膜結核

Chorioiditis areolaris 輪紋狀脈絡膜炎

　　　atrophica 萎縮性脈絡膜炎

　　　disseminata 粟粘性脈絡膜炎

　　　exsudativa 滲出性脈絡膜炎

　　　serosa 漿液性脈

絡膜炎

Chorioiditis tuberculosa 結核性脈絡膜炎

Chromatophobia 恐色病

Chylodiabetes 乳糜尿病

Cimexlectularius 壁風

Cionis Cionitis 戀壅垂炎

Cirrhosis hepatis 萎縮性肝臟硬變

,, pulmonum 肝臟硬變

Clanditatio 跛行

Clavus 疣目,鼓肉,雞眼

,, hystericus 歇司的里性偏等痛之一種

,, pedis 醃,雞眼

Clitoritis 陰核炎,陰蕊炎

Coelitis 下腹炎

Coeliorhesis 腹部妊娠

Colica 腹痛,疝痛

,, gastrica 胃痛

,, hepatica 肝痛

,, cholelithiaca 胆石病痛

,, nephritica 腎石痛

,, saturnina 鉛毒疝

Colotyhus 結腸窒扶司

Colpalgia 膣痛

Colporrhexis 膣破裂

Coma 昏睡

,, diabeticum 密尿病昏睡

Combustio 火傷

Comedo 麵麹,面上酒剌

Commotio Cerebri 腦震盪

,, spinalis 脊髓震盪

Condylomata acuminata 尖性疣

Condylomata lata 梅毒性疣贅

Congelatio, s. Dermatitis Congelationis 凍傷

Conjunctivitis 眼結膜炎

,, blenorrhoica neonatorum 初生兒膿漏性結膜炎

,, blennorrhoica 膿漏性結膜炎

,, diphterica 實扶的里性結膜炎

,, follicularis 濾胞性結膜炎

,, gonorrhoica 淋毒性結膜炎

,, granulosa 顆拉性結膜炎

,, rheumatica 僂

Con   (16)   Cys

麻質性結膜炎

Conjunctivitis scrophulosa 腺病性結膜炎

Consumptio 勞瘵

Contusio 挫傷,打撲

Contractur 關節强直

Coprostasis 便秘

Cornu cutaneum 皮角

Costalgia 肋骨痛

Coryza 鼻加多兒,鼻炎

Coryza neonatorum 初生兒鼻加多兒

Coxalgia 腰痛,膀痛

Coxitis 膀關節炎

Craniotabes 頭骨軟化

Croup 格魯布

    ,,   der Bronchien 氣管技格魯布

    ,,   des Kehlkapfes 喉頭格魯布(炎)

Cuprismus 銅中毒

Cyanismus 青酸中毒

Cyelitis 毛樣體炎

Cynolissa 恐水病

Cysten, in der Vagina 膣中膿腫

Cystitis 膀胱炎

Cystitis catarrhalis 膀胱加多兒

    ,,   chronica 慢性膀胱炎

    ,,   crouposa 格魯布膀胱炎

    ,,   parenchymatosa 實質性膀胱炎

Cystorrhoea 膀胱粘液漏

Cystoma 囊腫

    ,,   ovarii 卵巢囊腫

Cyrtoparalysis 膀胱痲痺

Cystoplegia 膀胱痲痺

Cystospasmus 膀胱痙攣

D.

Dacryocystalgia 淚囊痛

Dacryocystis 淚囊炎

    ,,   acuta 急性淚囊炎

    ,,   catarrhalis 加多兒性淚囊炎

    ,,   chronica 慢性淚囊炎

Dacryocystoblennorrhoea 淚囊膿漏

Dacryolithiasis 淚石發生

Dacryorrhoea 淚液溢出

Dactylitis 指炎
　　,,　　syphilitica 梅毒性指炎
Dammriss 會陰破裂
Darmblutung 腸出血
Darmeinklemmung 腸箝頓
Darmeinschiebung 腸重疊
Darmentzündung 腸炎
Darmgeschwür 腸潰瘍
Darmgicht 吐糞
Darmkatarrh 腸加多兒(炎)
Darmkrebs 腸癌（惡性瘡）
Darmruhr 赤痢
Darmtuberculose 腸結核
Darmzwang 腸捻轉
Decubitus 蓐瘡
Dementia 痴呆
　　,,　　paralytica 瘋痺狂
　　,,　　apathica 衰憊性痴呆
Dentitio difficilis 生齒困難
Dermatitis 皮膚炎
Dermatochlosis 皮膚硬變
Darmatomycosis 細菌皮膚病
　　,,　　furfuracea 癜風
Dermatosclerosis 皮膚硬變

Dermatrophia 皮膚衰弱
Diabetes 尿崩病
　　,,　　insipidus sen Polysnrie 單尿角
　　,,　　mellitus 糖尿病
Diarrhoea 下痢,瀉
　　,,　　adiposa 脂肪下痢
　　,,　　aestiva 夏期下痢
　　,,　　catarrhalis 加多兒性下痢
　　,,　　nervosa 神經性下痢
　　,,　　nocturna 疼間性下痢
Didymalgia 睪丸痛
Dilatatio cordis 心臟擴張
Diphtheria 實扶的里,喉症
　　,,　　crouposa 格魯布性實布的里
　　,,　　gangraenosa 壞疽性實布的里
Diplopia 複視
　　,,　　binocularis 兩眼複視
　　,,　　monocularis 一眼複視
Distima hepaticum 肝蛭

Dis   (18)   Dys

Distima pulmonum 肺埕

Distorsio articuli 關節捻挫

Druckbrand 壓抵壞疽

Drusenabscess 腺膿瘍

Drüsenanschwellung 腺腫

Drüsensarcom 腺肉腫

Drüsenverhärtung 腺硬結

Duodenitis 十二指腸炎

Dysenteria 赤痢

   „   chronica 慢性赤痢

   „   epidermica 流行性赤痢

   „   sporadica 散在性赤痢

Dysmenia 月經困難

Dysmenorrhoea 仝上

   „   inflammatoria 炎性月經困難

   „   membranacea 膜樣性月經困難

   „   neuralgica 神經性月經困難

   „   obstructiva 壅塞性月經困難

Dysphagia 嚥下困難

   „   constricta 瘀窄性困難

Dysphagia inflammatoria 炎性困難

   „   paralytica 瘋痺性困難

   „   spastica 痙攣性困難

Dysphonia 言語困難

Dpspepsia 消化不良

Dyspnoea 呼吸困難

Dystrophia 營養不良

   „   musculorum progressiva 進行性筋肉營養失常症

Dysuria 利尿困難

   „   spastica 痙攣性困難症

E.

Echinococcus 包虫

   „   hepatis 肝臟包虫

Eclampsia 急癇, 子癇

   „   Gravidarum 子癇, 姙婦急癇

   „   infantum 小兒急癇

   „   neonatarum 初生兒急癇

Ectasia oesaphagei 食道擴張
Ecthyma 膿疱,皮疹
Ecthyma Cachecticorum 惡液性膿疱
　　　　　syphiliticum 梅毒性膿疱
Ecthysteroyesis 子宮外姙娠
Ectopia testis 睪丸變位
　　　　Vesicae 膀胱脫
Ectophyte 海綿狀息肉
Ectropia, Ectropie 眼瞼外翻
　　　　orificiuteri 子宮孔外翻
　　　　senilis 老人眼瞼外翻
Eczema 濕疹
　　　acutum 急性濕疹
　　　Ani 肛門濕疹
　　　Capitis 頭部濕疹
　　　erythematosum 紅斑性濕疹
　　　extremitatis 四肢濕疹
　　　faciei 顏面濕疹
　　　genitalium 陰部濕疹
　　　memmae 乳房濕疹
　　　marginatum 頑癬濕疹

Eczema rubrum 赤色濕疹
　　　umbilicale 臍窩濕疹
　　　vesiculorum 水泡性濕疹
Eicheltripper 龜頭炎
Eierstockentzündung 卵巢炎
Eierstockschwangerschaft 卵巢姙娠
Eierstockwassersucht 卵巢水腫
Eiterbeule 膿瘍
Eiterflechte 小膿疹
Elephantiasis arabum 象皮病
　　　　genitalium 陰部象皮病
　　　　Scrotalis 陰囊象皮病（腫大病）
Emesia gravidarum 姙娠嘔吐
Emphysema s. Emphysem 氣腫
　　　　interlobulare 肺胞間氣腫
　　　　interstitiale 肺組織間氣腫
　　　　Pulmonum 肺氣腫
　　　　traumaticum 外

Emp　　　　(20)　　　　End

傷性氣腫
Emphysema subcutancum　皮下氣腫
Empyema seu Pyothorax 膿胸
Enanthesis rosalia 猩紅熱
　　　　,,　urticaria 蕁麻疹
Encephalitis 腦髓炎
　　　　,,　congenita　先天性腦炎
　　　　,,　exsudatoria 腦水腫
Encephaloedema 腦浮腫
Encephalolithus 腦石
Encephalomalacia 腦軟化
Encephalomeningitis　腦及腦髓炎
Encephalosclerosis 腦髓硬化
Encephalo tuberlulosa 腦髓結核
Enchondroma 軟骨瘤
Endarteritis 動脈內膜炎
　　　　,,　chronica deformans 慢性動脈內膜炎
　　　　,,　syphilitica 梅毒性動脈內膜炎
Endocarditis 心內膜炎
　　　　,,　chronica 慢性心內膜炎
Fndocarditis parasitica 寄生虫心內膜炎
　　　　,,　ulcerosa 潰瘍性心內膜炎
　　　　,,　Verrucosa 疣狀心內膜炎
Endometritis 子宮內膜炎
　　　　,,　acuta 急姓內膜炎
　　　　,,　cervicalis 子宮頸內膜炎
　　　　,,　chronica 慢性子宮內膜炎
Endophlebitis 靜性子宮內膜炎
Enteralgia 疝痛
Enteritis 腸炎
　　　　,,　catarrhalis acuta 急性頸加多兒
　　　　,,　　,,　chronica 慢性頸加多兒
Enteritis diphteria 實布的里性腸炎
Enterocolitis 小腸兼結腹炎
Enterolithus 腸結石
Enteropneumatosis 鼓腸

Enterospasmus 腸痙攣
Enterotyphus 腸窒扶司
Entropium 眼瞼內翻症
Entropium spasmodicum 痙攣性眼瞼內翻
   　„　　senilis　老者性眼瞼內翻
Enuresis 遺尿
   　„　　nocturna 夜中遺尿
   　„　　paralytica 痲痺性遺尿
   　„　　spastica 痙攣性遺尿
Ephelis 夏白斑
Epididymitis 副睪丸炎
   　„　　tuberculosa 結核性副睪丸炎
Epigastralgia 上腹痛
Epiglottitis 會厭軟骨炎
Epilepsia 癲癇,羊癲病
   　„　　idiopathica 特發性癲癇
   　„　　nocturna 夜間癲癇
Epilepsia symptomatica 症侯性癲癇
Epistaxis 衄血
Epulis 齒齦腫
Erfrieren 凍死

Erhängen 縊死
Ergotismus 麥角中毒
Erkaltung 寒胃,胃寒,傷風
Erosion 剝脫,糜爛
   　„　　durch Sattel 鞍傷
   　„　　　„　Schuh 靴傷
Ertrinken 溺死
Eructatis nervosa 神經性噯氣
Erysipelas 丹毒
   　„　　ambulans s. Serpens 遊走性丹毒
   　„　　bullosum 大水泡性丹毒
   　„　　facialis 顏面丹毒
   　„　　gangraenosum 壞疽性丹毒
   　„　　migrans 遊走丹毒
   　„　　infantum 小兒丹毒
   　„　　puerperale 產蓐性丹毒
   　„　　traumaticum 創傷丹毒
Erythema 紅斑
   　„　　caloricum 濕性紅斑
   　„　　endemicus 地方性

Ery (22) Feb

紅斑	Febris gastrica 胃熱
Erythema epidemicus 流行性紅斑	,, intermittens 間歇熱
,, nodosum 結節性紅斑	,, intermittens perniciosa 惡性間歇熱
,, Solare 日發紅斑	,, miliaris 粟粒疹熱
,, Syphiliticus 梅毒性紅斑	,, puerperalis 產褥熱
Exanthema 皮膚發疹	,, pyaemia 膿毒熱
,, acuta 急性發症	,, recurrens 回歸熱
Exophtalmus 眼球突出	,, remittens 弛張熱
Exostosis 骨腫	,, rheumatica 僂痲質熱
,, sungosa 海綿狀骨腫	,, traumatica 創傷熱
,, vera 眞性骨腫	,, urethralis 尿道熱
Exsudation 滲出	Fibroma 纖維腫
	,, arcolaris 蜂窩織纖維腫
F.	,, cavernosum 空洞纖維腫
Faciallähmung 顏面痲痺, 面神經痲木	,, molluscum 簇發纖維腫
Fallsucht 癲癇	Fissura ani 肛門裂瘡
Fasergeschwulst 纖維腫	,, papillae mammae 乳頭破裂
Favus 黃癬, 癩頭瘡	Fistula ani 痔瘻
Febris 熱病	,, lacrymalis 淚管漏
,, apoplectica 中風熱	,, rectovaginalis 直腸膣瘻
,, epileptica 癲癇熱	
,, flava 黃發熱	,, rectourethralis 直腸

尿道瘻	炎
Fistula vesicovaginalis 膀胱膣瘻	Fruchtlosigkeit 不姙
Flei-chwarze 肉芽	Frühlingskatarrh 春期加多兒
Flexiouteri 子宮屈曲	Fungus 菌狀腫,海綿腫
Flugfeuer 丹毒	„ durae matris 硬腦膜海綿腫
Foecundation 姙娠	„ mammarum 乳房肉腫
Foeter axillae 腋臭	Furfurisca 糖粃疹
Foeter oris 口臭	
Folie 癲狂	

G.

„ circulare 交換性燥鬱症	Galactie 乳汁溢出
Fractura 骨折	Galactocataracta 白內障眼
Fremdkörper im auge 眼中忌物竄入	Galactoedema 乳腫
„ in der Nase 鼻中忌物竄入	Galactozemia 乳汁缺乏
„ im Ohre 耳中忌物竄入	Gallenstein 胆石
„ in der Scheide 膣中忌物竄入	Gallenfieber 胆汁熱
„ „ „ Trachea 氣管竄入	Gallenruhr 胆汁過漏
Frieselausschlag 粟粒疹	Gallensucht 黃疸
Frieselflechte 粟粒匐行疹	Gangliitis 神經節炎
Froschbiss 蝦蟆毒	Gangraena 壞疽 脫疽
Froschleingeschwulst 蝦蟇腫	„ diabetica 蜜尿病性脫疽
Fruchthautentzündung 胎膜	Gangraena diphterica 寶布的里性脫疽
	„ oris 水癌
	„ senilis 老人脫疽

Gangraena symmetrica Baynandi 左右併發脫疽

Gastralgia 胃痛

Gastrectasie 胃擴張

Gastrenteritis 胃腸炎

Gastrenteromalacia 胃腸輭化

Gastritis 胃炎

„ catarrhalis acuta 急性胃加多兒

„ „ chronica 慢性胃加多兒

„ pralifera 小疣性胃炎

„ toxica seu venenata 中毒性胃炎

Gastrocolica 胃疝痛

Gastroduodenitis 胃十二指腸炎

Gastrodynia 胃痛

Gastrolithiasis 胃給石病

Gastroperitonitis 胃腸膜炎

Gastrophtisis 胃勞瘵

Gastrorrhagia 胃出血

Gastrospasmus 胃痙

Gastrostenosis 胃狹窄

Gastrotympanites 胃鼓張

Gaumenentzüdung 口蓋炎

Gaumenspalte 口蓋披裂

Gebärmutterblutung 子宮出血

Gebärmutterentzündung 子宮炎

Gebärmutterkrebs 子宮癌

Gebärmutterumstülpung 子宮內翻

Gebärmutterwassersucht 子宮水腫

Geburt 娩產

„ bei Fuszlagen 逆產

„ „ Gesichtslagen 面產

„ „ Querlagen 橫產

„ „ Steisslagen 臂產

Gefässentzündung 脈管炎

Gefässgeschwulst 脈管腫

Gefüssverengerung 脈管狹窄

Gefässverschliessung 脈管閉塞

Gehirnanaemie 腦貧血

Gehirneiterung 腦化膿

Gehirnerschutferung 腦震盪

Gehirnentzundung 腦炎

Gehirnverhärtung 腦硬變

Gehirnwassersucht 腦水腫

Geilsucht 好色狂

Geistesstoerung 精神變常

Gelbes Fieber 黃熱

Gelbsucht 黃疸

Gelenkbruch 關節端骨折

Gelenkeiterung 關節化膿

Gelenkentzündung 關節炎

Gelenkschwamm 白腫,關節贅肉

Gelenksteifigkeit 關節强直

Gelenkvereiterung 關節化膿

Gelenkverrenkung 關節脫臼

Gelenkverwachsung 關節癒着

Gelenkwassersucht 關節水腫

Gemütskrankheit 精神病

Genu valgum 膝內翻

Genu varum 膝外翻

Gefässfistel 痔瘻

Geschwulst 腫瘍

　　　　,, 　　　an den Augenlidern 眼瞼腫瘍

Geschwür 潰瘍

　　　　,, 　　　des uterus 子宮潰瘍

Gesichtsblatfer 乳頭疹

Gesichtsfehler 視力變常

Gesichtskrampf 顏面痙攣

Gesichtslähmung 顏面痙攣

Gesichtsschwäche 弱視

Gewebsnecrose 組織壞疽

Gicht 痛風

　　Aethenische Gicht 無力性痛風

　　Gelenkgicht 關節痛風

　　Kniegicht 膝痛風

　　latente Gicht 潛在性痛風

Gichtfieber 痛風熱

Gingivalblutung 齒齦出血

Gingivitis 齒齦炎

Glaskoerpervorfall 硝子體脫出

Glaucoma 綠內障,青盲

　　　　,, 　　acutum 急性綠內障

　　　　,, 　　chronicum 慢性綠內障

　　　　,, 　　evolutum 第二期綠內障

　　　　,, 　　fulminans 電擊性綠內障

　　　　,, 　　imminens 第一期綠內障

　　　　,, 　　secundarium 續發性綠內障

　　　　,, 　　simplex 單純性綠

Gli　　　（26）　　　Gri

內障

Gliederfluss 僂痲質斯

Gliederschwamm 白腫,海綿腫

Gliederspannen 四肢痙攣

Gliedwassersucht 關節水腫

Glossalgie 舌痛

Glossitis 舌炎

　　　，，　herpelica 疱疹性舌炎

　　　，，　variolosa 痘瘡舌炎

Glossorrhagia 舌出血

Glossoscirrhus 舌癌

Glotzaugenkrankheit 格落之勞根氏病

Gonorrhoblepharaea 白濁性眼炎

Gonorrhaca 白濁

Gonitis 膝關節炎

Granuloma 肉芽腫

Graphomania 書狂

Graphospasmus 書痙

Graviditas extrauterina 子宮外姙娠

　　　，，　abdominalis 腹腔姙娠

　　　，，　ovarialis 卵巢姙娠

　　　，，　tubaria 喇叭管姙娠

妊

Grind 疥癩

Grindkopf 禿頭

Grössenwahn 誇大狂

Grübelsucht 深思狂

Gruensucht 萎黃病

Grützbeutel 粉狀囊腫

Grützgeschwulst 粉質瘤

Gummigeschwulst 護謨腫

Gürtelstaar 帶狀內障眼

H.

Haarausfall 脫毛,毛髮脫落

Haarbruch 小梢分裂

Haarharnen 毛尿病

Haarmangel 毛髮稀疎

Haarsackmilbe 毛囊虫

Hadernkrankheit 襤褸病

Haemacelinosis 血斑病

Haemachroses 血液變色

Haemadostenosis 血管狹窄

Haemarthrus 關節血腫

Haematemesis 吐血

Haematemesis hysterica 歇司的里性吐血

Haematencephalon 卒中,血瘤

Haematinurie 血尿症

Hae　　　　(27)　　　　Hae

Haematocele 陰囊血腫	性咯血
,, retrouterina Haematoma retrouterina 子宮產後血腫	Haemorrhagia 出血
Haematocolpus 膣內溜血	,, capillaris 毛細管出血
Haematocyanosis 萎黃病	
Haematoma 血瘤,血腫	,, cerebri 腦溢血
,, neonatorum 初生兒血腫	,, pulmonum 肺出血
Haematometra 子宮內經血蓄積	,, uteri 子宮出血
	,, renalis 腎臟出血
Haematomyelitis 出血性脊髓炎	,, spinalis 脊髓出血
Haematopathia 血液病	Haemorrhoid 痔疾
Haematophilie 血友病	Haemorrhoidalblutung 痔出血
Haematophobie 恐血病	
Haematoptysis 咯血	Haemorrhoidalknoten 痔核
Haematorrhaea 出血,血痢	Haemothorax 血胸
Haemidrosis 血汗	Hagedrüse 瘰癧
Haemocyanosis 萎黃病	Hageldrüse 霰粒腫
Haemophilie 血友病	Hahnentritt 眼瞼麥粒腫
Haemophobia 恐血症	Halbschlag 半身不隨
Haemophtalmus 眼球出血	Halbsehen 半視眼
Haemoptoe 咯血	Halbstarre 加答列布失止動症
,, hysterica 歇司的里性咯血	Halsbräune 咽喉炎,咽喉痛
	Halskrampf 頸部痙攣
,, tuberculosa 結核	Halsschwindsucht 氣管炎,喉

頭勞

Halsstarre 頸部硬直, 斜頸

Halssteifheit 頸部强直

Handschweiss 手汗

Harnfluss 尿失禁

Harngangentzündung 輸尿管炎

Harnleiterentzündung 仝上

Harnröhrenentzündung 尿道炎

Haenröhrenverengerung 尿道狹窄

Harnröhrenverschluss 尿道閉塞

Harnröhrenscheidenfistel 尿道膣瘻

Harnsperre 尿閉

Harnträufeln 尿淋瀝

Hautemphysem 皮膚氣腫

Hautentzündung 皮膚炎

Hautgries 麥粒腫

Hautkleie 鱗屑疹, 苔癬

Hectica 消耗, 衰弱

Hemeralopia 夜盲

Hemianopsia 半盲症

　　　　homonyma 目側半盲症

Hemianopsia temporalis 半盲症

Hemiatrophia 半身瘦削

Hemicephalon 半頭畸形

Hemicrania 偏頭痛

Hemiopia 半癱症, 半視症

Hemiplegia 偏癱, 半身不隨

　　　　epileptica 癲癇性偏癱

　　　　hysterica 歇司的里性半側痲痺

Hepar adiposum 肝臟脂肪變性

Hepatitis 肝臟炎

　　　　interstistalis 間質性肝臟炎

　　　　parenchymatosa 實質性肝臟炎

　　　　suppurativa 化膿性肝臟炎

　　　　syphilitica 梅毒性肝臟炎

Hermaphroditismus 陰陽兩性畸形

　　　　verus 眞兩性畸形

　　　　spurius, s.

Pseudoherma phroditismus 假兩性畸形	損
Herminthiasis 寄生虫發生	erworbene Herzklappenfehler 後天性心臟辮膜缺損
Hernia 歇爾尼亞,小腸气	Herzlähmung 心臟痲痺
femoralis 大腿歇爾尼亞	Herzmuskelentzündung 心筋炎
inguinalis 鼠蹊歇爾尼亞	Herzneuralgie 心神經痛
scrotalis 陰囊歇爾尼亞	Hidrosis 發汗
umbilicalis 臍窩歇爾尼亞	Hippus 眼臉頻痙症
Herpes 匐行疹,疱疹	Hirnschlag 腦卒中
facialis 顏面匐行疹	Hirntaben 精神錯亂
inguinalis 鼠蹊匐行疹	Hirnwassersucht 腦水腫
labialis 口唇水疱疹	Hirsefieber 粟粒疹熱
parasitalia 寄生水疱疹,頑癬	Hirseflechte 白斑
praeputialis 包皮疱疹	Hirsekorn 粟粒疹
zoster 帶狀匐行疹	Hodenentzündung 睪丸炎
Herrenkrankheit 痛風	Hodenkrebs 睪丸癌
Herzbeben 心悸動,心鼓動	Hornhautabscess 角膜膿瘍
Herzbeutelentzündung 心包炎	Hornhautentzündung 角膜炎
Herzklappenfehler 心臟辮膜缺損	Hornhauterweichung 角膜輭化
angeborene Herzklappenfehler 先天性心臟辮膜缺損	Hornhautfleck 角膜斑
	Hornhautgeschwür 角膜潰瘍
	Hornhautstaphylom 角膜葡萄腫
	Hühnerauge 雞眼
	Hühnerblindheit 夜盲

Hyaloiditis 硝子體膜炎	Hymenitis 處女膜炎
Hydramnion 羊水過多	Hyperacidität 胃酸過多症
Hydrarthrus 關節水腫	Hyperämia 充血
Hydroblephalon 眼瞼水腫	，，　　　activa 實性充血
Hydrocele 陰囊水腫	，，　　　cerebri 腦充血
Hydrocephalon, s. Hydrocep-	，，　　　hepatis 肝臟充血
halus 腦水腫	，，　　　lienalis 脾臟充血
，，　　　acquisitus 後	，，　　　passiva 虛性充血
天性腦水腫	Hyperhidrosis 發汗過多
，，　　　congenitalis	Hypermetropie, s. Hyperopia
先天性腦水腫	遠視眼
Hydromyelie 脊髓水腫	Hypertrphia 肥大
Hydronephrose 腎臟水腫	，，　　　cordis 心臟肥大
Hydroophoron 卵巢水腫	，，　　　cerebri 腦肥大
Hydropericardium 心囊水腫	，，　　　clitoridis 陰核
Hydrophimosis 浮腫性包莖	肥大
Hydrophobia 恐水病	，，　　　lienalis 脾肥大
Hydrops 水腫	，，　　　linguae 舌肥大
，，　　　acutus 急性水腫	Hypochondriasis, s. Hypocho-
，，　　　gravidarum 姙婦水	ndrie 身體違和,關節重覺
腫	Hypogastritis 胃炎
，，　　　peritonei 腹水	Hypopion 眼前房蓄膿症
Hydrorrhachis 脊稚水腫	Hysteriasis 豪豬病
Hydrosalpinx 喇叭管水腫	Hysterie,s. Hysteria 歇司歇的
Hydrothorax 胸水	里,神經病
Hymenimperforatus 無孔處女	Hysterische contraction 歇司
膜	的里性牽縮

Hysterische Krämpfe 歇司的里性痙攣

Hysterische Neuralgie 歇司的里性神經痛

Hysterocele 子宮病

Hysteromania 慕男狂,花色癲

I.

Ichoraemia 散血症

Ichthycismus 魚中毒

Ichthyosis 魚鱗癬

　　　" 　serpentina 蛇行性魚鱗癬

　　　" 　vulgaris 單一鱗癬

Ichthyotoxicon 魚中毒

Icterus 黃疸

　　　" 　catarrhalis 加多兒性黃疸

　　　" 　haematogeneus 血液性黃疸

　　　" 　neonatorum 初生兒黃疸

Ictus fuminis 電擊死

Idiotismus 痴呆

Ileotyphus 腸室扶司

Ileus 吐糞病,絞腸病

　　　" 　inflammatorius 腸炎性吐糞病

Ileus paralyticus 痲痺性吐糞病

Imbecillitas, s. Imbecillität 意識衰弱,輕症痴呆

Impetigo 小膿疱疹,天泡瘡

　　　" 　contagiosa 傳染性小膿疱疹

　　　" 　capitis 頭部小膿疱疹

　　　" 　facies 顏面小膿疹

　　　" 　herpetiformis 匐行疹性小膿疱疹

　　　" 　syphiliticus 梅毒性小膿疹

Impotentia 陰萎,陽萎

　　　" 　conjugalis 交接不能

Impotenz 陰萎

Incanatio unguis 爪刺

Incorceratio 腸篏頓

Incarceratio herniae 歇爾尼亞性篏頓

　　　" 　interna 內部腹篏頓

Incontinentia 屎尿失禁

　　　" 　alvi 大便失禁

Incontinentia urinae 小便失禁

Induratio 硬結,硬化

　　　hepatis 肝臟硬變禁症

Infantia linguae 啞

Infarct, Infarctus 梗塞, 楔狀出血

Infarctus haemorrhagicuslienis 出血性脾臟梗塞

Inflammatio 炎症, 瘀衝

　　　papillae mammae 乳頭炎

Inflatio abdominalis 腹部膨滿

Influenza 流行性冒寒

Insania 癲狂

　　　nocturna 夜狂

Insipientia 魯鈍

Insolatia 日射病

Insomnia 不眠

Insufficientia 閉鎖不全

　　　pulmonalis 肺動脈半月瓣閉鎖不全

　　　mitralis 僧帽閉鎖不炎

　　　tricuspidalis 三尖閉鎖不炎

　　　aorticum 大動脈瓣閉鎖不全

Intermittens 間歇熱

　　　perniciosa 惡性間歇熱

　　　quotidiana 日發間歇熱

　　　tertiana 三日間歇熱

Intertrigo 濕爛,擦剝

Intonatio 腹鳴

Intoxicatio 中毒

Invaginatio 腹管疊積

　　　coliva 結腹疊積

　　　duodenalis 十二指腹疊積

Inversio 翻轉,內翻

　　　palpebrarum 眼瞼內翻

　　　uteri 子宮內翻

Iridochorioiditis 虹彩脈胳膜炎

Iridoparalysis 虹彩麻痺

Irisstaphylom 虹彩脫

Iritis 虹彩炎

　　　blenorrhoica 膿漏性虹彩炎

　　　parenchymatosa 實質性

虹彩炎	**K.**
Iritis plastica　成形性虹彩炎	Kachexia　惡液質
Irritatio　受衝機過敏	,,　　mercurialis　汞毒性
,,　　cerebralis　腦受衝機過敏症	惡液
Ischaemia　止血,局部負血	,,　　strumipriva　甲狀腺摘出後惡液
Ischias　坐骨神經痛	Kaltes Fieber　瘧
,,　antica cotunnii　前面坐骨神經痛	Katalepsie　加答列布矢
,,　gonorrhoica　淋毒性坐骨神經痛	Katarrh　加多兒,炎
,,　postica cotunnii　後面坐骨神經痛	Katzenauge　綠內障
,,　scoliotica　側彎性坐骨神經痛	Kehlkopfkrampf　喉頭痙攣
Ischuria　尿閉	Kehlkopflähmung　喉頭痲痺
,,　paralytica　痲痺性尿閉	Keratitis　角膜炎
,,　spastica　痙攣性尿閉	,,　leprosa　癩病性角膜炎
Isthmitis　口峽炎,咽頭炎	,,　neuroparalytica　神經痲痺性角膜炎
I = J.	,,　parenchymatosa　實質性角膜炎
Iejunitis　空腹炎	,,　syphilitica　梅毒性角膜炎
Iodismus　沃度(碘)中毒	Keratocele　角膜突出
Iucken　痒痛	Keratosis　角變
Iungfernfieber　黃萎病	Kiefersarcom　鷄肉腫
	Kinderflecken　麻疹
	Kindergichter　子癇

Kinderhusten 百日咳

Kleienflechte 糠粃疹

Kleiengrind 鱗屑疹

Klappenfehler 瓣膜疹

Kniekehlenentzündung 膝喉炎

Knochenabscess 骨膿瘍

Knochenbrand 骨壞疽

Knochenhautentzündung 骨膜炎

Knochenmarkentzündung 骨髓炎

Knochenschwindsucht 骨癆

Knochenverrenkung 脫白

Kopfrosa 頭丹毒

Krätze 疥癬, 疥瘡

Kribbelkrankheit 麥角中糖

Kropf 甲狀腺腫

Kröte 蝦蟇腫

Kupferfinne 銅色面皰

Kyphosis 脊椎後彎, 佝僂病

Kystoma 囊腫

　　　　" ovarii 卵巢囊腫

L.

Lackausschlag 漆毒疹

Lagertyphus 軍陣疫, 發疹窒扶司

Lagophtalmus 兎眼

Lähmung 瘋痹

Landruhr 流行性痢疾

Laparokatarrhus 腸加多兒

Laparozoster 腹部帶狀疹

Laryngitis 喉頭炎

　　　" catarrhalis 喉頭加多兒

　　　" crouposa 格魯布性喉頭炎

　　　" diphterica 實布的里性喉頭炎

　　　" syphilitica 梅毒性喉頭炎

　　　" tuberculosa 結核性喉頭炎

Laryngopharyngitis 咽喉炎

　　　" granulosa 顆粒性咽喉炎

　　　" syphilitica 梅毒性咽喉炎

Laryngostenosis 喉頭狹窄

Laryngotracheitis 喉頭氣管炎

Läusekrankheit 虱生病

Lebercirrhose 肝臟硬變

Leberechinococcus 肝水泡虫

Leberschrumpfung 肝萎縮

Leberstein 肝臟給石

Leberwurm 肝蛭

Leiomyom 滑手筋筋腫

Leistenbruch 鼠蹊歇爾尼亞

Lentigo 後天性母斑

Leporinum labium 口唇披裂

Lepra 癩病,大痲瘋

　　 " 　 anaesthetica 痲痺性癩

　　 " 　 nervosa 神經癩

　　 " 　 tuberosa 結節癩

Leptomeningitis 軟腦膜炎

Leucaemia 白血病

Leucoderma 白皮病

Leucoma 角膜白病

Leucomatorrhoea 白液瀉

Leucopathia 白皮病

Leucorrhoea 白帶下

Lichen 苔癬

　　 " 　 ruber 紅色苔癬

　　 " 　 syphiliticus 梅毒性苔
癬

Lientenia 完穀下痢

Limoctonie 餓死

Linsenfleck 雀斑,太陽斑

Linsenmal 雀斑

Linsentrübung 水晶體溷濁

Lipima 脂肪腫

Lipomatosis 脂肪肥胖症

Lipothymia 人事不省

Lippenflechte 唇匐行疹

Lithargysmus 鉛中毒

Lithonephritis 腎石病

Livedo 青斑(鉛毒)

Locale Krampf 局處痙攣

Lochometritis 產後子宮炎

Logopathie 言語障害

Lues 梅毒

Luftröhrenerweiterung 氣管枝
　　擴張

Luftröhrenverschluss 氣管閉
　　塞

Lumbago 腰痛

Lungenblutung 咯血,肺出血

Lungenbrand 肺壞疽

Lungenentzündung 肺炎

Lungenoedem 肺浮腫

Lupus 狼瘡

　　 " 　 erythematosus 紅斑性
狼毒

　　 " 　 syphiliticus 梅毒性狼
瘡

　　 " 　 vulgaris 眞性狼瘡

Luxatio 脫白

Luxatio mandibulae 下顎脱白	Maselsucht 結節癩
Lymphadenitis 淋巴腺炎	Mastalgia 乳腺痛
Lymphangitis 淋巴管炎	Mastdarmbruch 脱肛,直腸脱
Lymphgefässentzundung 淋巴管炎	Mastdarmentzündung 直腸炎
Lymphoma 淋巴腺腫	Mastdarmcarcinom 直腸癌
Lyssa 恐水病,(被癲犬咬後之病)	Mastitis 乳房炎

M.

Maal 母斑,黑痣	Mastodynia 乳房痛
Macula 斑點	Melaena 黑吐病,黑糞病
,, corneae 角膜斑點	,, neonatorum 初生兒黑吐病
,, venerea 梅毒斑	Melanämia 黑血病
Magenblutung 胃出血	Melancholia 鬱憂病
Magencarcinom 胃癌	,, agitans 恐怖性鬱憂病
Magenerweiterung 胃擴張	,, nostalgica 慕鄉性鬱憂病
Magengeschwür 胃潰瘍	Melanofibroma 黑痣
Magenkatarrh 胃加多兒	Melanom 黑腫
Magenkrebs 胃癌	Melanosis 變黑病
Malleus farciminosus 惡性馬鼻疽	Melasma 黑皮病
Mania 躁狂,輕神經病	Meningitis 腦脊髓膜炎
,, puerperarum 產褥燥狂	,, acuta 急性腦脊髓膜炎
Marasmus 消耗,衰弱	,, cerebralis 腦膜炎
,, senilis 老衰	,, spinalis 脊髓膜炎
Marksarcom 髓肉腫	Menorrhagia 月經過多
	Menopausis, s. Menostase 月

經閉止	Miliaria 粟粒疹
Menoxena 月經不調	Milium 粟粒腫
Menstrualkolik 月經疼痛	Milphosis 眉毛脫落
Menstruatio 月經	Milzabscess 脾臟膿瘍
Mentagra 鬚瘡	Milzbrand 脾脫疽
Mercurialismus 汞毒症	Milzechinococcus 脾臟包蟲
Mesenteritis 腸間膜炎	Miserere 吐糞病
Mesocephalitis 中腦炎	Missbildung 畸形
Metamorphosia 呼吸變音	Mittelohrentzündung 中耳炎
Meteorismus 鼓腸	Mogigraphie 書痙
Metralgia 子宮痛	Mola 奇胎
Metrectopia 子宮轉位	Molluscum 軟疣腫
Metritis 子宮炎	Morbilli 痲疹
" 　acuta 急性子宮炎	" 　haemorrhagici 出血
" 　chronica 慢性子宮實	性痲疹
質炎	" 　rubri 紅色痲疹
Metrocarcinoma 子宮癌	" 　sine exanthemata 無
Mitrocatarrhus 子宮加多兒	疹痲疹
Metroleucorrhoea 白帶下	" 　vesiculosi 水泡痲疹
Metroperitonitis 子宮外膜炎	Morbus 疾病
Metrorrhagia 子宮出血	" 　Addisoni 亞實孫氏病
Metrosalpingitis 喇叭管炎	" 　Brightii 武雷篤氏病
Mietio frequens 利尿頻數	" 　Maculosus Werlhofii
Migraena 偏頭痛	紫斑病
Milchfieber 乳熱	Morphinismus 嗎啡中毒
Milchkarnfluss 乳尿病	Mars apparens 假死
Milchstaar 白內障	Mors insnantanea 卒死

Mor　　(38)　　Myo

Morsus 咬傷
Morsus serpentis 蛇咬傷
Mortificatio 脫疽,壞疽
Monches volantes 咬視
Muskelentzündung 筋炎
Muskelrheumatismus 筋酸痛
Mutismus 暗啞
　„　hysterica 歇司的里性暗啞
Mutterfieber 褥熱
Myalgia 筋痛
Myalgia rheumatica 僂麻質司性筋痛
Mydriasis 瞳孔散大
Myelitis 脊髓炎
　„　ascendens 上行性脊髓炎
　„　centralis 中行性髓脊炎
　„　cervialis 頭髓炎
　„　circumscripta 限局性頭髓炎
Myelomalacia 脊髓軟化
Myelosclerosis 脊髓軟化
Myocarditis 心筋炎
Mysma 筋腫
Myopia 近視眼

Myosis 瞳孔縮小
　„　paralytica 痲痺性瞳孔縮小
　„　spinalis 脊髓性瞳孔縮小
Myositis 筋炎
　„　interstitialis 間質性筋炎
　„　ossificans 化骨性筋炎
Myringitis 鼓膜炎
Myxoma 粘液腫
　„　gelatinosum 膠樣粘液腫
　„　lipomatosum 脂肪性粘液腫

N.

Nabelbruch 臍脫腸
Nabeldarmbruch 臍脫腸
Nabeldarmfistel 臍腸瘻管
Nabelfleischgewächs 臍肉腫
Nabelgeschwür 臍潰瘍
Nabelschnurvorfall 臍帶脫出
Nabelstrangbruch 臍帶腹膜不閉,臟腑之一部分落於其中
Nabelvenenentzündung 臍靜

脉

Nachblutung 後出血

Nachgeburtsvorfall 胎盤脫墜
炎

Nachstaar 繼發綠內障

Nachtblatter 夜發疹

Nachtblinde 夜盲

Nachtmahr 夢魘

Nachtripper 夜淋

Nachtschweiss 盜汗

Nachtsehen 畫盲

Nachweh 後陣痛

Nackenfistel 項瘻管,項瘻

Nackenkrümmung 項灣曲

Nackenmuskellähmung 項筋
瘋瘅

Nackensteifigkeit 項部强直

Naevus 母斑

  ,, Maternus 母斑,痣

  ,, Pigmentosus 色素性母
斑

  ,, planus 扁平痣

  ,, Vascularis 血管痣

  ,, Verrucosus 疣狀痣

Nagelfell 角膜弦狀蓄膿

Nagelgeschwür 瘭疽

Nagelzwang 瘭疽

Narbengeschwulst 瘢痕腫瘍

Narbencarcinom 瘢痕癌腫

Narcosis ex opio 阿片中毒

Narrschaft 痴愚

Nasenbluten 衄血

Nasenblutung 衄血

Nasengeschwulst 鼻腫瘍

Nasengewächs 鼻痔

Nasenknospe 鼻銅疹,酒渣鼻

Nasensarcom 鼻肉腫

Nasenschleimfluss 鼻粘液漏

Nasenwinkelabscess 鼻角膿瘍

Nasitis 鼻炎

Nausea 惡心,嘔氣

  ,, bundus, s. marina 船
暈

Nebennierenentzündung 副腎
炎

Nebula 溷濁,霧

  ,, corneae 角膜翳

Necrophobia 恐死病

Necrosis 骨疽,壞疽

  ,, dentum 齲齒

  ,, ossium 骨疽

Nephralgia 腎痛

Nephranuria 泌尿閉止

Nephrectasis 腎臟擴脹

381

Nep   (40)   Net

Nephritis 腎臟炎	Netzhautthaemorrhagia 綱膜出血
,, caseosa 乾酪性腎臟炎	Neuralgia 神經痛
,, catarrhalis 加多兒性腎臟炎	Neuralgia alveolanis inferioris 下齒槽神經痛
,, gravidarum 姙娠腎	,, cardiaca 心臟神經痛
,, interstitialis 間質性姙娠腎	,, glans penis 龜頭神經痛
,, Parenchymatosa 實質性姙娠腎	,, gonorrhoica 淋疾性神經痛
Nephroedema 腎臟水腫	,, ischiadica 坐骨神經痛
Nephrolithiasis 腎臟結石	,, intercostalis 肋間神經痛
Nephroparalysis 腎臟痲痺	,, lingualis 舌神經痛
Nervenentzündung 神經炎	,, spermatica 精系神經痛
Nervenschlagfluss 卒中	Neurasthenia 神經衰弱症
Nervenschmerz 神經痛	,, cerebarlis 腦髓神經衰弱
Nervenwunde 神經捐傷	,, spinalis 脊髓神經衰弱
Nervöse Palpitation 神經性心悸	,, universalis 一般神經衰弱
Nervosität 神經衰弱	Neurilemmitis 神經鞘炎
Nesselbrand 蕁痲羅斯	Neuritis 神經炎
Nesselfieber 蕁痲羅斯蕁痲疹熱	
Netzbruch 綱膜脫墜	
Netzentzündung 腹綱膜炎	
Netzhautblutung 綱膜出血	
Netzhauterweichung 綱膜軟化	

Neuritis acuta 急性神經炎
" chronica 慢性神經炎
" degenerativa 變質性神經炎
" migrans 移行性神經炎
" nodosa 結節性神經炎
Neuroganglitis 神經節炎
Neuroma 神經痛
Neuromyelitis 神經髓炎
Neuroparalysis 神經痲痺
Neuroparalysis ophtalmica 眼神經痲痺
Neuroretinitis 綱膜炎
Neurose Neurosis 神經症
Nierenabscess 腎臟膿瘍
Nierenatrophie 腎臟萎縮
Nierenbeckenentzündung 腎盂炎
Nierenbeckenerweiterung 腎盂擴張
Nierenentzündung 腎臟炎
Nierengries 腎臟小石
Niereninfarct 腎臟楔狀出血
Nierenschrumpfung 腎萎縮
Nierensclerose 腎硬化

Nierenwassersucht 腎臟水腫
Nigrities cutis 皮膚里變
" linguae 舌黑斑病
Noma 水癌
Nostalgia 慕鄉病
Nubecula 雲翳
Nubecula corneae 角膜翳
Nymphomania 花風病, 慕男病

O.

Obanditio obanditus 耳聾
Oberhautabschürfung 皮膚剝脫
Oberhautentzündung 上皮炎
Oberhautkrebs 上皮癌
Obesitas, obesität 肥滿
" colli 脂肥頸
" cordis 心脂肪肥大
Obstipatio, obstructio 便秘
Obstructio alvi 便秘
Obstipitaet 斜頸
Obstructio menstruorum 月經閉止
Occulsio, Occlitsion 閉塞
Occlusio pupillae 瞳孔閉塞
Odontalgia 齒痛

Odo　　(42)　　Ohr

Odontitis 齒炎	Ohrentrommelfellentzündung 皷膜炎
Odontolithus 齒結石	Ohrenwassersucht 耳水腫
Oedem, Oedema 浮腫	Ohrenkatarrh ohrlaufen 耳漏
Oedema fugax 過性浮腫	Ohrschleimfluss 耳粘液漏
" 　glottidis 聲門浮腫	Olighaemia 貧血
" 　maligna 惡性浮腫	Oligogalactia 乳汁缺乏
Oesophagemesis 食道部嘔吐	Oliguria 減尿
Oesophagialgia 食道痛	" 　hysterica 歇司的里性減尿
Oesophagitis 食道炎	Omalgia 肩胛痛
" 　catarrhalis 加多兒性食道炎	Omphalophlebitis 臍靜脉炎
" 　crouposa 格魯布性食道炎	Onania, Onanie 打手銃, 手淫
" 　follicularis 濾泡性食道炎	Onychia 爪床炎
Oesophaguslähmung, oesphagoparalysis 食道痲痺	" 　benigna 良性爪床炎
Oesophagospasmus 食道痙攣	" 　maligna 惡性爪床炎
Oesophagostenosis 食道狹窄	" 　syphilitica 梅毒性爪床炎
Ohrblutung 耳出血	Onychographosis 爪彎曲
Ohrdrüsenentzündung 耳下腺炎	Oophoritis 卵巢炎
Ohrenbeulen 耳下腺炎	Oophoromalacia 卵巢軟化
Ohrenbrausen, Ohrensausen 耳鳴	Ophtalmia ophtalmie 眼炎
	" 　gonorrhoica 淋病性眼炎
Ohrenentzündung 耳炎	" 　granulosa 顆粒性眼炎
Ohrenschmalz 耵聹	" 　neonatorum 初生

兒眼炎
Ophtalmia pyrrhoica s. puru-
lenta 化膿性眼炎
　　　," sympathica 交感
性眼炎
Ophtalmocele 眼球突出
Ophtalmomalacia 眼球軟化
Ophtalmoplegia 眼筋痲痺
Ophtalmopyorrhoea 眼膿漏
Opisthotonus 後弓反張
Orchidalgia 睾丸痛
Orchiostosis 睾丸骨化
Orchitis 睾丸炎
　," caseosa 乾酪性睾丸
炎
　," gummosa 梅毒性睾
丸炎
　," syphilitica 梅毒性睾
丸炎
　," tuberculosa 結核性
睾丸炎
Orgasmus 色慾亢進
Ostealgia 骨神經痛
Osteom, Osteoma 骨腫
Osteomalacia 骨質軟化症
Osteomyelitis 骨髓炎
　," syphilitica 梅

毒性骨髓炎
Osteomyelitis tuberculosa 結
核性骨髓炎
　," traumatico 外
傷性骨髓炎
Osteophyte, Osteophyton 骨
腫
Ostitis 骨炎
　," caseosa 乾酪性骨炎
　," fungosa 菌性骨炎
　," gummosa 護膜性骨
炎
　," ossificans 化骨性骨炎
　," syphilitica 梅毒性骨
炎
Otalgia 耳痛
Otitis 耳炎
　," externa 外聽道炎
　," catarrhalis 加多兒性耳
炎
　," purulenta 化膿性
　," media 中耳炎
　," labyrintica 中耳炎
Otorrhagia 耳出血
Otorrhoea 耳漏
Ovarialabscess 卵巢膿瘍
Ovarialcyste 卵巢囊腫

Ovarialgia 卵巢痛
Oxybolia 急性遺精
Oxysmus 酸中毒
Oxyuris vermicularis 蟯蟲
Ozaena 鼻臭·惡臭性鼻炎
  ,, syphilitica 梅毒性惡臭潰瘍

P.

Pachyblephalon 眼瞼肥厚
Pachyderma 厚皮病
Pachymeningitis 硬腦膜炎
Pallor virginum 萎黃病
Palpitatio, Palpitatio cordis 心悸動
Panaritium 瘭疽
  ,, periostale 骨膜瘭疽
Pancreatitis 䐅炎·膵臟炎
Pancreatorrhaea 䐅漏
Pannus 血管發生性角膜炎
  ,, phlyctaenulosus 水泡
Panophtalmitis 全眼球炎
Pantaphobia 恐怖病
Pantogamia 强淫
Papillitis 乳嘴炎
Papillom, Papilloma 乳嘴腫

Papula, Papel 丘疹
Paracrusis 譫妄
Paracusis 耳鳴,聽神失常
Paraglossus 舌腫
Paralalia 語音錯誤
Paralogia 譫語
Paralysis 痲痺
  ,, agitans 震戰痲痺
  ,, atrophica 瘦削性痲痺
  ,, cruciata 交叉性痲痺
  ,, glossopharyngolabialia 舌咽頭唇痲痺
  ,, hemiplegica 半身痲痺
  ,, myopathica 筋病性痲痺
  ,, Partialis 局處性痲痺
  ,, Puerperalis 產褥性痲痺
  ,, rheumatica 僂痲性斯性痲痺
  ,, spastica 痙攣性痲痺
  ,, toxicativa 中毒性痲

Par　　　　(45)　　　　Par

痺	Partus aerotinus 遲產
Parametritis 骨盤內結蹄織炎	,,　immaturus 早產
,,　puerperalis 產褥	,,　praematurus 早產
性結蹄織炎	Paruria 利尿困難
Paranephritis 腎臟周圍炎	Pectus 胸廓
Paranoea, Paranoia 痴呆	,,　carinatum 龜胸
Paraphasie 言語障害	,,　gallinaceum 鳩胸
Paraphimosis 篏頓包莖	Pediculus 虱
Paraplegia 截癱症	,,　capitis 頭毛虱
Parasiten 寄生蟲	,,　pubis 陰毛虱
Parencephalitis 小腦炎	,,　vestimenti 衣服虱
Parendephalocele 小腦歇僂傴	Pelios s. Peliosis 紫斑
Paresthesis 知覺失常	Peliosis rheumatica 僂痲質司
Paronychia 爪溝炎	性紫斑
,,　syphilitica 梅毒	Pemphygus 天泡瘡
性爪溝炎	,,　leprosus 癩性天
Parophobia 恐水病	泡瘡
Parophtalmia 眼周圍炎	,,　neonatorum 初生
Parosis 變視,鈍視	兒天泡瘡
,,　illusoria 錯視	,,　vulgaris 普通天
,,　noctifuga 夜盲	泡瘡
Parorasis 色盲,錯視	Perforatio, s. perforation 穿孔
Parosmia 嗅覺失常	Perforation des Trommelfells
Parotitis 耳下腺炎	鼓膜穿孔
,,　epidemica 流行性耳	Peribronchitis 氣管支外膜炎
下腺炎	,,　Purulenta 化膿
Parturitio, s. Partus 分娩	性外膜炎

Per   (46)   Per

Peribronchitis tuberculosa 結核性外膜炎

Pericarditis 心囊炎

Perichondritis 軟骨膜炎

    ,,   laryngea 喉頭軟骨膜炎

Perididymitis 睪丸莢膜炎

Perienteritis 腸間膜炎

Perikarditis 心囊炎

Perimetritis 子宮腹膜炎

Periodontitis 齒根骨膜炎

Periorbitis 齒窩骨膜炎

Periorchitis 睪丸外膜炎

    ,,   plastica 成形性睪丸莢膜炎

    ,,   suppurativa 化膿性睪丸莢膜炎

Periostitis 骨膜炎

    ,,   gummosa 護謨腫性骨膜炎

    ,,   infectiosa 傳染性骨膜炎

    ,,   syphilitica 梅毒性骨膜炎

Periostosis, s. periostose 骨膜腫

Periphlebitis 靜脉外膜炎

Periproctitis 直腸周圍炎

Periphlephlebitis 肝臟門部炎症

Peritonitis 腹膜炎

    ,,   chronica 慢性腹膜炎

    ,,   exsudativa 滲出性腹膜炎

    ,,   ex perforatione 穿孔性腹膜炎

    ,,   puerperalis 產褥性腹膜炎

    ,,   purulenta 化膿性腹膜炎

    ,,   putrida 腐敗性腹膜炎

    ,,   serosa 漿液性腹膜炎

Perlgeschwulst 眞珠腫

Pes calcaneus 鈎足

  ,, equinovalgus 內翻馬蹄足

  ,, equinovarus 外翻馬蹄足

  ,, equinus 馬蹄足

  ,, excavatus 窪足

  ,, planus 扁平足

  ,, valgus 外翻足

  ,, varus 內翻足

Pest 黑死病,瘟疫,鼠疫
Petecha, petechien 紫斑
Pferdbiss 馬咬傷
Phagedaena, phagedaenismus
　侵蝕性潰瘍
Phantasia 妄想
Pharyngitis 咽頭炎
　　,,　　catarrhalis 加多
兒性咽頭炎
　　,,　　granulosa 顆粒性
咽頭炎
Pharyngodonia 咽頭痛
Pharyngorrhagia 咽頭出血
Philopatriomania 思鄉病
Phimosis, phimose 包莖,包頭
　(陽物)
Phlebectasia 靜脉腫
Phlebitis 靜脉炎
Phlebosclerosis 靜脉硬變
Phlegmone 鋒窩織炎
　　,,　　diffusa 蔓延性蜂
窩織炎
　　,,　　vulvae 大陰唇蜂
窩織炎
Phlyctaen, s. phlycten 水泡
Phlyctaenoea der conjunctiva
　水泡性結膜炎

phlectaenoea cornea 水泡性
　角膜炎
Pannus phlectaenosus 水泡性
Phosphorismus 燐中毒
Phrenesis, potatorum 酒狂,酒
　瘋
Phtisis 勞療
　　,,　　bulbi 眼球勞
　　,,　　florida 急性勞療
　　,,　　pulmonum 肺勞
Pigmentkrebs 色素癌
Pigmentwarze 色素母斑
Pityriasis 糖粃疹
　　,,　　capitis 頭部糖粃疹
　　,,　　pilaris 苔蘚狀糖粃
疹
　　,,　　rubra 赤色糖粃疹
　　,,　　versicolor 瘢風
　　,,　　vulgaris 單純糖粃疹
Plague 時疫
Plagues muquenses 扁平疹
Plattfuss 扁手足
Plethora 多血
Pleuritis 肋膜炎
　　,,　　deformans 畸形性肋
膜炎
　　,,　　haemorrhagica 出血

Ple (48) Pne

…… 性肋膜炎	Pneumopericardium 心包氣腫
Pleuritis serofibrinosa 漿液纖維性肋膜炎	Pneumorrhagia 肺出血
,, suppurativa 化膿性肋膜炎	Pneumothorax 氣胸
Pleurodynia 胸膜痛	Pocke 痘瘡,天花
Pleuropnenmonia 肋膜兼肺炎	Pockenfieber 痘瘡熱
Plica polonica 糾髮病	Poliomyelitis 脊髓灰白質炎
Pneumarthrosis 關節氣腫	,, acuta 急性脊髓灰白質炎
Pneumonia, pneumonie 肺炎	,, chronica 慢性脊髓灰白質炎
,, bronchialis 氣管技肺炎	Pollutio nocturnae 夜間遺精
,, catarrhalis 加多兒性肺炎	Polyarthritis 多關節炎
,, caseosa 乾酪性肺炎	,, rheumatica acuta 急性僂麻質司性多關節炎
,, crouposa 格魯布性肺炎	Polydoctilia 指趾過多
,, interstitialis 間質性肺炎	Polygalactia 乳汁過泄
,, lobaris 大葉性肺炎	Polymenorrhoea 月經過多
,, lobularis 小葉性肺炎	Polyopie 視胆多像
Pneumonoconiose 塵埃肺炎	Polypus 息肉
Pneumonocaniosis siderosis 銕粉肺炎	,, nasi 多尿,尿崩
	Polyuria 痙攣性多尿
	,, spastica 蕁麻疹
	Porcellanfriesel 遠視眼
	Presbyopia 肛門神經痛
	Proctalgia 淋毒性直腸炎
	Proctitis 膿潰性直腸炎

伍　德华新字典

Proctitis gonorrhoica 脱肛	Pseudohypertrophia muscuro-
„　　ulcerosa 膿潰肛直腸炎	rum 假性筋肥大
Prolapsus 脱出,垂出	Pseudoleukämie 假性白血病
„　ani 脱肛	Psoitis 腰筋炎
„　iridis 肛彩脱垂	Psoriasis 乾癬,鱗癬
„　uteri 子宮脱	„　palmaris 手掌乾癬
„　vaginae 膣脱出	„　plantaris 足蹠乾癬
Prosopalgia 顏神經痛,三叉神經痛	„　syphilitica 梅毒性乾癬
Prostatastein 攝護腺結石	Psychopathia, psychosis 精神病
Prostatahypertrophie 攝護腺肥大	Pterygium 眼翼狀贅片
Prostatitis 攝護腺炎	Ptilosis 睫毛脱落
Prurigo 痒疹	Ptosis 眼臉下垂
„　localis 局處性痒疹	Ptyalismus 流涎
„　universalis 汛發性痒疹	Ptyalolithus 睡石
Pruritus 瘙痒疹	Pulpitus 齒髓炎
„　vaginae 膣瘙痒症	Punaisia 惡臭性鼻加多兒
„　vulvae 陰門瘙痒症	Pupillenerweiteruug 瞳孔散大
Psammon, Psammomum 砂腫瘍	Pupillensperre 瞳孔瘉着
Pseudacusis 錯聽	Pupillenverengerung 瞳孔縮小
Pseudemesis 假性嘔吐	Purgatio puerperarum 惡露
Pseudohermaphroditismus 假性男女兩性體	Purpura 紫斑
	„　haemorrhagica 出血性紫斑
	„　rheumatica 僂麻質司

性紫斑	塞
Purpura traumatica 外傷性紫斑	Pyromania 放火狂
Pustel, pustula 膿疱 膿疹	Pyrosis 灼熱
Pustula maligna 惡性膿疱	Pyuria 膿尿
nigra 黑性膿疱	**Q.**
Pyaemia 膿毒症	
Pyarthrus 化膿性關節炎	Quaddel 水疱,蕁麻疹
Pyelitis 腎盂炎	Quartana 四日熱
calculosa 結石性腎盂炎	Quetschungswunde 挫傷
toxica 中毒性腎盂炎	**R.**
Pylephlebitis 門脉炎	Rabies 恐水病
Pyocele 陰囊膿腫	Rachendiphterie 咽頭實布的里
Pyometra 子宮內膿蓄,化膿性子宮炎	Rachenkatarrh 咽頭加多兒
Pyoophoritis 化膿性卵巢炎	Rachitis 佝僂病
Pyopericardium 心囊釀膿	Rankkorn 脾脫疽熱
Pyophtalmia 膿性眼炎	Ranula 蝦蟇腫
Pyopneumothorax 膿氣胸	Rappel 癲狂
Pyorrhoea 膿胸	Ratze 搔傷,爪傷
conjunctivae 結膜膿漏	Raucedo 嘶嗄
urethrae 淋疾	syphilitica 梅毒性嘶嗄
Pyosis 膿潰,化潰	Rectalgia 直腸痛
Pyothorax 潰胸	Rectocele 直腸痛
Pyrephlebothrombosis 門脉血	Recurrens 再燒熱
	Rectitis 直腸炎

Ref　　　　(51)　　　　Ret

Reflexepilepsie 反射的癲狂	Retroversio 後傾
Reflexhysterie 反射的歇司的里	,,　　uteri 子宮後傾
Regenbogenhautentzündung 虹彩膜炎	Rachiomyelitis 脊髓炎
Resorptionsicterus 吸收性黃疸	Rhachitis 英吉利病,佝僂病
Retentio urinae 尿閉	Rhagade, rhagadia 皮膚,裂瘡
Retinitis 綱膜炎	Rhembasmus 夢中逍遙
,,　diffusa chronica 慢性迅發性綱膜炎	Rheumatismus 僂麻質司,筋骨酸痛
,,　haemorrhagica 出血性綱膜炎	,,　articolorum acutum 急性關節僂麻質司
,,　nephritica 腎臟病性綱膜炎	,,　chronicus 慢性僂麻質司
,,　pigmentosa 色素性綱膜炎	,,　musculorum 筋肉僂麻質司
,,　sympathica 交感性綱膜炎	Rhinitis 鼻炎,鼻加多兒
Retroflexio 後屈	Rhinoblenorrhcea 鼻粘液漏
,,　uteri 子宮後屈	Rhinodysmorphia 鼻粘膜瘤
,,　,,　gravidi 姙娠子宮後屈	Rhinopolypus 鼻茸腫
Retropharyngealabscess 咽頭後膿瘍	Rhinorrhagia 衄血
Retroperitonitis 腹膜後結締織炎	Rippenfractur 肋骨折
	Roggenkatarrh 枯艸喘息
	Rose 丹毒
	Roseola 薔薇疹
	,,　infantilis 小兒薔薇疹
	,,　syphilitica 梅毒性薔薇疹
	,,　typhosa 窒扶司性薔

薇疹
Röteln 麻疹,薔薇疹
Rotruhr 赤痢
Rotlauf 丹毒
Rotz 馬鼻疽
Rubeola morbillosa 輕症痲疹
　　　" scarlatinosa 輕症猩紅熱
Rückenmarksentzündung 脊髓炎
Rückenmarkserschütterung 脊髓振盪
Rückenmarkserweichung 脊髓軟化
Rückengratskrümmung 脊椎彎屈
Ructuatio, Ructus 噯氣
Rumiuatio 再嚼
Rupia 汚苔蘚,蠣殼瘡
Rupia syphilitica 梅毒性蠣殼瘡
Ruptura, Ruptur 破裂
Ruptura cordis 心臟破裂
　　　" oesophagei spontanea 偶發食道破裂
　　　" perinealis 會陰破裂

S.

Sackgeschwulst 囊腫
Sagesprung 禿瘡
Saitenwarze 硬疣
Salasitas 多淫
Salamkrampf 子瘤
Salivatio 流涎
Salpingitis 歐氏管炎
Salpingocyesis 喇叭管姙娠
Salpingostenosis 歐氏管狹窄
Saltatio 舞蹈病
Samenadergeschwulst 精系腫
Samenfluss 精液漏,夢遺
Samenschwäche 生殖衰弱
Sandhode 副睪丸病,睪丸病
Saprotyphus 腐敗病
Sarcoma 內腫
　　　" cysticum 囊腫樣肉腫
　　　" fusocellulare 紡錘狀細胞肉腫
　　　" gigantcellulare 巨太細胞肉腫
　　　" globocellulare 圓形細胞肉腫
　　　" lymphoïdes 淋巴肉腫

| Sar | (53) | Sch |

Sarcoma medullare 髓樣肉腫
　　　,,　　melanodes 黑色肉腫
　　　,,　　uteri 子宮肉腫
Sattelnase 鞍狀鼻
Saturnismus 鉛中毒
Satyrismus 淫慾亢進
Säuferwahnsinn 酒客譫妄
Säuferzittern 酒客震顫症
Saugadergeschwulst 淋巴管炎
Scabies 疥癬
Scarlatina 猩紅熱
　　　,,　　haemorrhagica 出血猩紅熱
　　　,,　　maligna 惡性猩紅熱
　　　,,　　miliaris 粟粒性猩紅熱
　　　,,　　sine exanthemata 無疹猩紅熱
Schädelschwund 頭蓋軟化, 頭骨瘦削
Schamlaus 陰毛虱
Scharbock 壞血病
Scharlach 猩紅熱
Schauerfieber 間歇熱
Scheidenfistel 膣瘻
Schiefbein 斜足, 彎足

Schiefhals 斜頸
Schielauge 斜視眼
Schilddrüsenentzünduhg 甲狀腺炎
Schanker 軟下疳
Schlafkrankheit 昏睡病
Schleimfluss 粘液漏
Schleimgeschwulst 粘液腫
Schleimwolf 粘液狼瘡
Schleimpolyp 粘液息肉
Schling beschwerde 嚥下困難
Schlottergalenk 動搖關節
Schnittwunde 切創
Schnupfen 鼻加多兒, 感冒
　　　russisches Schnupfen 流行性感冒
Schnurleber 絞榨肝臟
Schrecklähmung 驚愕痲痺
Schreibkrampf 書痙
Schuppenflechte 鱗癬
Schuttellähmung 震戰痲痺
Schwammvergiftung 毒菌中毒
Schweinsblatter 水痘
Schweissblätter 汗疹
Schweissfleck 夏日斑
Schweissseuche 發汗過多

Sci　　　(54)　　　Seh

Scillutatio oculorum 眼花閃發	禁
Scirrhus 硬癌性	Sehnenscheidenentzündung 腱鞘炎
Scleitis 鞏膜炎	Selbstbefleckung 打手銃,手淫
Sclercderma 鞏皮症	Senkungsabscess 流注膿腸
” adultorum 大人鞏皮症	Septicaemia 敗血症
” neonatorum 初生兒鞏皮症	Sequester 腐骨片
Scleroma 蜂窩織硬化	Siderosis 鐵粉吸入病
Sclerosis 硬化	” pulmonum 鐵工肺炎
” cerebri 腦硬化	Singulutus 吃逆
Sclorbutus 壞血病	Siriasis 日射病
Scotoma 暗視點	Sodbrennen 嘈雜
” centralis 中心暗點	Sodomia 雞姦
Scrophulosis 腺病,瘰癧	Sohr, Soor, 鵝口瘡
” torpida 遲鈍性瘰癧	Scmnambulismus 夢中步行
” erethica 銳敏性瘰癧	Sonitus aurium 耳鳴
Soborrhoea 皮脂過泄	Sopor 昏睡,嗜眠
” capitis 頭部皮脂過泄	Spanischkragen 箝頓包莖
” neonatorum 初生兒皮脂過泄	Spasmus 痙攣
” sicca 糖粃疹	” clonicus 間代性痙攣
Secessus involuntarii 屎尿失	” facialis 顏面痙攣
	” glottidis 聲門痙攣
	” tonicus 強直性痙攣
	Speckleber 脂肪肝
	Speckmilz 脂肪脾
	Speichelfluss 流涎
	Speichilgeschwulst 蝦蟇腫

Spermatozemia 精液缺乏	動脉口狭窄
Spermatorrhoe 精液漏	Stimmkrampf 聲門痙攣
Spinallähmung 脊髓痲痺	Stirnhöhlenentzündung 前頭
Spinnenbiss 蜘蛛咬傷	竇炎
Spitzblattern 水痘	Stomatitis 口內炎
Splanchnenectopia 內臟變位	,,　　aphtosa 口內炎
Splenitis 脾炎	,,　　catarrhalis 加多兒
,,　　epizootica 脾脫疽	性口內炎
Spondylitis 脊稚炎	,,　　diphterica 實布的
,,　　deformans 畸形性	里性口內炎
脊稚炎	,,　　mercurialis 汞毒性
Sprachlähmung 發語不遂	口內炎
Springwurm 蟯蟲	,,　　scorbutica 壞血病
Staar 內障眼	口內炎
Staarlinse 水晶體渾濁	,,　　syphilitica 梅毒性
Stachelschweinaussatz 鱗屑疹	口內炎
Staphyloma 葡萄腫	Statterung 口吃
Staphyloma equatoriale 赤道	Strabismus 斜視
部葡萄腫	,,　　alternans 交換斜
,,　　corneae 角萄葡	視
萄腫	,,　　externa 外轉斜視
,,　　scleraticae 鞏膜	Strictura recti 直腸狹窄
葡萄腫	,,　　urethrae 尿道狹窄
Stenosis oesophagi 食道狹窄	Struma 甲狀腺腫
,,　　arteriosi dextri 肺動	,,　　colloides 膠性甲狀腺
脉口狭窄	腫
,,　　,,　　sinistri 大	,,　　vasculosa 血管性甲狀

腺腫
Stuhlzwang 裏重後死
Submersion 溺死
Sudamina 汗疹
Superfactatia 複姙娠
Supprento alvi 便秘
Supprento nocturna 厭夢
Surditas 耳聾
Sycosis parasitaria 寄生蟲性鬚瘡
Syncope 卒倒, 假死
Syndactylia 先天性指趾癒着
Synechia anterior 虹彩角膜癒着
　,,　posterior 虹彩水晶體癒着
Synovitis 滑液膜炎
　,,　gonorrhoica 淋毒性滑液膜炎
　,,　pyaemica 膿毒症性滑液膜炎
Syphilis 梅毒
　,,　acquisita 後天性梅毒
　,,　congenitalis 先天性梅毒
　,,　hereditaria 傳遺梅性

Syphilis primaerus 第一期梅毒
　,,　secundaerus 第二期梅毒
　,,　tertiaerus 第三期梅毒
Syphilitische Augenleiden 梅毒性眼疾
　,,　drüsenanschwellung 梅毒性淋巴腺腫脹

T.

Tabacosis pulmonis 烟草性肺炎
Tabefaction 瘦削
Tabes 消削勞瘵
　,,　dorsalis 脊髓勞
　,,　lactea 授乳性瘦削
　,,　saturnina 鉛毒勞
　,,　scrophulosa 腺病性消削症
Taenia 絛蟲
　,,　bothriocephalus 裂頭絛蟲
　,,　mediocanellata 無鈎絛蟲
　,,　solium 有鈎絛蟲

Tanzkrankheit 舞蹈病	Tetrastichiasi 睫毛多列
Tarsalgie 炎性扁足	Thanatophobia 恐死病
Tarsititis 眼瞼軟骨炎	Thermocausis 火傷
Taetowieren 刺字	Thoracacyatoma 鳩胸
Taubheit 耳聾	Thorocodidymus 胸部癒着奴子
Taubstummheit 聾啞	
Taumelrausch 瞑眩	Thoragogastrodidymi 胸腹部癒着奴子
Taumelwahn 眩瞑狂	
Teichopsie 局部裹內障	Thorax paralyticus 麻痺胸
Tenesmus 裏急後重	Thränenfluss 涙漏
Telaemorpha 皮斑, 皮膚隆起	Thränensackfistel 涙囊瘻管
Teleangiectasis 血管擴張症	Thränensackstein 涙囊結石
Temulus 酩酊	Thrombosis 血塞
Tenalgia 腱鞘炎	,, cordis 心臟血塞
,, srepitans 軋轢性腱鞘炎	Thymitis 胸腺炎
Tendovaginitis 腱鞘炎	Thyreoiditis 甲狀腺炎
Testicularentzündung 睪丸炎	Tic convulsif 顏面痙攣
Testitis 睪丸炎	Tinea 禿瘡
Tetanus 拘攣症, 痙(人僵直)	,, ciliorum 睫毛禿瘡
,, idiopathicus 特發性拘攣症	,, favosa 白癬
,, neonatorum 初生兒拘攣症	,, tonsurans 寄生蟲匐行疹
,, toxicus 中毒性拘攣症	Tinnitus auricum 耳鳴
,, traumaticus 外傷性拘攣症	Titubutio linguae 言訖
	Todsucht 嗜死狂
	Todtenfriesel 惡性粟粒疹
	Tollerei, Tollkrankheit 癲狂

Tollsucht 瘋狂,癲狂	Tridymi 三胎兒
Tonsillitis 扁挑腺炎	Triefen der Augen 膿漏性結膜炎
Topor retinae 綱膜視力衰乏	Tripper 淋疾
Torticollis 斜頸	Tripperkrampf 淋疾勃起
,, spasticus 痙攣性斜頸	Tripperrheumatismus 淋疾僂麻質司
Toxiccoolica 中毒疝瘡	Trismus 牙關緊急
Tracheitis 氣管炎	Trisphanchinia 亞細亞虎列拉
Trachelodynia 頸痛	Trommelbauch 皷脹
Tracheorrhagia 氣管出血	Trommelfellbruch 皷膜破裂
Tracheostenosis 氣管狹窄	Trunkfälligkeit 耽酒狂,酒客病
Trachoma 顆粒性結膜炎	
Traubenauge 角膜葡萄腫	Tubenschwangerschaft 喇叭管姙娠
Traubengeschwulst 葡萄狀腫	
Tremor 震顫,戰慄	Tuberculosis 結核病,肺勞
,, alkoholica 酒毒震顫	Tumor 腫瘍
,, mercurialis 汞毒震顫	,, benignus 良性腫瘍
,, saturnius 鉛毒震顫	,, albus 白腫,關節海綿腫
,, senilis 耆老震顫	
Trichauxis 毛髮發育過多	,, hepatis 肝臟腫瘍
Trichiasis 睫毛倒刺	,, lienis 脾臟腫瘍
Trichinosis 旋毛蟲病	Tussis 咳嗽
Trichitis 毛髮病	,, convulsiva 百日咳
Trichileucosis 白髮病	,, nervosa 神經性咳嗽
Trichom 糾髮病	Tyle, Tylosis 硬化胼胝
Trichorohoea 毛髮脫落	Tympanismus, Tympanites 皷
Trichoschisis 毛髮分裂	

腸	潰瘍
Typhilitis 盲腸炎	Ulcus corneae 角膜潰瘍
,, 　 stercoralis 滯尿盲腸炎	,, 　 diphtericum　實布的里性潰瘍
Typhus 窒扶斯,傷寒	,, 　 durum 硬性潰瘍
,, 　 abdominalis 腸窒扶斯	,, 　 molle 軟性潰瘍
,, 　 abortivus 頓挫窒扶斯	,, 　 folliculare 濾胞性潰瘍
,, 　 exanthematicus 發疹窒扶斯	,, 　 leprosum 癩性潰瘍
,, 　 petechialis 紫斑窒扶斯	,, 　 luprosum 狼瘡性潰瘍
,, 　 recurrens 回歸窒扶斯	,, 　 rodens 侵蝕性潰瘍
	,, 　 syphiliticum 梅毒性潰瘍
	,, 　 tuberculosum 結核性潰瘍
	,, 　 ventriculi perforans 穿行性胃潰瘍
	f, 　 ,, 　 rotundum 圓行胃潰瘍

U.

Überemphängnis 多姙複娠	Umstülpung der Augenlider 眼瞼翻轉
Übergewächs 息肉,贅生	Unförmigkeit 畸形
Überspringende Fieber 間歇熱	Unfruchtbarkeit 不姙
Ulcera corneae 角膜潰爛	Unsinnigkeit 亂心,癲狂
Ulcus 潰瘍	Unterbeibschmerz 下腹痛
,, 　 aphtosus 鵝口瘡性潰瘍	Uracratia 尿失禁
,, 　 carcincmatosum 癌性潰瘍	Uraemia 尿毒症
,, 　 catarrhalis 加多兒性潰瘍	Uranoschisma 硬口蓋全破裂
,, 　 condylomatosnm 疣狀	

Uranoschisma mediana 中央硬口蓋全破裂

 ,, bilateralis 兩側硬口蓋全破裂

Urarthritis 痛風性關節炎

Ureteritis 輸尿管炎

Ureteroblenorrhoea 輸尿管粘液漏

Ureterostenosis 轉尿管狹窄

Urethralgia 尿道痛

Urethritis 尿道炎

 ,, catarrhalis 加多兒性尿道炎

 ,, gonorrhoica 淋疾性尿道炎

 ,, suppurativa 化膿性尿道炎

 ,, syphilitica 梅毒性尿道炎

Urethrocatarrhus 尿道加多兒

Urethrospasmus 尿道痙攣

Ureterostenosis 尿道狹窄

Urinbeschwerden 尿閉

Urocystitis 膀胱炎

Urolithiasis 尿石炎

Urticaria 蕁麻疹

 ,, ad ingestio 食物性蕁麻疹

Urticaria ad irritantis externis 外部刺戟性蕁麻疹

 ,, recidiva 再發性蕁麻疹

 ,, rubra 赤色蕁麻疹

Ustio 火傷熱灼

Uvulitis 懸雍垂炎

V.

Vaccina 牛痘

Vacillatio dentinum 齒牙浮動

Vaginalpolyp 膣息肉

Vaginismus 膣痙

Vaginitis 膣炎

 ,, catarrhalis 加多兒性膣炎

 ,, crouposa 格魯布性膣炎

Valentinskrankheit 子癇

Valgus 外翻足

Varicella 水痘

 ,, syphilitica 梅毒性天泡瘡

Varices 痔結節

 ,, externa 外痔

 ,, interna 內痔

Var	(61)	Ver

Varicocele 靜脈腫, 精系靜脈腫

Variola 痘瘡,天然痘

  ,,　discreta 疎發痘瘡

  ,,　haemorrhagioa 出血性痘瘡

  ,,　pustulosa 膿胞性痘瘡

  ,,　vera 眞痘

  ,,　spuria 假痘

Variolois 假痘

  ,,　miliaris 粟粒樣假痘

  ,,　pemphygosa 天胞瘡樣假痘

  ,,　verrucosa 疣狀假痘

Varix 靜脈瘤

  ,,　cirsoides 靜脈瘤

Veitstanz 舞蹈病

Venenentzündung 靜炎炎

Venenerweiterung 靜脈擴張

Venerische Krankheit 花柳病

Venerismus 花柳病

Venusbläschen 梅毒性發疹

Venuskrankheit 梅毒

Venusseuche 梅毒

Verblutung 脫血

Verdauungsschwäche 消化不良

Vereiterung 化膿

Vergiftung 中毒

Verhärtung 硬化

Verkrümmung 攣曲,畸形

Verlarvtes Fieber 假面間歇熱

Verminatio 腸蟲病

Verruca 疣贅

  ,,　congenita 先天性疣贅

  ,,　mollis 軟性疣贅

  ,,　vulgaris 尋常疣贅

Versio uteri 子宮傾斜

Vertigo 眩暈

  ,,　cardiaca 心臟病性眩暈

  ,,　epileptica 癲癇性眩暈

  ,,　stomacalis 胃病性眩暈

  ,,　verminosa 腸蟲性眩暈

Verzerrung 脫白

Vitiligo 後天白斑病

Vitis saltus 舞蹈病

Vomitus 嘔吐

  ,,　cruentus 吐血

  ,,　hystericus 歇司的里

性嘔吐

Vomitus marinus 船暈嘔吐

Vorfall 脫出

  „ der Gebärmatter 子宮脫出

Vorhautentzündung 包皮炎

Vorhautsperre 包莖

Vorsteherdrüsenentzündung 莖護腺炎

Vulmeratio 疵傷

Vulnus 創傷

  „ contusa 挫傷

  „ lacerata 裂傷

  „ puncta 刺傷

  „ „ corneae 角膜刺傷

  „ sagittalis 矢傷

  „ sclopetorum 小銃傷

  „ secta 截傷

W.

Wachskopf 蠟樣甲狀腺腫

Wadenkrampf 腓腸痙攣

Wahnsucht 妄想狂

Warzenkrankheit 發疣病

Warzenkrebs 疣狀癌

Wasserauge 眼球水腫

Wasserscheu 恐水病

Wassersucht 水腫

Wechselfieber 間歇熱

Weisser Fluss 白帶下

Weissfieber 萎黃病

Weisssucht 白血病

Wiebelsucht 蕁麻疹

Wilde Blattern, Wasserpocken 水痘

Wilde Feuer 丹毒

Wirbelentzündung 脊稚炎

Wirbelkrümmung 脊稚彎曲

Wolfsgeschwulst 狼瘡

Wolfskrankheit 飢餓病

Wundstarrkrampf 破傷風

Wurmkrankheit 蛔蟲病

X.

Xenomania 好異病

Xeroderma 皮膚乾燥症

Xerolerma ichthyosis 魚鱗癬

Xeroma, Xerophtalmia 乾性眼炎

Z.

Zahnausschlag 生齒期皮疹

Zahncaries 齲齒

Zahnfleischentzündung　齒齦炎

Zahnfleischgeschwür　齒齦潰瘍

Zahngicht　齒痛

Zahnkrampf　生齒搐搦

Zäpfchenbräune　懸雍垂炎

Zellengewebsentzündung　蜂窩織炎

Zellengewebsverhärtung　蜂窩織炎硬化

Zellengewebswassersucht　蜂窩織炎水腫

Ziegenpeter　耳下腺炎

Zitterwahnsinn　振顫狂，耽飯

譫妄

Zungend üsenentzündung　舌下腺炎

Zungenentzündung　舌炎

Zungengesckwür　舌潰瘍

Zungenkrampf　舌痙攣

Zungenlähmung　舌痲痺

Zungentuberculose　舌結核，舌癆

Zungenvorfall　舌脫出

Zurückbleiben der Eihäute　卵膜殘留

Zweiwuchs, Zwiewuchs　佝僂病

Zymosis　醱酵病

(64)

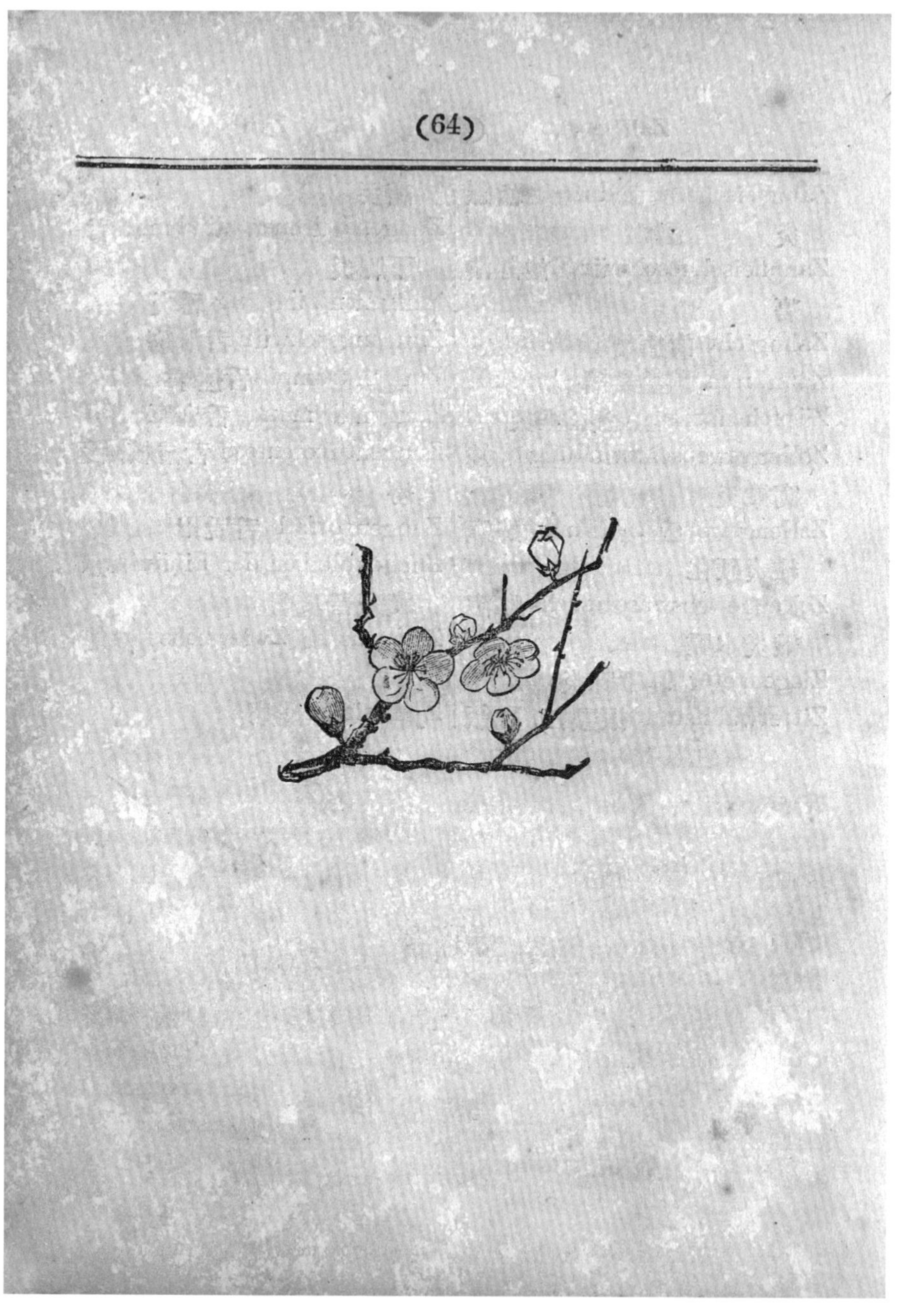

Musterbeispiele
für
die Deklination
und
die Konjugation.

曲法及變化法範例

Deklination der Artikel
區指字之曲法
I. Der bestimmte Artikel （有定區指字）

	Singular			Plural
	m. 陽類	f. 陰類	n. 總類	
Nominativ	der	die	das	die
Genetiv	des	der	des	der
Dativ	dem	der	dem	den
Accusativ	den	die	das	die

II. Der unbestimmte Artikel （無定區指字）

	Sing.			Pl.
	m.	f.	n.	
Nom.	ein	eine	ein	
Gen.	eines	einer	eines	
Dat.	einem	einer	einem	
Acc.	einen	eine	ein	

(2)

Deklination der Fürwörter
代名字之曲法
I. Persönliche Fürwörter （人代名字）

Sing.

Erste Person.	Zweite Pers.	Dritte Pers.		
		m.	f.	n.
ich	du(Sie)	er	sie	es
meiner(mein)	deiner(Ihrer)(dein)	seiner(sein)	ihrer	seiner(sein)
mir	dir(Ihnen)	ihm(sich)	ihr(sich)	ihm(sich)
mich	dich(Sie)	ihn(sich)	sie(sich)	ihn(sich)

Plur.

wir	ihr (Sie)	sie
unser	euer (Ihrer)	ihrer
uns	euch (Ihnen) }sich	ihnen }sich
uns	euch (Sie) }	sie }

II. Besitz anzeigende Fürwörter （物主代名字）

	Sing.			Pl.		
	m.	f.	n.	m.	f.	n.
1. Pers.	mein	meine	mein	unser	unsere	unser
2. Pers.	dein	deine	dein	euer	euere	euer
	(Ihr)	(Ihre)	(Ihr)	(Ihr)	(Ihre)	(Ihr)
3. Pers. m.	sein	seine	sein }	ihr	ihre	ihr
3. Pers. f.	ihr	ihre	ihr }			
3. Pers. n.	sein	seine	sein }			

Sing

	m.	f.	n.
Nom.	mein, unser	meine, unsere	mein, unser

(3)

Gen.	meines, unseres	meiner, unserer	meines, unseres
Dat.	meinem, unserem	meiner, uuserer	meinem, unserem
Acc.	meinen, unseren	meine, unsere	mein, unser

Plur.

für alle Geschlechter

Nom.	meine	unsere
Gen.	meiner	unserer
Dat.	meinen	unseren
Acc;	meine	unsere

III. Hinweisende Fürwöter（指示代名字）

Sing.　　　　　　　Plur.

	m.	f.	n.	für alle geschlechter
Nom.	dieser	diese	dieses	diese
Gen.	dieses	dieser	dieses	dieser
Dat.	diesem	dieser	diesem	diesen
Acc.	diesen	diese	dieses	diese

Sing.　　　　　　　Plur.

	m.	f.	n.	für alle Geschlechter
N.	der	die	das	die
G.	dessen(dess)	deren(der)	dessen(dess)	deren
D.	dem	der	dam	denen
A.	den	die	des	die

IV. Bestimmende Fürwörter（定代名字）

Sing.　　　　　　　Plur.

	m.	f.	n.	für alle Geschlechter
N.	derjenige	diejenige	dasjenige	diejenigen
G.	desjenigen	derjenigen	desjenigen	derjenigen

(4)

| D. | demjenigen | derjenigen | demjenigen | denjenigen |
| A. | denjenigen | diejenige | dasjenige | diejenigen |

V. Beziehende u. fragende Fürwörter (關係及疑問代名字)

Sing.

	m.	f.	n.	m. u. f.	n.
N.	welcher	welche	welches	wer	was
G.	welches	welcher	welches	wessen	(wess)
D.	welchem	welcher	welchem	wem	
A.	wechen	welcher	welches	wen	was

Plur.

für alle Geschlechter

N.	welche
G.	welcher
D.	welchen
A.	welche

Konjugatiou der Hilfszeitwörter.

助動字之變化

I. Haben

Indikativ	Konjunktiv	Konditionalis
直說法	接續法	假定法

Präsens (現在時)

ich habe	ich habe	ich hätte
du hast	du habest	du hättest
er hat	er habe	er hätte
wir haben	wir haben	wir hätten
ihr habet	ihr habet	ihr hättet
sie haben	sie haben	sie hätten

(5)

Imperfectum （半過去）

ich hatte
du hattest
er hatte
wir hatten
ihr hattet
sie hatten

Perfect （過去）

ich habe gehabt	ich habe gehabt	ich hätte gehabt
du hast gehabt	du habest gehabt	du hättest gehabt

Plusquam Perfectum （完過去）

ich hatte gehabt
du hattest gehabt

Futurum I. （將來第一式）

ich werde haben	ich werde haben	ich würde haben
du wirst haben	du werdest haben	du würdest haben

Futurum II. （將來第二式）

ich werde gehabt haben	ich werde gehabt haben	ich würde gehabt haben
du wirst gehabt haben	du werdest gehabt haben	du würdest gehabt haben

Imperativ （命令法）

Sing.	habe	} haben Sie
Pltr.	habt	

Infinitiv. （不定法）　　　Particip （分詞）

Geg.	haben	habend
Verg.	gehabt haben	gehabt

(6)

II. Sein

Präsens

Indikativ	Konjunktiv	Konditionalis
ich bin	ich sei	ich wäre
du bist	du seist	du wärest
er ist	er sei	er wäre
wir sind	wir seien	wir wären
ihr seid	ihr seiet	ihr wäret
sie sind	sie seien	sie wären

Imperfectum

ich war		
du warst		
er war		
wir waren		
ihr waret		
sie waren		

Perfectum

ish bin gewesen	ich sei gewesen	ich wäre gewesen
dur bist gewesen	du seist gewesen	du wärest gewesen

Plusquamperfectum

ich war gewesen		
du warst gewesen		

Futurum I.

ich werde sein	ich werde sein	ich würde sein
du wirst sein	du werdest sein	du würdest sein

Futurum II.

(7)

ich werde gewesen sein | ich werde gewesen sein | ich würde gewesen sein
du wirst gewesen s-ein | du werdest gewesen sein |

Imperativ.

Siug.　sei
Plur.　seid } seien Sie.

	Infinitiv.	Particip.
Geg.	sein	seind
Verg.	gewesen sein	gewesen.

III. Werden.

Indicativ	Conjunctiv.	Konditionalis
	Präseus	
ich werde	ich werde	ich würde
du wirst	du werdest	du würdest
er wird	er werde	er würdest
wir werden	wir werden	wir würden
ihr werdet	ihr werdet	ihr würdet
sie werden	sie werden	sie würden
	Imperfectum	
ich wurde		
du wurdest		
er wurde		
wir wurden		
ihr wurdet		
sie wurden		
	Parfectum	

(8)

ich bin geworden	ich sei geworden	ich wäre geworden

Plusquam perfectum

ich war geworden

Futurum I.

ich werde werden	ich werde werden	ich würde werden
du wirst werden	du werdest werden	

Futurum II.

ich werde geworden sein	ich werde geworden sein	ich würde geworden sein.
du wirst geworden sein	du werdest geword- en sein	

Imperativ

Sing.	werde	} werden Sie
Plur.	werdet	

	Infinitiv	Particip.
Geg.	werden	werdend
Verg.	geworden sein	geworden.

Konjugation der Zeitwörter

動字之變化

I. Starke Konjugation （強變化）

Ind.	Konj.	Kond.

Präsens

ich fahre	ich fahre	ich führe
du fährst	du fahrest	du führest
er fährt	er fahre	er führe
wir fahren	wir fahren	wir führen
ihr fahret	ihr fahret	ihr führet

(9)

sie fahren	sie fahren	sie führen

Imperfectum

ich fuhr
du fuhrst
er fuhr
wir fuhren
ihr fuhret
sie fuhren

Perfectum

ich bin gefahren	ich sei gefahren	ich wäre gefahren

Plusquamperfectum

ich war gefahren

Futurum I.

ich werde fahren	ich werde fahren	ich würde fahren

Futurum II.

ich werde gefahren sein	ich werde gefahren sein	ich würde gefahren sein

Imperativ

fahre
fahret

Infinitiv	Particip
fahren	fahrend
gefahren sein	gefahren

II. Schwache Konjugation （弱變化）

Indik.	Konj.	Kond.

Präsens

ich frage	ich frage	ich fragte

(10)

du fragst	du fragest	du fragtest
er fragt	er frage	er fragte
wir fragen	wir fragen	wir fragten
ihr fraget	ihr fraget	ihr fragtet
sie fragen	sie fragen	sie fragten

Imperfectum

ich fragte
du fragtest
er fragte
wir fragten
ior fragtet
sie fragten

Perfectum

| ich habe gefragt | ich habe gefragt | ich hätte gefragt |

Futurum I.

| ich werde fragen | ich werde fragen | ich würde fragen |

Futurum II.

| ich werde gefragt haben | ich werde gefragt haben | ich würde gefragt haben |

Imperativ

frage

fraget

Infinitiv	Particip.
fragen	fragend
gefragen haben	gefragt.

III. Konjugation des passiven Verbs（被動字之變化）

| Ind. | Konj. | Kond. |

(11)

Präsens.

ich werde gefragt	ich werde gefragt	ich würde gefragt
du wirst gefragt	du werdest gefragt	du würdest gefragt

Imperfectum

ich wurde gefragt
du wurdest gefragt

Perfectum

ich bin gefregt wor- den	ich sei gefragt wor- den	ich wäre gefragt worden

Futurun I.

ich werde gefragt werden	ich werde gefragt werden	ich würde gefragt werden

Futurum II.

ich werde gefragt worden sein	ich werde gefragt worden sein	ich würde gefragt worden sein

Imperativ

werde gefragt

werdet gefragt

Infinitiv	Particip

gefragt werden

gefragt worden sein

Deklination des attributiven Eigenschaftswortes

附屬形容字之曲法

I. Mit dem bestimmten Artiktl

Sing.

der gut-e Sohn	die lieb-e Tochter	das froh-e Kind
des gut-en Sohnes	der lieb-en Tochter	des froh-en Kindes

· (12)

dem gut-en Sohne	der lieb-en Tochter	dem froh-en Kinde
den gut-en Sohn	die lieb-e Tochter	das froh-e Kind

Plural.

die gut-en Söhne	die lieb-en Töchter	die froh-en Kinder
der gut-en Söhne	der lieb-en Töchter	der froh-en Kinder
den gut-en Söhnen	den lieb-en Töchtern	den froh-en Kindern
die gut-en Söhne	die lieb-en Töchter	die froh-en Kinder

II.Mit dem unbestimmtän Artikel

Sing.

ein gut-er Sohn	eine lieb-e Tochter	ein froh-es Kind
eines gut-en Sohnes	einer lieb-en Tochter	eines froh-en Kindes
einem gut-en Sohne	einer lieb-en Tochter	einem froh-en Kinde
einen gut-en Sohn	eine lieb-e Tochter	ein froh-es Kind

Plural.

gut-e Söhne	lieb-e Töchter
gut-er Söhne	lieb-er Töchter
gut-en Söhnen	lieb-en Töchtern
gut-e Söhne	lieb-e Töchter

III. Ohne Artikel

kalt-er Wind	warm-e Luft	edl-es Metall
kalt-en Windes	warm-er Luft	edlen Metalles
kalt-em Winde	warm-er Luft	edlem Metalle
kalt-en Wind	warm-e Luft	edles Metall

Plural.

kalt-e Winde	warm-e Lüfte	edl-e Metalle
kalt-er Winde	warm-er Lüfte	edl-er Metalle
kalt-en Winden	warm-en Lüften	edl-en Metallen
kalt-e Winde	warm-e Lüfte	edl-e Metalle

Das Verzeichnis der

Unregelmässigen Zeitwörter

不 規 則 動 字 表

Infinitiv.	Imperfectum des Indicativs.	Particip.
Backen	buk	gebacken
Bedürfen	bedurfte	bedurft
Befehlen	befahl	befohlen
Beginnen	begann	begonnen
Beissen	biss	gebissen
Bergen	barg	geborgen
Bersten	barst, borst	geborsten
Besinnen	besann	besonnen
Besitzen	besass	besessen
Betrügen	betrog	betrogen
Bewegen	bewog	bewogen
Biegen	bog	gebogen
Bieten	bot	geboten
Binden	band	gebunden
Bitten	bat	gebeten
Blasen	blies	geblasen
Bleiben	blieb	geblieben

(2)

Bleichen	blich	geblichen
Braten	briet	gebraten
Brechen	brach	gebrochen
Brennen	brannte	gebrannt
Bringen	brachte	gebracht
Denken	dachte	gedacht
Dingen	dung	gedungen
Dreschen	drosch	gedroschen
Dringen	drang	gedrungen
Dürfen	durfte	gedurft
Empfangen	empfing	empfangen
Empfehlen	empfahl	empfohlen
Empfinden	empfand	empfunden
Entrinnen	entrann	entronnen
Erbleichen	erblich	erblichen
Ergreifen	ergriff	ergriffen
Erküren	erkor	erkoren
Erlöschen	erlosch	erloschen
Erschallen	erscholl	erschollen
Erscheinen	erschien	erschienen
Erschrecken	erschrack	erschrocken
Erwägen	erwog	erwogen
Essen	ass	gegessen
Fahren	fuhr	gefahren
Fallen	fiel	gefallen
Fangen	fing	gefangen
Fechten	focht	gefochten

(3)

Finden	fand	gefunden
Flechten	flocht	geflochten
Fliegen	flog	geflogen
Fliehen	floh	geflohen
Fliessen	floss	geflossen
Fressen	frass	gefressen
Frieren	fror	gefroren
Gähren	gohr	gegohren
Gebären	gebar	geboren
Geben	gab	gegeben
Gebieten	gebot	geboten
Gedeihen	gedieh	gediehen
Gehen	gang	gegangen
Gelingen	gelang	glungen
Gelten	galt	gegolten
Genesen	genas	genesen
Geniessen	genoss	genossen
Geschehen	geschah	geschehen
Gewinnen	gewann	gwonnen
Giessen	goss	gegossen
Gleichen	glich	geglichen
Gleiten	glitt	geglitten
Glimmen	glomm	geglommen
Graben	grub	gegraben
Greifen	griff	gegriffen
Halten	hielt	gehalten
Hangen	hing	gehangen

（4）

Hauen	hieb	gehauen
Heben	hob	gehoben
Heissen	hiess	geheissen
Helfen	half	geholfen
Keifen	kiff	gekiffen
Kennen	kannte	gekannt
Klimmen	klomm	geklommen
Klingen	klang	geklungen
Kneifen	kniff	gekniffen
Kommen	kam	gekommen
Können	konnte	gekonnt
Kriechen	kroch	gekrochen
Laden	lud	geladen
Lassen	liess	gelassen
Laufen	lief	gelaufen
Leiden	litt	gelitten
Leihen	lieh	geliehen
Lesen	las	gelesen
Liegen	lag	gelegen
Lügen	log	gelogen
Meiden	mied	gemieden
Melken	molk	gemolken
Messen	mass	gemessen
Mögen	mochte	gemocht
Müssen	musste	gemusst
Nehmen	nahm	genommen
Nennen	nannte	genannt

(5)

Pfeifen	pfiff	gepfiffen
Pflegen	pflog	gepflogen
Preisen	pries	gepriesen
Quellen	quoll	gequollen
Rathen	rieth	gerathen
Reiben	rieb	gerieben
Reissen	riss	gerissen
Reiten	ritt	geritten
Rennen	rannte	gerannt
Riechen	roch	gerochen
Ringen	rang	gerungen
Rinnen	rann	geronnen
Rufen	rief	gerufen
Saufen	soff	gesoffen
Saugen	sog	gesogen
Schaffen	schuf	geschaffen
Scheiden	schied	geschieden
Scheinen	schien	geschienen
Schelten	schalt	gescholten
Scheren	schor	geschoren
Schieben	schob	geschoben
Schiessen	schoss	geschossen
Schinden	schund	geschunden
Schlafen	schlief	geschlafen
Schlagen	schlug	geschlagen
Schleichen	schlich	geschlichen
Schleifen	schliff	geschliffen

(6)

Schleissen	schliss	geschliessen; geschlossen
Schliefen	schloff	geschloffen
Schliessen	schloss	geschlossen
Schlingen	schlang	geschlungen
Schmeissen	schmiss	geschmissen
Schmelzen	schmolz	geschmolzen
Schneiden	schnitt	geschnitten
Schnieben	schnob	geschnoben
Schrauben	schrob	geschroben
Schreiben	schrieb	geschrieben
Schreien	schrie	geschrien
Schreiten	schritt	geschritten
Schwären	schwor	geschworen
Schweigen	schwieg	geschwiegen
Schwellen	schwoll	gescewollen
Schwimmen	schwamm	gescewommen
Schwindon	schwand	geschwunden
Schwingen	schwang	geschwungen
Schwören	schwur	geschworen
Sehen	sah	gesehen
Senden	sandte	gesandt
Sieden	sott	gesotten
Singen	sang	gesungen
Sinken	sank	gesunken
Sinnen	sann	gesonnen
Sitzen	sass	gesessen

(7)

Sollen	sollte	gesollt
Spalten	spaltete	gespalten
Speien	spie	gespieen
Spinnen	spann	gesponnen
Sprechen	sprach	gesprochen
Spriessen	spross	gesprossen
Springen	sprang	gesprungen
Stechen	stach	gestochen
Stecken	steckte	gesteckt
Stehen	stand	gestanden
Stehlen	stahl	gestohlen
Steigen	stieg	gestiegen
Sterben	starb	gestorben
Stieben	stob	gestoben
Stinken	stank	gestunken
Stossen	stiess	gestossen
Streichen	strich	gestrichen
Streiten	stritt	gestritten
Thun	that	gethan
Tragen	trug	getragen
Treffen	traf	getroffen
Treiben	trieb	getrieben
Treten	trat	getreten
Triefen	troff	getroffen
Trinken	trank	getrunken
Trügen	trog	getrogen
Verbergen	verbarg	verborgen

(8)

Verbieten	verbot	verboten
Verbleichen	verblich	verelichen
Verderben	verdarb	verdorben
Verdriessen	verdross	verdrossen
Vergessen	vergass	vergessen
Vergleichen	verglich	verglichen
Verlieren	verlor	verloren
Vesschwinden	verschwand	verschwunden
Verzeihen	verzieh	verziehen
Wachsen	wuchs	gewachsen
Wägen	wog	gewogen
Waschen	wusch	gewaschen
Weichen	wich	gewichen
Weisen	wies	gewiesen
Wenden	wandte	gewandt
Werben	warb	geworben
Werfen	warf	geworfen
Wiegen	wog	gewogen
Winden	wand	gewunden
Wissen	wusste	gewusst
Wollen	wollte	gewollt
Zeihen	zieh	geziehen
Ziehen	zog	gezogen
Zwingen	zwang	gezwungen

Erklärung
der
Abkürzuugen.

略　語　解

a, Chr. = ante Christum, d. h. vor Christi. 耶蘇降生前

A. D. = anno Domini, d. h. im Jahre des Herrn (Jesn Christi) 耶蘇紀世

Anm. = Anmerkung. 注意

Antw. = Antwort 答

Art. = Artikel 冠詞

A. T. = Altes Testament. 舊約全書

Aufl. = Auflage 出版

Bd. = Band. 冊卷

bes. = besonders 殊

bezw. = beziehungsweise 或

C. = Centigramm 百分之一格蘭

ca = circa, d. h. ungefähr 大約

cbm = Kubikmeter 立方米達

cm. = Centimeter 百分之一米達

cmm, = Kubikmillimeter 千分之一米達

Co., Comp., Cie = Compagnie 會社

Ctr. = Centner 百斤

Cub. = Kubikfuss 一尺立方

D. od. Dr. = Doctor 學士,博士,醫生

Dec. = December 十二月

d. h. = das heisst 卽名

d. i. = das ist 卽是

d. J. = dieses Jahr 今年

dgl. = dergleichen 仝前

Dr. med. (D. M.) = Doctor medicinae, d. h. Doctor der Heilkunde 醫學博士

Dtz. Dtzd. = dutzend 十二個,一打

etc. = et cetera = und so fort, und so weiter 等類推

Fr. = Frau. 妻,婦人,夫人

(2)

Frl. = Fräulein 小姐

gest. od. † = gestorben 死去

H. HH = Herr, Herren 君, 諸君

Jh., Jahrh. = Jahrhundert 一世紀

i. J. = im Jahre 年內

Kap. = Kapital 資本

lat. = lateinisch 拉丁文

M. = Mark 馬克

Mmg. = Milligramm 千分之一格蘭

mm. = Millimeter 千分之一米達

n. a. nach anderen 他

N. N. = statt des Namens 某

Nom. = Nominativ 第一格

N. S. = Nachschrift, 又啟, 再伸

N. T. = Neues Testament 新約全書

p. A. (auf Briefen) = per Adresse 宛名, 轉交

p. c. = Procent 百分

Pf. = Pfennig 德幣名值錢五文

Pfd. od. $ = , (letzteres = lb d.

h. libra) = Pfund. 磅

pl. od. plur. = Pluralis 多數

P. od. Prof. = Professor 大學敎授

s. = siehe 見

S. = Seite 頁

Se. M. = Seine Majastät 陛下

sing. = Singularis 單數

s. o. = siehe oben 見上

s. u. = siehe unten 見下

st. = statt 代替

T. = Tonnn 噸

Test. = Testamen 遺書

Th. = Theil 部, 卷

Tit. = Titel 官名, 題目

u. = und 及

u. a. m. = und anderes mehr 其他

u. ä. = und ähuliches 如

urspr. = ursprünglich 根原的

u s. f. = und so fort 等

u. s. w. = und so weiter 其他, 等

v. = von 自

v. Chr. = vor Christus 紀元前

vgl. = vergleiche 比較

V. f. = Verfasser 著述者

(3)

v. J. = vorigen Jahres 先前	Zter. = Zentner 百斤
v. M. = vorigen monats 先日	z. Z. = zur Zeit 卽刻
Vorm. = Vormittag 上午	% = Procent 每百
Z. B. = Zum Beispiele 譬如	

ZAHLEN. 數目		20	einundzwanzig 二十一
0	null 零	30	dreiszig 三十
1	eins 一	40	vierzig 四十
2	zwei 二	50	fünfzig 五十
3	drei 三	60	sechzig 六十
4	vier 四	70	siebzig 七十
5	fünf 五	80	achtzig 八十
6	sechs 六	90	neunzig 九十
7	sieben 七	100	hundert 一百
8	acht 八	200	zweihundert 二百
9	neun 九	1000	tausend 一千
10	zehn 十	2000	zweitausend 二千
11	elf 十一	10000	zehntausend 一萬
12	zwölf 十二	110000	elftausend 一十一萬
13	dreizehn 十三	1000000	hünderttausend 一百萬
14	vierzehn 十四	10000000	Million 兆
15	fünfzehn 十五		
16	sechzehn 十六		
17	siebzehn 十七	MONATE. 月	
18	achtzehn 十八		
19	neunzehn 十九	Januar 正月	
20	zwanzig 二十		

(4)

Februar 二月		Japan 日本	
März 三月		Tokio (Hptst.) （東京）	
April 四月		Korea 朝鮮	
Mai 五月		Söul (Hptfts.) （漢城）	
Juni 六月		Siam 暹羅	
Juli 七月		Bangkok (Hptst.) （曼谷）	
August 八月		Annam (Franz.) 安南（法國）	
September 九月		Tongking (Hptst.) （東京）	
Oktober 十月		Birma (engl.) 緬甸（英國）	
November 十一月		Indien (engl.) 印度（英國）	
Dezember 十二月		Kalkutta (Hptst.) （加耳古塔）	

TAGE. 日
Montag 禮拜一
Dienstag 禮拜二
Mittwoch 禮拜三
Donnerstag 禮拜四
Freitag 禮拜五
Sonnabend 禮拜六
Sonntag 禮拜日

ASIEN. 亞細亞
China 支那
  Peking (Hptst.) （北京）
  Mongolei 蒙古
  Mandschurei 滿洲
  Tibet 西藏

Bhutan 布丹
  Punakha (Hptst.) （甫那卡）
Nepal 尼泊耳
  Katmandu (Hptst.) （卡得滿杜）
Afghanistan 阿富汗
  Kabul (Hptst.) （卡步耳）
Belutschistan 俾路支
  Kelat (Hptst.) （克勒特）
Persien 波斯
  Teheran (Hptst.) （德黑安）
Arabien 阿剌伯
  Mekka (Hptst.) （末卡）
Türkei (asiat.) 土耳其（亞洲）
Sibirien (russ.) 西伯利亞（俄

(5)

國）	非得哥）
	Paraguay 巴拉圭
AMERIKA. (Nord.) 阿美利加（北）	Asuncion (Hptst.) （巴鳥羅恩）
Britisch Nord-Amerika 英國北美	Bolivia 坡利非亞
Vereinigte Staaten von Nord-amerika 合衆國北美	Sucre (Hptst.) （屬得耳）
Washington (Hptst.) （華盛頓）	Peru 秘魯
Mexiko 墨西哥	Lima (Hptst.) （利馬）
Mexiko (Hptst.) （墨西哥）	Ecuador 厄瓜多耳
Mittel-Amerika 中美洲	Quito (Hptst.) （基多）
	Columbia 可倫比亞
AMERIKA. (Süd.) 阿美利加（南）	Bogota (Hptst.) （波哥大）
Brasilien 巴西	Venezuela 委內瑞辣
Rio de Janeiro (Hptst.) （里合得夾勒合）	Caracas (Hptst.) （卡辣卡司）
Argentinien 巴根體擬恩	Guayana (engl.) 古亞那（英國）
Buenos Aires (Hptst.) （步耳諾司來耳司）	Georgetown (Hptst.) （格遏格妥芬）
Chile 支勒	Guayana (niederl.) 古亞那（荷蘭）
Santiago (Hptst.) （暫體巴哥）	Paramaribo (Hptie.) （怕打馬利哥）
Uruguay 嗚甫夾奧	Guayana (franz.) 古亞那（法國）
Montevideo (Hptst.) （莫得	Cayenne (Hptst.) （卡與葉）
	Panama 巴拿馬

(6)

<hr>

AFRIKA. 阿非利加

Marokko 馬摩哥
  Marokko (Hptst.) (馬摩哥)

Algerien 巴耳格利恩
  Algier (Hptst.) (巴耳格耳)

Tripolis 的利波里司
  Tripolis (Hptst.) (的利波里司)

Ägypten 埃及
  Kairo (Hptst.) (開羅)

Nubien 努比阿
  Churtum (Hptst.) (喀杜穆)

Abessinien 阿比西尼
  Debra Tabor (Hptst.) (得僕巴打波)

Erythrea (ital.) 耳與得耳巴 (意大利)

Gallaländer 買位崙得

Somaliländer (ital.) 所馬里崙得 (意大利)

Britisch-Ostafrika 英國東非洲

Deutsch-Ostafrika 德國東非洲

Portugiesisch-Ostafrika 葡萄牙東非洲

Transvaal (engl.) 湯司把耳 (英國)
  Pretoria (Hptst.) (甫耳哥里巴)

Kapland (engl.) 卡甫蘭吞 (英國)
  Kapstalt (Hptst.) (卡甫思打得)

Deutsch-Südwestafrika 德國西南非洲

Portugiesisch-Südwestafrika 葡萄牙西南非洲

Kongostaat 孔哥思打得

Kongo (franz.) 孔哥 (法國)

Kamerun (deutsch.) 卡墨魯恩 (德國)

Sokoto (engl.) 所可遏 (英國)

Dahomey (franz.) 打賀墨聚 (法國)

Togo (deutsch.) 妥哥 (德國)

Aschanti (engl.) 巴山里 (英國)

Siberia 里伯里巴
  Monrovia (Hptst.) (冀和肥巴)

Guinea (franz.) 古巴業巴 (法國)

(7)

Senegal (franz.) 賊業賈耳(法國)

Madagaskar (franz.) 馬打加司卡(法國)

 Antananarivo (Hptst.) (安坦安里和)

EUROPA. 歐羅巴

Russland 俄羅斯

 St. Petersbsrg (Hptst.) (聖彼得堡)

Deutschland 德意志

 Berlin (Hptst.) (柏林)

Österreich-Ungarn 奧地利亞, ＝匈加利

 Wien (Hptst.) (維也納)

Norwegen 那威

 Christiania (Hptst.) (格里思體安里巴)

Schweden 瑞典

 Stockholm (Hptst.) (斯躱克和而吾)

Dänemark 丹麥

 Kopenhagen (Hptst.) (哥伯給拿)

Holland 荷蘭

 Amsterdam (Hptst.) (亞吾斯得打吾)

Belgien 比利時

 Brüssel (Hptst.) (布魯色而)

Frankreich 法蘭西

 Paris (Hptst.) (巴黎)

Grossbritannien und Irland 全英三島總名, ＝大布列不顚

 London (Hptst.) (崙敦)

England 英吉利

Spanien 西班牙

 Madrid (Hptst.) (馬德里呑)

Portugal 葡萄牙

 Lissabon (Hptst.) (里沙波恩)

Italien 意大利

 Rom (Hptst.) (羅馬)

Schweiz 瑞士

 Bern (Hptst.) (伯而恩)

Bosnien 波斯擬恩

 Serajewo (Hptst.) (色巴也賀)

Montenegro 奠得業和

 Cetinje (Hptst.) (勒呑也)

Serbien 色比恩

 Belgrad (Hptst.) (伯而格

(8)

巴吞）
Rumänien 羅馬尼
　Bukarest (Hptst.) （步卜勒
斯）
Bulgarien 保加利亞
　Sofia (Hptst.) （所斐巴）
Türkei 土耳其
　Konstantinopel (Hptst.)（君
士但丁）
Griechenland 希臘
　Athen (Hptst.) （雅典）
Island (dän.) 冰洲（丹麥）

AUSTRALIEN. 澳大利
亞
Queensland (engl.) 昆士蘭
　Brisbane (Hptst.) （布里司
巴業）
Neu-Süd-Wales (engl.) 新南
威耳士（英國）
　Sydney (Hptst.) （悉尼）
Viktoria (engl.) 維客多利亞

（英國）
Melbourne (Hptst.) （墨而波
恩（卽新金山）
Süd-Australien (engl.) 南澳大
利亞（英國）
　Adelaide (Hptst.) （亞得來得）
West-Australien 西澳大利亞
（英國）
　Perth (Hptst.) （伯得）
Nord-Australien (engl.) 北澳
大利亞（英國）
　Palmerston (Hptst.) （伯墨
司屯）

WELTMEERE. 大海洋
Nördliches Eismeer 北冰洋
Grosser Ozean oder Südsee 太
平洋
Indischer Ozean 印度洋
Atlantischer Ozean 大西洋
Südliches Eismeer 南冰洋

434

國尚屬草創時代非若英文之書之知者既多而
於出版各書素期精益求精且知編譯德籍在吾
書若干種此德華新字典卽其一也惟敝主人對
爲憾本館有鑒於斯因亟趕編關於德文所需之
研習者亦日盛惟坊間德文之書甚少學者頗以
效法其長以圖自強故比來德文之需要日切而
志爲最富國強兵胥基於是吾國有識之士競思
世界各國其武備工業電化製造之精首推德意

本館啓事

上海中華圖書館啓

成佳稿願賜投者本館尤所歡迎此啓

大字典及其他德文各書現均在編輯中如有譯

另有相當酬贈尚希不吝珠玉以匡不逮再中德

改正賜以改稿經本館採用中文滿千字以上者

經本館認爲確實者贈本書一部其或迺蒙增修

布告如蒙海內外德文專家指示缺失賜函指教

嫩編譯諸君亦皆虛衷涵受謙抑爲懷因特披誠

編校易於從事也用是不敢自信爲必無缺點卽

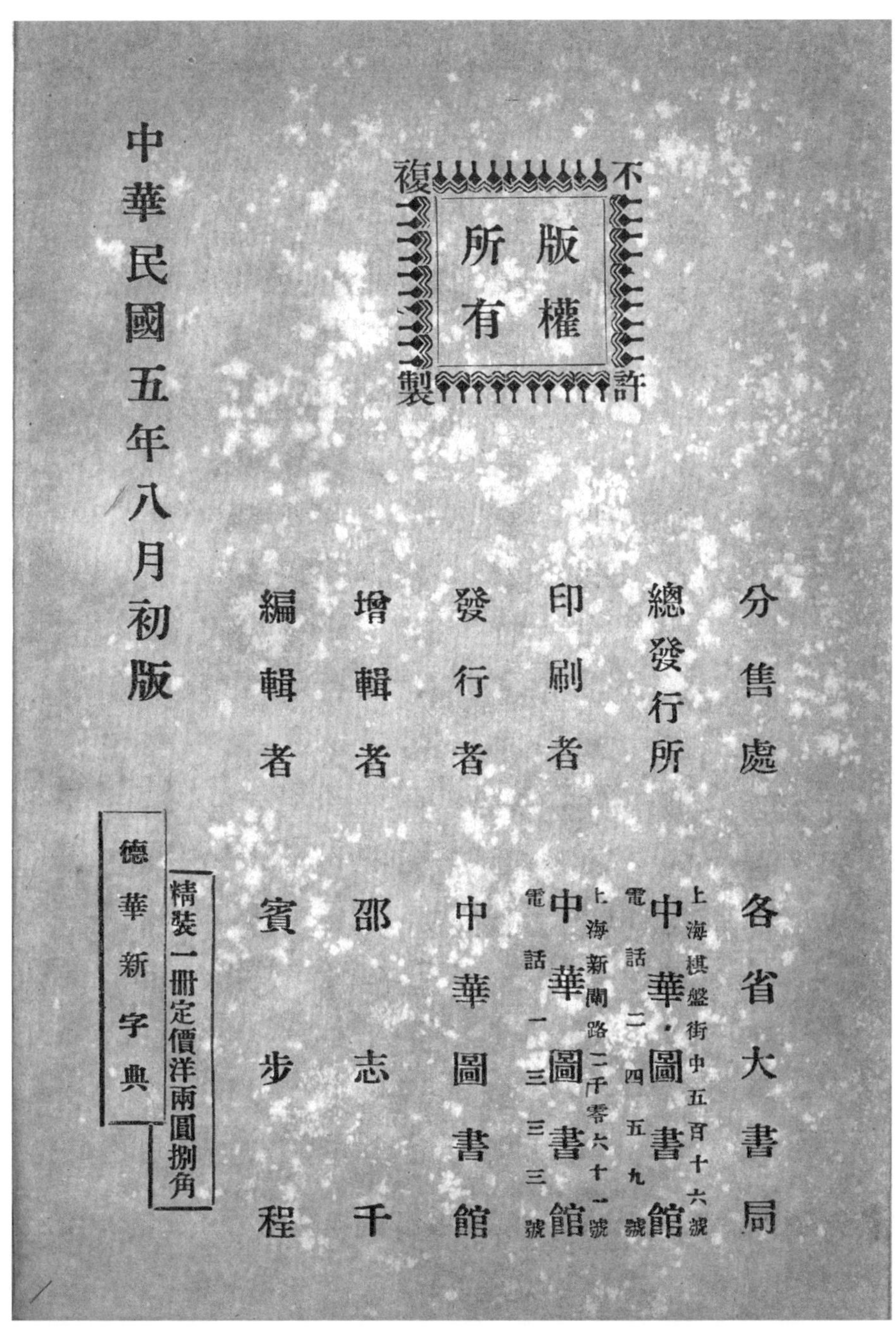

版權所有　不許複製

分售處　　各省大書局

總發行所　上海棋盤街中五百十六號　中華圖書館　電話二一四五九號

印刷者　　中華圖書館　上海新開路二千零六十一號　電話一三三三號

發行者　　中華圖書館

增輯者　　邵志千

編輯者　　賓步程

中華民國五年八月初版

德華新字典

精裝一冊定價洋兩圓捌角

德文法程 初二編　印刷中

德文初階　　　　三角

德文進階 初二編　印刷中

中德會話　印刷中

中德字典　印刷中　一元二角半

中德大字典　印刷中

德文入門　印刷中

中德辭林　印刷中

德華尺牘　印刷中